Bij Uitgeverij Anthos is eveneens van Nicci French verschenen:

Het geheugenspel
Het veilige huis
Bezeten van mij
Onderhuids
Verlies
De bewoonde wereld
De mensen die weggingen
De verborgen glimlach

Meer weten over Nicci French?
www.niccifrench.nl

Nicci French

De rode kamer

VERTAALD DOOR
MOLLY VAN GELDER EN EELCO VIJZELAAR

FLAMINGO NOIRE

Eerste druk mei 2001
Negentiende druk januari 2004

ISBN 90 414 0819 3

Oorspronkelijke titel *The Red Room*
Oorspronkelijke uitgever Michael Joseph
Omslagontwerp Studio Jan de Boer BNO
Omslagillustratie Michael Trevillion /
Trevillion Picture Library, London
Auteursfoto Thomas Pelgrom

Verspreiding voor België:
Veen Bosch & Keuning uitgevers n.v., Wommelgem

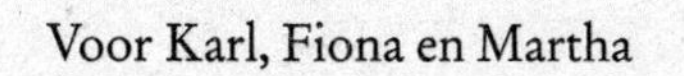
Voor Karl, Fiona en Martha

Pas op voor prachtige dagen. Het gaat soms fout op prachtige dagen. Misschien komt het doordat je onvoorzichtig wordt als het goed met je gaat. Pas op voor het koesteren van een plan. Je bent op dat plan gericht en juist dan gebeuren er dingen net buiten je gezichtsveld.

Ik heb mijn professor ooit geholpen bij een onderzoek naar ongelukken. Een team van ons sprak met mensen die overreden waren, in machines bekneld geraakt, onder auto's uit getrokken. Ze hadden branden meegemaakt, ze waren van trappen getuimeld en van ladders gevallen. Touwen waren gebroken, kabels geknapt, vloeren ingezakt, muren omgevallen, plafonds ingestort. Je kunt door elk willekeurig ding op de wereld dwarsgezeten worden. Krijg je het niet op je hoofd, dan glijd je er wel over uit of je snijdt je eraan, je verslikt je erin of je probeert je er tevergeefs aan vast te grijpen. En als die dingen in handen van mensen komen, tja, dat is weer een heel ander verhaal.

Het onderzoek stelde ons natuurlijk voor problemen. Sommige slachtoffers konden niet geïnterviewd worden omdat ze dood waren. Zouden die een ander verhaal verteld hebben? Op het moment dat de gondel losschoot en de glazenwassers twintig verdiepingen naar beneden stortten, met hun spons nog in de hand, dachten ze toen iets anders behalve: godverdomme? Wat de anderen betreft: er waren mensen bij die ten tijde van hun ongeluk vermoeid, vrolijk, depressief, dronken, stoned, onhandig, ongetraind of afgeleid waren, of ze waren slechts het slachtoffer van ondeugdelijke apparatuur of hadden wat wij helaas alleen maar als domme pech kunnen bestempelen. Maar allemaal hadden ze één ding gemeen: ze waren elders met hun gedachten. En dat is nou juist de definitie van een ongeluk. Het is een inbreuk op je gedachten van dat moment, als een overvaller in een stille straat.

De afronding van ons onderzoek was makkelijk en moeilijk tegelijk. Makkelijk omdat de meeste conclusies voor de hand lagen. Zoals op het flesje staat: dit medicijn kan het reactievermogen beïnvloeden. Haal niet de veiligheidspal van de persmachine, ook al lijkt die in de weg te zitten, en vraag niet aan een vijftienjarige met een vakantiebaantje van een week om hem te bedienen. Kijk bij het oversteken naar beide kanten.

Maar ook dat laatste leverde problemen op. We probeerden de dingen die mensen niet direct te binnen schoten, naar boven te brengen. Het lastige daarvan is natuurlijk dat niemand zijn hele gedachteleven naar boven kan brengen. Als je één bron van gevaar onder ogen ziet, krijgt iets anders de kans om je stiekem van achteren te besluipen. Als je naar links kijkt, word je juist van rechts gepakt.

Misschien zouden de doden ons dat verteld hebben. En misschien willen we niet alle ongelukken kwijt. Telkens wanneer ik verliefd werd, was dat nooit op degene die ik aardig moest vinden, de leuke vent waar mijn vrienden me aan wilden koppelen. Niet dat het zo'n foute man was, maar het was meestal niet de ware. Ik heb eens een heerlijke zomer gehad met iemand die ik tegenkwam omdat hij een vriend van een vriend was, die mijn beste vriendin kwam helpen verhuizen, omdat die andere vriend die eerst had zullen komen helpen, plotseling moest voetballen omdat iemand anders z'n been had gebroken.

Ik weet er alles van. Maar met weten schiet je niets op. Je hebt er alleen achteraf wat aan, om de dingen te begrijpen. En zelfs dan niet altijd. Maar het is gebeurd. Dat staat vast. En het kon gebeuren, denk ik, omdat ik de andere kant uitkeek.

Het was een late middag in mei en het was een prachtige dag. Er werd op mijn kamerdeur geklopt en voordat ik 'binnen' kon zeggen, ging hij open en verscheen het glimlachende gezicht van Francis. 'Je vergadering gaat niet door,' zei hij.

'Weet ik,' zei ik.

'Dus je bent vrij.'

'Nou ja...' begon ik. In de Welbeckkliniek was het levensgevaarlijk om toe te geven dat je vrij was. Je kreeg dan dingen te doen, waar je meerderen meestal niet mee opgezadeld wilden worden.

'Kun je een beoordeling voor me doen?' vroeg Francis snel.

'Tja...'

Zijn glimlach werd breder. 'Ik bedoel natuurlijk eigenlijk: "Je moet een beoordeling voor me doen", maar ik zeg dat op een ouderwets indirecte manier, bij wijze van beleefdheid.'

Een van de nadelen van het werken in een therapeutische omgeving was dat je ondergeschikt was aan mensen als Francis Hersh, die ten eerste geen goedemorgen kon zeggen zonder dat tussen aanhalingstekens te zetten en er meteen een analyse aan te verbinden, en ten tweede... ach, breek me de bek niet open. Als het over Francis ging, kwam ik na ten tweede bij ten derde tot aan ten tiende, en dan was ik nog niet klaar.

'Waar gaat het over?'

'Politiezaak. Ze hebben iemand schreeuwend op straat aangetroffen of zoiets. Ging je al naar huis?'

'Ja.'

'Prima. Dan kan je onderweg even langs wippen bij het bureau in Stretton Green, die persoon even beoordelen en dan kunnen ze hem weer vrolijk op straat zetten.'

'Goed.'

'Vraag naar inspecteur Furth. Hij verwacht je.'

'Wanneer?'

'Pakweg vijf minuten geleden.'

Ik belde Poppy, die net de deur uit ging, om haar te zeggen dat ik wat later zou komen op onze afspraak om wat te gaan drinken. Even een klusje doen.

Als iemand dingen doet die waarschijnlijk tot ordeverstoring zullen leiden, is het soms verbazingwekkend lastig om die persoon te beoordelen: is hij gewelddadig, dronken, geestesziek, lichamelijk ziek, verward, onbegrepen, stierlijk vervelend maar onschuldig, of vormt hij, wat af en toe voorkomt, een werkelijke bedreiging? Normaal gesproken neemt de politie zulke gevallen niet erg serieus en haalt ons er alleen bij wanneer daar een bijzondere en duidelijke reden voor is. Maar een jaar geleden dook een man, die was opgepakt en weer vrijgelaten, een paar uur later in de winkelstraat in de buurt op met een bijl. Tien mensen werden verwond en een van hen, een vrouw van in de tachtig, overleed een paar weken erna. Er werd een openbaar onderzoek ingesteld en vorige maand werd daar rapport van uitgebracht, met het gevolg dat we nu regelmatig door de politie gebeld worden.

Ikzelf was een aantal keren op het bureau geweest, met Francis of alleen. Grappig genoeg, al is grappig hier niet het juiste woord, verschaften we de politie in de eerste plaats een alibi, wanneer we deze meestal treurige, verwarde, stinkende mensen in een kamer op dat bureau naar ons beste vermogen beoordeelden. De volgende keer dat er iets mis ging, konden ze dat op ons afschuiven.

Inspecteur Furth was een aantrekkelijke man, niet veel ouder dan ik. Toen hij me begroette had hij een geamuseerde, bijna brutale blik in zijn ogen, waardoor ik even nerveus mijn kleding controleerde om te zien of er niets scheef zat. Even later merkte ik dat dat zijn gewone gezicht was, zijn masker tegenover de wereld. Hij had blond, achterover gekamd haar, en zijn kaak was zo recht dat het leek alsof die met een liniaal getekend was. Zijn huid was een beetje pokdalig. Misschien had hij in zijn puberteit veel puistjes gehad.

'Dokter Quinn,' zei hij glimlachend, terwijl hij zijn hand uitstak. 'Ik ben Guy. Ik ben hier nieuw.'

'Aangenaam,' zei ik en kromp even ineen in de bankschroef van zijn handdruk.

'Ik wist niet dat je zo, eh, jong was.'

'Sorry,' begon ik, maar stopte abrupt. 'Hoe oud had je me gewild?'

'Punt voor jou,' zei hij, nog steeds glimlachend. 'En jij bent Katherine, ofte wel Kit. Dat heb ik van dokter Hersh gehoord.'

Kit was de naam die mijn vrienden gebruikten. Ik had daar al jaren geen invloed meer op, maar toch schrok ik nog steeds een beetje als een onbekende me zo noemde, alsof hij mijn kamer was binnengelopen terwijl ik niet was aangekleed.

'Nou, waar is hij?'

'Kom maar mee. Wil je thee of koffie?'

'Nee, dank je, ik heb nogal haast.'

Hij ging me voor in de kantoortuin en stopte even bij een bureau om een mok te pakken in de vorm van een rugbybal, waarvan de bovenkant was afgesneden als een eitje bij het ontbijt.

'Mijn geluksbeker,' zei hij, terwijl ik achter hem aan liep door een deur aan de andere kant. Hij bleef voor de verhoorkamer staan.

'Met wie ga ik spreken?' vroeg ik.

'Een engerd, ene Michael Doll.'

'En?'

'Hij hing bij een basisschool rond.'

'Heeft hij kinderen lastiggevallen?'

'Niet direct.'

'Wat doet hij hier dan?'

'De ouders hebben een actiegroep opgericht. Ze delen fotokopietjes uit. Ze hebben hem in de gaten gekregen en toen is het een beetje uit de hand gelopen.'

'Om het dan anders te zeggen: wat doe ík hier?'

Furth keek even weg. 'Jij bent toch bekend met dit soort gevallen? Jij werkt toch op Market Hill?'

'Soms wel, ja.' In feite verdeel ik mijn tijd tussen Market Hill, een inrichting voor gestoorde criminelen, en de Welbeckkliniek, die hulp biedt aan gegoede burgers die in nood verkeren.

'Nou, hij is gestoord. Hij praat raar, mompelt in zichzelf. We vroegen ons af of hij schizofreen was of zoiets.'

'Wat weten jullie van hem?'

Furth snoof even, alsof hij de stank van de man door de deur heen kon ruiken. 'Negenentwintig jaar. Voert niet veel uit. Rijdt soms op een taxi.'

'Is hij bekend bij de zedenpolitie?'

'Beetje van dit, beetje van dat. Beetje exhibitionistisch.'

Ik schudde mijn hoofd. 'Heb je dat ook wel eens, dat je dit allemaal een beetje zinloos vindt?'

'Maar stel dat hij echt gevaarlijk is?'

'Bedoel je: stel dat hij iemand is die in de toekomst misschien iets gewelddadigs gaat doen? Zoiets vroeg ik ook aan mijn mentor toen ik pas in de kliniek werkte. Zij antwoordde dat dat op het moment zelf waarschijnlijk niet is vast te stellen, en dat we het daar achteraf vreselijk moeilijk mee zullen hebben.'

Furths gezicht kreeg een bezorgde uitdrukking. 'Ik heb schoften als Doll gezien nadat ze hun misdaad hadden begaan. En dan komen de advocaten altijd op de proppen met iemand die over zijn moeilijke jeugd gaat vertellen.'

Michael Doll had een dikke bos bruin, krullend haar tot op zijn schouders en zijn gezicht was broodmager met uitstekende jukbeenderen. Hij had verrassend fijne gelaatstrekken. Vooral zijn lippen hadden van een jonge vrouw kunnen zijn, met een uitgesproken welving in zijn bovenlip. Hij had een scheel oog, zodat moeilijk te zien viel of hij naar mij keek of net langs me.

Hij had de gebronsde huid van iemand die veel buiten is. Hij keek benauwd, alsof hij de muren op zich af zag komen. Zijn grote, eeltige handen waren stijf ineengestrengeld, alsof ze daarmee het trillen wilden tegenhouden.

Hij had een spijkerbroek en een grijs windjack aan, waar niets vreemds aan was, ware het niet dat hij er een dikke oranje trui onder droeg, zodat het jack bol stond. Ik zag dat hij in een ander leven, in een andere wereld misschien aantrekkelijk had kunnen zijn. Maar nu hing zijn gestoordheid als een vieze lucht om hem heen.

Toen we binnenkwamen, zat hij inderdaad snel en onverstaanbaar te brabbelen tegen een verveeld kijkende agente. Ze stond duidelijk opgelucht op en ik ging aan de tafel zitten tegenover Michael Doll en zei wie ik was. Ik haalde geen aantekenboekje te voorschijn. Dat was waarschijnlijk niet nodig.

'Ik ga je een paar eenvoudige vragen stellen,' zei ik.

'Ze zitten me op m'n huid,' mompelde Doll. 'Ze proberen dingen uit me te krijgen.'

'Ik kom niet praten over wat je hebt gedaan. Ik wil alleen maar weten hoe het met je gaat. Is dat goed?'

Hij keek argwanend om zich heen. 'Dat weet ik niet. Ben jij van de politie?'

'Nee, ik ben arts.'

Zijn ogen sperden zich open. 'Denk je soms dat ik ziek ben? Of gek?'

'Wat denk je zelf?'

'Niks aan de hand met mij.'

'Goed,' zei ik, terwijl ik mezelf haatte om mijn betuttelende, geruststellende toon. 'Wat is je medicatie?' Hij keek alsof hij het niet begreep. 'Pillen? Medicijnen?'

'Ik slik wat voor m'n maag. Ik heb vaak pijn. Als ik wat gegeten heb.' Hij trommelde op zijn borst.

'Waar woon je?'

'Ik heb een flatje, in Hackney.'

'Woon je alleen?'

'Ja. Is daar iets mis mee?'

'Helemaal niet. Ik woon ook alleen.'

Doll grijnsde eventjes. Het was geen aardige grijns. 'Heb je een vriend?'

'En jij?'

'Ik ben geen nicht, zeg.'

'Ik bedoelde natuurlijk een vriendin.'

'Jij eerst,' zei hij nors.

Hij was best snel van begrip. Manipulatief ook. Maar niet veel gestoorder dan de anderen in de kamer.

'Ik ben hier om dingen over jóu te weten te komen,' zei ik.

'Jij bent net als de rest,' zei hij, zijn stem trillend van woede. 'Wil je me soms dwingen om iets te zeggen?'

'Waar zou ik je dan toe kunnen dwingen?'

'Weet ik veel? Ik... ik...' Hij begon te stotteren en de woorden bleven steken. Hij greep de tafel stevig vast. Een ader aan de zijkant van zijn hoofd klopte hevig.

'Ik wil je nergens toe dwingen, Michael,' zei ik, terwijl ik opstond. Ik keek naar Furth. 'Ik ben klaar.'

'En?'

'Hij lijkt me in orde.'

Ik hoorde Doll naast me, als een radio die iemand was vergeten uit te zetten.

'Ga je hem niet vragen wat hij bij die school deed?'

'Waarom?'

'Omdat hij een viezerik is, daarom,' zei Furth, die eindelijk niet meer glimlachte. 'Hij is een gevaar voor anderen en hij zou niet bij kinderen mogen rondhangen.' Dat was voor mij bedoeld. Nu begon hij langs mij heen tegen Doll te praten. 'Denk maar niet dat je nou op rozen zit, Micky. We kennen jou wel.'

Ik keek vluchtig om me heen. Dolls mond was wijd opengesperd, als een kikker of een vis. Ik draaide me om en vanaf dat moment nam ik alleen nog flitsen waar. Een kletterend geluid. Een gil. Een duw van opzij. Een scheurend gevoel aan de zijkant van mijn gezicht. Ik kon het bijna horen. Meteen daarop een warme guts langs mijn gezicht en hals. De vloer kwam op me af. Voluit tegen het linoleum. Een gewicht op me. Geschreeuw. Andere mensen om me heen. Probeerde mezelf op te duwen, maar gleed uit. Mijn hand was nat. Ik keek ernaar. Bloed. Overal bloed. Alles was rood. Ongelooflijk grote plassen, overal. Ik werd weggesleept, opgetild.

Het was een ongeluk. Ik was het ongeluk.

I

'En ik zei: "Ja, ja, ik geloof zeker in God," maar God kan de wind in de bomen zijn en de bliksem in de hemel.' Hij leunde naar voren en wees naar me met zijn vork, de man die ik aan het eind van de avond zeker niet mee naar huis zou nemen en wiens telefoonnummer ik kwijt zou raken. 'God kan je geweten zijn. God kan een naam zijn voor liefde. God kan de big bang zijn. "Ja," zei ik, "ik geloof ook dat de big bang een naam kan zijn voor jouw geloof." Zal ik je bijschenken?'

In dat stadium waren we die avond aangekomen. Zes flessen wijn met zijn achten, en we zaten nog aan het hoofdgerecht. Pappige vistaart met erwten. Poppy is een van de slechtste koks die ik ken. Ze maakt onsmakelijk kleutereten in weeshuishoeveelheden. Ik keek over de tafel naar haar. Ze had een rood gezicht. Ze was in discussie met Cathy, waarbij ze overdreven met haar armen zwaaide en over de tafel leunde. Een van haar mouwen sleepte over haar bord. Ze was bazig, nerveus, onzeker, misschien ongelukkig, altijd hartelijk: ze gaf dit etentje ter ere van mijn herstel en mijn op handen zijnde terugkeer naar mijn werk. Ze voelde dat ik naar haar keek en draaide haar hoofd mijn kant op. Ze glimlachte, waardoor ze plotseling jong leek, zo jong als de studente die ik tien jaar geleden had ontmoet.

In kaarslicht is iedereen mooi. Gezichten om de tafel hadden een geheimzinnige gloed. Ik keek naar Seb, Poppy's man, die psychiater was. Onze territoria grensden aan elkaar. Dat had hij een keer gezegd. Ik had mezelf nooit gezien als iemand met een territorium, maar soms was hij net een hond die zijn erf bewaakt en blaft tegen iedereen die te dichtbij komt. Zijn scherpe, onderzoekende gelaatstrekken werden verzacht door het vriendelijke, flakkerende licht. Cathy was niet meer bruin en somber, maar goud en zachtmoedig. Haar man, aan het andere eind van de tafel, was in geheimzinnige schaduwen gehuld. De man links van mij was verdeeld in lichte en donkere vlakken.

'Ik zei tegen haar: "We hebben allemaal de behoefte om ergens in te geloven. God kan onze dromen zijn. We hebben allemaal dromen nodig."'

'Inderdaad.' Ik schoof een vork met kabeljauw in mijn mond.

'"Liefde. Wat is het leven zonder liefde?" zei ik. Ik zei...' Hij ging harder praten en sprak nu tegen het hele gezelschap. 'Wat is het leven zonder liefde?'

'Op de liefde,' zei Olive tegenover me, terwijl ze haar lege glas hief en een lachje liet horen als het gerinkel van een kapotte bel. Een lange vrouw met scherpe trekken en blauwzwart haar, dat in een spectaculaire toet op haar hoofd zat. Ik heb altijd gevonden dat ze meer op een fotomodel dan op een bejaardenverzorgster leek. Ze leunde opzij en gaf haar nieuwe geliefde een klapzoen op zijn mond, waarna hij met een verdwaasd gezicht achterover in zijn stoel ging zitten.

'Iemand nog een stukje vistaart?'

'Heb je een relatie?' vroeg mijn buurman zachtjes. Hij was behoorlijk aangeschoten. 'Een minnaar?'

Ik knipperde met mijn ogen en probeerde niet terug te denken. Op een ander feestje, in een ander leven, voordat ik bijna doodging en terugkwam als een vrouw met een litteken dat haar gezicht in tweeën deelde: Albie in de logeerkamer in het huis van een vreemde, met iemand anders. Zijn handen op haar aardbeienrode jurk, die de bandjes van haar schouders schuiven; haar roomkleurige borsten die onder zijn handen opbollen. Haar ogen gesloten, haar hoofd achterover, de felle lippenstift vlekkerig. Met dikke tong zei hij 'nee, nee, het mag niet', maar liet haar toch begaan, slap en passief, terwijl haar vingers hem uitkleedden. Ik stond op de overloop en staarde ernaar, niet in staat me te bewegen of iets te zeggen. Je hebt maar een beperkt aantal dingen die je tijdens seks kan doen, dacht ik toen, terwijl ik het tafereel gadesloeg. Alle handelingen die we als exclusief beschouwen, doen andere mensen ook. Zoals ze met haar duim over zijn onderlip streek. Dat doe ik ook. Toen zag Albie me en ik dacht: er zijn maar een beperkt aantal manieren om je geliefde met iemand anders te betrappen. Het leek zo banaal. Zijn mooie overhemd hing los. We hadden elkaar aangestaard, terwijl de vrouw slap tussen ons in hing. We staarden en ik kon mijn hart horen bonzen. Wat is het leven zonder liefde?

'Nee,' zei ik. 'Ik heb niemand op het ogenblik.'

Poppy tikte met haar mes tegen haar glas. Boven hoorde ik een kind gillen. Er klonk een harde dreun op het plafond boven ons. Seb fronste zijn wenkbrauwen.

'Ik wil een toost uitbrengen,' zei ze. Ze schraapte haar keel.

'Wacht, eerst de glazen bijvullen.'

'Drie maanden geleden had Kit dat vreselijke...'

Mijn buurman draaide zijn hoofd opzij en keek naar mijn gezicht. Ik legde mijn hand op het litteken, alsof zijn blik het in brand zette.

'Ze werd aangevallen door een gek.'

'Eh...' begon ik tegen te sputteren.

'Iedereen die haar in dat ziekenhuisbed heeft gezien, zoals ik, en wat die man haar had aangedaan... We waren wanhopig.' Poppy's stem was onvast door drank en emotie. Ik keek naar mijn bord; het bloed steeg naar mijn hoofd van gêne. 'Maar je mag niet alleen op het uiterlijk afgaan.' Ze werd rood van schrik en keek me aan. 'Ik bedoel niet... nou ja...' Ik legde mijn hand weer tegen mijn gezicht. Dat was een gewoonte geworden, dat zelfbeschermende gebaar dat ik toen niet wist te maken. 'Ze mag er dan zachtaardig uitzien, maar ze is een taaie, dappere vrouw. Ze is altijd een vechtjas geweest en daar zit ze dan, en maandag gaat ze weer werken. Deze avond is speciaal voor haar, en ik zou willen dat iedereen nu het glas heft om haar herstel te vieren en... nou, dat is het wel ongeveer. Ik ben nooit zo goed geweest in toespraken. Maar goed, een toost op onze lieve Kit.'

'Op Kit,' zeiden ze allemaal in koor. Er werd geklonken boven de restanten van de maaltijd. Glanzende gezichten, die uit elkaar vielen en weer samenvloeiden in het kaarslicht, lachten naar me. 'Kit.'

Ik glimlachte gedwongen. Ik had hier echt geen behoefte aan en daar voelde ik me schuldig over.

'Kom op, Kit, nou jij.' Dat was Seb, die naar me grijnsde. Je kent zijn gezicht of zijn stem vast wel. Je hebt hem meningen horen spuien over van alles en nog wat, van seriemoordenaars tot nachtmerries van peuters tot massahysterie. Hij maakt complimenten en lacht en doet zijn uiterste best om me op mijn gemak te stellen, maar eigenlijk beschouwt hij me als een hopeloze beginneling in zijn branche. 'Je kan niet gewoon als een lief en verlegen meisje blijven zitten. Zeg iets.'

'Goed dan.' Ik dacht aan Michael Doll, die met opgeheven hand door de kamer schoot. Ik zag zijn gezicht, de flikkering in zijn ogen. 'Ik ben niet echt een vechtjas. In feite ben ik het tegendeel, ik...' Er klonk een luid gejammer van boven, toen nog een keer.

'Jezus christus,' zei Poppy, die uit haar stoel overeind kwam. 'Andere kinderen slápen om halfelf en slaan elkaar niet verrot. Momentje.'

'Nee, ik ga wel,' zei ik, terwijl ik mijn stoel naar achteren schoof.

'Doe niet zo mal.'

'Echt, ik wil het. Ik heb de kinderen al de hele avond niet gezien. Ik wil ze een nachtzoen geven.'

Ik rende haast de kamer uit. Terwijl ik de trap op liep, hoorde ik stampende voetstappen op de gang en zacht gejammer. Toen ik bij hun slaapkamer was, lagen Amy en Megan in bed, onder de dekens. Megan, die zeven is, deed net alsof ze sliep, hoewel haar oogleden trilden van de inspanning om ze dicht te houden. Amy van vijf lag op haar kussen met haar ogen wijdopen. Een fluwelen konijn met rafelige oren en kraalogen lag naast haar.

'Hallo, dametjes,' zei ik, terwijl ik aan Amy's voeteneind ging zitten. In het zachte schijnsel van het nachtlampje zag ik een rode plek op haar wang.

'Kitty,' zei ze. Behalve Albie waren zij de enigen in mijn omgeving die me Kitty noemden. 'Megan heeft me geslagen.'

Megan ging verontwaardigd overeind zitten. 'Liegbeest! En zij heeft me gekrabd, kijk maar. Kijk maar naar de krab.' Ze stak haar hand uit.

'Ze zei dat ik stom was.'

'Nietes.'

'Ik kom jullie welterusten zeggen.'

Ik keek naar hen, allebei nu recht overeind in hun bed met slordige haren, schitterogen en rode wangen. Ik legde mijn hand op Amy's voorhoofd. Het was warm en klam. Ze verspreidde een schone geur van zeep en kinderzweet. Ze had sproeten op haar neus en een scherpe kin.

'Het is al heel laat,' zei ik.

'Amy heeft me wakker gemaakt,' zei Megan.

'Oh!' Amy's mond vormde een welgevormd cirkeltje van verontwaardiging.

Ik hoorde geroezemoes beneden, het geschraap van messen over porselein, iemand die lachte.

'Hoe krijg ik jullie nou in slaap?'

'Doet het pijn?' Amy stak haar vinger uit en drukte die in mijn wang, zodat ik even ineenkromp.

'Nu niet.'

'Mama zegt dat het heel zielig is,' zei Megan.

'O ja?'

'En ze zei dat Albie weg is.' Albie had hen gekieteld, had hun lolly's gegeven en in de kom van zijn handen geblazen om een uil na te doen.

'Dat klopt.'

'Krijg je dan geen baby's?'

'Sst, Amy, dat mag je niet zeggen.'

'Misschien ooit een keer,' zei ik. Ik voelde een steekje van verlangen in mijn buik. 'Maar nu nog niet. Zal ik een verhaaltje vertellen?'

'Ja,' zeiden ze triomfantelijk. Ze hadden me beet.

'Een kort verhaaltje.' Ik zocht naar iets bruikbaars. 'Er was een meisje dat met haar twee lelijke zusjes in een huis woonde en...'

Er klonk een gemeenschappelijke kreun uit de bedden. 'Niet dat verhaal.'

'Doornroosje dan? De zeven geitjes? Goudhaartje?'

'Sáái. Verzin zelf maar een verhaaltje,' zei Megan. 'Uit je blote hoofd.'

'Over twee meisjes...' hielp Amy.

'...die Amy en Megan heetten.'

'...en ze beleven een avontuur in een kasteel.'

'Oké, oké. Even nadenken.' Ik begon te vertellen, al had ik geen idee hoe het verder zou gaan. 'Er waren eens twee meisjes, die Megan en Amy heetten. Megan was zeven en Amy was vijf. Op een dag waren ze verdwaald.'

'Hoe dan?'

'Ze gingen wandelen met hun papa en mama. Het was vroeg

in de avond en er stak een zware storm op, met donder en bliksem en gierende wind. Ze schuilden in een holle boom, maar toen de regen voorbij was, waren ze helemaal alleen in het donkere bos, en ze waren verdwaald.'

'Goed,' zei Megan.

'Dus Megan zei dat ze net zo lang moesten lopen tot ze bij een huis kwamen.'

'En wat zei ik?'

'Amy zei dat ze de bramen aan de struiken om hen heen moesten eten, want dan kregen ze geen honger. Ze liepen en liepen. Ze struikelden en schaafden hun knieën. Het werd steeds donkerder en het bliksemde en grote, zwarte vogels fladderden steeds met een afschuwelijk gekrijs langs hen heen. In de struiken zagen ze ogen die naar hen gluurden. Dierenogen.'

'Panters.'

'Ik denk niet dat er panters in dat bos...'

'Panters,' zei Megan vastbesloten.

'Goed, panters dan. Plotseling zag Megan een lichtje door de bomen schijnen.'

'En ik dan?'

'Amy zag het ook. Ze liepen erheen. Toen ze bij het lichtje waren, bleek het een olielampje te zijn dat boven een houten boogdeur hing. Het was de deur van een reusachtig, vervallen huis. Het zag er eng uit, een spookachtig huis, maar ze waren inmiddels zo moe geworden en zo verkleumd en bang dat ze besloten het erop te wagen. Ze klopten op de deur, en ze hoorden het binnen echoën, als tromgeroffel.' Ik zweeg even. Ze waren nu doodstil, hun mond stond open. 'Maar niemand deed open, en er cirkelden steeds meer grote, zwarte vogels krijsend boven hen, totdat het een zwarte wolk van vogels was. Zwarte vogels en bliksemflitsen en donderslagen, en de takken van de bomen zwiepten in de wind. Dus Megan duwde hard tegen de deur en die zwaaide open met een piepend gekraak. Amy pakte het olielampje van de deur en samen gingen de meisjes het vervallen huis binnen. Ze hielden elkaars hand vast en keken met grote ogen om zich heen.

Er was een gang, waar water langs de muren droop. Ze liepen erdoorheen, tot ze bij een kamer kwamen. Die was helemaal blauw geverfd, met in het midden een koude, blauwe, bruisende fontein, en een hoog, blauw plafond, en ze hoorden het geluid van golven die stuksloegen op de kust. Het was een kamer vol water, met oceanen en verre oorden, die hen het gevoel gaf dat ze nog verder van huis waren dan eerst. Dus liepen ze een eindje verder, tot ze in een andere kamer kwamen. Dat was een groene kamer, met varens en bomen in potten, die hen deed denken aan de parken waar ze graag speelden en daardoor kregen ze meer heimwee dan ooit. Dus liepen ze nog een eindje verder tot aan een derde kamer. De deur was dicht. Hij was rood geschilderd. Om de een of andere reden waren ze heel erg bang voor die kamer, nog voordat ze de deur opendeden.'

'Waarom?' zei Megan. Ze stak haar hand uit en ik pakte die stevig vast.

'Achter de rode deur was de rode kamer. Ze wisten dat er in die kamer dingen waren waar ze het allerbangst voor waren. Voor Megan waren dat andere dingen dan voor Amy. Waar ben jij het allerbangst voor, Megan?'

'Kweenie.'

'Als je ergens heel hoog bent, bijvoorbeeld?'

'Ja. En dat ik van een boot val en dan doodga. En voor het donker. En tijgers. En krokodillen.'

'Dat was er dus allemaal voor Megan in die rode kamer. En Amy?'

'Amy haat spinnen,' zei Megan opgewekt. 'Dan gaat ze gillen.'

'Ja, en giftige slangen. En vuurwerk dat in mijn haar ontploft.'

'Oké. Dus wat deden Megan en Amy toen?'

'Ze renden weg.'

'Nee, helemaal niet. Ze wilden binnen kijken. Ze wilden die tijgers en boten en krokodillen zien.'

'En giftige slangen.'

'En giftige slangen. Dus ze duwden de deur open en gingen de rode kamer in, en ze keken rond en alles was rood. Het plafond was rood en de muren waren rood en de vloer was rood.'

'Maar wat was er in die kamer?' vroeg Megan. 'Waar waren de krokodillen?'

Ik zweeg, omdat ik het even niet wist. Wat was er nou eigenlijk in die kamer? Over dat stuk van het verhaal had ik nog niet echt nagedacht. Ik speelde met het idee van een echte tijger, die hen allebei zou opeten.

'Er was een knuffeltijgertje,' zei ik. 'En een knuffelkrokodil.'
'En een knuffelslang.'
'Ja, en een speelgoedbootje en er was heel lekker eten en een groot, zalig zacht bed. En de papa en mama van Megan en Amy. En zij stopten hen in bed en gaven hun een dikke zoen en toen vielen ze in slaap.'
'Met een nachtlampje.'
'Met een nachtlampje.'
'Nog een verhaaltje,' zei Megan.
Ik boog me voorover en gaf een kus op twee fronsende voorhoofdjes.
'Volgende keer,' zei ik, en liep de kamer uit.
'Het zakte een beetje in aan het eind, vond ik.' Ik keek verschrikt om me heen. Seb stond naar me te glimlachen. 'Waar heb je dat vandaan? Uit de Bruno Bettelheim-bundel van verhaaltjes voor het slapen gaan?'
Hij zei het lachend, maar ik gaf hem serieus antwoord. 'Het was een droom die ik in het ziekenhuis had.'
'Maar in die rode kamer van jou waren vast geen speelgoed en een warm bed.'
'Nee.'
'Wat dan?'
'Weet ik niet,' zei ik. Dat loog ik. Ik voelde mijn maag samenknijpen als ik eraan terugdacht.

Mijn dronken vriend, die geloofde dat God de big bang was, bood later aan om me naar huis te brengen, maar ik sloeg zijn aanbod af en liep de anderhalve kilometer van het huis van Poppy en Seb naar mijn flat in Clerkenwell. De koele, vochtige wind blies in mijn gezicht, waardoor mijn litteken een beetje ging tintelen. De halve maan dreef tussen wolkenflarden boven de oranje straatlantaarns. Ik voelde me gelukkig en treurig en een beetje aangeschoten. Ik had mijn toespraak gehouden – over vriendschap die me erdoorheen had geholpen, al die afgezaagde, ware frasen over dat het leven nu waardevoller was – en had appeltaart gegeten. Had me geëxcuseerd en was weggegaan. Nu was ik alleen. Mijn voetstappen galmden in de lege straat, waar plassen blonken en blikjes op inritten rammelden. Een kat wikkelde zich om mijn benen en verdween daarna in een duister steegje.

Thuis stond er een boodschap van mijn vader op het antwoordapparaat. 'Hallo,' zei hij met een klagerige stem. Hij wachtte even en zei toen: 'Hallo? Kit? Dit is je vader.' Dat was het.

Het was twee uur 's nachts en ik was klaarwakker. Mijn hersens draaiden op volle toeren. Ik zette thee, zó gebeurd voor één persoon. Een zakje in een kopje en kokend water eroverheen, dan een wolkje melk. Soms eet ik staand bij de ijskast of heen en weer drentelend in de keuken. Een plakje kaas, een appel, een oudbakken broodje, een slingerend koekje. Sinaasappelsap uit een pak. Albie kookte altijd enorme, uitgebreide maaltijden, veel vlees en kruiden en specerijen, overkokende pannen, vreemde, misvormde kazen in de vensterbank, ontkurkte flessen wijn bij de hand, gelach dat door het huis wervelde. Ik ging op de bank zitten en dronk kleine slokjes thee. En omdat ik alleen was en in een huilerige stemming, haalde ik haar foto te voorschijn.

Ze was toen net zo oud als ik, dat wist ik, maar ze leek belachelijk jong, uit een grijs verleden. Als een kind dat ver weg is, iemand van wie je door een hek aan het eind van de tuin een glimp opvangt. Ze zat op een stukje gras met een boom erachter, en droeg een gerafelde spijkershort en een rood T-shirt. De zon liet haar huid glanzen en bespikkelde haar blote, ronde knieën. Ze had lang, lichtbruin haar, dat achter haar oren was gestreken, op één lok na die over een oog viel. Nog even en ze zou die weer terug hebben gestopt. Ze had een zacht, rond gezicht, bezaaid met zomersproetjes, en ze had grijze ogen.

Ze leek op me, dat hoorde ik altijd van iedereen die haar had gekend: je lijkt sprekend op je moeder. Arme ziel, zeiden ze dan, en dan bedoelden ze mij, haar, ons allebei, denk ik.

Ze ging dood voordat ik oud genoeg was om mij haar te herinneren, hoewel ik vaak voorzichtig probeerde terug te kruipen in die mistige, vroegste kinderjaren, om te zien of ik haar daar kon vinden, op de verbleekte rand van het geheugen. Het enige wat ik nog had waren deze foto's en verhalen die ik over haar hoorde. Iedereen had zijn eigen versie. Ik moest afgaan op wat anderen over haar vertelden. Dus miste ik nu eigenlijk niet mijn moeder, maar het ongelooflijk lieve beeld van haar.

Omdat mijn vader de datum keurig op de achterkant had geschreven, wist ik dat ze al zwanger was, al zag je daar niets van.

Haar buik was plat, maar ik zat stiekem daarbinnen, onzichtbaar, deinend. Daarom vind ik die foto zo prachtig: omdat we er samen op staan, al wist niemand anders dat. Ik en zij, met liefde in het verschiet. Ik streelde haar met mijn vinger. Haar gezicht straalde naar me. Ik moet nog steeds huilen als ik haar zie.

2

Ik ben altijd zenuwachtig voor oudejaarsavond. Ik kan mezelf niet zover krijgen dat ik heilig geloof in met frisse moed opnieuw beginnen. Een vriendin zei een keer tegen me dat dat betekende dat ik eigenlijk in wezen protestant was en niet katholiek. Ik denk dat ze bedoelde dat ik mijn leven met me mee sjouw: mijn vuile was en ongewenste bagage. Toch wilde ik graag opnieuw beginnen door weer te gaan werken. De flat lag vol dingen die Albie had achtergelaten. Het was nu een halfjaar geleden, maar er hingen nog een paar overhemden in de kast, een paar oude schoenen lag onder mijn bed. Ik had hem nog niet helemaal weggedaan. Steeds doken er weer stukjes van hem op, zoals wrakhout dat na een storm op het strand aanspoelt.

Die zondagavond trok ik een witte, katoenen broek aan en een oranje truitje met driekwart mouwen en een kanten kraag, als bij een vest. Ik deed mascara op mijn wimpers, gloss op mijn lippen, een druppeltje parfum achter mijn oren. Ik borstelde mijn haar en stak het, nog een beetje nat, op. Het maakte niet uit. Hij zou komen en een tijdje later weer weggaan, en ik zou weer alleen achterblijven, met de ramen open en de gordijnen dicht en een koel glas wijn en muziek aan. Iets rustigs. Ik ging voor de lange spiegel in mijn slaapkamer staan. Ik zag er heel kalm uit. Ik glimlachte en de vrouw daar glimlachte terug en trok ironisch haar wenkbrauwen op.

Hij was natuurlijk weer te laat. Hij is altijd net iets te laat. Meestal komt hij hijgend, buiten adem aan, en begint al te lachen en te praten voordat de deur nog niet helemaal open is, komt binnenwaaien op een vlaag conversatie, op de golf van een of ander idee, op een uitbarsting van gelach. Ik hoorde hem altijd lachen voor ik hem zag. Ik draaide me dan om en daar stond hij, zeer ingenomen met zichzelf, wat ik benijdenswaardig vond, toen.

Vandaag was hij ingetogener. Zijn glimlach was vermoeid.

'Hallo, Albie.'

'Je ziet er heel goed uit,' zei hij, terwijl hij me bekeek alsof ik een kunstwerk aan de muur was, waar hij zich nog geen mening over had gevormd. Hij boog zich naar voren en gaf me een zoen op beide wangen. Zijn stoppelbaard schuurde over mijn huid, mijn litteken, zijn armen pakten mijn schouders stevig vast. Er zat zwarte inkt op zijn vingers.

Ik stond mezelf toe hem aan te kijken, en maakte me toen uit zijn omhelzing los. 'Kom binnen.'

Het leek alsof hij mijn ruime woonkamer geheel vulde.

'Hoe gaat het, Kitty?'

'Goed,' zei ik ferm.

'Ik heb je in het ziekenhuis opgezocht, wist je dat? Toen ik het hoorde. Dat weet je waarschijnlijk niet meer. Nee, natuurlijk weet je dat niet. Je zag er verschrikkelijk uit.' Hij glimlachte en stak zijn vinger uit om over mijn verwonding te strijken. Dat vond men blijkbaar leuk om te doen. 'Het geneest goed. Littekens kunnen heel mooi zijn, vind ik.'

Ik draaide me om. 'Zullen we dan maar?'

We begonnen in de keuken. Hij pakte zijn speciale champignonmesje, met een borsteltje aan het eind om de aarde weg te vegen, zijn fondueset met zes lange vorkjes, zijn idiote, gestreepte schort en koksmuts, die per se tijdens het koken gedragen moesten worden, drie kookboeken. Gestoofde paling, herinnerde ik me nog. Passievruchtsoufflé, die te hoog was gerezen tegen de bovenkant van de oven en daardoor zwart was geblakerd. Taco's gevuld met gehakt, zure room en uien. Hij at ook uitbundig, hij zwaaide met zijn vork en propte zijn mond vol en discussieerde en leunde langs de kaarsen over tafel om me te zoenen. Vorig jaar had hij met Kerstmis zo veel gans gegeten en die met zo veel stevige rode wijn weggespoeld, dat hij naar de eerstehulp was gegaan omdat hij dacht dat hij een hartaanval kreeg.

'En deze?' Ik hield een koperen pan omhoog die we samen hadden gekocht.

'Hou maar.'

'Echt?'

'Echt.'

'En al die Spaanse borden die we...'

'Die zijn voor jou.'

Maar hij pakte wél zijn ochtendjas, zijn Zuid-Amerikaanse gitaarmuziek, zijn dichtbundels en natuurkundeboeken, zijn auberginekleurige das. 'Dat is het wel, geloof ik.'

'Wil je een wijntje?'

Hij aarzelde, maar schudde toen zijn hoofd. 'Ik kan maar beter opstappen.' Hij pakte zijn tas. 'Rare wereld, vind je niet?'

'Dus dat is het dan?'

'Wat?'

'Het grafschrift van onze relatie: rare wereld.'

Hij keek me fronsend aan. Er kwamen twee verticale plooien boven zijn neus. Ik glimlachte om hem gerust te stellen dat het echt niet zoveel uitmaakte. Glimlachte toen hij opstond en met zijn dozen wegging, glimlachte toen hij me een afscheidszoen gaf, glimlachte toen hij de trap af liep naar zijn auto, glimlachte toen hij wegreed. Van nu af aan zou ik vooruit kijken, niet achterom.

De Welbeckkliniek ligt in een rustige woonstraat in King's Cross. Toen het pand aan het eind van de jaren vijftig werd gebouwd, was het uitgangspunt dat het er niet als een deprimerend officieel gebouw mocht uitzien. Het moest immers een gebouw worden waarin psychiaters de mensen van hun problemen afhielpen en hen gelukkig maakten en ze weer de grote wereld in stuurden. Wat bedoeld werd met dat het er niet officieel mocht uitzien, was dat het niet Victoriaans mocht overkomen, met spitse torens en smalle, hoekige ramen.

Helaas was het ontwerp zo geslaagd, het kreeg zo veel lof en won zo veel prijzen dat het de bouw van gemeentelijke lagere scholen, ziekenhuizen en bejaardenhuizen beïnvloedde, zodat de Welbeckkliniek er nu juist heel erg officieel uitzag. Normaal gesproken zag ik het gebouw nooit goed, zoals ik me ook niet bewust was van mijn ademhaling. Ik ging er gewoon iedere dag heen, werkte, praatte, studeerde en dronk er koffie. Maar nu ik er weken niet was geweest en de trap op liep, zag ik dat het gebouw al oud werd en dat er vlekken en scheuren in het beton zaten. De deur schuurde over de stenen stoep en kraste als een nagel toen ik hem opentrok.

Toen ik bij Rosa's kamer kwam, liep ze meteen naar buiten en omhelsde me langdurig. Daarna hield ze me een eindje van zich af en bekeek me met een quasi-grappige, onderzoekende blik. Ze was eenvoudig gekleed in een antracietkleurige broek en een marineblauwe trui. Haar haar was al erg grijs en als ze glimlachte leek het alsof haar gezicht met al die fijne rimpeltjes glinsterde. Waar dacht ze nu aan? Toen ik haar bijna zeven jaar geleden voor het eerst ontmoette, was ik al op de hoogte van haar bijzondere werk over de ontwikkeling van kinderen. Ik wist soms niet precies wat ik moest denken van deze grote deskundige op het gebied van kinderen die zelf geen kinderen had, en ik vroeg me wel eens af of de rest van de staf in de kliniek met elkaar wedijverde wie haar knapste zoon of dochter mocht zijn. Weliswaar had de manier waarop ze de kliniek bestuurde iets moederlijks, maar het was niet bepaald verstandig om te rekenen op zachte moedergevoelens en toegevendheid. Ze kon ook keihard zeggen waar het op stond.

'We hebben je gemist, Kit,' zei ze. 'Fijn dat je er weer bent.' Ik zei niets. Ik trok alleen een gezicht waar genegenheid uit moest spreken. Ik had vlinders in mijn buik, als op een eerste schooldag. 'We praten buiten verder,' voegde ze er kordaat aan toe. 'Het is nu opgeklaard, geloof ik. Wat een raar weer vandaag, hè?'

Terwijl we naar de tuin aan de achterkant liepen, kwamen we Francis tegen. Hij was ook nonchalant gekleed in een spijkerbroek en donkerblauw overhemd. Hij had zich, zoals gewoonlijk, niet geschoren en zijn haar zat in de war. Hij was iemand die er liever als kunstenaar dan als intellectueel uitzag. Toen hij me zag, spreidde hij zijn armen uit en het duurde enkele gênante momenten voordat ik me door hem kon laten omhelzen.

'Wat heerlijk dat je terug bent, Kit. Ben je er echt klaar voor?'

Ik knikte. 'Ik heb het werk nodig. Dit is gewoon een beetje alsof je weer gaat paardrijden nadat je van je paard bent gevallen.'

Francis maakte een grimas. 'Ik ben gelukkig nog nooit in de búúrt geweest van een paard. Je kan maar beter nooit op zo'n beest gaan zitten.'

Het had geregend, maar nu scheen de zon en de natte natuurstenen glommen en dampten. De banken waren doornat, dus bleven we onhandig bij elkaar staan, als mensen die op een feestje net aan elkaar zijn voorgesteld.

'Zeg even wat er vandaag op het programma staat,' zei Rosa, om maar iets te zeggen.

'Vanochtend ga ik naar Sue.' Sue was een meisje van drieëntwintig met anorexia, zo mager dat ze haast doorschijnend leek. Haar prachtige ogen leken net boordevolle poelen in haar verschrompelde gezichtje. Ze zag eruit als een kind of een oude vrouw.

'Goed,' zei ze bondig. 'Doe het rustig aan. Laat maar weten of je hulp nodig hebt.'

'Dank je.'

'En dan nog iets.'

'Ja?'

'Schadevergoeding.'

'O.'

'Ja. Francis is er vast van overtuigd dat je juridische stappen moet ondernemen.'

'Een uitgemaakte zaak,' zei Francis. 'Hij heeft het verdorie zelfs met de koffiemok van de agent gedaan. Wat was hij in vredesnaam van plan?'

Ik keek naar Rosa. 'Wat vind jij?'

'Zeg jij maar wat jíj vindt.'

'Ik weet niet wat ik vind. Het was allemaal zo verwarrend. Je weet dat de rechtbank heeft bepaald...' Ik probeerde de formulering in de brief die ik had ontvangen terug te halen. '... dat er geen gerechtelijke stappen zullen worden ondernomen tegen de heer Doll. Misschien was het hun fout. Misschien was het mijn fout. Misschien was het gewoon een ongeluk. Ik weet niet wat ik zou moeten eisen.'

'Pakweg tweehonderdduizend pond, zou ik denken,' zei Francis met een glimlach.

'Ik ben er niet zeker van dat Doll met opzet iemand heeft willen verwonden. Hij was gewoon om zich heen aan het maaien, hij was in paniek. Hij pakte de mok op en smeet hem tegen de muur, hij verwondde zichzelf en toen verwondde hij mij. Hij was er al beroerd aan toe voordat de politie met hem klaar was. Je weet wat er met mensen in politiecellen gebeurt. Ze worden gek. Ze plegen zelfmoord of vliegen andere mensen aan. Daar had ik op voorbereid moeten zijn.' Ik keek naar Rosa en Francis. 'Zijn jullie nou geschokt? Moet ik kwader zijn? Dolls bloed willen drinken?' Ik huiverde. 'Hij is behoorlijk mishandeld door de politie voordat ze hem in een cel gooiden. Zo te horen dachten ze mij daarmee een dienst te bewijzen. Ze zijn vast woedend dat hij er straffeloos van afkomt.'

'Inderdaad,' zei Rosa droogjes.

'En het was de schuld van Furth, al zal hij dat natuurlijk nooit toegeven. En het was ook mijn schuld. Misschien was ik er niet genoeg met mijn gedachten bij. Maar goed, ik zie geen heil in het eisen van schadevergoeding. Wie is daarmee gediend?'

'Mensen moeten verantwoording afleggen voor hun fouten,' zei Francis. 'Je had wel dood kunnen gaan.'

'Maar dat is niet gebeurd. Het gaat goed met me.'

'Denk er in ieder geval over na.'

'Ik denk er de hele tijd over na,' zei ik. 'Ik droom er 's nachts van. Op de een of andere manier vind ik het op dit moment niet belangrijk dat iemand me schadeloos stelt met geld.'

'Dat is dan duidelijk,' zei Francis, op een toon waardoor ik zin had om hem stevig bij zijn neus te pakken en die om te draaien.

Het goot van de regen toen ik naar huis reed. Warme zomerregen spetterde op de voorruit en spoot in regenboogkleurige fonteinen op van de wielen van vrachtwagens die voorbij denderden. Het spitsverkeer nam toe en mijn ogen prikten en mijn keel brandde.

Toen ik voor mijn huis stopte, zag ik dat er een man voor de deur stond. Hij had een regenjas aan, zijn handen in de zakken, en hij keek omhoog naar het huis. Toen hij mijn portier hoorde dichtslaan, draaide hij zich om. Zijn blonde helm van haar glom in de regen. Zijn dunne lippen strekten zich tot een glimlach. Ik keek hem lang aan en hij keek alleen maar terug.

'Inspecteur Furth,' zei ik.

Hoewel ik me door zijn blik onderzocht en beoordeeld voelde, probeerde ik geen spier te vertrekken.

'Je ziet er goed uit, Kit,' zei hij glimlachend, alsof we oude vrienden waren.

'Wat heeft dit te betekenen?'

'Mag ik even binnenkomen?'

Ik haalde mijn schouders op. Het leek me gemakkelijker om gewoon ja te zeggen.

3

'Ik ben hier voor het eerst,' zei hij, terwijl hij om zich heen keek.

Daar moest ik wel om lachen. 'Nogal wiedes. We hebben elkaar maar één keer ontmoet, weet je nog?'

'Het lijkt vaker,' zei hij, terwijl hij in de flat rondliep als een eventuele koper. Hij liep door de kamer naar het achterraam, dat op een groot stuk gras uitkeek. 'Mooi uitzicht,' zei hij. 'Dat zie je niet aan de voorkant. Mooi stukje groen.'

Ik gaf geen antwoord, en hij draaide zich om met een glimlach die door zijn ogen werd tegengesproken. Ze keken schichtig de kamer rond, als een dier dat bang was om van achteren besprongen te worden. Ik had altijd het gevoel dat mijn huis veranderde bij elke persoon die er binnenkwam. Ik zag het dan door hun ogen. Of beter gezegd, ik zag het zoals ik me voorstelde dat die persoon het zou zien. Dit huis was Furth zeker te kaal, het had te weinig comfort en meubels. Er stond een bank en er lag een kleed op de gelakte houten vloer. Er stond een oude stereo-installatie in de hoek, met een stapel cd's ernaast. Er hingen planken vol boeken en er lagen boeken op de grond. De muren waren gewit en zo goed als kaal. De meeste schilderijen hinderden me, maar het was nog erger als ze me niet meer hinderden. Ik vond het pijnlijk dat ik een schilderij waar ik me aan ergerde na weken of maanden niet eens meer zag en dat het gewoon een meubelstuk werd. Zodra ik een schilderij niet meer zag, borg ik het op of deed het weg, en nu had ik er nog maar twee over. Er hing een schilderij van twee flessen op een tafel, dat ik op mijn eenentwintigste van mijn vader had gekregen. Het was door een talentloze vriend van hem gemaakt, een verre neef. Telkens als ik er langsliep, moest ik er even naar kijken. En er hing een foto van de vader van mijn vader, samen met diens broer en zuster voor een decortje in een of andere studio, ergens in het midden van de jaren twintig. Mijn grootvader draagt een matrozenpakje. Alle drie hebben ze een vreemde, verwrongen glimlach op hun gezicht, alsof ze hun lachen proberen in te houden over een grap die buiten ons gezichtsveld, buiten gehoorsafstand was verteld. Het was een prachtige foto. Misschien zou die foto over honderd jaar bij iemand aan de muur hangen en zou men er geamuseerd naar kijken en zich afvragen: wie waren die kinderen?

Ik keek Furth aan en zag dat het hem natuurlijk niets zei. Ik meende iets van verbazing en minachting op zijn gezicht te zien. Is dit alles? Komt Kit Quinn hier elke avond naar terug?

Hij ging te dicht bij me staan en keek me aan met een bezorgde uitdrukking, waar mijn maag van omdraaide.

'Hoe gaat het nou met je?' zei hij. 'Alles goed met je gezicht?'

Ik deed een stap achteruit, voordat hij mijn litteken kon aanraken. 'Ik had niet gedacht dat we elkaar nog zouden zien,' zei ik.

'We vonden het rot voor je, Kit,' zei Furth, en voegde er toen haastig aan toe: 'Niet dat het iemands schuld was. Hij ging tekeer als een wild beest. Er waren vier man nodig om hem in bedwang te houden. Je had beter moeten opletten toen ik zei dat hij een engerd was.'

'Ben je daarom gekomen, om me dat te vertellen?'

'Nee.'

'Waarom ben je dan hier?'

'Om te kletsen.'

'Waarover?'

Hij keek een beetje schichtig. 'We hebben je advies nodig.'

'Wat?' Ik was zo onthutst door deze onverwachte wending, dat ik moeite moest doen om niet te gaan giechelen. 'Je komt hier vanwege een zaak?'

'Dat klopt. We wilden even praten. Heb je iets te drinken?' vroeg hij.

'Zoals?'

'Een biertje of zo.'

Ik ging naar de keuken en vond achter in de ijskast iets dat er Beiers uitzag, en gaf dat aan hem.

'Mag ik roken?'

Ik haalde een schoteltje uit de keuken. Hij schoof het glas dat ik voor hem had neergezet opzij en nam een slok uit het flesje.

Daarna stak hij een sigaret op en nam een paar trekjes.

'Ik werk aan de moord bij het Regent-kanaal,' zei hij na een tijdje. 'Heb je daarover gehoord?'

Ik dacht even na.

'Ik heb een paar dagen geleden iets in de krant gelezen. Een lijk dat bij het kanaal werd gevonden?'

'Precies. Wat vond je ervan?'

'Klonk treurig.' Ik trok een gezicht tegen hem. 'Een kort stukje onder aan de pagina. Een jonge zwerfster is dood aangetroffen bij het kanaal. De enige reden dat erover werd geschreven was dat ze akelige verwondingen had. Ze wisten niet eens hoe ze heette, toch?'

'Nog steeds niet. Maar we hebben een verdachte.'

Ik schudde mijn hoofd. 'Mooi zo. Nou...'

Hij hief zijn hand op. 'Vraag eens hoe de verdachte heet.'

'Wat?'

'Toe dan.' Hij grijnsde breed en ging achterover in de stoel zitten met zijn armen over elkaar heen geslagen. Hij wachtte.

'Oké,' zei ik gehoorzaam. 'Hoe heet de verdachte?'

'Zijn naam is Anthony Michael Doll.'

Ik staarde hem aan en probeerde het tot me door te laten dringen. Hij keek me triomfantelijk aan.

'Zo, snap je nou waarom jij de geknipte figuur bent voor dit geval? Perfect toch?'

'Een kans om me te wreken,' zei ik. 'Ik heb m'n kans gemist om hem in de cel verrot te schoppen, dus misschien kan ik eraan bijdragen dat hij een moord in z'n schoenen geschoven krijgt. Is dat de bedoeling?'

'Nee, nee,' zei hij sussend. 'Mijn baas vond het een goed idee dat je iets voor ons zou doen. Maak je geen zorgen, je wordt ervoor betaald. En wie weet is het leuk. Vraag maar aan je vriend Seb Weller.'

'Leuk,' zei ik. 'Daar kan ik geen nee op zeggen. En het was de vorige keer al zo gezellig.'

Ik liep naar de ijskast en haalde er een open fles witte wijn uit. Ik schonk mezelf een glas in en hield het tegen het schemerende licht. Toen nam ik een grote slok en ik voelde het ijskoude vocht door mijn keel sijpelen. Ik staarde uit het raam, naar de rode zon die laag in de turquoise lucht stond. Het regende niet meer en het zou een mooie avond worden. Ik draaide me weer naar Furth om.

'Waarom denken jullie dat het Doll is?'

Hij keek verbaasd en toen blij.

'Zie je wel? Het interesseert je wél. Hij zit altijd te vissen bij het kanaal. Hij is er dag in, dag uit. Hij meldde zich toen we een oproep deden aan mensen die in de buurt waren geweest.' Furth keek me scherp aan. 'Verbaast je dat?'

'Hoezo?'

'Dat zo'n man zich meldt.'

'Niet echt,' zei ik. 'Als hij onschuldig is, kan hij zich maar beter bekend maken. En als hij schuldig is...'

Ik zweeg. Ik had geen zin om tot een advies gedwongen te worden dat gebaseerd was op Furths ruwe schets van een verdachte. Evengoed knipoogde hij naar me, alsof hij me had betrapt. 'Als hij schuldig is,' zei hij, 'zou hij misschien wel graag bij het onderzoek betrokken willen zijn, op wat voor onbeduidende manier dan ook. Wat denk jij?'

'Dat komt voor, ja.'

'Natuurlijk komt dat voor. Zulke mensen vinden dat juist heerlijk. Ze willen er met hun neus bovenop zitten, zodat ze voelen hoe slim ze zijn. Daar krijgen ze nog een extra kick van. Morbide klootzakken.'

'En wat heeft-ie gezegd?'

'We hebben hem niet ondervraagd.'

'Waarom niet?'

'We laten hem eerst een beetje in z'n eigen vet gaar smoren. Maar we hebben niet stilgezeten. Er werkt een jonge agente bij ons, Colette Dawes heet ze. Aardige meid. Intelligent. Ze heeft contact met hem gezocht. In burger natuurlijk. Is met hem aan de praat geraakt. Je kent dat wel: een drankje, een beetje geflirt, benen over elkaar als hij kijkt, het gesprek een bepaalde richting op sturen. Intussen heeft ze een microfoontje bij zich en wij hebben de banden. Uren vol.'

'En dat is jullie onderzoek?' zei ik verbijsterd. 'Een politieagente met hem laten flirten?'

Furth leunde naar voren met een gespannen uitdrukking op zijn gezicht. 'Ik zeg niks,' zei hij op een samenzweerderige fluistertoon. 'We willen alleen jouw professionele indruk van hem.

Officieus. Het hoeft niet lang te duren. Je leest gewoon zijn dossier en dan praat je even met hem. Je weet wel, een voorlopige beoordeling.'

'Moet ik met hem praten?'

'Ja. Is dat een probleem?'

Uiteraard was dat een probleem, maar ik wist nu zeker dat ik niet kon weigeren. 'Geen probleem,' zei ik. 'Die vrouw, Colette Dawes, heeft die haar zaakjes voor elkaar?'

Furth trok een gezicht.

'Ze kan heel goed voor zichzelf zorgen. We zijn trouwens altijd in de buurt. Luister, Kit, ik begrijp dat je onzeker bent. We dachten dat je je hierdoor misschien wat beter zou voelen.' Hij nam een slokje bier. En jullie wilden er ook even een stokje voor steken dat ik schadevergoeding ga eisen, dacht ik bij mezelf.

'Dank u, dokter,' zei ik. 'Wie weet is dat ook zo.'

'Dus wat doe je?'

Ik stond op en liep naar het raam dat over het verborgen grasveld uitkeek, ingeklemd tussen de achterkant van de kantoren. Het was avond geworden, maar het was niet donker en nog niet eens schemerig. Het licht werd zachter, van felgeel tot goud.

'Het is een pestkuil, wist je dat?' zei ik.

'Wat?'

'Tijdens de pest werden hier lijken in een kuil gegooid. Bedekt met ongebluste kalk. Begraven. Vergeten.'

'Best griezelig.'

'Nee, hoor,' zei ik, terwijl ik me weer omdraaide. 'Ik zal je één ding zeggen. Ik weet niets van jullie zaak. Ik vind het een krankzinnig idee dat die agente voor Mata Hari speelt. Ik weet niet wie jullie daartoe opdracht heeft gegeven en ik wil het niet weten ook. Het lijkt mij onverantwoordelijk, misschien zelfs onwettig, maar goed, ik ben arts, geen jurist.'

'Laat je het me wel weten?'

'Ja.'

'Wanneer?'

'Over een paar dagen, oké? Ik moet eerst met iemand praten.'

'Bel je me?'

'Ja.'

Toen hij wegging, bleef ik lange tijd uit het raam staan kijken. Niet naar Furth, niet uit dat raam. Ik keek naar het gras en zag hoe het groen veranderde in grijs en overging in de prachtige avond. Doden. Overal doden.

4

Ik belde Rosa meteen thuis op. Ik kon niet wachten.

'Furth kwam bij me langs,' zei ik.

'Wie?'

'Die rechercheur. De man die erbij was toen ik werd aangevallen.'

Ik vertelde haar alles en terwijl ik praatte, werd het een steeds vreemder en onprofessioneler verhaal.

'En wat heb je gezegd?' zei ze uiteindelijk.

'Ik was overrompeld.'

'Maar geïntrigeerd.'

'Geïntrigeerd? Ik voelde me gedwongen.'

'Wat betekent dat, Kit?'

'Ik word 's nachts wakker. Of soms word ik niet 's nachts wakker. Dat lijkt nauwelijks verschil te maken. En dan maalt het maar door in mijn hoofd, alsof het nog steeds gebeurt. Of dat het staat te gebeuren en ik het kan tegenhouden, de klok terugdraaien. Het lijkt alsof ik weer in die kamer ben en dat er overal bloed is. Van mij. Van hem.'

'Dus je wil Doll weer zien en hem tot menselijke proporties terugbrengen?'

'Jij bent best slim, hè?'

'Slimheid heb ik niet hoog in het vaandel staan, hoor. Luister, Kit, ik zal je twee dingen zeggen en dat zijn precies die twee dingen die je in je hoofd moet hebben gehad toen je mij ging bellen. Het eerste is of je er goed aan doet om die man weer te zien. Het tweede is dat het niet uitmaakt of je er goed aan doet. Je wordt ingeschakeld voor een klus. Kun je die aan?'

'Ik denk van wel, ja.'

Het was even stil.

'Het is riskant om iemand om raad te vragen, Kit. Misschien

krijg je niet de raad die je wil.' Ze zuchtte. 'Het spijt me. Ik vind dat je het niet moet doen. Maar waarom denk ik nou dat je mijn mening aan je laars lapt?'

'Misschien is de lijn slecht.'

'Ja, dat zal het zijn.'

Ik legde de hoorn neer. Buiten schemerde het. De regen droop alweer langs de raamkozijnen en spetterde en striemde in de natte bomen. De woeste julimaand, bestookt door warme stortbuien. Ik ging bij het raam staan en keek naar de tuin beneden, het kletsnatte gras.

Een stel ploeterde hand in hand door het gras, door de hopen doorweekte bloesems en de ondiepe plassen. Zij draaide haar gezicht naar hem toe en lachte in het halfdonker. Ik liep van het raam weg. Liefde en werk, daar kom je de dagen mee door.

De telefoon ging, zodat ik uit mijn dromerij opschrok. 'Met Kit?'

De stem klonk ver weg. Krakerig. Kwam hij uit het buitenland? Misschien niet. New York klinkt soms dichterbij dan Zuid-Londen. Ergens is het dat ook.

'Ja?'

'Met Julie.' Doffe stilte. Julie. Julie. Julie. Zei me niets. 'Julie Wiseman.'

'O, Júlie. Maar jij was toch...' Ze was weggegaan. Met de noorderzon vertrokken.

'Ik ben terug.'

Terug waarvan? Hoorde ik dat te weten? Ik probeerde me haar voor te stellen zoals ik haar het laatst had gezien. Donker krullend haar, opgestoken, toch? Er spoelde een golf van herinneringen door me heen, als een vlaag warme lucht, waardoor ik moest glimlachen. Sigaretten 's avonds laat in goedkope restaurants. Eén avond waren we allemaal zo lang gebleven dat de koks met een fles wijn de keuken uit kwamen en bij ons kwamen zitten. Maar het voornaamste was dat Julie iets had gedaan wat we allemaal wilden doen, zeiden we, hoewel we stilletjes wisten dat we het nooit zouden durven. Ze was wiskundelerares op een middelbare school en ze nam ontslag en ging een reis om de wereld maken of heel Zuid-Amerika door of zoiets. Ik voelde dat ik ontspande. Ik zei dat we haar gemist hadden en dat het fantastisch zou zijn om haar weer te zien. En zij zei toen dat het fantastisch zou zijn om bij me langs te komen en daarna bleek algauw dat het fantastisch zou zijn als ze nog meer zou kunnen doen. Nu wist ik het weer. Ze had ook haar huis opgegeven toen ze wegging. Wat had ze met al haar spullen gedaan? Ze allemaal weggegeven, haar kennende. Dat was typisch Julie, vrijgevig met haar eigen bezittingen, en vrijgevig met jouw bezittingen. Kon ze een paar dagen logeren? Ik zweeg even, terwijl ik een reden probeerde te bedenken om ontstemd te raken en nee te zeggen. Maar ik kon niet verzinnen wat er tegen was om een tijdje iemand in huis te hebben.

Ze kwam binnen met een vleugje elders om haar heen. Een enorme rugzak en een bruine canvas tas ploften op de vloer, zodat het stof opstoof. Ze had bruine leren schoenen aan, een ruwe kaki broek en een blauw gewatteerd jack, dat er een beetje Tibetaans uitzag. Haar gezicht was niet zomaar bruin. Het was het bruin voorbij. Het zag er geschuurd, gehard, verweerd, gepolijst uit. Haar handen en polsen waren ook bruin, en haar ogen, die schitterden als halfedelstenen, lachten om iets grappigs wat jij nog moest horen.

'Jemig, Kit, wat is er met je gezicht gebeurd?'

'O, ja, dat zit zo...'

Maar ze stond al gebukt en rommelde in een plastic zak.

'Ik heb iets voor je,' zei ze. Ik verwachtte dat ze met een handgesneden, antiek boeddhabeeldje te voorschijn zou komen, maar het was een fles gin uit de taxfree-winkel. 'Ik dacht dat je misschien wel wat tonic in huis zou hebben,' zei ze. 'Anders ga ik het wel even halen.'

Het stond vast dat die fles zou opengaan en meteen geschonken zou worden.

'Hoeft niet,' zei ik. 'Ik heb tonic.'

'Mag ik wat te eten maken? Ik heb zowat dertien uur geslapen in het vliegtuig.'

'Waar kom je vandaan?'

'Ik ben een paar weken in Hong Kong blijven hangen,' zei ze. 'Verbijsterend. Gebakken eieren zou lekker zijn.'

'Met spek?'

'Heerlijk. En gebakken brood, als je hebt. De laatste maanden heb ik gedroomd dat ik in Engeland terugkwam en dan een lekker vet ontbijt zou krijgen: eieren en spek en tomaten en brood, allemaal gebakken.'

'Ik haal wel even tomaten. Op de hoek is een supermarkt die vierentwintig uur open is.'

'Ik heb nog iets voor je.' Ze haalde een enorme slof belastingvrije Marlboro uit haar tas.

'Ik rook niet, hoor.'

'Dat wist ik eigenlijk wel,' zei Julie glimlachend. 'Mag ik er eentje opsteken?'

'Ga je gang.'

Een kwartier later zat ik tegenover Julie aan de keukentafel. Ik nipte aan mijn gin-tonic. Zij wisselde slokjes gin af met slokken boomschorsbruine thee en aanvallen op een gigantisch bord met haar zeer verlate ontbijt. Tijdens het eten vertelde ze flarden van verhalen: trektochten in de hoge bergen, kano's, lifters, kampvuren, exotisch eten, een overstroming, oorlogsgebieden, korte seksuele avontuurtjes, een serieuze relatie in een appartement aan de haven van Sydney, bemanningslid op een jacht tussen eilanden in de Stille Oceaan, baantjes als serveerster in San Francisco, Hawaï en Singapore, of was het in Sao Paulo en Santo Domingo? En dat alles was natuurlijk een soort voorproefje om me lekker te maken. De smeuïge details bewaarde ze voor later.

'Wat een heerlijke flat,' zei ze. 'Heb ik altijd gevonden.'

Ik was even in de war.

'Woonde ik hier al voordat je wegging?'

'Natuurlijk,' zei ze, terwijl ze een dikke plas eigeel met een hoekje vet brood opdepte. 'Ik ben hier verschillende keren geweest. Ik heb hier gegeten.'

Ze had gelijk, nu wist ik het weer. Het kwam aan als een verwijt. Zij had zoveel gedaan, zo veel vreemde zonsondergangen gezien, zo veel 'ervaringen' gehad, zoveel gezien, terwijl ik al die tijd in Clerkenwell was geweest, naar mijn werk was gegaan, een kamer had laten schilderen. Mijn werk was kennelijk zo belangrijk dat ik niet eens vakantie had genomen in de periode dat Julie haar geest aan het verruimen was. Ik zag mezelf in een flits in de spiegel. Wat zag ik bleek. Alsof Julie uit de zon was gekomen, een steen had opgetild en mij eronder had aangetroffen, vochtig en ziekelijk.

'Maar ergens benijd ik je echt,' zei ze, terwijl ze dat absoluut niet meende. 'Ik ben van de ladder gestapt. De maatschappelijke ladder, dus. Nu ben ik terug en moet ik weer opstappen. Ik ben terug en volkomen ongeschikt om te werken.' Ze stootte een lachje uit. Ze was duidelijk erg trots op zichzelf, en terecht, moest ik toegeven. 'En jij,' zei ze, het moment waar ik bang voor was geweest. 'Wat heb jij allemaal uitgespookt? Hoe heb je dat ongelooflijk sexy litteken gekregen?'

'Ik ben door iemand aangevallen op een politiebureau.'

'Jezus!' Ze leek onder de indruk, en terecht. 'Waarom?'

'Weet ik niet. Omdat hij in paniek raakte of zo.'

'Wat afschuwelijk.' Ze depte energiek eigeel op met gebakken brood en smakte een paar seconden luid. 'Was het echt erg?'

'Behoorlijk. Het is drie maanden geleden gebeurd en ik ben pas vandaag weer begonnen met werken.'

'Vandaag? Je vindt het toch niet erg dat ik er ben, hè?' Haar gezicht rimpelde tot een bezorgde frons. 'Dat ik zo kom binnenvallen.'

'Nee, dat is prima. Als het maar niet te lang...'

'Wat is er nog meer gebeurd? Behalve dat je aangevallen bent door een gek en bijna doodging, bedoel ik?'

Ik zocht naar een belangrijke gebeurtenis.

'Albie en ik zijn uit elkaar,' zei ik. 'Eindelijk.'

'Ja,' zei Julie meelevend. 'Ik herinner me dat jullie problemen hadden.' Kut, dacht ik, is dat echt zo? Drie jaar geleden al? Mijn leven leek wel zo'n ouderwetse diepzeeduiker, die heel erg langzaam over de bodem loopt in zware, loden schoenen. 'Heb je al iemand anders?'

'Nee,' zei ik. 'Het is nog maar pas.'

'O,' zei ze. 'En je werk?'

'Nog steeds op de kliniek.'

'O,' zei ze.

Ik moest iets bedenken. Dat moest gewoon. Anders kon ik net zo goed de kamer verlaten en de hulplijn bellen.

'Ik ben net gevraagd om een klusje voor de politie te doen. Misschien wordt het een soort adviseursbaan.' Door het hardop tegen een buitenstaander te zeggen, werd het reëler.

Ze nam een enorme slok gin, slikte hem door en gaapte. Ik zag haar witte tanden, roze tong, een glinsterend keelgat.

'Ongelooflijk,' zei ze. 'Had ik je al verteld van die man die mij en een vriendin oppikte toen we naar de Drakensbergen gingen?'

Dat had ze niet, maar we gingen op de bank zitten en toen vertelde ze het. De volledige versie, deze keer. Het gaf me een rustgevend gevoel: Julie als een kat uitgestrekt, die enthousiast vertelde over die verre gevaren, terwijl ik om de paar minuten een slokje nam en de avond heel langzaam voortkroop, als een spelletje ganzenbord dat ik nooit kon winnen. Toen ik na lange tijd opkeek, was Julie in slaap gevallen met haar glas nog in haar hand, omdat haar hersens haar fitte, bruine lichaam gewaarschuwd hadden dat ze in Thailand of Hong Kong was en dat het eigenlijk drie uur 's nachts was. Ik schoof het glas uit haar handen en ze mompelde iets onverstaanbaars. Daarna pakte ik een dekbed uit de kast in mijn slaapkamer en legde dat over haar heen, tot aan haar kin. Ze slaakte een zucht en wikkelde zich erin als een hamster in zijn nest. Ik moest glimlachen toen ik dat zag. Deze zwerfster voelde zich al meer op haar gemak in mijn huis dan ik.

Ik liep naar mijn slaapkamer en kleedde me uit. Het was een bizarre dag geweest, razend druk na zo veel weken herstellen. Mijn hoofd liep om. Mijn huid voelde koud en naakt, als een takje waarvan de schors was afgestroopt. Ik stapte in bed en trok mijn eigen dekbed over me heen. Ik scheen het niet lekker over me heen te kunnen krijgen. Ik wist dat het dekbed vierkant was, maar het voelde ruitvormig, zodat er steeds een stukje van mijn lichaam onbedekt bleef. Eindelijk stond ik mezelf toe om te denken aan het meisje dat dood bij het kanaal was gevonden. Lianne, zo heette ze, of zo noemde ze zichzelf. Alleen Lianne. Een eenzaam meisje, zonder naam, zonder huis. Ik zou gauw meer over haar te weten komen, morgen misschien. Ik moest slapen, zodat mijn hoofd morgen weer helder was. Morgen moest ik met Doll praten. Ik streek over mijn litteken. Sloot mijn ogen.

Ze lag natuurlijk niet meer bij het kanaal. Lianne zonder achternaam. Ze lag in een koude metalen kast, als een soort archiefstuk. Ik voelde bijna lichamelijk hoe groot Londen zich om mij heen uitstrekte. In sommige huizen gebeurden akelige dingen. Maar ik probeerde mezelf ervan te overtuigen dat het statistisch niet uitmaakte. Denk aan al die miljoenen en miljoenen huizen waarin goede dingen gebeuren, of niets schokkends, behalve eenzaamheid of verwaarlozing. Dat waren pas echt onvoorstelbare cijfers. Al die huizen waarin niets ernstigs gebeurde. Ik werd er niet vrolijker van, maar toch viel ik in slaap.

5

Het huis van Michael Doll was boven een trimsalon in Homerton, in een straat vol vreemde, sjofele winkeltjes, waarvan ik me altijd afvroeg hoe die in vredesnaam konden bestaan. Er was een dierenpreparateur, met een opgezette, verschoten ijsvogel in de etalage, die je met doffe ogen aanstaarde. Wie wilde er nou een ijsvogel opzetten? Er was een kledingwinkel waar bloemschorten en stretchbroeken met hielbanden werden verkocht, een winkeltje met spullen die niet meer dan één pond kostten, een supermarktje dat vierentwintig uur open was, waar blikjes in piramides op de schappen gestapeld waren en een dikke man bij de kassa in zijn neus zat te peuteren. Nummer 24a. Een van de ramen was bedekt met een bollend stuk plastic. Er brandde licht.

Ik zei tegen Furth: 'Je weet best dat dit de omgekeerde wereld is. Jullie horen naar deze zaak te kijken en dan een eventuele verdachte aan te wijzen, en niet naar een verdachte te kijken om te zien of hij in jullie zaak past. Ik doe dit alleen omdat jullie de boel al verziekt hebben door die mooie Colette met haar microfoontje en lange, slanke benen in te schakelen.'

'Wat je zegt, Kit,' antwoordde hij afwezig, terwijl hij de grauwe straat af tuurde. 'Maar gaat het wel een beetje?'

'Best.' Ik ging hem niet vertellen dat ik sinds drie uur 's ochtends had wakker gelegen om te repeteren voor dit moment.

Toen we de auto uit stapten voelde ik een siddering van angst en balde mijn vuisten. Ik had een zwarte spijkerbroek aan, een wit T-shirt met lange mouwen onder een oud suède jasje, waar mijn zendertje onder verborgen zat. Mijn haar zat in een losse staart. Ik wilde er ontspannen en toegankelijk uitzien, maar ook zakelijk. Ik was de arts, vriendelijk, maar geen vriendin.

Ik belde aan, maar kon niet horen of die boven rinkelde. Er werd niet opengedaan. Ik belde weer en wachtte, maar er kwam niemand. Toen duwde ik tegen de deur en hij ging met een zwaai open. Ik liep naar binnen en riep: 'Hallo? Michael?' Mijn stem bleef hangen in de muffe lucht.

De trap was smal en kaal. Er lagen stofnesten op de treden. Het trappenhuis was ziekenhuisgroen geschilderd. Ik legde mijn hand op de gelakte leuning, die plakte, alsof er vóór mij een heleboel kleverige vingers aan hadden gezeten. Er was nauwelijks ruimte voor twee personen. Ik ging voorop, met Furth achter me aan, alsof we een wenteltrap in een kasteeltoren beklommen. Terwijl ik naar de bovenste deur liep, kreeg ik een sterke, vleesachtige geur in mijn neus. Plotseling besefte ik dat dit helemaal verkeerd was.

'Dit kan niet,' zei ik zachtjes tegen Furth.

'Hoezo niet?' siste Furth. 'Durf je niet meer?'

Ik schudde mijn hoofd. 'Nee, nee. Ik moet hem in mijn eentje zien.'

'Hoe bedoel je? Dat kan ik niet toestaan, verdomme.'

'Begrijp je het dan niet? Jij en ik en hij, hetzelfde verhaal. Wat moet hij dan denken?'

Furth keek wanhopig rond, alsof er iemand anders op de trap stond die de leiding kon overnemen. 'Je gaat daar niet alleen naar binnen.'

'Hij was een onbenullig engerdje, zei je. Wat is nou het probleem?'

'Ik denk dat hij een moordenaar is, zei ik.'

Ik dacht even na. 'Jij blijft op de trap staan. Ik zeg tegen hem dat jij daar bent. Dat moet lukken.'

Furth zweeg even. 'Ik sta vlak achter de deur. Eén gil en ik ben binnen. Hoor je me? Eén moment van twijfel en je gilt, Kit.'

'Prima,' zei ik, en haalde diep adem. 'Blijf een paar treden achter me tot ik binnen ben. Michael?' riep ik weer en ik klopte hard op de deur, die dezelfde deprimerend groene kleur had.

Er werd een ketting in het slot geschoven en daarna deed hij de deur op een kiertje open. 'Wat moet je?'

Een klein deel van Dolls gezicht gluurde naar me. Zijn ogen waren een beetje bloeddoorlopen, zijn bleke voorhoofd was bezaaid met piepkleine puistjes. De geur was nu sterker.

'Ik ben Kit Quinn, Michael. Dokter Quinn. De politie heeft je gebeld dat ik zou komen.'

'Maar ik verwachtte je niet. Ik heb niet... het is hier een troep.

Je bent te vroeg. Het is één grote troep.'

'Dat maakt me niets uit.'

'Wacht, wacht.' De deur ging dicht en ik hoorde dat hij aan het opruimen was. Dingen werden over de grond gesleept, laden dichtgeklapt, er liep een kraan.

Een paar minuten later ging de deur open, deze keer helemaal. Daar stond Doll. Ik glimlachte gedwongen en ik zag dat hij teruglachte. Met loden benen ging ik naar binnen.

Hij had zijn sluike haar achter zijn oren gekamd en lotion opgedaan. Die zoete geur, gecombineerd met de vleesachtige lucht, kwam nu in mijn neus.

Met moeite stak ik mijn hand uit. Die trilde niet, zag ik. Doll schudde hem voorzichtig, alsof het een bom was die kon afgaan. Zijn handpalm voelde zacht en klam aan. Hij durfde me niet aan te kijken.

'Hallo, Michael,' zei ik, en hij deed een stap naar achteren, zodat ik naar binnen kon gaan. Terwijl ik over de drempel liep, hoorde ik een zacht gegrom en daarna stormde er een donkere gedaante op me af. Ik zag gele tanden, een rode tong, glinsterende ogen, en ik voelde de stinkende adem op mijn gezicht, voordat Doll hem wegtrok.

'Af, Kenny!' Kenny was groot en bruinzwart, met veel Duitse herder in zich. 'Sorry. Sorry.'

'Geeft niets. Hij heeft me niet eens aangeraakt.' De chemische golf van angst stroomde nog door mijn aderen. Het gegrom klonk nog achter in Kenny's keel.

'Nee, het spijt me echt. Heel erg.'

'O, je bedoelt dít.' Ik legde mijn hand tegen mijn gezicht en hij staarde naar het litteken.

'Sorry,' zei hij weer. 'Sorry sorry sorry. Ik wou niet... het was gewoon de behandeling die ik daar kreeg... het was niet echt mijn schuld, jij was op die plek en zij zeiden van alles.'

'Daar kom ik niet voor, Michael.'

'Jij staat aan hun kant.'

'Ik sta niet aan hun kant. Ik wil eerlijk tegen je zijn. Ik ben arts, ik praat met mensen die problemen hebben, die de behoefte of de noodzaak voelen om te praten. En ik geef de politie advies. Ze hebben me hierheen gebracht, maar ik heb ze gezegd dat ze buiten moeten wachten. Ik wil alleen maar praten, met z'n tweetjes.'

'Ja. Ze hebben me ook in elkaar geslagen, hoor. Het ging niet alleen om jou. Om ons allebei.'

Ik keek naar hem en dacht erover waarom een man als Michael Doll nooit een normale baan zou krijgen, waarom hij de meeste vrouwen angst zou inboezemen. Er was geen simpele verklaring voor. Alles was gewoon een beetje uit het lood. Ik bedacht hoe dronken mensen net doen alsof ze nuchter zijn, dat ze misschien alle details bij de hand hebben, maar dat niemand erin trapt. Doll deed een normaal, sociaal lid van de maatschappij na. Hij had zelfs speciale moeite gedaan voor mijn bezoek. Hij had de knopen van zijn overhemd helemaal tot aan zijn hals dichtgedaan en hij droeg een das. Er was niets vreemds aan die das, alleen was hij ontzettend strak gestrikt, zodat de knoop heel klein was. Het leek alsof hij nooit meer los zou komen. Zijn versleten ribfluwelen jasje was net iets te groot en hij had de ene mouw naar binnen opgerold en de andere naar buiten, zodat de voering aan de ene kant zichtbaar was, maar niet aan de andere. Zijn riem was blijkbaar gebroken, want er zat plakband omheen. Hij had zich geschoren, maar had een onwaarschijnlijk groot stuk overgeslagen, een archipel van stoppels onder zijn kaaklijn.

Ik wist niet of hij een slecht mens was of een psychopaat. Wel wist ik dat hij arm was en dat altijd zou blijven. Ik wist dat hij alleen woonde. Ik denk wel eens dat de belangrijkste woorden die we te horen krijgen niet 'Ik hou van je' zijn, maar 'Zó kun je de straat niet op'. Dat krijg je als kind keer op keer te horen en als je volwassen wordt, maak je je die woorden eigen en zeg je ze tegen jezelf. En zo leer je tijdens het opgroeien je te gedragen zoals het hoort, te praten zoals het hoort, zodat je niet te veel opvalt. Maar zo iemand als Michael Doll heeft dat nooit te horen gekregen, of niet op de juiste manier. Je normaal gedragen is voor hem een vreemde taal die hij nooit helemaal zal beheersen.

'Thee? Koffie?' Er stond zweet op zijn voorhoofd.

'Thee, graag.'

Hij pakte twee mokken uit een verder lege kast. De ene was een Prinses Diana-mok, de andere had een kapotte rand. 'Welke wil je?'

'Die met Diana.'

Hij knikte, alsof ik geslaagd was voor een test. 'Ze was heel bijzonder, Diana.' Hij keek me schichtig aan en daarna dwaalde zijn blik weer af. Hij stak zijn hand onder zijn overhemd en krabde heftig. 'Ik was dol op haar. Wil je... eh...' Hij wees naar de bank.

Ik ging er voorzichtig op zitten en zei: 'Ja, veel mensen waren dol op haar.'

Hij fronste, alsof hij naar de juiste woorden zocht, en herhaalde toen hulpeloos: 'Ze was heel bijzonder.'

In de hoek van de kleine ruimte, tegelijk woonkamer en keuken, lagen twee grote botten. Een wolk vliegen gonsde er luidruchtig omheen, en ook om een bakje op de grond, halfvol hondenvoer in gelei. Boven het kleine, vettige fornuis hing zo'n kalender met naakte vrouwen met enorme borsten en een vage glimlach. In de hoek stond een kleine televisie, met het geluid uit. Een horizontale witte streep flikkerde over het scherm. De bank zat onder de hondenharen en vlekken waar ik niet over wilde nadenken. Bierblikjes, chipszakjes en overvolle asbakken lagen op de grond. Door de deur zag ik een stukje van Dolls slaapkamer. De hele muur hing vol foto's uit kranten en tijdschriften. Voor zover ik kon zien varieerden ze van halfnaakte, pruilende pin-ups tot harde porno.

Er waren planken langs de muur, niet voor boeken, maar voor willekeurige troep blijkbaar: een plastic balletdanseresje met haar ene been bij de knie afgebroken, een stuk of zes oude, roestige radio's, een fietsbel, een paar modderige takjes, een halsband, een opschrijfboekje met voorop de foto van een tijger, een jojo zonder touwtje, een kapotte waterkruik, een roze meisjeshaarband met een roos aan de voorkant, één lichtblauwe sandaal, een haarborstel, een stuk ketting, een tinnen schaal, een bolletje garen, een hoopje gekleurde paperclips, verscheidene oude, glazen flessen. Ik kon me voorstellen dat ruim de helft van de burgerij zou vinden dat Michael Doll levenslang achter de tralies moest verdwijnen, alleen al om wat hij deze kamer had aangedaan.

Hij zag me kijken en zei, half trots, half afwerend: 'Dat zijn gewoon spulletjes die ik verzamel. Uit het kanaal. Je wil niet wéten wat de mensen allemaal weggooien.'

Ik keek toe hoe Doll een theezakje in elke mok deed en daarna vier scheppen suiker in die van hem. Zijn hand trilde zo hevig dat hij suiker over het aanrecht morste.

'Ik hou van zoet,' zei hij. 'Koekje?'

Ik voelde dat ik niets kon eten waar hij ook maar naar gekeken had. 'Nee,' zei ik. 'Maar neem gerust.'

Hij pakte twee koekjes uit een pak en sopte ze allebei tegelijk in de thee, tot aan zijn vingertoppen. De koekjes waren zo pappig dat hij ze in zijn andere hand moest houden. Hij bracht ze naar zijn mond en at ze met smaak op, terwijl hij de prut van zijn kin likte. Zijn tong was dik en grijzig.

'Sorry,' zei hij grijnzend.

Ik bracht mijn lippen bij de rand van de mok en deed net alsof ik een slokje nam. 'Zo, Michael,' zei ik. 'Weet je waarom ik hier ben?'

'Ik moest je over het meisje vertellen, zeiden ze.'

'Ik ben arts en ik hou me bezig met mensen die zulke misdaden begaan.'

'Zoals?'

'Gewelddaden tegen vrouwen, dat soort dingen. Maar goed, ik ben door de politie gevraagd om advies over de kanaalzaak.' Ik zag zijn goede oog even oplichten. Voor het eerst keek hij me serieus aan. 'Natuurlijk wil ik graag praten met iemand die misschien iets gezien heeft,' ging ik verder. 'Jij hebt je gemeld, jij was in de buurt.'

'Ik vis,' zei hij.

'Weet ik.'

'Ik zit er elke dag,' zei hij. 'Als ik niet werk. Het is er lekker rustig, weg van al het lawaai. Het is een beetje landelijk eigenlijk.'

'Eet je de vis ook?'

De ontzetting en walging stonden op Dolls gezicht.

'Kan vis niet luchten,' zei hij. 'Glibberige, stinkende beesten. En uit dat water kan je maar beter niets eten. Ik heb een keer een vis voor m'n hond meegenomen. Die moest 'm niet. Nu hou ik ze gewoon in m'n net en aan het eind van de dag gooi ik ze weer terug.'

'Je was vlak bij de plek waar het slachtoffer werd gevonden.'

'Klopt.'

'Weet je wat er gebeurd is?'

'Ik heb het in de krant opgezocht. Er stond niet zoveel over in. Ze heette Lianne. Ik heb een oude foto van haar gezien toen ze nog leefde. Ze was nog maar een meisje. Een jaar of zeventien, zeiden ze. Nog maar een meisje. Afschuwelijk was het.'

'Heb je je daarom gemeld?'

'Dat vroeg de politie. Ze wilden met iedereen die in de buurt was praten.'

'Hoe dichtbij was je?'

'Ik zat er zo'n zestig meter vandaan. Bij de rivier. Ik was er de hele dag. Aan het vissen dus, hè.'

'Als Lianne jou gepasseerd was, had je haar gezien.'

'Ik heb haar niet gezien. Maar misschien is ze wel langsgelopen. Als ik aan het vissen ben, vergeet ik alles om me heen. Heb jij haar gezien?'

'Wat?'

'Heb je haar lijk gezien?'

'Nee.'

'Haar keel was doorgesneden.'

'Dat klopt.'

'Is dat een snelle manier om dood te gaan?'

'Als je de slagaders doorsnijdt wel.'

'En dan krijg je veel bloed, hè? De moordenaar moet onder hebben gezeten.'

'Dat zal best. Zo'n arts ben ik niet. Heb je daarover zitten nadenken?'

'Ja, natuurlijk. Ik kan 't niet uit mijn hoofd zetten. Daarom wou ik weten wat de politie eraan doet.'

Weer deed ik net of ik een slokje nam. 'Ben je geïnteresseerd in het onderzoek?' vroeg ik.

'Ik ben nog nooit zo dicht bij zoiets geweest. Ik dacht dat ik eraan kon meedoen. Ik wou helpen.'

'Je kan het niet uit je hoofd zetten, zei je.'

Hij ging even verzitten. Hij pakte nog een koekje, maar at het niet op. Hij brak het in stukjes en daarna in nog kleinere stukjes, tot er alleen kruimels op tafel lagen. 'Ik stel het me steeds voor.'

'Wat dan?'

'Hoe dat meisje langs het kanaal loopt en dat dan opeens haar keel wordt doorgesneden en dat ze doodgaat.'

Ik haalde een pakje sigaretten uit mijn zak, dat ik speciaal voor deze gelegenheid uit Julies slof had gepikt. Hij keek op. Ik bood hem er een aan, en hij pakte die. Ik gooide mijn doosje lucifers op tafel, net als je bij vrienden doet.

'De politie heeft je vast gevraagd of je je iets kon herinneren.'
'Klopt.'
'Ik wil dat vanuit een andere invalshoek doen, zodat er misschien een herinnering naar boven borrelt. Ik wil weten hoe je je erover voelt.'
'Hoe bedoel je?'
'Dat Lianne vermoord is.'
Hij haalde zijn schouders op. 'Ik denk eraan.'
'Omdat je vlakbij was?'
'Zoiets, ja.'
'Waar denk je dan aan?'
'Ik stel het me voor.'
'Wat stel je je dan voor?'
'Het. Het,' zei hij nog eens. 'Ik denk erover na hoe het geweest moet zijn.'
'Hoe denk je dat het geweest is, Michael?'
Hij lachte. 'Dat is toch jouw werk? Jij probeert je toch voor te stellen hoe het moet zijn om vrouwen te vermoorden?'
'Je kon het niet uit je hoofd zetten, zei je.'
'Ik heb niets gezien. Dus fantaseer ik het.'
'Dat vind ik zo interessant,' zei ik. 'Als je niets hebt gezien, waarom heb je je dan bij de politie gemeld?'
'Omdat ik in de buurt was. Omdat de politie het vroeg.'
'Gaat het goed met je, Michael? Praat je met iemand?'
'Een dokter, bedoel je?'
'Ja.'
'Waarvoor?'
'Soms helpt het om erover te praten.'
'Ik heb er wel over gepraat.'
'Met wie? Met een vriend? En?'
Hij haalde zijn schouders op. 'We hebben gepraat.'
Er viel weer een stilte. 'Je bent in deze zaak geïnteresseerd. Wil je er iets over weten?'
Zijn blik veranderde. Ontwijkend? 'Het interesseert me wat de politie doet. Ik wil weten hoe het gaat. Ik vind het een vreemd gevoel, dat ik er was en niets weet.'
'Als je het niet uit je hoofd kan krijgen, wat zie je dan?'
Hij dacht even na. 'Een flits, alsof je het licht snel aan- en uitdoet. Ik zie de vrouw.'

'Welke vrouw?'

'Gewoon, een vrouw. Ik zie haar op het jaagpad. Er sluipt iemand achter haar aan, hij grijpt haar beet, hij snijdt haar keel door. Ik zie het allemaal in een flits. Telkens en telkens weer.'

'En wat voel je dan?'

Hij schudde met zijn lichaam, huiverde bijna. 'Weet ik niet. Niks. Ik raak het gewoon niet kwijt. Het is er altijd. Ik wilde alleen maar helpen.' Zijn stem klonk klagerig en hoog, als een klein jongetje.

Ik moest weer aan zijn levensverhaal denken, dat ik gisteren in de dossiers had gelezen, toen ik naar het bureau was gegaan om met Furth te praten. Op zijn achtste was hij door de kinderbescherming uit huis gehaald, omdat hij verwaarloosd werd door zijn alcoholische moeder en geslagen door zijn stiefvader. Op zijn zestiende was hij twintig weeshuizen en tien pleegouders verder. Een geschiedenis van bedplassen, weglopen, gepest worden op school, daarna zelf de pester. Hij had een kat gemarteld in een van zijn pleeggezinnen en in een ander had hij zijn beddengoed in brand gestoken. Op zijn dertiende was hij naar een speciale afdeling voor gestoorde kinderen overgebracht, waar zijn agressieve gedrag was toegenomen. Toen hij eenmaal op zichzelf was en in een groezelig pension woonde, over straat zwierf met zijn schele oog en meisjes in het park bespiedde, moest het wel een keer misgaan.

'Niemand luistert,' zei hij zeurderig. 'Dat is het probleem. Niemand luistert 's een keer. Als je iets zegt, horen ze je niet omdat ze je gewoon een stuk schorem vinden, of zoiets. Dat roepen ze tegen je. Ze horen niet wat je zegt. Daarom ga ik vissen, omdat ik daar niemand hoef tegen te komen. Ik kan er de hele dag zitten. Ook als het regent. Ik vind regen niet erg.'

'Heeft er nooit iemand naar je geluisterd?'

'Niemand,' antwoordde hij. 'Nooit. Zij ook niet.' Daar bedoelde hij zijn moeder mee, vermoedde ik. 'Het kon haar niets schelen. Is me niet eens komen opzoeken toen ik werd weggehaald. Nooit. Ik weet niet eens of ze nog leeft. Als ik ooit een zoontje of een dochtertje krijg' – zijn stem werd overdreven sentimenteel – 'dan knuffel ik ze en verwen ze en laat ze nooit meer gaan.' Een askegel viel op zijn broek.

'En in de tehuizen?' vroeg ik. 'Luisterden ze daar niet naar je?'

'Daar? Laat me niet lachen, zeg. Soms voerde ik wat uit, dat kon ik niet helpen, want ik zat helemaal vol shit en dat moest eruit, en dan kreeg ik slaag en ik werd in m'n kamer opgesloten, en ook al huilde ik tranen met tuiten, ik mocht er niet uit.' Zijn ogen schoten weer vol. 'Niemand hoort je.'

'En je vrienden dan?' vroeg ik voorzichtig.

Hij haalde zijn schouders op, drukte zijn sigaret uit.

'Vriendinnen?'

Doll werd onrustig. Hij plukte aan de stof van zijn broek en zijn ogen schoten weg. 'Er is wel iemand,' zei hij. 'Ze vindt me aardig, dat heeft ze gezegd. Ik heb haar dingen verteld. Met haar praat ik dus.'

'Wat voor dingen?'

'Dingen die ik vind en zo, hè.'

'Gevoelens?'

'Gevoelens, ja. En andere dingen. Je weet wel.'

'Gevoelens voor vrouwen?'

Hij begon onverstaanbaar te mompelen.

'De gevoelens die je voor vrouwen hebt, Michael, word je daar zenuwachtig van?'

'Weet niet.'

'Hou je van vrouwen?'

Hij giechelde onderdrukt en zei: 'Natuurlijk wel. Ik ben heel normaal op dat gebied.'

'Ik bedoel, hou je van ze als mensen? Ben je ook bevriend met vrouwen?'

Hij schudde zijn hoofd, stak nog een sigaret op.

'Als je aan het vermoorde meisje denkt, wat voel je dan?'

'Die Lianne was van huis weggelopen. Dat snap ik best. Ik ben ook weggelopen, hè. Ik heb altijd gedacht dat m'n moeder me terug zou halen. Maar als ze nu ineens opdook, sla ik haar gezicht tot moes. Ik sla het tot moes met een van haar drankflessen, hè, tot er niets meer van over is. Dat is haar verdiende loon.'

'Dus je wou de politie helpen, omdat je wist dat je in de buurt was geweest?'

'Ja. Ik stel het me steeds voor. Ik kan er niet mee ophouden. Ik fantaseer erover.' Hij keek me even aan en wendde zijn hoofd weer af. 'Ik ga naar het kanaal terug en ik ga daar zitten en dan denk ik dat het misschien weer gebeurt. Dat zou toch kunnen?

Het kan weer gebeuren, precies op de plek waar ik zit.'

'Word je daar bang van?'

'Een beetje. Het...' Hij likte over zijn lippen. 'Een beetje nerveus en een beetje... tja...'

'Opgewonden?'

Hij stond op en begon in de kleine kamer rond te lopen. 'Geloof je me?'

'Wat moet ik geloven, Michael?'

'Geloof me,' zei hij nog een keer.

Ik wachtte even met antwoorden. 'Ik ben hier om naar je te luisteren. Michael. Om jouw kant van het verhaal te horen. Dat is mijn werk: luisteren naar wat mensen te vertellen hebben.'

'Kom je nog terug? Ik dacht dat je laaiend op me zou zijn, na... nou ja... wat er is gebeurd. Maar je behandelt me niet als iemand die niet deugt.'

'Natuurlijk niet.'

'En je bent mooi. Begrijp me niet verkeerd, ik wil je niet... nou ja... versieren. Je bent een dame. Ik vind je ogen mooi. Grijs. Net als het licht. Ik vind het fijn als ze naar me kijken.'

Furth zat somber op de trap. Ik struikelde bijna over hem.

'En, wat vond je?' vroeg hij, alsof ik net in het reptielenhuis in de dierentuin was geweest. We liepen naar buiten en stapten in de auto. Doll keek ons waarschijnlijk na door het raam. Hij zou me samen met Furth zien. Wat zou hij denken? Ik draaide het raampje open en liet de warme wind over mijn gezicht waaien. Een paar dikke regendruppels spetterden tegen de voorruit en de lucht werd donkerder.

'Zielig.'

'Is dat alles? Is dat je indruk van hem? Zielig? Dit is de man die je gezicht heeft verminkt. Weet je nog?'

Ik zuchtte. 'Oké. Zielig, triest, geen ontwikkeling, geen liefde, gestoord, vol zelfmedelijden, eigengereid, gemeen, eenzaam, beschadigd, bang.'

Furth grinnikte.

'En dat was nog maar het voorafje. Nu is het tijd voor het hoofdgerecht.'

6

Terug op het politiebureau plensde ik koud water over mijn gezicht en droogde het af met een dunne papieren handdoek uit de automaat, waarbij ik de laatste restjes lippenstift wegveegde. Ik borstelde mijn haar en bond het strakker vast, zonder losse pieken. Ik deed mijn oorbellen uit en stopte ze in het zijvak van mijn schoudertas. Ik had het gevoel alsof er iets zachts en bijna ijls over mijn gezicht dreef, als spinnenwebben of een paar sliertjes haar. De lucht was warm, broeierig en benauwd. Tweedehands. Ik ademde lucht in die andere mensen zojuist uit hun longen hadden gestoten. Ik zag een glimp van mezelf in de gevlekte spiegel. Ik zag er streng en bleek uit. En gewoontjes, maar gewoontjes was nu in orde.

Furth stond tussen alle verhuisdozen op me te wachten. Hij had een piepklein mobieltje tegen zijn oor gedrukt, dat half schuilging onder zijn glanzende haar, maar hij liet het in zijn borstzakje glijden zodra hij me zag.

'Die stomme telefoons werken niet meer,' zei hij. 'De helft van de computers is al weg. Geen stoel meer te bekennen in de helft van de kamers. Geen pleerol in de helft van de plees, godverdomme.' Toen hief hij zijn gebeeldhouwde kaak met een ruk omhoog: 'Naar boven,' zei hij.

Ik liep achter hem aan naar een vierkant kamertje met een raam dat klemde door de verf, waar in de ene hoek een dode ficus slap in zijn pot stond. In de andere hoek lag een kapotte stoel op zijn kant. Op de tafel midden in de kamer stonden een grote cassetterecorder en een doosje banden met kleine, keurige lettertjes op de etiketten. Furth ging zitten en ik nam tegenover hem plaats. Onze knieën raakten elkaar bijna onder de tafel en ik schoof een beetje achteruit en legde mijn handen op de houten armleuning van mijn stoel.

'Klaar?' vroeg hij, terwijl hij zijn hand optilde. 'We hebben doorgespoeld naar de passage die jou het meest zal interesseren.'

Ik knikte en hij drukte met zijn wijsvinger op 'play'.

Eerst herkende ik de stem niet. Om te beginnen was hij hoger. En het tempo was totaal anders, soms heel snel, zodat ik nauwelijks kon verstaan wat er gezegd werd, en dan opeens ging hij langzamer en werd elke lettergreep mompelend uitgesproken. Ik dacht al half dat er iets mis was met het apparaat, dat de batterijen leeg waren, maar de stekker zat in het stopcontact en toen ik me vooroverboog, zag ik de spoelen gelijkmatig draaien.

'Ik ga erheen. 's Nachts, als ik niet kan slapen, ga ik erheen, en ik kan vaak niet slapen, Dolly, want dan denk ik aan...'

Ik drukte op 'stop'.

'Dolly?'

Furth kuchte kort. 'Dat is de naam die Colette – agent Dawes – voor zichzelf heeft gekozen. Dolores, ofte wel Dolly. Begrijp je? Hij is Doll en zij is Dolly. Zo zijn ze met elkaar in gesprek geraakt. Goh, wat toevallig, zei ze stomverbaasd, knipperend met haar lange wimpers, ik heet ook Doll! Slim, hè?'

'Ik sta paf.'

Hij lachte. 'Je bent niet gauw tevreden, Kit Quinn. Wil je doorgaan?'

'Toe maar.'

'... de vrouwen. Je weet wel.'

'Ga door, Michael,' zei de vrouw. 'Ga door.'

'Ik ga naar de plaats van het misdrijf. Wanneer er niemand is en het stikdonker is en dan ga ik op de plek staan waar zij stond.'

'Ja?'

'Ja, Dolly. Is dit zo goed?'

'Dat weet je best.'

'Ik ga erheen en ik stel me voor... ik stel me voor dat het allemaal opnieuw gebeurt, net als toen. Het meisje loopt over het pad en ze is heel mooi, hè? Ze is jong, zeventien of zo, en ze heeft lang haar. Ik hou van lang haar. Net als jouw haar, Dolly, als je het los hebt. En ik stel me dan een tijdje voor dat ik achter haar aan loop, een paar passen achter haar. Ze weet dat ik er ben, hè, maar ze kijkt niet om. Ik zie dat zij het weet. Haar nek is helemaal stijf, hè, en ze gaat wat sneller lopen. Ze is bang. Ze is bang voor mij. Ik voel me lang en sterk. Je begrijpt me wel. Als een man. Met mij moet je uitkijken. Ze gaat nog sneller lopen en ik loop ook sneller. Ik kom dichterbij.'

Het was even stil, alleen maar stilte en ademhaling en een achtergrondruis. Agente Colette Dawes zei weer: 'Ga door.' Heel streng nu, alsof ze zijn lerares was.

'Ik kom dichterbij,' zei hij nog eens. Hij sprak nu heel traag. 'Ze draait zich om en terwijl ze dat doet, zie ik dat haar mond wijd openstaat en haar ogen zijn opengesperd, zodat ze net een vis lijkt, een van mijn vissen voordat ik ze teruggooi in het vieze water. Als een vis die in mijn macht is.'

Ik luisterde naar het gelach van Michael Doll. Een zenuwachtige, gorgelende lach. De vrouw lachte gelukkig niet mee.

Stilte. Furth en ik luisterden naar het geluid van de terugspoelende band. Ik keek naar de andere banden in de doos. Er waren er nog drie, gemerkt en gedateerd. Doll was weer aan het woord: 'Ben ik dan een slecht mens? Wat ik zonet zei, betekent dat dat ik slecht ben, Dolly?'

'Haatte je haar, Michael?'

'Haat ik haar?' vroeg hij op zeurderige toon. Ik moest onthouden dat hij de tijden door elkaar haalde. Ik wilde dat ik een notitieblokje voor me had waar ik pietepeuterige aantekeningetjes op maakte en me daarop concentreerde. 'Nee, ik haat haar niet. Ik hou natuurlijk van haar. Ik hou van haar. Hou van haar.'

Furth boog zich naar voren en zette de band uit. Daarna leunde hij weer achterover en deed zijn armen over elkaar.

'Nou?'

Ik schoof mijn stoel naar achteren en stond op. De kamer werd me te benauwd. Ik liep naar de andere muur en keek uit het raam. Uit de kapotte regenpijp kwam een dun straaltje water. Als ik mijn nek rekte, kon ik net een streepje deinende grijze lucht zien.

'Ik zou graag met agente Dawes willen praten.'

'Kom nou, Kit, doe me een lol. Maak er niet zo'n toestand van. We willen gewoon jouw professionele mening, gebaseerd op zijn achtergrond, de indruk die hij op jou maakt, zijn opgenomen bekentenis. Wat voor soort man Doll is naar jouw weloverwogen oordeel, bla bla, je kent dat wel. Je hebt hem gehoord. Hij heeft het gedaan. Hij heeft het meisje vermoord en nu wordt hij daar opgewonden van, hij trekt zich elke nacht af in dat smerige hok van hem, kijkt naar zijn vieze plaatjes en denkt eraan. Het is een viezerik, een moordenaar. Niet iemand die je bij je in de buurt wil hebben. Dat zal jij toch het beste weten. Jij weet waartoe hij in staat is. Schrijf nou maar een paar alinea's over de indruk die jij van hem hebt.'

'Eén gesprekje met Colette Dawes. Daarna schrijf ik je rapport. Oké?'

Hij fronste. Hij zuchtte diep. Hij stopte zijn handen in zijn zakken. 'Ik doe m'n best,' zei hij.

Een vrouw met een klembord en een stapel enveloppen in haar hand kwam de kamer in. Ik zag meteen waarom Doll haar vertrouwde. Ze had geelblond haar en een lief gezicht met zachte contouren dat geen scherpe randen scheen te hebben, en geen botten. Ze had een bleke huid met een permanente blos. En ze zag er erg jong uit. We gaven elkaar een hand.

'Heeft Furth verteld wie ik ben?'

'Niet precies,' zei ze. 'U bent arts of zoiets.'

'Ja. Furth wilde advies over Michael Doll. Ik heb het dossier gelezen. Ik heb stukjes band beluisterd.'

Ze tilde de stapel enveloppen op en drukte die met beide armen tegen haar borst, als een schild. 'Ja?'

'Ik wilde je even spreken.'

'Ja, dat zei inspecteur Furth al. Ik heb niet zo veel tijd. Ik ben archiefkasten aan het leeghalen.'

'Een kwartiertje. Niet langer. Zullen we een eindje lopen?'

Ze keek achterdochtig, maar legde de enveloppen op het bureau en mompelde iets wat ik niet verstond tegen de agent bij de balie. We liepen achter elkaar de trap af en gingen naar buiten. Het bureau in Stretton Green is gevestigd in een rustig achterafstraatje, maar na even lopen kwamen we op Stretton Green Road. Er is daar een reformwinkel met een paar tafeltjes, waar je overdag koffie kunt drinken, en we gingen in de hoek zitten. Ik liep naar de andere kant van de winkel en bestelde twee zwarte koffie bij een jonge vrouw die bij de kassa de krant zat te lezen.

'Tien,' zei ik, toen de vrouw de koffie had gebracht.

'Wat?' zei agente Dawes.

'Piercings,' zei ik. 'Drie in haar ene oor, vier in het andere, twee in haar neus en een door haar onderlip. En god weet waar nog meer.'

Ze nam een slokje koffie, maar gaf geen antwoord.

'Colette. Mag ik Colette zeggen?'

'Natuurlijk.'

'Nou, Colette, je hebt opmerkelijk veel uit Doll gekregen,' zei ik. Ze haalde even haar schouders op. 'Was het moeilijk?' Weer die schouders. 'Waar vonden de gesprekken plaats?'

'Verschillende plaatsen.'

'Dat gesprek waarin hij de moord in detail beschrijft.'

'Toen waren we in zijn flat.'

'Vond je hem aardig?'

Ze keek abrupt op en daarna wendde ze haar ogen af. Dieprode vlekken schenen door haar bleke huid. 'Natuurlijk niet.'

'Of had je sympathie voor hem?'

Ze schudde haar hoofd. 'Nee, nee, dokter...'

'Kit.'

'Kit. Kijk...' Ze was kwaad of maakte zichzelf kwaad. 'Heb je het sectierapport niet gezien?' ging ze verder.

'Nee, dat is niet mijn opdracht. Ik hou me alleen met Michael Doll bezig.'

'Je weet niet half hoe gevaarlijk hij is.'

'Dat weet ik heel goed.'

'Wat wil je dan? Wil je wachten tot er nog een moord wordt gepleegd en we hem misschien dan kunnen pakken? Of dat het volgende slachtoffer terugvecht en hem voor ons pakt, zit je daarop te wachten?'

Ik leunde achterover in mijn stoel. Ik gaf geen antwoord, dus ging ze verder.

'Dit is een knap stukje politiewerk. Furth en de rest hebben dagen en nachten doorgehaald om iedereen die in de buurt was te ondervragen. Furth kwam met het materiaal over Doll op de proppen. Heeft hij dat niet verteld?'

'Nee.'

'Ik heb met 'm aangepapt, heb 'm aan de praat gekregen. Dat was niet echt prettig. Dus ik begrijp niet waar je het over hebt.'

Ik nam een slokje koffie en liet expres nog wat over in de mok. Ik wilde niet dat ze al wegging. 'Ik wil gewoon alle informatie over Michael Doll hebben die er maar is. Oké?'

Ze knikte zo kort dat het bijna niet te zien was.

'Oké, Colette, wat was je van plan toen je eenmaal met hem had kennisgemaakt?'

'Ik wilde 'm gewoon aan het praten krijgen.'

'Over de moord.'

'Ja.'

'Maar dat is moeilijk, hè? Kun je me vertellen hoe die gesprekken verliepen?'

Een lok haar was over haar voorhoofd gevallen en ze duwde hem omhoog. Hij raakte weer los, zodat ze moeite deed om hem vast te maken. 'Doll heeft niet bepaald veel vrienden. Ik denk dat hij snakte naar iemand met wie hij kon praten.'

'Of hij snakte naar een vriendin.'

'Dat is hetzelfde.'

'Ja,' zei ik. 'Hoe lang ken je hem nu al?'

'Niet zo lang. Een paar weken maar.'

'Ik begrijp dat er een stuk of vier gesprekken zijn opgenomen en dat het gesprek dat ik heb gehoord het laatste was. Klopt dat?'

'Dat klopt.'

'Hoe waren de eerste?'

'Hoe bedoel je?'

'Praatte hij toen ook al over de moord?'

'Nee.'

'Ben jij daarover begonnen?'

'Zo'n beetje.'

'Praatte hij er meteen al over?'

'Ik moest eerst zijn vertrouwen winnen.'

'Je bedoelt dat hij je moest vertrouwen voordat hij bekende dat hij iemand had vermoord?'

'Hij heeft toch niet bekend? Daarom ben jij erbij gehaald.'

Ik steunde met mijn ellebogen op tafel, waardoor mijn gezicht dichter bij Colette was. 'Weet je, ik heb ontzettend veel gesprekken gevoerd met mensen die afschuwelijke problemen hadden, die afschuwelijke dingen hadden gedaan, en het eerste obstakel is dat je hun het gevoel moet geven dat het in hun eigen belang is dat ze eerlijk tegen je zijn, dat ze je alles vertellen. Hoe heb jij dat gedaan?'

'Heb je een sigaret?' vroeg ze.

'Toevallig wel,' zei ik en ik haalde het pakje dat ik voor Doll had meegebracht uit mijn tas.

'Ik moedigde hem aan om vrijuit te praten,' zei ze. 'Ik zei dat ik zijn geheimen wilde weten.'

'Je zei dat je zijn geheimen wilde weten en toen vertelde hij jou dat hij een vrouw had vermoord?'

'Zo ging het niet. Ik praatte met hem over zijn fantasieën.'

'Dat was niet in de pub, neem ik aan. Die gesprekken vonden in zijn flat plaats.'

'Ja.'

'Jij stuurde het gesprek in de richting van seks en geweld.'

Ze nam een trekje. 'Ik moedigde hem aan om te praten. Zoals je dat doet. Zoals jíj dat doet.'

'Was het een soort voor wat hoort wat? Jij biedt hem fantasieën aan en nodigt hem uit om te reageren met zijn eigen fantasieën?'

'Ik heb geprobeerd hem aan het praten te krijgen. Ik moest hem laten zien dat ik niet geschokt zou zijn door de dingen die hij me zou vertellen.'

'Maar de eerste twee lange gesprekken die je met Doll voerde, leverden niets op?'

'Niet echt.'

'Furth en de rest luisterden natuurlijk de bandjes af?'

'Natuurlijk.'

'En die zeiden dat ze niets opleverden.'

'Ze léverden ook niets op.'

'Dus zeiden ze dat je het overnieuw moest doen en dan beter.'

'Niet precies.'

'En ze zeiden dat je beter je best moest doen.'

'Hoe bedoel je?'

'Ik stel me zo voor dat ze zoiets zeiden als: waarom zou Doll jou iets vertellen? Je moet hem een beetje meer aanmoedigen.'

'Ik weet niet waar je het over hebt. Ik heb hem gewoon aan het praten gekregen.'

'Absoluut. Wat ik gehoord heb was niet mis. Echt walgelijk. Het staat buiten kijf, Colette, dat je de derde keer een goeie slag hebt geslagen.'

'Ik deed gewoon m'n werk.'

'Je maakt kennis met een vreemde, gestoorde, zeer teruggetrokken man en bij de derde of vierde ontmoeting vertelt hij je een gruwelijke fantasie over het vermoorden van een vrouw. Je begrijpt wel waar ik heen wil, hè?'

'Ik deed m'n werk.'

Ik leunde naar voren, zodat we bijna neus aan neus zaten. 'Heb je seks gehad met Michael Doll?'

Ze maakte even een afwerend gebaar. 'Nee,' zei ze fluisterend. Toen luider: 'Nee.'

Ik bleef haar strak aankijken. 'Je droeg een microfoontje. Misschien was seks dan wat lastig. Misschien was het geen seks met een grote S.'

'Nee,' zei ze, terwijl ze haar hoofd schudde. Ze wreef in de hoek van haar rechteroog.

'Goed,' zei ik zachtjes. 'We gaan.'

We gingen zwijgend terug tot we de trap op liepen naar het bureau. Ik bleef staan en hield haar tegen.

'Colette,' zei ik.

Ze wendde haar ogen af.

'Wie heeft je trouwens voorbereid op deze opdracht? Wie heeft je geadviseerd?'

'Alleen Furth.'

'Juist,' zei ik. 'En hoe voel je je er nu over?'

'Hoe zou ik me moeten voelen?'

'In de war misschien?'

'Waarom zou ik? Dat is het probleem met mensen als jij. Jullie proberen iedereen een trauma aan te praten.'

'Ik probeerde met je mee te leven.'

'Ik hoef je medeleven niet.'

We gingen koeltjes uit elkaar en ik belde Furth meteen. Hij bleek opgewekt en vol vertrouwen te zijn. 'En?' zei hij.

'Ik moet alle bandjes horen,' zei ik.

7

Ik sliep onrustig en uiteindelijk werd ik laat wakker. Ik slokte wat koffie naar binnen terwijl ik rondrende om mezelf aan te kleden. Julie kwam haar kamer uit met alleen een oud colbertje van mij aan dat ze in de kast van de logeerkamer moest hebben gevonden, de kamer waar ik een halfslachtige poging had gedaan om er een werkkamer van te maken. Nu was het haar kamer. We moesten eens een stevig gesprek met elkaar hebben. Ze zag eruit als een wollig knaagdier dat uit zijn winterslaap is gehaald. Haar haar was één grote pluisbol, haar ogen waren spleetjes, alsof ze niet tegen het licht konden.

'Ik wist niet dat je zo vroeg opstond,' zei ze. 'Anders had ik ontbijt voor je gemaakt.'

'Het is tien over halfnegen,' zei ik. 'En ik heb haast.'

'Ik doe wel boodschappen,' zei ze.

'Doe geen moeite.'

'Het is geen moeite.'

Ik reed met een gevoel van dreigende onvermijdelijkheid terug naar het bureau, zo'n gevoel als toen ik vijftien was en mijn eerste serieuze examens moest doen. Ik zat kaarsrecht op de stoel en klemde mijn handen om het stuur. Alle spieren in mijn lichaam waren strak gespannen. Mijn ruggengraat was net een ijzeren staaf. Mijn nekspieren deden pijn. Mijn kaken klemden zich onwillekeurig op elkaar. Mijn hoofd bonsde, alsof iemand met zijn knokkels tegen mijn slapen trommelde. 'Idioot, idioot, idioot,' mompelde ik bij mezelf, terwijl ik vast stond voor een stoplicht dat op rood, op groen, op rood sprong zonder dat het verkeer in beweging kwam, omdat een dubbele vrachtwagen de weg versperde. Het regende gestaag. Een paar mensen holden voorbij onder paraplu's, opzij stappend voor de plassen en hondenpoep op de stoep. Grijs, verstopt, smerig Londen. Mijn rapport lag naast me op de passagiersplaats. Het besloeg ongeveer twee kantjes. Kort en bondig. De bandjes lagen in een plastic tas ernaast.

Bij het bureau reed ik achteruit een parkeerhaven in en hoorde het onheilspellende, krassende geluid van metaal op metaal. Het rare is dat als het jou overkomt, je het bijna voelt, alsof de carrosserie van de auto jouw huid is.

'Kut.'

De achterkant van mijn auto zat klem tegen de glanzende blauwe lak van een afgrijselijk duur uitziende BMW. Ik stapte uit in de stromende regen en onderzocht de lange, dunne kras die ik op de andere auto had gemaakt. Die van mij was er nog erger aan toe, er was een licht kapot en één paneel leek wel een verfrommelde krant. Ik duikelde een blocnootje uit mijn tas op en schreef een excuusbriefje, samen met mijn kenteken en telefoonnummer, vouwde het een paar keer op om het tegen de regen te beschermen en schoof het tussen de ruitenwissers van de BMW. Ik was vergeten een paraplu mee te nemen en ik was al doorweekt. Het water druppelde langs mijn nek. Ik pakte het rapport en stopte het in mijn tas.

Furth zat in de vergaderruimte op me te wachten. Hij was in het gezelschap van een vrouw met vroeggrijs haar en een zacht en vredig gezicht die ik ooit eens had ontmoet, een jonge bonenstaak van een agent en een gezette man met verwilderd haar rond een kale kruin, met sluwe, blauwe oogjes.

Furth zat aan tafel met een klembord voor zich, maar hij stond op toen ik binnenkwam en knikte me vriendelijk toe.

'Jou moeten we hebben,' zei hij. 'Gloeien je oortjes nog? Geef je jas maar even. Zo, je kent Jasmine wel, hè? Jasmine Drake. En dit is hoofdinspecteur Oban. Hij is mijn baas. Koffie? Thee? Niets?'

Ik keek de nieuwkomer nogal verschrikt aan. 'Let maar niet op mij,' zei hij. 'Ik ben hier maar toevallig.'

'Ik hoef geen thee,' zei ik, terwijl ik mezelf in een oranje plastic stoel installeerde en mijn rapport, in een witte envelop, voor me op tafel legde. 'Je vroeg of ik dit persoonlijk wilde overhandigen. Bij dezen dus.'

'Mooi,' zei hij, terwijl hij even naar Oban keek. Toen knipoogde hij naar mij. 'Ze ziet er lief uit, maar ze kan ook bijten.'

Ik schoof mijn vinger onder de dichtgeplakte flap en scheurde de envelop open. 'Wil je het hebben?'

'Voordat je begint, is het misschien leuk om te weten dat we Doll hebben aangehouden.'

'Wat?'

'Afgezien van jouw rapport ontwikkelt de zaak zich verder. Er zijn duikers in het kanaal op dit moment. Zijn eigen getuigenis plaatst hem in de buurt van het misdrijf, we hebben zijn verdachte gedrag voor en na de moord en dan natuurlijk zijn eigen bekentenis op de band. Het kabbelt allemaal lekker door. Alles volgens de letter van de wet, hoor. Natuurlijk krijgt hij een advocaat. John Coates. Hij is nu onderweg. Je kent hem vast wel.'

Ik had hem één keer ontmoet, toen ik met Francis op dit bureau was. Aardig, glimlachte veel. Je zou liever willen dat hij je bankzaken regelde dan dat hij je advocaat was. Ik keek naar Jasmine Drake, maar zij zat te droedelen in haar notitieblokje en keek niet op. Ik wierp een vluchtige blik op Oban en schrok een beetje toen ik zag dat hij zijn lichte ogen strak op mij gericht had.

Ik haalde het vel papier uit de envelop en legde het voor me op tafel.

'Is dat alles?' zei Furth.

'Kunt u het voor ons samenvatten, dokter Quinn?' De stem was van Oban.

'Laat hem vrij.'

De kamer viel stil. Ik hoorde mijn hart kloppen. Het was een regelmatig ritme. Ik was opgelucht dat ik het had gezegd, dat ik die stap had durven nemen.

'Wat?'

'Tenzij er ander bewijs is dat ik nog niet weet, zie ik hier geen zaak in. Voorlopig.'

Furth werd rood. Dat was het ergste. Het was de bedoeling dat ik aan zijn kant stond, en nu bleek dat ineens anders te zijn. 'Je weet niet wat je zegt,' zei hij, zonder me aan te kijken.

Ik haalde diep adem. 'Dan had je me niet om een rapport moeten vragen.'

'Ik heb het juist over dat stomme rapport,' zei Furth, plotseling met een nijdig lachje, alsof dit iets was wat je lachend kon afdoen. 'Je bent alleen gevraagd om Doll te beoordelen. Dat is alles. Een eenvoudige opdracht. Het is een engerd. Toch? Meer hoef je niet te zeggen. Anthony Michael Doll is een engerd.'

'Het is een gestoorde jongeman met gewelddadige en gruwelijke fantasieën.'

'Dus wat is dan...'

'Fantasíeën. Er is verschil tussen fantasie en de werkelijke daad.'

'Hij heeft bekend en hij zal weer bekennen. Wacht maar af.'

'Nee. Hij heeft gefantaseerd tijdens seksueel contact met agente Dawes.' Ik keek om me heen. Daar hadden ze niet van terug. Het was stil. 'Wist je dat niet? Wist je niet dat ze, toen ze hem "aanmoedigde" – zoals zij het uitdrukte – om te praten, ze hem aftrok en hem haar liet betasten? Heb jij dat aangemoedigd, zonder dat met zo veel woorden te zeggen? Wat in ieders belang is, dat soort woorden? Was het materiaal dat ze binnenkreeg in eerste instantie niet goed genoeg? Nou ja, het maakt niet uit. Het is geen bekentenis, het is een pornografisch verhaal.'

'Luister, Kit.' Zijn gezicht was rood. 'Ik had je er nooit bij moeten halen. Dat was mijn fout. Ik had moeten beseffen dat je oordeel, na het ongeluk, misschien vertroebeld zou zijn. Je identificeert je namelijk met Micky Doll, vreemd genoeg bescherm je hem. Het is zoiets als dat mensen verliefd worden op hun ontvoerders.' Hij keek vluchtig naar Oban en toen keek hij weer naar mij, met een bezorgd gezicht. 'We dachten jou ermee te helpen, maar nu zie ik in dat dat verkeerd gedacht was. Het was allemaal veel te vroeg. Dus misschien moeten we je maar gewoon bedanken voor de moeite en je onkosten vergoeden.'

Ik zei het zo beminnelijk mogelijk: 'Je droeg Colette Dawes op om Michael Doll een bekentenis af te dwingen. Wist ze wel waar ze zich in begaf? Heeft ze zich laten meeslepen?'

'Hij is een moordenaar,' zei Furth, die zijn minachting niet onder stoelen of banken stopte. 'Dat weten we zeker en jij zou dat verdomme ook moeten weten. We moeten het alleen bewijzen voor een jury. Agente Dawes heeft goed werk verricht onder moeilijke omstandigheden.'

Ik keek hem recht aan. 'Had jij dit bedacht?'

Furth had duidelijk grote moeite om kalm te blijven. 'Daarbinnen zit een moordenaar,' zei hij. 'Dat is mijn mening. We hebben een zaak opgebouwd. We hebben een bekentenis. Als we de regels een beetje hebben omzeild, zou jij dat toch als eerste toejuichen, niet dan, Kit? Wij kiezen partij voor de vrouwen, voor dat meisje dat vermoord is en voor de anderen die zullen volgen.'

'Ik denk dat je me verkeerd hebt begrepen,' zei ik, en ik merkte dat mijn stem trilde. Van de zenuwen of van kwaadheid? 'Ik zeg niet dat Michael Doll deze vrouw niet vermoord kan hebben, maar je hebt geen bewijs. Ik zit hier als iemand die werkt met emotioneel verwarde mensen en gestoorde criminelen, ik ben geen advocaat, maar mijn vermoeden is dat die band absoluut onbruikbaar is in een rechtszaak. Sterker nog, ik denk dat als een rechter dit hoort, hij de hele zaak niet-ontvankelijk zal verklaren wegens regelrechte uitlokking.' Ik keek naar zijn aantrekkelijke gezicht. 'Als ik jou was, zou ik die band ergens heel diep wegstoppen en bidden dat Dolls advocaat er nooit iets over te horen krijgt. Maar goed, ik wil niets meer met de zaak te maken hebben.'

'Dat is het eerste verstandige woord dat ik je heb horen zeggen.'

Dat deed de deur dicht.

'Dit hele gedoe,' zei ik, terwijl ik bijna geen lucht meer kreeg, 'is godverdomme één groteske obsceniteit. En u' – dit was tegen Jasmine Drake gericht – 'u zou beter moeten weten. En dan bedoel ik niet alleen als politieagente. Maar als vrouw, verdomme. En dat geldt ook voor u.' Ik zei dit tegen hoofdinspecteur Oban, die een eindje van me vandaan zat met een lege uitdrukking op zijn grote, zachte, een beetje blozende gezicht. Ik keek woedend naar het rapport op tafel, dat in zo'n kalme, academische taal gesteld was.

Oban reageerde niet. Hij stond op en terwijl hij de deur opendeed, keek hij Furth met een sombere blik aan die me deed denken aan een stokoude, gerimpelde bloedhond.

'Laat hem vrij,' zei hij op een zachte, bijna nonchalante toon.

'Wie?'

'Micky Doll. Verder nog iets?' Niemand zei een woord. Nu keek hij naar mij. 'Stuur de rekening maar, dokter, of wat voor u gebruikelijk is. Dank u.' Maar het klonk niet erg dankbaar. Ik had zijn dag bedorven. Toen ging hij weg. Jasmine Drake liep achter hem aan en keek me even met toegeknepen ogen aan voordat ze de gang in verdween.

Ik bleef alleen achter met Furth, die zwijgend naar de muur zat te staren. Ik stond ook op. Het geluid van mijn stoel die over de vloer schraapte, deed hem uit zijn dromerij opschrikken. Het leek alsof hij verbaasd was om me nog aan te treffen. Hij begon te praten alsof hij nog droomde. 'Het is jouw schuld,' zei hij, 'als hij het weer doet. Hij heeft het met jou gedaan, hij heeft het met dat meisje gedaan en daarbuiten loopt iemand rond met wie hij het straks – waarschijnlijk, zullen we het op waarschijnlijk houden? – weer gaat doen.'

'Tot ziens, Furth,' zei ik, terwijl ik wegliep. 'Ik... eh... nou ja...'

'Hou de kranten maar goed bij!' riep hij me achterna, en hij moest schreeuwen om verstaanbaar te zijn. 'Deze week, volgende week, het komt er geheid in!'

8

Toen ik naar buiten liep, trilde ik van ingehouden emotie. Ik had zin om iets extreems en agressiefs te doen, zoals iets groots door een etalageruit te gooien of het land te verlaten, een nieuwe identiteit aan te nemen en nooit meer in Engeland terug te komen, mijn hele leven niet. Maar ik zou genoegen moeten nemen met naar huis te gaan, de deur op slot te doen en een week lang niet te voorschijn te komen.

Toen ik bij mijn auto kwam, stond de BMW er niet meer. Ik zou ongetwijfeld snel door een verzekeringsmaatschappij gebeld worden. 'Wij hebben bericht gekregen van onze cliënt.' Een kras over twee panelen. Hoeveel zou me dat gaan kosten?

Er heerste een weldadige, weergalmende leegte in mijn flat. Julie was er niet. Dit was een kostbare kans. Ik liet het bad vollopen, goot er wat badzout in met een absurd exotische naam, pakte een krant en een tijdschrift en liet me er als een walrus in glijden. Ik gooide de krant snel weg en las het tijdschrift: ik las over de vijf voordeligste weekendaanbiedingen in een landhuis voor minder dan honderd pond, ik leerde zeven manieren om je man in bed te shockeren en ik vulde een vragenlijst in met de titel 'Bent u huismus of fuifnummer?' Ik bleek een fuifnummer te zijn. Waarom ging ik dan zo zelden naar feestjes?

Na een tijdje gooide ik het tijdschrift ook op de grond en gleed langzaam het water in tot alleen mijn neus en mond boven het oppervlak uit kwamen. Ik hoorde de telefoon één keer overgaan en daarna de piep van het antwoordapparaat, maar het deed me niets. Ik fantaseerde dat ik in een tank dreef, in een zoutoplossing om optimaal te kunnen drijven, die dezelfde temperatuur had als je lichaam. Duisternis. Wat maakte het allemaal uit? Was je totaal los van alles of totaal in gedachten verzonken? Ik besefte dat een korte tijd extreem lang leek of juist andersom.

Ik voelde dat er een paar keer op de deur werd gebonsd en dat de deur met een klap dichtging. Julie. Het klonk alsof ze de deur had dichtgeschopt. Tijd om terug te keren in de wereld. Ik droogde me langzaam af, alsof ik het onvermijdelijke wilde uitstellen, en daarna wikkelde ik de handdoek om me heen en stapte uit bad.

'Fantastisch,' zei Julie. 'Overdag in bad. Dat is pas leven.'

'Het voelt een beetje stout,' gaf ik toe, maar tegelijkertijd irriteerde het me dat ik geplaagd werd omdat ik mezelf verwende door iemand die jaren over de wereld had rondgezworven.

'Je hoeft niet over het eten in te zitten,' zei ze opgewekt. 'Ik heb een paar kookboeken van je doorgelezen en ik heb boodschappen gedaan. Ben je er vanavond?'

'Ja, maar ik had eigenlijk niet...'

'Fantastisch. Ik zorg wel voor je. Het is een geheim, maar maak je niet dik: het is allemaal heel licht en razend gezond. O ja, er staat iemand op je antwoordapparaat, ene Rosa. Sorry, ik wist niet dat je er zou zijn en ik verwachtte een telefoontje. Ik weet niet zeker of ik het goeie knopje heb ingedrukt. Misschien heb ik de boodschap wel gewist.'

Dat klopte. Ik kleedde me snel aan, in eenvoudige kleren. Ik ging toch de deur niet uit. Ik koos een witte spijkerbroek en een lichtblauwe trui. Ik had zin om Rosa's boodschap te negeren. Die voorspelde niets goeds, voor zover ik kon bedenken. Maar ik telde tot tien en belde terug.

'We moeten elkaar spreken,' viel Rosa met de deur in huis.

'Waarvoor?'

'Het heeft met de politie te maken. Ik begrijp dat je mijn raad in de wind hebt geslagen. Dat verbaast me niets, maar ik had het toch graag willen weten.'

'O,' zei ik, terwijl de moed me in de schoenen zonk. 'Goed. Zal ik morgen komen?'

'Ik zou je vandaag al willen spreken. Vind je het goed als ik bij je langskom?'

'Hoezo? Ja, goed, bedoel ik.'

'Ik ben er over een uurtje,' zei Rosa en hing op.

Ik begon een lachwekkend ondoeltreffende poging te doen om de woonkamer op te ruimen met op de achtergrond de nogal alarmerende geluiden van Julies bezigheden in de keuken. Nauwelijks drie kwartier later werd er al op de deur geklopt.

Ik rende de trap af en deed de deur met een van tevoren gerepeteerde vrolijke begroeting open, die in de kiem werd gesmoord toen ik de stoep af keek. 'O,' was alles wat ik wist uit te brengen, en dat had ik ook al tegen Rosa door de telefoon gezegd, dacht ik.

'Ik ben niet alleen,' zei ze.

Ze was niet alleen. Achter haar stond hoofdinspecteur Oban. Achter hem stond een auto. Een BMW.

'Het spijt me van de auto,' zei ik. Meer kon ik niet verzinnen, maar terwijl ik het zei, besefte ik dat als je maar één ding kunt verzinnen, je het niet automatisch hoeft uit te spreken. Misschien is dat ene wat je kunt verzinnen wel het ergste wat je kunt zeggen. 'Het was helemaal mijn schuld. Ik zal het meteen vergoeden. Ik weet dat de hoofdregel bij botsingen is dat je nooit schuld moet bekennen, maar het was geheel mijn verantwoordelijkheid.'

Rosa keek niet-begrijpend en Oban glimlachte flauwtjes. 'Een parkeerprobleempje,' legde hij haar uit. Toen keek hij weer naar mij. 'Dus dat was jij? Er zat een briefje tussen de ruitenwissers, maar dat was verregend. Maak je geen zorgen, de schade zal behandeld worden als zijnde voorgevallen tijdens diensturen.'

'Wat ook zo is,' zei ik. 'In zekere zin.'

Ik wist zelfs niets doms meer te verzinnen, dus hield ik de deur open en deed een stap opzij om hen door te laten. Eerst had ik de paranoïde gedachte gehad dat ze vanwege de schade aan de auto waren gekomen, of omdat ik de plaats van het misdrijf had verlaten of zoiets. Maar dat was duidelijk niet aan de orde, dus wat was hier aan de hand? Was er een officiële klacht ingediend of zo? Ik liep achter hen aan de trap op. Toen we in de woonkamer waren, kwam Julie de keuken uit, die er nogal opmerkelijk uitzag in een gestreept slagersschort, *mijn* schort. Ze keek verbaasd. Ik stelde iedereen aan haar voor. Oban gaf Julie wat schutterig een hand.

'U bent... eh...' zei hij.

'Julie logeert hier een paar dagen,' onderbrak ik hem.

Wat bedoelde hij? Toen keek ik naar Julie: lang, gebronsd, een soort Amazone. O god. Hij dacht waarschijnlijk dat we lesbisch waren of zo. Ik overwoog even om onze relatie toe te lichten, maar zag er eigenlijk het nut niet van in.

'Ik ben aan het koken,' zei Julie, wat vreselijk huiselijk klonk. 'Blijven jullie eten?'

'Dit is alleen maar werk,' zei ik haastig. Ik huiverde bij het idee dat Julie en ik als stel mensen zouden ontvangen.

'Bent u echt rechercheur?' vroeg Julie aan Oban.

'Jazeker.'

'Dat lijkt me fantastisch werk.'

'Meestal niet.' Oban keek naar Rosa, die een boek van een plank had gepakt en er met een frons in bladerde. 'Wilt u ons excuseren?' zei hij met doordachte beleefdheid tegen Julie.

'Wat? Ik?' zei Julie verbaasd. 'Ik ga weer naar de keuken.'

Ze holde weg. Toen ze weg was, schoof Rosa het boek terug en draaide zich naar me om.

'Ga toch zitten,' zei ik.

We gingen allemaal zitten, een beetje opgelaten, Rosa en ik naast elkaar op de bank, en Oban schoof de stoel bij, zodat hij tegenover me zat.

'Ik werd vanochtend gebeld door Dan Oban...' begon Rosa.

'Rosa,' onderbrak ik haar. 'Ik besef dat ik je had moeten...'

Ze hief haar hand op om me tot zwijgen te brengen. 'Wacht even,' zei ze. Ze zei tegen Oban: 'Ga je gang, Dan.' Ze kenden elkaar blijkbaar goed.

'Ik vind het allemaal erg vervelend,' begon ik weer, voordat hij iets kon zeggen. 'Ik was nogal van streek en ik was zo kwaad over dat uitlokken van de bekentenis, over dat hele idee, dat ik mezelf niet in de hand had. Maar het was onprofessioneel en...'

'Je had gelijk,' zei Oban.

Ik kon zijn gezichtsuitdrukking niet zien, omdat hij tijdens het praten vooroverleunde en in zijn ogen wreef. Hij was moe.

'Wat?'

'Het hele idee was rampzalig. Je had gelijk. Ik heb een paar juristen gesproken en zoals je al zei is het zeer waarschijnlijk dat de band totaal ongeldig is als bewijsstuk. Dat arme kind heeft Doll bij de neus genomen. Als het ware.' Hij gaf Rosa een schaapachtige glimlach, die hij vervolgens meteen onderdrukte toen ze hem fronsend aankeek.

'Zo,' zei ik, terwijl ik even mijn schouders ophaalde. 'Mooi.'

'Daarom ben ik niet hier. Ik heb dokter Deitch gebeld omdat ik je terug wil.'

'Terug?'

'Je hebt goed, verstandig werk geleverd. Ik wil dat je meewerkt aan het onderzoek.'

'Dat lijkt me geen goed idee.'

'Waarom niet?'

'Allerlei redenen. Om te beginnen: kun je je voorstellen dat ik weer met Furth ga samenwerken? Die ontplofte zowat.'

'Laat Furth maar aan mij over. Hij heeft niet meer de leiding over het onderzoek, trouwens. Die heb ik.'

'O,' zei ik. 'Maar dan vind ik nog steeds dat ik niets te bieden heb. Ik heb niet zo veel ervaring met dit soort zaken. Geen enkele, eigenlijk. Ik werk alleen maar met mensen zoals Doll. Ik heb geen ideeën.'

Oban stond op en liep met grote passen naar het raam. Toen draaide hij zich om. 'Dit is een eenvoudige zaak,' zei hij. 'Het gaat om de meest elementaire, gruwelijkste vorm van moord. Je zoekt een vrouw op een stil stukje, je vermoordt haar en je maakt je uit de voeten. De dader loopt nog ergens rond. We moeten gewoon een beetje geluk hebben. Een heel klein beetje maar en dan pakken we hem.'

'Waarom heb je Rosa gebeld?' vroeg ik argwanend. 'Waarom mij niet?'

'Omdat hij mijn mening wou weten,' zei Rosa.

'Of ik gek ben, bedoel je?' zei ik.

Rosa kon haar gezicht niet in de plooi houden. 'Ik zou daar niet op durven reageren,' zei ze. 'Hij wou weten of het redelijk was om jou te vragen.'

'En wat zei je toen?'

'Dat hij het aan jou moest vragen.'

'Vragen of het redelijk was om me te vragen, bedoel je?'

Ze haalde haar schouders op.

'Wat vind je ervan?' zei Oban.

'Ik zal erover nadenken,' zei ik mat.

'Mooi zo,' zei Oban. 'Ik wil je er graag bij hebben. Jij stelt de voorwaarden. Je hebt carte blanche. Je krijgt alles wat je nodig hebt.'

De deur zwaaide open en Julie kwam te voorschijn. Ze droeg een dienblad. Waar had ze dat in godsnaam opgeduikeld? Er stonden drie borden op.

'Voordat jullie gaan sputteren,' zei ze, 'dit is niet echt een maaltijd. Het is maar een hapje. U wilt toch wel een hapje, meneer de rechercheur?'

'Heel graag,' zei Oban, die gulzig naar het blad keek. 'Wat is het?'

'O, gewoon wat simpele dingetjes. Dit is ham met vijgen, dit is artisjoksalade en dit is een omeletje met courgettes. Ik haal de borden wel even.'

Ze kwam niet alleen met borden en vorken terug, maar ook met glazen en trok een fles rode wijn open. Een heel dure fles van Albie, die hij vergeten was op te halen, maar die hij zich in de toekomst nog wel zou herinneren. Dus Julie had toch nut. Ze schonk onze glazen rijkelijk vol. Zowel Oban als Rosa schepten alle drie de gerechten op.

'Heerlijk, Julie,' zei Rosa.

'Verrukkelijk,' zei Oban. 'Jullie hebben het prima voor elkaar, zo te zien. Hoe lang zijn jij en Kit al, nou ja, eh...'

'O, nog maar een paar weken,' zei Julie opgewekt.

Ik sloeg mijn glas in één keer achterover.

9

Toen ik de volgende dag naar Stretton Green ging voor een vergadering, werd ik allerhartelijkst door Oban begroet, wat me eerder het gevoel gaf dat ik zijn lievelingsnichtje was dan een professionele adviseur. Daarna ging hij me voor in het kantoor om me kennis te laten maken met het grotendeels nieuwe team dat zich bezighield met het onderzoek naar de kanaalmoord.

'Bedankt voor gisteravond,' zei hij. 'Verrukkelijk eten. Zeg...' Hij keek met een vragende uitdrukking op zijn gezicht achterom. 'Wanneer hebben jij en, eh, Julie elkaar ontmoet?'

'Och, jaren geleden. Ze was een vriendin van vrienden van me. Maar ik heb niet echt...'

'Leuk,' zei hij. 'Jullie zijn samen een goed, eh...'

'Hé,' zei ik haastig, 'ik denk dat ik maar beter...'

Ik stopte, omdat Oban me nu door de kantoortuin leidde, die er een beetje uitzag alsof er onlangs was ingebroken. Archiefkasten met alle laden open, dossiers verspreid op een tafel, kartonnen dozen halfvol smoezelige mokken.

'We zijn aan het verhuizen,' zei Oban, die een rol plakband wegschopte.

'Dacht ik al.'

'Een ramp is het. Ben jij wel eens verhuisd?'

'Ja. Vreselijk.'

Ik keek rond of ik Furth zag, maar tot mijn opluchting was hij er niet. Meteen daarop was ik geïrriteerd over mezelf. Waarom deed ik zo moeilijk? Ik had er toch niet om gevraagd? We bleven aan de andere kant van het kantoor staan, in een hoek. Oban wenkte verschillende mensen die gebogen over bureaus zaten, en telefoons werden weggezet, dossiers gesloten en een groepje rechercheurs, mannen en vrouwen, verzamelde zich om ons heen. Oban begon met zijn keel te schrapen.

'Dit is dokter Kit Quinn. Ze is verbonden aan de Welbeck-kliniek en de Market Hill inrichting voor geesteszieke criminelen.' Hij wendde zich tot mij. 'Ik zal je nu niet aan iedereen voorstellen. Waarschijnlijk kom je de meesten wel een keer tegen.'

'Hallo,' zei ik, terwijl ik naar het hele gezelschap probeerde te glimlachen. Op dat moment kwam Furth binnen. Hij bleef bij de deur staan, met zijn armen over elkaar.

'Dokter Quinn was de reden,' ging Oban verder, 'dat we Michael Doll hebben vrijgelaten.' Deze verklaring werd niet bepaald met gejuich ontvangen. Integendeel, achterin ging wat gemompel op en er werd wat geschuifeld. 'En als iemand daar problemen mee heeft, zou ik graag hebben dat hij of zij mij dat laat weten. Als deze zaak voor de rechtbank was gekomen, hadden we meteen naar huis kunnen gaan. Ik zal hier niet herhalen wat ik privé tegen Guy heb gezegd, maar laten we wat ouderwets veldwerk doen, oké? En geef dokter Quinn intussen wat ze nodig heeft.' Nog meer gemompel. Ik voelde dat niet iedereen er even blij mee was dat ik hun werd opgedrongen. 'Kit, wil je nog iets zeggen?'

Ik schrok even. Hier was ik niet op voorbereid. Ik keek naar de enigszins sombere gezichten die me aanstaarden. 'Nou,' zei ik. Ik vond het vreselijk om een zin te beginnen als ik bij god niet wist hoe die zou eindigen. 'Ik wil alleen maar zeggen dat ik niet hier ben om jullie te vertellen hoe je je werk moet doen. Het beste wat ik kan doen – misschien – is jullie helpen door jullie in een bepaalde richting te sturen, door suggesties te doen.'

'Het was Doll,' zei iemand. Ik zag niet wie.

'O ja?' zei ik, bij gebrek aan een scherper antwoord.

'Ja.'

Nu zag ik wie de spreker was. Een man achterin, in hemdsmouwen, lang, het postuur van een rugbyspeler.

Oban deed een stap naar voren. 'Kom dan met keiharde bewijzen, Gil,' zei hij.

'Stel dat u het verkeerd heeft? Stel dat Doll het wel heeft gedaan?'

'Hoor eens even, ik heb niet gezegd dat Doll onschuldig was. Ik heb gezegd dat er geen bewijs was. Wat ik nu wil doen is kijken naar wat jullie hebben en net doen alsof ik nog nooit van hem heb gehoord.' Iemand mompelde iets onverstaanbaars en een ander geeuwde luidruchtig.

'Dat was het dan,' zei Oban nors. 'De bijeenkomst is gesloten. Sorry, Kit,' zei hij, terwijl hij zijn rechercheurs met een misnoegde uitdrukking monsterde. 'Ik zou graag zeggen dat ze in wezen niet kwaad zijn, alleen is het niet waar. Maar ik weet zeker dat je voor jezelf kunt opkomen. Ik laat je nu met Guy alleen. Goed?'

'Prima.' Maar dat was het niet.

Oban liep weg en de anderen verspreidden zich, zonder de indruk te wekken dat ze het druk hadden. Ik keek naar Furth. 'Wil je thee?' vroeg hij met een omzichtig soort charme.

'Straks, dank je.'

'Heb je al wat ideeën?'

'Nee,' zei ik eerlijk. 'Geen enkel. Maar goed, in dit stadium zouden ideeën maar hinderlijk zijn. Ik wil een frisse kijk op het materiaal houden.'

Furth liet een zuinig glimlachje zien. 'Ik begrijp niet waarom we iemand met een frisse kijk moeten inhuren, als we Gil hebben. Maar zoals ik al zei, dit is gewoon een simpel zaakje.'

'Is dat zo?'

'Een weggelopen meisje dat dood bij een kanaal is gevonden.'

'Is dat simpel?'

Furth haalde zijn schouders op en keek om zich heen, bijna alsof hij bang was dat iemand ons zou afluisteren, terwijl hij bezig was een open deur in te trappen tegen zo'n bekakte zielknijper. 'Engerds kiezen hoeren en zwerfsters als slachtoffer, omdat die een makkelijke prooi zijn. Ze pakken ze bij een kanaal, omdat daar geen mens is. Geen passerend verkeer.'

'Ja, dat heb ik allemaal gelezen.'

'Ben je het daar niet mee eens?'

'Mag ik een suggestie doen?'

Furth kneep zijn lippen een beetje stijver op elkaar. Ik denk dat hij zin had om tegen me te zeggen dat ik moest opsodemieteren en nooit meer terugkomen, maar dat was niet toegestaan. 'Daar word je voor betaald,' zei hij.

'Soms is het veel te gemakkelijk om een etiket op iemand te plakken. Misschien helpt het als je Lianne niet alleen als een zwerfster beschouwt. Want dan vergeet je dat ze ook een individu was.'

'Ze was toch een zwerfster?'

'Weet ik,' zei ik. 'Maar misschien was ze ook nog iets anders.'

'Een hoer, bedoel je?' Hij lachte half, maar stopte toen hij mijn gezicht zag. Ik zag in een flits hoe hij als klein jongetje was geweest, getreiterd door andere jongens, totdat hij deze harde macho-act ontwikkelde.

'Nee, dat bedoel ik niet. Het was een jonge vrouw. Ze had een geschiedenis, een verleden, een familie, een naam.'

'Die we niet kennen.'

'Hoe oud was ze ongeveer?'

'Zestien, zeventien, misschien wat jonger, misschien wat ouder.'

'Weten we zeker dat ze Lianne heette?'

'Nee. We weten alleen dat ze zichzelf zo noemde. Ene Will Pavic, die een opvanghuis in de buurt heeft, heeft haar geïdentificeerd.'

'Maar vermoedelijk duurt het niet lang meer voordat jullie weten wie Lianne werkelijk was en waar ze vandaan kwam.'

'Waarom denk je dat?' Er lag een flauwe glimlach om zijn lippen.

'Iedereen staat ergens op een lijst, in een computer, in een archief, toch?'

'Weet je hoeveel kinderen er van huis weglopen?'

'Een heleboel, dat weet ik.'

'Tienduizenden.'

'Weet ik,' zei ik.

'Dat zijn degenen die officieel als vermist zijn opgegeven, maar die we niet kunnen vinden. Degene van wie iemand, ergens, wil dat we die zoeken. Maar hoe zit het met de anderen, zoals Lianne, waar niemand ene moer om geeft, die gewoon op een dag zijn weggegaan en nooit meer teruggekomen? Hoe moeten we die zoeken, als niemand ze als vermist heeft opgegeven? Het is verdomme net zoiets als de afdeling gevonden voorwerpen op een vliegveld. Ben je daar wel eens geweest? Ik wel, in Caïro – een gigantisch pakhuis met koffers, de meeste diep weggeborgen, die stof liggen te verzamelen en door ratten worden opgevreten. Het is al moeilijk genoeg om je eigen koffer te vinden als er een label op zit, maar als dat er niet op zit, vergeet het dan maar.'

'Lianne is geen stuk bagage.'

Hij staarde me aan. 'Dat zei ik niet, dat ze een stuk bagage was,' zei hij. 'Ik zei dat ze nét een stuk bagage was.'

'Wat ik bedoel is dat we haar als een meisje moeten beschouwen, en niet als een verloren voorwerp. Niet alleen maar als "de zwerfster".'

'En het kanaal? Mogen we dat nog zo noemen, of is het misschien een verkapte rivier, volgens jou?'

'Ik wilde alleen duidelijk maken dat het helpt om een frisse kijk op de zaken te hebben. Maar misschien is dat eerder een raad aan mezelf dan aan jou.'

'Goed,' zei hij, heel kalm. 'We wachten in spanning op je bijdrage. Waarmee kan ik je van dienst zijn?'

'Heeft Oban dat niet gezegd?' Ik deed erg mijn best om een autoritaire toon op te zetten en de indruk te wekken dat ik precies wist wat ik deed. 'Ik wil een rustige kamer en dan wil ik graag alle dossiers doornemen die je hebt.'

'Verder nog iets?' Dat laatste werd beleefd, maar grimmig gevraagd.

'Thee graag. Drupje melk. Geen suiker.'

Furth bracht me naar een kamertje zonder ramen, waar het rook alsof het vroeger gediend had als opslagplaats voor bijtende, verboden stoffen. Er stonden alleen een bureau en een plastic stoel. Binnen een paar minuten kwamen er agenten binnen met bundels dossiers onder hun arm. Het was helaas een armetierig geheel. Er was haast niets bekend over Liannes leven en ze hadden niet eens veel gegevens verzameld over haar dood. Ik begon te lezen. Ik zat een uur en drie kwartier in de kamer. Ik las over steekwonden, ik las enkele verklaringen, ik keek naar foto's van haar bleke lichaam op de plaats van het misdrijf, voorover, met haar gezicht in het stoppelige gras achter een paar struiken bij het kanaal en toen ik klaar was, dacht ik: is dit alles?

10

Ze zeiden op de radio dat het de natste zomer sinds 1736 was. Ik parkeerde in een plas en bleef even zitten, terwijl de regen als een kleine waterval langs de voorruit stroomde en van de motorkap spatte. Ik sloot mijn ogen en hoorde de regen in mijn hoofd razen. Ik ben nog steeds niet aan lijken gewend.

De patholoog wachtte op me. Alexandra Harris. Ik kende haar al. Ze zag er niet als een lijkschouwer uit, hoe een lijkschouwer er ook zou moeten uitzien – eerder als een ouder wordende actrice in een B-film uit de jaren dertig, voluptueus in haar witte jas, met zwart haar dat in pijpenkrullen langs haar roomkleurige ovale gezicht viel, en ze had een dromerige, passieve uitstraling. Of misschien was ze gewoon moe. Ze had donkere kringen onder haar ogen.

'Alexandra,' zei ik, en we schudden elkaar de hand. 'Fijn dat je even tijd voor me kon vrijmaken.'

'Graag gedaan. Dat is mijn werk. Guy zei dat je de dossiers al hebt doorgenomen.'

'Ja. Maar jij hebt de sectie toch niet gedaan?'

'Nee, dat was onze weledele heer, Brian Barrow dus. *Sir* Brian. Hij doceert vandaag. Wat zoek je precies?'

'Ik wil gewoon een indruk krijgen,' zei ik.

'Een indruk?' Ze keek me weifelend aan, alsof dit ineens niet zo'n goed idee was.

'Een gevoel over haar,' voegde ik er onbeholpen aan toe. 'Over Lianne.'

'Heb je al eens eerder een lijk bekeken? Daar valt niet veel aan te zien.'

'Of ik er een bekeken heb?' vroeg ik. 'Ik ben opgeleid tot arts. Ik had een halfjaar lang mijn eigen privé-lijk.'

'Sorry. Zal ik je er meteen heen brengen?'

'Doe maar.'

Mijn vingers gleden van het handvat van mijn aktetas. Ik wilde Lianne graag zien, haar goed bekijken, niet vluchtig door de afgrijselijke kleurenfoto's gaan, op zoek naar aanwijzingen. Ze had een kort, eenzaam leven gehad, en niemand miste haar nu ze dood was. Ik wilde haar aanraken, een tijdje bij haar lichaam staan. Ik denk niet dat Alexandra dat begreep, en eigenlijk begreep ik het zelf ook niet zo goed.

'Moet ik iets anders aan?' vroeg ik.

'Een baljurk of zo?' zei Alexandra grijnzend. 'Nee, we zijn hier allemaal heel informeel gekleed.'

'Sorry,' zei ik. 'Ik ben er nog niet aan gewend om het allemaal als een grap te beschouwen.'

'Moet ik als een begrafenisondernemer praten?'

'Ik wil Lianne zien,' zei ik vriendelijk.

De glimlach verdween van Alexandra's gezicht. Ze was nu niet meer zo vriendelijk. Ik liep achter haar aan door twee dubbele klapdeuren en hoorde het geklik van mijn hakken op het linoleum. We waren hier in een andere wereld, koud, stil en steriel. Een onderwereld, dacht ik. Onder mijn dunne zomerkleren had ik overal kippenvel. Ik hoorde mijn hart bonzen – wat vreemd, al die lichamen hier, maar alleen onze twee harten klopten.

Ik begreep wat Alexandra had bedoeld. Lianne zag eruit alsof elk spoortje bewijs dat zij in de chaotische, drukke wereld daarbuiten had geleefd van haar lichaam was geboend. Ze was door en door schoon. Niet schoon als wanneer je je handen wast. Schoon als wanneer je de gootsteen hebt geschuurd en je handen gerimpeld en rauw zijn. Haar hoofd was zichtbaar en het enige stukje van haar leven dat ik kon zien was het geplooide gaatje in een oorlel. Sir Brian Barrow had er een lastig karwei aan gehad. Hij had een incisie in haar hals gemaakt, even boven de rijtwond. Zijn eigen incisie was nu weer dichtgenaaid. De rijtwond was nog te zien, maar nu het bloed was weggewassen, leek het op opgevuld plastic. Ik had verschillende operaties bijgewoond en de sterke kattenvoerlucht van vlees en bloed was ik nooit kwijtgeraakt. Maar dit was anders. Alleen een bijtende, medicinale geur die in mijn neusgaten brandde.

Liannes gezicht was rond. De brug van haar neus was bespikkeld met sproeten. Haar mond was klein en kleurloos. Ik legde mijn vinger tegen haar wang, voelde het versteende vlees. De dood aan mijn vingertoppen, zo kil en hard dat ik even naar adem hapte. Ze had koperkleurig haar, lang, slordig, met een scheve scheiding in het midden. Toen ik me vooroverboog, zag ik dat de haarpunten gespleten waren. Haar groeit na je dood nog door, dat weet iedereen. Haar en nagels – maar toen ik een kant van het laken voorzichtig optilde en er een arm te voorschijn kwam, zag ik dat Liannes nagels heel kort afgebeten waren. Ze had heel kleine, plompe handen. Op een bepaalde manier was ik nog het meest geraakt door haar handen. Ze zagen er nog steeds zacht uit, alsof ze zich konden omkrullen en iets vasthouden. Ik raakte haar handpalm aan, ook steenkoud.

Ik haalde diep adem en trok het laken naar beneden, zodat alleen haar voeten nog bedekt waren. Ik nam het lichaam in me op; het leek alsof die aanblik mijn schedel in stroomde en zich daar vastzette. Weer was daar die lange incisie van Sir Brian, van haar hals tot haar rossige schaamhaar. Hij liep niet helemaal recht. Hij maakte een bochtje om haar navel, als een weg die om een oud monument heen loopt. De wond was netjes dichtgenaaid, een voorbeeldig lesje in de nuttige handwerken. Ik moest me richten op de belangrijke verwondingen. Haar keel was vakkundig doorgesneden, over de hele breedte, maar ze had ook kleine steekwonden in haar buik, haar schouders, haar dijen. Zeventien in totaal – ik raakte de eerste keer de tel kwijt en moest opnieuw beginnen. Haar hoge, smalle borsten waren ongeschonden, evenals haar geslachtsdelen. Uit het sectierapport wist ik dat er geen verwondingen binnen in de vagina of het perineum waren.

Ik deed een stap naar Lianne toe. In mijn gedachten probeerde ik haar steeds zo te noemen. Haar benen waren niet geschoren. Ze had dons op haar armen. Er zaten een paar diepe schrammen op haar linkerpols – waarschijnlijk van de braamstruiken bij het kanaal. Een litteken op haar linkerknie. Misschien was ze als kind een keer gevallen. Ik stelde me haar voor als een meisje met staartjes, met een fietsenrek, dat in de zomer, als het niet regent, in een tuin rondrent en denkt dat het leven een paradijs is. Dat is zo ontroerend van kinderen: ze zijn ervan overtuigd dat het leven geweldig wordt. Als je aan zesjarigen vraagt wat ze later willen worden als ze groot zijn, antwoorden ze: piloot, president, balletdanseres, popster, voetballer, miljonair. Wat had Lianne willen worden? vroeg ik me af. Wat voor dromen ze ook had gehad, die waren nu vervlogen. Daar lag ze, alleen was het Lianne natuurlijk niet, maar haar verkilde lichaam dat de verkeerde kleur had. Er was niemand anders in de ruimte. Geen zuchtje leven, behalve mijn eigen adem. Nooit eerder had ik zo'n sterk gevoel van afwezigheid ervaren.

Ik tilde het laken van haar voeten en zag dat de rode lak van de teennagels schilferde. Ik streek over het litteken op haar knie. Ik streelde weer over haar hand met de meelijwekkende afgekloven nagels. Ik tilde een lok koperkleurig haar op. Zelfs haar haar voelde dood aan. Elke cel, elke vezel in haar lichaam was er abrupt mee opgehouden. Ik voelde hoe het bloed in mijn aderen klopte, de lucht door mijn longen stroomde, de beelden door mijn hoofd vlogen, het haar op mijn klamme huid prikte.

Genoeg. Ik trok het laken omhoog, zorgde ervoor dat het Lianne helemaal bedekte, dat er geen haartje onderuit kwam. Ik wilde iets zeggen, wat dan ook, om de stilte te verbreken, maar ik kon niets bedenken, dus schraapte ik maar mijn keel. Meteen daarop kwam Alexandra de kamer binnen. Ze moest buiten hebben staan wachten.

'Klaar?'

'Ja.'

Lianne lag in een lade en met enige moeite duwde Alexandra hem dicht, alsof het een reusachtige archiefkast was.

'Zeker niets te zien wat niet al in het rapport stond?' vroeg ze een beetje vinnig.

'Ik wilde de verwondingen zien,' zei ik.

Ik pakte mijn tas, mijn laptop en stommelde de deur uit, de stromende regen in. Ik hief mijn gezicht naar de lucht en liet de regen erover heen lopen, als tranen.

Ik ging naar mijn hokje op het politiebureau terug en nam Liannes dossier nog eens door, hoewel ik het inmiddels behoorlijk goed kende. Eerst las ik de spaarzame gegevens: jonge vrouw, Lianne geheten, geschatte leeftijd: zeventien, zou zich een maand of acht geleden in het gebied rond Kersey Town hebben opgehouden, logeerde korte tijd in een opvanghuis van een zekere William Pavic, voor de rest – volgens het aantal medezwervers die de politie had weten op te sporen – sliep ze in parken, op banken en in winkelportieken, of soms op de vloer van een fortuinlijker vriend of vriendin, die in een pension woonde. Dat was alles – niets over haar karakter, haar vrienden, haar seksuele verleden. Er werd niet vermeld of ze nog maagd was.

Ik pakte de plattegrond waar met een kruisje stond aangegeven waar haar lichaam was gevonden. Toen belde ik Furth. 'Ik wil graag de plek zien waar ze gevonden is,' zei ik. 'Vanmiddag misschien, na m'n werk in de kliniek? Uur of vijf, kan dat?'

'Ik stuur Gil met je mee,' antwoordde hij. Ik kon zijn glimlach bijna horen.

'Hier heeft Doll haar koudgemaakt,' zei hij, terwijl hij me van opzij aankeek. Hij deed een stap achteruit zodat ik het beter kon zien.

Liannes lichaam was op een vrij steile oever achter een dode boomstronk gevonden, waar een stokoude vlinderstruik uit de wal opschoot en fluitenkruid en brandnetels groeiden. Je kon aan de geplette en afgebroken stengels zien waar ze voorover had gelegen. Haar hoofd was pal in het groene woud van onkruid geduwd. Haar voeten, in witte pumps en vlotte roodgestreepte sokjes, hadden tegen een kapotte fles aan gelegen. Stukken plastic hingen aan de braamstruiken en dreven in het olieachtige, bruine water. Er lagen sigarettenpakjes en oude peuken, platgetrapt op het modderige jaagpad. Een plastic paardje lag vlak voor Liannes schuilplaats: waarschijnlijk had een klein kind het daar laten vallen. Vlak erachter zag ik een fietswiel, roestig en verbogen.

'En een jongeman heeft haar gevonden?'

'Klopt. Darryl nog iets.'

'Pearce.'

'Ja, een jogger. Z'n verdiende loon. Heb je zijn verklaring gelezen? Hij vond haar toen ze nog leefde. Min of meer. Hij rende hier langs en toen hoorde hij haar roepen.'

'Maar ze was dood toen hij haar vond.'

'Eikel. Darryl, bedoel ik, niet jou. Hij is hier tien minuten blijven lummelen, zei hij, omdat hij niet wist wat hij moest doen. Ik denk eerder dat hij in z'n broek scheet van angst. Toen raapte hij z'n moed bij elkaar en belde ons en toen we hier kwamen, was ze dood. Als hij meteen naar haar toe was gegaan, had ze hem kunnen vertellen wie de dader was. Had ons een onderzoek bespaard.'

'Was hij geen verdachte?'

'Natuurlijk wel. Maar hij had het lichaam met geen vinger aangeraakt. Het leek wel alsof dat kind besproeid was met bloed. De moordenaar moet er ook ónder hebben gezeten. We hebben sporenonderzoek gedaan op Darryl, vezeltests, de hele mikmak. Leverde geen fluit op.'

'En dan had je die vrouw nog, Mary Gould,' zei ik, half tegen mezelf.

'Ja, dat ouwe mens met brood voor de eendjes. Ze kwam van de andere kant van de struiken, uit de richting van de flats. Toen ze het lijk zag, heeft ze meteen rechtsomkeert gemaakt. Ze belde pas de volgende dag. Háár medaille houden we nog even vast.'

Ik staarde weer naar de plek.

'En toen meldde Doll zich een paar dagen later met het verhaal dat hij in de buurt had zitten loeren,' zei Gil. 'Al gebruikte hij een ander woord.'

Ik fronste en weer wierp hij me zijn brutale grijns toe en floot tussen zijn tanden.

Ik probeerde me het tafereel voor te stellen. Toen ze gevonden werd, had ze een superkort, rood stretchrokje aan, dat over haar billen was getrokken. Ze had haar slipje nog aan. Ze droeg een paarse katoenen blouse zonder beha eronder. Ze had die kleren aan toen ze doodging en die waren daarna niet verwijderd. De steekwonden waren door de blouse heen aangebracht. Om haar linkerpols droeg ze zo'n digitaal horloge dat je gratis bij pompstations krijgt, en om haar nek had ze een goedkoop verguld medaillon in de vorm van een gebroken hart. Er stonden krullerige, roze letters op: 'Liefste...' Droeg iemand ergens de andere helft van dat hart met de inscriptie: '...vriendin'?

Ik belde Poppy, mijn beste vriendin. Ik had behoefte weer eens een warme stem te horen.

'Kit! Hoe was het, die eerste week weer werken?' Op de achtergrond hoorde ik kinderen krijsen en gillen. Poppy roerde ergens in, het geklik van een lepel.

Nog maar een week, dacht ik. Vier dagen. 'Vreemd,' antwoordde ik. 'Heel vreemd.'

'Ik had je al eerder gebeld. Er nam een vrouw op, die ik niet ken.'

'Julie. Heb je die nooit ontmoet, jaren geleden? Misschien was dat voor jouw tijd. Ze is weggeweest.'

'Heeft ze m'n boodschap niet doorgegeven?' Nee, dat had ze niet. 'Wie is ze dan? Wacht even: Megan! Amy! Jullie moeten je warme melk met honing opdrinken! Sorry. Die Julie...'

'Ze is het land uit geweest, heeft de hele wereld rondgereisd. Ze logeert bij me. Een tijdje.'

'O. Vind je dat vervelend?'

'Nog niet, niet echt.'

'Maar gaat het wel goed met je? Och Jezus, maak dat even schoon. Nu meteen! Pak een doekje of zo, het loopt overal heen!'

'Moet je ophangen?'

'Denk van wel. Ik bel je terug.'

De vorige dag had ik eten gehaald, waaronder een zak verse pasta, een pot rode paprika's in pikante saus en een paar zakken voorgewassen sla. Maar het was verdwenen. Evenals het stuk citroen-en-gemberkwarktaart. De ijskast was nagenoeg leeg op een paar pakken melk na, een stukje roomkaas en – ik tilde het op om te zien of het echt waar was – een zwart slipje, waar het prijsje nog aan hing.

Ik klopte op deur van Julies kamer. Geen reactie. Ik duwde hem open. Overal slingerden kleren, waaronder een paar van mij. Er lagen potjes crème en verschillende lippenstiften op de ladekast, waar ze een spiegel uit de badkamer op had gezet. Mijn sloffen stonden bij het onopgemaakte bed.

Ik had geen zin meer om boodschappen te doen. Ik was te moe. Dus maakte ik wat geroosterd brood met jam en een kop chocolademelk. Ik pakte mijn sloffen terug en deed mijn ochtendjas aan. Daarna pakte ik mijn schetsboekje. Ik ging aan tafel zitten en terwijl ik kleine slokjes schuimende warme chocolade nam, probeerde ik Lianne te tekenen – maar niet haar gezicht. Haar kleine meisjeshanden, met de afgekloven nagels. Handen zijn lastig, nog moeilijker dan voeten of gezichten. Het is bijna niet te doen om de juiste proporties te krijgen. Vingers zijn bol als bananen, de duim staat in een onmogelijke hoek gedraaid.

Ik kreeg het niet goed, en na verscheidene pogingen gaf ik het op. Dat zwarte slipje in mijn ijskast, de regen die tegen het raam striemde en het nerveuze gevoel dat ik iets over het hoofd zag, zaten me een beetje dwars.

11

Als je het druk hebt, giert de adrenaline vanzelf door je lijf. Die ochtend bleef ik niet in bed liggen tot ik Julie hoorde weggaan, maar ik ging snel onder de douche en waste mijn haar. Ik nam niet de moeite het te laten drogen, maar wreef het stevig met een handdoek en stak het op in een wrong. Ik dronk koffie terwijl ik een jurk en sandalen aantrok. Toen stopte ik mijn autosleutels en een appel in mijn tas en wist langs Julie de deur uit te glippen. Ze zat aan de keukentafel met een mok thee en keek zo slaperig als een kat in een straal zonlicht. Ik reed meteen naar de Welbeck-kliniek en parkeerde mijn auto op de gebruikelijke plek, onder de acacia. Het was een mistige, vochtige morgen. Er was nog niemand aanwezig, op een schoonmaker na, die met een stofzuiger achteruit door de hal liep.

Ik trok de deur van mijn kamer achter me dicht en schoof de ramen open, die over het kleine stukje met tuinen aan de achterkant uitkeken. Er lag niets in mijn bakje met uitgaande post, maar een kleine berg in het bakje met binnengekomen post. Patiënten die ik moest bezoeken, verwijzingen die ik moest regelen, brieven die ik moest beantwoorden, formulieren die ik moest invullen, vaktijdschriften die ik moest lezen, uitnodigingen die ik moest afslaan. Mijn antwoordapparaat meldde dat ik negenentwintig boodschappen had. Ik zette mijn computer aan en daar wachtten nog eens een tiental e-mails. Ik had ergens gelezen dat drukke zakenlieden wel tweehonderd e-mails per dag krijgen. Wat oneerlijk. Konden die niet verdeeld worden onder al die mensen die eenzaam op een kamertje zaten en nooit eens post kregen?

Om een uur of negen was de stapel papierwerk geslonken en had ik uitnodigingen voor congressen in drie verschillende landen afgeslagen. Ik had verzoeken om patiëntenbezoek in ja, neeen weet-niet-stapeltjes gesorteerd. Ik had mijn agenda volgezet met prettige blokjes vrije tijd. Om mijn stoel lagen overal propjes papier. Ik hoorde hoe de kliniek op gang kwam: rinkelende telefoons in andere kamers, dichtklappende deuren, geroezemoes in de gang. Ik liep naar de koffieautomaat op de begane grond en holde terug naar mijn kamer, terwijl de koffie tegen mijn vingers aan klotste.

Toen haalde ik de aantekeningen te voorschijn die ik over Lianne had gemaakt. Ik staarde naar de zinnen die ik haastig had opgeschreven tot ze vervaagden en een soort hiëroglyfen werden. Ik had maar één naam die enige opheldering zou kunnen verschaffen: van de man die het opvanghuis beheerde, waar ze soms sliep of een warm bad, een warme maaltijd en schone kleren kreeg. Will Pavic, zo heette hij. In een opwelling pakte ik de telefoon en draaide zijn nummer.

'Ja.' De stem was kortaf en ongeduldig.

'Mag ik Will Pavic spreken, alstublieft?'

'Ja.'

Het was even stil.

'Spreek ik met Will Pavic?'

'Ja.' Nijdiger deze keer.

'Goedemorgen, ik ben dokter Quinn. Ik assisteer bij het politieonderzoek...'

'Sorry, ik spreek niet met de politie. Dat zult u wel begrijpen, gezien de omstandigheden.' En de verbinding werd verbroken.

'Hufter,' mompelde ik.

Ik pakte de appel uit mijn tas en at hem langzaam op, alles behalve het steeltje. Toen belde ik mijn eigen nummer.

'Hallo!' Julie klonk veel levendiger dan toen ik haar het laatst zag.

'Met mij, Kit. Er zit me de hele ochtend al iets dwars. Waarom ligt er een slipje in mijn ijskast?'

'Oeps.' Ze barstte in lachen uit. 'Ik las in een tijdschrift dat het bij erg warm weer heel lekker is om een gekoeld slipje aan te trekken. Dat is alles.'

'Maar zo warm is het niet.'

'Daarom ligt het er nog. Voor het geval dat.'

Dat was dus opgelost. Ik belde Pavic nog een keer.

'Ja.' Dezelfde stem, dezelfde toon.

'Meneer Pavic, met Kit Quinn, en luister alstublieft eerst naar wat ik te zeggen heb voordat u de hoorn er weer opgooit.'

'Mevrouw Quinn...'

'Dokter.'

'Dokter Quinn dan.' Hij slaagde erin om die aanspreektitel als een scheldwoord te laten klinken. 'Ik heb het erg druk.'

'Zoals ik zei – of probeerde te zeggen – assisteer ik bij het politieonderzoek naar de dood van Lianne.' Het was even stil. 'Lianne, die bij het kanaal is gevonden?'

'Ik weet wie u bedoelt. Maar ik weet niet wat voor hulp u van mij verwacht.'

'Ik wil praten met mensen die haar hebben gekend. Die weten hoe haar leven in elkaar stak, wie haar vrienden waren, wat haar bezighield, of ze het soort persoon was dat...'

'Geen sprake van. Ik sta niet toe dat de jongeren hier door jullie worden lastiggevallen. Ze hebben al genoeg problemen.'

Ik haalde diep adem. 'En hoe zit het met u, meneer Pavic?'

'Hoe bedoelt u?'

'Kan ik met u over haar praten?'

'Ik heb niets te zeggen. Ik kende Lianne nauwelijks.'

'U kende haar goed genoeg om haar lichaam te identificeren.'

'Ik wist wel hoe ze eruitzag, ja.' Zijn stem klonk bars. Ik stelde me een stugge, grijze man voor met een messcherp gezicht en priemende ogen. 'Maar dat is niet het gesprek dat u voor ogen had, denk ik? U wil weten wat haar bezíelde, toch?' Zijn stem droop van het sarcasme.

Ik zou niet driftig worden. Hoe bozer hij werd, hoe kalmer ik was. 'Het duurt niet lang.'

Ik hoorde een pen snel op een blad tikken. 'Prima, wat wilt u weten?'

'Kan ik langskomen om met u te praten?' Het was uitgesloten dat hij daar zelf mee zou komen.

'Ik heb over een uurtje een vergadering en daarna...'

'Ik ben over een kwartier bij u,' zei ik. 'Erg vriendelijk van u, meneer Pavic, dat waardeer ik zeer.' Nu was het mijn beurt om op te hangen. Ik graaide mijn tas en jasje bijeen en rende mijn kamer uit voordat hij de kans kreeg me terug te bellen.

Het Tyndale opvanghuis was een groot, onaantrekkelijk, vooroorlogs gebouw met ijzeren ramen, vastgeklemd tussen een armoedige pub en wat ongeveer de lelijkste laagbouwflats van Londen moesten zijn – vuilgrijze B-2-blokken en akelig kleine raampjes, waarvan er sommige gebroken waren. Een muurschildering in felle kleuren schoot aan de ene kant omhoog, bloemen en ranken die naar het dak kronkelden. Het had wel iets van *Sjaak en de bonenstaak*. Een andere kunstenaar had 'Rot op' over het ontwerp gekrabbeld, ongeveer anderhalve meter van de grond. Aan de andere kant van de straat stond een aantal uitgewoonde huizen met dichtgetimmerde ramen en deuren, waarvan de voortuintjes overwoekerd waren met onkruid. Twee tienerjongens met geschoren koppen trapten tegen een rafelige tennisbal, maar ze hielden op toen ik naar de deur liep en staarden me achterdochtig aan.

'Hallo?'

Ik kon niet zien of degene die opendeed een van de bewoners was of een medewerker. Ze had paars haar, verscheidene piercings in haar wenkbrauwen en haar neus, een lieve glimlach. Ze had gigantische, ruige sloffen aan. Achter haar zag ik een brede hal waar gangen op uitkwamen en ik hoorde van boven het hardnekkige gebonk van rapmuziek en iemand die iets schreeuwde.

'Ik ben dokter Quinn. Ik heb een afspraak met Will Pavic.'

'Afspraak?' schreeuwde iemand, die ik niet kon zien. 'Laat maar binnen.'

De vrouw ging opzij. De hal was lichtgeel geschilderd. In de hoek stond een spichtige boom in een pot, tegen de ene muur een tafel bezaaid met folders, bij de trap een oude zitbank, waar een rode kater op lag te slapen. Ik begreep meteen dat het met opzet zó was ingericht dat iemand die de stap over de drempel had durven te zetten, niet meteen werd afgeschrikt.

Will Pavic was in een kleine kamer aan de overkant, met de deur open. Hij zat aan een bureau en staarde me boven zijn computer recht aan. Hij moest in de veertig zijn, zijn haar was ongeveer even kort als zijn zwarte stoppelbaard en hij had dikke, zwarte wenkbrauwen. In zijn lichte kantoor leek hij monochroom, zwart, grijs en gemêleerd, alsof hij uit graniet was gehouwen. Hij keek kwaad. Hij stond op toen ik door de hal naar hem toe liep, maar kwam niet achter het rommelige fort van zijn bureau vandaan.

'Hallo,' zei ik.

Hij drukte me kort, maar stevig de hand. 'Ga zitten,' zei hij, knikkend naar een rechte stoel in de hoek. 'Leg de papieren maar op de grond.'

Ik schraapte mijn keel. Ik wierp hem een nerveus glimlachje toe, maar Pavic glimlachte niet terug. Achter hem hing elke centimeter van de muur volgeplakt met gele plakbriefjes. Het drong plotseling tot me door dat ik niet goed had nagedacht over wat ik hem zou vragen.

'Het spijt me,' zei ik. 'Ik begrijp het niet helemaal. Is dit een kindertehuis?'

'Nee,' zei hij.

'Wat is het dan? Een opvangcentrum van de gemeente?'

'De gemeente heeft er niets mee te maken, de overheid heeft er niets mee te maken, en de hulpinstanties ook niet.'

'Waar gaat dit dan van uit?'

'Van mij.'

'Ja, maar wie is uw opdrachtgever?'

Hij haalde zijn schouders op.

'Maar hoe gaat het hier dan?' vroeg ik.

'Eenvoudig,' zei hij. 'Dit is een huis waar dakloze jongeren korte tijd kunnen verblijven. We geven ze hulp, doen een paar telefoontjes, wat dan ook, en sturen ze weer weg.'

'Heeft u Lianne ook weggestuurd?' Op die vraag verstrakte zijn gezicht. 'Luister, ik weet helemaal niets,' zei ik, terwijl ik tegen hem glimlachte. Geen enkele reactie, als een computer die is uitgezet. 'Ik wil zoveel mogelijk te weten komen over Lianne, niet waar ze was rond de tijd van haar dood, wie haar het laatst heeft gezien, dat soort dingen. Dat is het werk van de politie. Maar meer wat voor meisje ze was, begrijpt u?'

Zijn telefoon ging, maar werd overgenomen door het antwoordapparaat.

'Zo goed kende ik haar niet,' zei Pavic.

'Hoe lang heeft ze hier gewoond?'

'Ze heeft hier niet gewoond. Ze was er af en toe. Ze kende mensen.'

'Dat klinkt niet logisch. Als u zo weinig contact met haar had, waarom moest u het lichaam dan identificeren? Hoe kwam de politie bij u terecht?'

'De politie kwam bij mij terecht omdat ze haar gezicht op een poster hebben gezet en toen heeft een bezorgde burger anoniem opgebeld en gezegd dat ze vaak in Tyndale zat. En de reden dat ik haar heb geïdentificeerd is dat ik kennelijk de enige respectabele persoon was die ze konden vinden, die haar enigszins had gekend. Maar we zijn hier dan ook in Kersey Town, een buurt waar u niet vandaan komt.'

'U weet niet waar ik vandaan kom.'

'Ik kan het wel raden,' zei hij, eindelijk met een flauw glimlachje.

'Ik wil gewoon weten wat voor iemand ze was, meneer Pavic. Weet u bijvoorbeeld iets van haar achtergrond? Of haar vrienden?'

Hij keek nu ongemakkelijk en geïrriteerd, alsof ik te opdringerig was.

'U snapt het niet,' zei hij. 'Ik wil helemaal niets weten van die kinderen. Ik doe me niet voor als hun vriend. Ik probeer een beetje praktische hulp te bieden en meestal faal ik daarin. Dat is alles. Kinderen lopen niet zomaar van huis weg, dokter Quinn. Denkt u soms dat ze dat voor hun lol doen? Lianne had waarschijnlijk heel goede redenen om weg te lopen.'

'Denkt u dat ze misbruikt is?' vroeg ik. Hij gaf geen antwoord, zodat ik het gevoel kreeg dat ik een impertinente vraag had gesteld.

'Ze was eenzaam,' zei hij plotseling. 'Een eenzaam, hunkerend, bang, kwaad meisje. Iemand als u zou zeggen dat ze liefde zocht. Is het zo genoeg?'

'Dus u wilt niet helpen?' zei ik.

Hij leunde over het bureau, zijn gezicht stond hard.

'Maar mijn hulp heeft al niets uitgehaald,' zei hij. 'Voor de zoveelste keer.'

'Ik...'

'Ik moet nu weg. Ik heb een vergadering.'

'Mag ik met u meelopen naar de metro?'

'Ik ben met de auto.'

'Kunt u me dan ergens bij een station afzetten? Ik heb nog een paar vragen. Welke kant gaat u op?'

'Blackfriars Bridge.'

'Precies langs mijn huis,' zei ik, terwijl ik gemakshalve vergat dat mijn auto bij de Welbeckkliniek stond.

Hij zuchtte demonstratief.

'Goed dan.'

We liepen samen de hal in. Een opvallend mooi meisje met lang blond haar rende naar binnen.

'Ik doe toch godverdomme m'n best!' schreeuwde ze tegen ons en daarna stormde ze snikkend de trap op.

'Gebruikte ze drugs?' vroeg ik, toen ik naast Pavic in zijn roestende Fiat zat en we langzaam door het verkeer reden.

'U vraagt maar door, hè?'

'Ik wou het gewoon weten.'

'Zeg maar waar ik moet afslaan.'

'Nog niet. Waarom bent u zo kwaad?'

'Lijkt me nogal logisch.'

'Waarom?'

'Om alles. Al die troep.' En het gebaar dat hij maakte, waarbij hij zijn handen van het stuur haalde, bevatte alles: het verkeer, ons gesprek, ik naast hem terwijl hij alleen wilde zijn, Liannes dood, het leven in het algemeen.

We reden zwijgend verder, op de instructies na die ik hem gaf. Hij bracht me tot voor de deur en ik stapte uit.

'Kit! Hé, Kit, Kit!'

Ik kromp in elkaar.

'Hoi, Julie.'

'Perfecte timing. Ik ben m'n sleutel vergeten.' Ze bukte zich en glimlachte tegen Pavic door het open portier.

'Dit is Will Pavic,' zei ik met een nijdig gemompel. 'Julie Wiseman.'

Ze boog zich tot in de auto naar voren, zodat haar rok over haar dijen opkroop en haar borsten onder het dunne hemdje uit bolden.

'Hoi, Will Pavic. Kom je even binnen?'

'Hij heeft me alleen een lift gegeven. Hij moet naar een vergadering.'

Julie negeerde me. 'Thee? Koffie?'

'Nee, dank je.' Zijn stem klonk opvallend beleefd. Het lag dus aan mij.

'Bedankt voor de lift,' riep ik en ik draaide me om. Ik liet de deur voor Julie open en liep naar boven, al moest ik over een paar minuten weer terug naar de kliniek om mijn auto op te halen. Tijd voor een koud drankje, in ieder geval. Ik zette de kraan open en bewoog mijn vingers door de straal. Ik hoorde Julie stampend de trap op komen.

'Wauw! Wat een lekker ding.'

'Vind je?'

'O, helemaal mijn type. Nors, verweerd, sterk, zwijgzaam. Ik heb 'm te eten gevraagd.'

Ik draaide me met een ruk om. 'Wát?'

'Ik heb hem voor het eten uitgenodigd.' Ze lachte triomfantelijk. Ik sputterde iets onverstaanbaars en ze grijnsde en schopte haar sandalen uit. 'De kat uit de boom kijken heeft geen zin. Ik ben anders dan jij, Kit. Wist je dat je mensen kan verdelen in herbivoren en carnivoren?'

'Ik...'

'Jij bent een herbivoor. Ik ben een carnivoor. En hij ook.'

'Komt hij?' wist ik uit te brengen.

'Morgen. Acht uur. Hij kon niet zo gauw een smoes bedenken.'

'Dan ga ik weg.'

'Jij gaat toch nooit uit?' zei ze smalend. 'Bovendien kan dat niet. Ik zei dat er een paar vrienden kwamen eten, dus dat hij welkom was als hij kon. Dus, wie ga je uitnodigen?'

'Julie...'

'En wat zal ik maken?'

'Hoor nou even...'

'En vooral: wat zal ik aandoen? Mag ik je rode jurk lenen?'

12

Nadat ik met mijn auto naar huis was gereden, liep ik de woonkamer in en ging met wat papierwerk aan tafel zitten, terwijl Julie, zeer in haar nopjes, een douche nam. Ze douchte heel vaak en zong dan hard en vals te vroege kerstliedjes. Misschien had ze zich al die schone gewoontes aangeleerd tijdens haar buitenlandse reizen. Ik moest aan de grapjes denken die Amerikaanse en Australische collega's over de Engelsen maakten: vieze, stoffige huizen, rotte tanden, een smeerboel. Als je iets in een Engelse badkamer wilt verstoppen, wat is dan de beste plaats? Onder de zeep. Die was me 's avonds laat op een congres in Sydney verteld.

Ik las het forensische rapport nog eens door. Ik bekeek de foto's. Ik sloot mijn ogen en probeerde me voor te stellen hoe het er daar bij het kanaal uitzag. Er knaagde iets. Ik werd er bijna gek van, dat gevoel dat ik ergens bij wilde komen waar ik niet bij kon. Maar ik voelde ook opwinding. Er stond iets te gebeuren. Ik had een fotokopie van de plattegrond waar de plekken op stonden. Ik staarde er machteloos naar. Waar maakte ik me druk om?

Julie kwam de kamer binnen, stralend, bijna dampend van de douche. Ze had haar afgeknipte spijkerbroek en een piepklein T-shirt aan dat haar navel bloot liet, en ze droeg geen beha. Die had er niet meer onder gepast. Ze had een fles witte wijn in haar hand en twee glazen. Zonder een woord te zeggen schonk ze in en gaf me een glas. Ze liep weer naar de keuken en kwam terug met een Chinees kommetje met olijven. Ze zette het op de salontafel, ging met opgetrokken knieën op de bank zitten en nam een slokje. Ik nipte aan mijn glas. Het was heerlijk koel. Ik keek naar Julie. Ze was heel aantrekkelijk, bruin, ze zat lekker in haar vel. Ik dacht aan Oban en glimlachte. We vormden nu min of meer een stel en hij dacht vast dat ik met Julie wel een goede slag had geslagen. Ik begreep best wat er zo aanlokkelijk aan was om lesbisch te zijn. Het was zo'n geworstel met mannen. Het waren zulke andere wezens, ze hadden zulke andere opvattingen over hygiëne, al dat soort dingen. Ik nam nog een slokje. Ik kon er helaas niets aan doen. Waarschijnlijk kwam het door mijn opvoeding of de sociale druk, maar ik ben een verstokte hetero.

'Proef eens een olijfje,' zei Julie. 'Ik liep vanmiddag door Soho. Fantastische buurt. Daar heb ik deze olijven gekocht, gevuld met ansjovis en pepertjes. Alsof je een klap in je smoel krijgt. In gunstige zin, dan.'

Ik stak er eentje in mijn mond en inderdaad kreeg ik plotseling het gevoel alsof er een lucifer op mijn tong was afgestreken, maar na een verkoelend slokje wijn bleef er een heerlijk gevoel over.

'Lekker,' zei ik.

'Ik heb wat lopen nadenken. Ik moet drie dingen hebben: een baan, een huis en een man. Daarom heb ik die gozer buiten bij z'n kraag gepakt. Is hij getrouwd?'

'Dat weet ik niet.'

'Of homo?'

'Ik ken hem helemaal niet.'

'Als hij geen homo is en hij er goed uitziet, en als hij meer dan twee woorden achter elkaar kan uitspreken en hij is vrij, moet je meteen toeslaan.'

'Als iemand vrij is, heeft dat vaak een reden, is mijn ervaring.'

'Dan heeft hij misschien een ziekte, bedoel je?'

Ik lachte alleen maar.

'Luister nou, Kit, ik meen het serieus. Het zit me niet lekker dat ik hier kampeer. Ik wil alleen maar zeggen dat ik echt op zoek ben naar een huis.'

'Is goed.'

'Ik zit je ontplooiing in de weg.'

'Ik wist niet dat ik me op dit moment ontplooide,' zei ik. 'Ik besef dat ik af en toe een beetje kribbig ben, maar als ik in m'n eentje was, zou ik waarschijnlijk tegen de muren op kruipen.'

'Ik dacht dat je meer weg zou zijn. Op zoek naar aanwijzingen.'

Ik boog me voorover, pakte de fles en schonk ons beiden nog eens in. 'Ik lees vooral dossiers, vrees ik.'

Julie stopte twee olijven in haar mond, begon te hoesten en nam een grote slok wijn. Ze liep rood aan. 'Heb je een verdachte?' wist ze na een tijdje uit te brengen.

'Daar ben ik niet mee bezig. Ik bekijk alles zoveel mogelijk vanuit een andere invalshoek om te zien of ik ideeën krijg over het soort man waar ze naar moeten zoeken. Het is mijn taak om fris tegen de zaak aan te kijken, zonder vooroordelen, een beetje als die raadsels die schijnbaar geen logica bevatten, weet je wel? Antonius en Cleopatra liggen naast elkaar, ze zijn dood. Naast hen een plas water en een paar glasscherven. Wat is er gebeurd?'

'Goudvissen,' zei Julie meteen. 'Maar nou die man die op de begane grond in een lift stapt en altijd op het knopje voor de tiende verdieping drukt en de laatste vijf verdiepingen loopt. Maar als hij naar beneden gaat, stapt hij op de vijftiende verdieping in de lift en gaat helemaal mee naar beneden.'

'Een dwerg.'

'Maar denk je dat ze de moordenaar zullen vinden?'

'Hangt ervan af. Als hij nu geen moorden meer pleegt, denk ik niet dat ze hem vinden.'

'Dat is een beetje negatief.'

'Weet je hoeveel moorden er per jaar gepleegd worden?'

'Wat? In de hele wereld?'

Ik lachte. 'Nee, in Engeland en Wales.'

'Geen flauw idee. Vijfduizend?'

'Honderdvijftig, tweehonderd, zoiets. Meer dan de helft, tweederde misschien wordt meteen opgelost. De meeste moorden worden gepleegd door bekenden, door echtgenoten, familieleden. Een gevecht op straat voor een nachtclub, een stel voetbalsupporters, een inbreker die een oude vrouw vermoordt omdat hij betrapt wordt. Verder heb je de gouden eerste achtenveertig uur, waarin de meeste mensen die gepakt zullen worden, ook gepakt worden. Dat is de tijd waarin de moordenaar nog onder het bloed zit, zich vreemd gedraagt, zich ontdoet van wapens en kleren, zijn sporen probeert uit te wissen. Pas dagen later, wanneer ze niets meer kunnen verzinnen, gaan ze erover denken om er zo iemand als ik bij te halen. Het moordwapen is weggegooid en onvindbaar. Het bloed is weggewassen. Als er getuigen waren, zouden die zich inmiddels wel gemeld hebben. Je kent dat wel: je bent je sleutels verloren en dan kom je in dat vreselijke stadium dat je wéér op de plekken gaat zoeken waar je al eerder hebt gezocht. In dat stadium zijn ze nu.'

'Lijkt me geen doen.'

Ik nam nog een olijf. Heerlijk.

'De politie zit er niet zo mee. Er zijn geen familieleden die stampij maken. De pers houdt zich stil. Maar er is één positief aspect: als de situatie hopeloos is, kan het in ieder geval nooit erger worden.'

'Heb je daarom die Will opgezocht?'

'Ja. Lianne... nou ja, er zijn veel van dat soort gevallen in deze buurt.'

'Je bedoelt hoeren en weggelopen kinderen.'

'Ik bedoel jonge vrouwen die rondzwerven, die geen vaste relatie hebben, die af en toe een baantje nemen. En ik denk dat Will Pavic dat wereldje heel goed kent.'

'Wat is hij? Een pooier?'

'Hij heeft een opvanghuis voor dat soort jongeren.' Ik glimlachte, toen ik Julies teleurgestelde gezicht zag. 'Sorry. Hij is geen advocaat of arts of televisieproducent. Aan de gezichten van de politiemensen te zien wanneer zijn naam valt, heb ik al kunnen opmaken dat ze geen hoge pet van hem op hebben. Maar goed, zoals je misschien hebt gehoord had hij niet zo'n zin om met mij te praten, dus wie weet komt jouw plannetje om hem in je klauwen te krijgen mij wel van pas. Terwijl hij op jou verliefd wordt, gaat hij misschien met mij praten. Of wil je niet dat ik erbij ben?'

'Godsamme, je móet erbij zijn. Je moet helpen.'

Julie ging die avond uit, maar ik dronk de fles wijn leeg en las dossiers die ik al had gelezen. Ik keek weer naar de plattegrond en toen stootte ik een soort gegrom uit.

'Dat is het,' zei ik in het luchtledige. Het was geen geweldig eureka-gevoel. Ik rende niet juichend de kamer rond. Maar ik had iets uit te knobbelen, en dat was tenminste beter dan niets.

Toen ik de volgende ochtend op het kantoor van inspecteur Furth verscheen, keek hij me aan alsof ik zijn stereo-installatie in beslag kwam nemen.

'Ja?' zei hij.

'Ik heb een idee.'

'Goed,' zei hij kortaf. 'Maar je had niet hoeven komen. Je kan ook gewoon bellen. Dat bespaart iedereen veel gedoe.'

'We hoeven geen vijanden te zijn, hoor,' zei ik.

'Hoe bedoel je?' vroeg hij, alsof hij van de prins geen kwaad wist.

'Laat maar. Wil je mijn idee horen?'

'Ik ben een en al oor.'

'Misschien moet je deze plattegrond maar eens bekijken,' zei ik.

'Ik heb mijn eigen plattegrond.'

'Wil je nou horen wat ik te zeggen heb?'

'Vertel het alsjeblieft, ik popel.'

Ik ging tegenover Furth zitten. De stoel was hinderlijk laag, waardoor ik het gevoel kreeg dat ik naar een meerdere opkeek. 'Waarom het kanaal?' vroeg ik.

'Omdat het er erg stil is.'

'Ja, maar kijk eens naar de plattegrond.' Ik legde mijn kopie op zijn bureau. 'Er zijn heel stille stukken bij het kanaal, maar niet waar het lijk is gevonden. Kijk. De plek waar Lianne gevonden werd, is vlak bij het Cobbett landgoed.'

'Daar is het behoorlijk stil,' zei Furth opgewekt. 'Ik ken het als m'n broekzak. Er zijn heel veel struiken. Het is slecht verlicht en 's avonds loopt er geen mens. Bovendien kon de moordenaar langs beide kanten van het kanaal wegvluchten of meteen de straat op gaan.'

'Toen ik de plattegrond bekeek, kwam dat idee in me op. Je kan er ook met de auto heen rijden. Kijk, het is zowat naast het parkeerterrein van het landgoed.'

'Dus?'

'Dan is er nog iets wat ik vreemd vond: Liannes keel was doorgesneden maar ook haar halsslagader. Haar kleren waren met bloed doordrenkt. Ik heb in het sporenrapport gekeken of er veel bloed op de plaats van het misdrijf is gevonden. Maar nee.'

Furth haalde zijn schouders op.

'Nou?'

'Is dat niet vreemd?'

'Mijn directe reactie is: niet echt. Als ze naar achteren is getrokken, zou het bloed alleen op haar en de moordenaar terechtgekomen kunnen zijn. De andere plekken zouden dan niet te zien zijn. Maar goed, de sporenonderzoekers hebben dat waarschijnlijk niet vermeld. Waarom zouden ze?'

'Daar gaat het nou juist om. Stel dat Lianne niet bij het kanaal is vermoord? Stel dat ze, toen ze al dood was, daar is gedumpt? Die plek werd gekozen omdat je er met de auto kunt komen en het er donker en stil is, zoals je al zei.'

'Was dat het?' zei Furth kortaf.

'Ja.'

Hij stond op, liep naar een archiefkast en trok een lade open. Hij ging er met zijn vingers doorheen en haalde een grijs dossier te voorschijn. Toen liep hij weer terug en gooide het op het bureau. Ik pakte het op en keek ernaar.

'Herken je dit?'

'Ja.'

'Darryl Pearce. Die heeft Liannes lichaam gevonden, weet je nog? Bedenk nog even hoe hij het vond. Hij hoorde een langgerekte kreun of kreet. Hij bleef een tijdje staan aarzelen. Laffe klootzak. Eindelijk hakte hij de knoop door, zocht in de struiken en vond haar. Wat wil je nou beweren? Dat de moordenaar een halfdood meisje in z'n auto afleverde? Weet je hoe snel je doodgaat aan zo'n verwonding?'

'Daar heb ik ook over nagedacht,' zei ik.

'Wat doe je hier dan, verdomme?'

'Een van de dingen die ik me altijd voorhoud is dat je niet te veel belang moet hechten aan één bewijsstuk. Misschien klopt het niet. Herinner je je nog de jacht op de Yorkshire Ripper? Ze zochten een jaar op de verkeerde plek, omdat ze geloof hechtten aan een valse bandopname.'

'Denk je dat die oen van een Pearce zo intelligent is om ook maar iets in scène te zetten?'

'Dat heb ik me afgevraagd. Ik heb geprobeerd na te gaan of hij zich misschien vergist heeft of het verhaal heeft verzonnen als dekmantel voor iets anders, maar ik kwam er niet uit.'

'Dus?'

'Mary Gould.'

'Wie is dat?'

'De vrouw die het lichaam heeft gevonden.'

Furth keek afwijzend.

'Ze was te bang om zich te melden en belde de dag erna op. Het had niet zoveel om het lijf. Ze had niets belangrijks bij te dragen.'

'Ze heeft het lichaam gezien, maar ze heeft niet verklaard dat Lianne nog leefde. Hoe zit dat, denk je?'

'Misschien was ze het vergeten. Of heeft ze het niet opgemerkt.'

'Je merkt heus wel dat iemand doodbloedt aan een doorgesneden slagader.'

'Misschien was Lianne nét dood toen ze daar kwam.'

Ik keek Furth aan. Hij had een iets minder smalende uitdrukking op zijn gezicht. Het leek alsof hij tegen wil en dank geïntrigeerd begon te raken.

'Dus,' zei ik, 'in dat scenario stel je je voor dat Darryl Pearce een gekreun hoort. Volgens zijn verklaring liep hij op het jaagpad, vlak bij het kanaal. Terwijl hij in tweestrijd verkeert, sterft Lianne en Mary Gould komt van de andere kant aan lopen, uit de richting van het landgoed, zoals ze zei. Ze schrikt zich dood en rent weg, voordat Darryl zich bedenkt en het inmiddels dode lichaam vindt. Dat zijn veel gebeurtenissen in anderhalve minuut.'

'Heb je een beter idee?'

'Ik heb een alternatief. Mary Gould vindt het lichaam, gilt, rent weg. Darryl Pearce hoort het gegil en gaat ervan uit dat het Lianne is. Meer zeg ik niet. De verklaring van Darryl Pearce is de enige aanduiding die we hebben dat Lianne nog leefde toen ze bij het kanaal lag.'

Furth leunde achterover. 'Kut,' zei hij peinzend.

'Begrijp je wat ik bedoel?'

'Hier moet ik over nadenken.'

'En dan nog iets.'

'Wat?' vroeg Furth, die langs me heen in de verte staarde.

'Als we het erover eens zijn dat de feitelijke moord niet bij het kanaal is gepleegd...'

'Dat zijn we niet,' zei Furth.

'...dan gaat het niet om de plek, maar om de manier waarop. En dat zou kunnen betekenen dat als dit een willekeurige moordenaar is, op zoek naar een kwetsbaar slachtoffer, dat er dan misschien andere moorden zijn gepleegd die we over het hoofd hebben gezien. En in dat geval zou het nuttig zijn om andere zaken na te gaan. Wat vind jij?'

'Ik zal erover nadenken,' zei Furth.

'Zal ik het er met Oban over hebben?'

'Dat doe ik wel.'

'Mooi,' zei ik opgewekt. En na Furths ochtend verpest te hebben, verliet ik met een vreemd vrolijk gevoel zijn kantoor.

13

Als je een lastige gast te eten krijgt, staat je maar één ding te doen, zeggen de Lieve Lita's. Je moet je beste vrienden bellen, je legt hun de situatie voor, je vraagt hen ook te eten met de serieuze belofte dat je het binnenkort goed zal maken door hen voor een echt leuk avondje uit te nodigen. Toen ik dit alles overwoog, kreeg ik een ingeving. Ik dacht: lik me reet. Waarom zou ik iemand om wie ik geef zoiets aandoen? Ik had een veel beter idee. Ik kende een aantal mensen dat ergens achter in mijn hoofd bleef steken, als een migraine die elk moment kon komen opzetten. Ze waren net een stukje kauwgom dat ik niet van mijn schoenzool af kon krijgen. Het waren mensen die ik ooit eens moest vragen, maar waar ik nooit echt toe kwam.

Iemand als Francis van de kliniek, bijvoorbeeld. Hij had me een keer te eten gevraagd in zijn flat in Maida Vale. Er was vreselijke ruzie ontstaan – ik wist niet meer waarom – en iemand was opgestapt, zodat Francis zich ontzettend opgelaten voelde en stomdronken was geworden. Toen ik de gebeurtenissen aan Poppy vertelde, vond ze het heel grappig en zelfs plezierig – gelazer in de tent heeft ook wel iets gezelligs, zoiets – maar dat was niet echt zo. Francis had me dan ook nog dagen erna gemeden en had het er nooit meer over gehad. Toch had ik ergens het gevoel dat ik het ooit, in wat voor vorm dan ook, moest goedmaken, en dit leek een mooie gelegenheid, vooral omdat het kort dag was, zodat hij bijna zeker niet zou kunnen komen. Ik belde hem op zijn werk en zei dat ik de volgende dag wat mensen te eten kreeg, zou hij ook kunnen? Hartstikke leuk, zei hij. Tot dan.

En dan had je Catey. Ik kende Catey van de universiteit, omdat haar vriend de beste vriend was van iemand met wie ik een tijdje verkering had. Het was niet bepaald een dikke vriendschap en het klikte ook niet bijzonder. Ik had tientallen betere vriendinnen, met wie ik geleidelijk of abrupt het contact had verloren, maar mijn lauwe vriendschap met Catey was door de jaren heen warm gehouden door een hardnekkige, volhardende stroom uitnodigingen, het ene jaar een etentje, het volgende een borreltje en ik vroeg haar dan terug in een verhouding van één op vier. Ik hoopte dat ook zij niet zou kunnen komen, waardoor ik weer een jaar of twee van mijn verplichtingen ontslagen was. En ja hoor, toen ik haar te pakken kreeg, bleek ze al iets anders te hebben op die avond, maar toen zei ze: nee nee, ik kan het wel afzeggen, en ze wilde vooral dat ik kennismaakte met Alastair, haar nieuwe vriend, of eigenlijk haar verloofde, zo goed als. Drie minuten later belde ze terug. Het was geregeld, zei ze. Tot morgen. Fantastisch, zei ik.

Julie wilde met alle geweld koken en ik vond dat meteen goed, omdat de hele ramp in wording haar idee was. Toen ik even voor zevenen thuiskwam, hingen er de heerlijkste geuren in huis. De tafel was gedekt. De woonkamer was opgeruimd. Ik liep de keuken in. Aan de ene kant stond een grote schotel, waarvan ik vergeten was dat ik die had. Ze moest achter in mijn kastjes hebben gesnuffeld. Overal lagen groenten. Ik zag tomaten, aubergines, courgettes, gesneden uien.

'Ik moest het simpel houden, zei je,' zei Julie. 'Dit is het voorgerecht. Gemarineerde groenten. En daarna krijgen jullie een risotto. Ik heb de saus al klaar. En fruit en ricotta staan om de hoek.'

'Ik heb wijn meegebracht,' zei ik tamelijk zwakjes.

'Dan zijn we klaar.'

'Hoe krijg je dit allemaal voor elkaar?'

'Hoe bedoel je?'

'Dit alles. Dit hele gedoe, de gedekte tafel, de groenteschotel die zó in een tijdschrift zou kunnen. Nergens liggen kookboeken opengeslagen met vetvlekken op de bladzijden.'

Julie lachte. 'Ik kan niet koken. Dit is geen koken. Ik heb gewoon een paar groentes gebakken of gekookt en er wat olijfolie en een scheutje azijn overheen gegooid en er wat kruiden in gedaan. Dit is maar een snackje, hoor.'

'Ja, maar waar heb je geleerd om dat zonder geplan en getob en geklaag en geknoei te doen?'

Ze keek me niet-begrijpend aan. 'Vergeleken waarmee?' zei

ze. 'Vergelijk je het koken van rijst met het bekijken van dooien en het bedenken hoe ze zijn doodgegaan?'

Ik trok een grimas. 'Dat bedoelde ik niet echt,' zei ik tam.

'Maar je jurk,' zei Julie. 'Je hebt je toch niet bedacht, hè?'

Julie zag er haast te sensationeel uit in de jurk. Met haar slordige haar en nog steeds bruine gezicht, armen en benen, haar lippenstift en een beetje mascara, leek ze iemand die een levenslied in een exotische bar zou moeten zingen in plaats van te eten met een stel van mijn dufste vrienden.

'Je ziet er geweldig uit,' zei ik en Julie grijnsde even, alsof het allemaal een grap was, alsof we ons allebei in grote-mensenkleren gingen verkleden om een spel te spelen. 'Daar kan ik niet tegenop. Ik doe vanavond maar 's wat eenvoudigs aan.'

'Kan dit wel?' zei Julie, met een beetje een verschrikte blik in haar ogen. 'Wil je die jurk terug? Ik kan heus wel wat anders opsnorren.'

Ik schudde mijn hoofd.

'Dat is jouw jurk,' zei ik. 'Die jurk wil nooit meer door mij gedragen worden.'

Ik probeerde vijf verschillende jurken uit. Ik had iets ingewikkelds en subtiels in mijn hoofd. Ik wilde het niet doen voorkomen alsof ik een uitgebreide, nogal knullige poging had gedaan om indruk te maken op iets wat immers een informeel etentje was. Aan de andere kant had het ook geen zin om er te nonchalant bij te lopen. Ik besloot tot eenvoudig zwart, wat niet te strak zat, maar ook niet te veel zwabberde. Toen ik de slaapkamer uit kwam, begon Julie te fluiten, zodat ik moest lachen. 'Ongelooflijk,' zei ze. 'Je ziet er fantastisch uit. Dus dat noem jij eenvoudig?'

Ik liep naar haar toe en duwde haar naar de grote, antieke spiegel aan de muur. Ik leunde op haar schouder en we bestudeerden elkaar en onszelf met een kritische blik. 'Die lui zijn niet aan ons besteed,' zei ik. 'We zouden ergens heen moeten waar het zo trendy is dat ik er niet eens van heb gehoord.'

'Ik dacht dat dit je beste vrienden waren,' zei Julie.

'Meer een soort verplichting. Herinner je je die hoofdinspecteur nog, Oban?'

'Tuurlijk.'

'Hij denkt dat we lesbisch zijn.'
'Wat?'
'Dat denk ik.'
Julie giechelde en daarna fronste ze haar gezicht om diep na te denken. 'Hebben we soms aanstoot gegeven?'
'Gewoon twee vrouwen die samenwonen, denk ik, en dat jij stond te koken, dat allemaal. Een knus huishoudentje, hè.'
'Wat hij best spannend vindt, volgens mij.'
'Misschien.'
Ze draaide zich weer naar de spiegel. 'Ik begrijp wel wat er zo aantrekkelijk aan is,' zei ze bedachtzaam. 'Maar ik val gewoon op mannen. Geen idee waarom.'
Er werd aangebeld. Ik keek op mijn horloge. Eén minuut voor acht. 'Weten ze niet dat acht uur negen uur betekent?' zei ik, terwijl ik naar de buitendeur sjokte. Het was Catey met Alastair, die verlegen achter haar stond. Catey had een mooie, lichtgroene jurk aan en Alastair was in pak met das. Hij leek zó van zijn werk te komen. Ze zoenden me op beide wangen en gaven me een fles mousserende wijn en een grote bos bloemen.
'Ik heb veel over je gehoord,' zei Alastair.
Wat, wilde ik vragen, heb je dan over mij gehoord? Maar ik glimlachte alleen.
'We hebben zó veel bij te praten,' zei Catey, en ze rende de trap op.
Met enig wanhopig geïmproviseer viel er net genoeg bij te praten tot acht minuten over acht, toen Francis binnenkwam. Hij had een wit overhemd aan zonder das en een foeilelijk pak van een soort nep-nylon dat eruitzag alsof het een week buiten in de tuin had gelegen en nooit was gestreken, zo lelijk dat ik besefte dat het duurder moest zijn geweest dan mijn auto. Francis had champagne meegebracht. Hij keek de woonkamer rond.
'Dit is een bijzonder moment voor mij,' zei hij. 'Dit is het huis waar Kit nooit iemand binnenlaat.'
Catey en Alastair bekeken het huis met hernieuwde interesse. Het was net alsof je in het museum loopt en een schilderij even vluchtig bekijkt. Maar dan kijk je in de catalogus en ontdek je dat dit het belangrijkste Duitse schilderij van de vijftiende eeuw is en je loopt terug en zegt bij jezelf: bij nader inzien... Ik wierp Julie een vluchtige blik toe als zwakke poging om haar uit te leg-

gen dat, om preciezer te zijn, dit het huis was waar ik Catey en Francis nooit binnenliet.

'Niemand kent elkaar,' zei ik. 'Dit is Julie, ze logeert hier en vanavond heeft ze gekookt, en nou ja, verder alles gedaan eigenlijk. En dit is Francis, mijn collega van de kliniek. En dit is Catey, een, eh, oude vriendin. En dit is Alastair.'

'Alastair werkt in de City,' kwam Catey ertussen. 'Hij doet iets volkomen onbegrijpelijks natuurlijk. Ik hoorde laatst op de radio dat zestig procent van de mensen geen idee heeft wat hun partner voor werk doet. Trouwens, Kit, waar is die man met wie je, nou ja, je weet wel...'

Ik had zin om 'nee, dat weet ik niet' te zeggen, maar ik zei alleen met een zacht stemmetje dat we uit elkaar waren en toen viel er een stilte. Francis trok de champagne open en schonk zichzelf een glas in en daarna liep hij de kamer rond en bekeek de meubels, schilderijen en boeken, alsof hij een psychologische analyse van me maakte, wat natuurlijk ook zo was. Hij deed me denken aan een grote dikke hommel, die in de zomer door het raam naar binnen vliegt en in het huis rondzoemt, tot ik hem met een tijdschrift het raam uit kan wapperen. Intussen begon Catey te vertellen wat voor interessante buurt dit was en hoe slim ik wel niet was geweest om hier al vroeg een huis te kopen.

Toen Francis zijn onofficiële rondje had gemaakt, ging hij tussen mij en Julie op de bank zitten.

'Hoe is het om weer te werken?' vroeg hij, waarmee hij het gesprek over huizenbezit in Londen afkapte.

'Dat is een grote vraag,' zei ik.

'Doe je nog steeds hetzelfde?' vroeg Catey opgewekt.

'Nou...'

'Ik vertelde Alastair in de taxi wat je doet. Ik dacht eraan omdat ik me afvroeg of je iets van die vreselijk moord weet die laatst is gepleegd.'

Ik was verbaasd. Hoe kon Catey, die voor zover ik wist nog steeds in een galerie werkte, in godsnaam weten dat ik met de moord op Lianne te maken had?

'Welke moord?'

'Die op Hampstead Heath. Die moeder die is vermoord waar haar dochtertje bij was. Philippa Burton.'

'Nee, daar heb ik niets mee te maken.'

'Het was net als bij Lady Di. Ze hebben bloemen neergelegd op de weg daar vlakbij. Een bloemenzee van meer dan honderd meter. Iemand heeft een herdenkingsboek neergelegd. Ali en ik zijn er even gaan kijken en het is heel bijzonder. Een file auto's, veel politie, rijen mensen. Huilende vrouwen, mannen met kinderen op hun schouders, zodat ze een glimp konden opvangen. Waarom doen mensen dat?'

'Wat denk jij, Francis? Wat is jouw professionele mening?'

Hij keek verschrikt. 'Dat is uiteraard niet echt mijn vakgebied. Misschien denken mensen dat er op de plek waar iets belangrijks is gebeurd, of het nou positief of negatief is, een speciale energie is. Zoals warmte. De mensen gaan erheen om er dichtbij te zijn.'

'Het is ook spannend,' voegde ik eraan toe. 'Mensen willen in de buurt komen, ze willen het voelen, zich inleven in het drama.'

'En omdat het ze kan schelen,' zei Julie. 'Ze waren van streek toen ze het hoorden en dat willen ze laten zien. Daar is toch niets mis mee?'

'Nee,' zei ik en ik keek naar Catey. 'Ik ben met een moord bezig die is gepleegd op een plek waar mensen geen bloemen neerleggen.'

'Waarom niet?'

Ik haalde mijn schouders op. 'Het slachtoffer was dakloos. Haar lichaam werd bij een kanaal gevonden. Ik denk niet dat het iemand kan schelen.'

'Wat naar,' zei Catey. Maar ze ging er verder niet op in.

Om tien over negen, toen Will Pavic er nog steeds niet was, besloot ik om maar te gaan eten. We gingen aan tafel en lieten op Julies verzoek een stoel vrij voor de gast, mocht hij nog komen. De groenten met olijfolie en exotisch brood dat Julie ergens vandaan had getoverd waren buitengewoon lekker. Het was net of je in een restaurant zat, maar dan wel lekker op je eigen stoel. De risotto was heerlijk bijtgaar en gekruid met zuring, waarvan ik dacht dat het onkruid was, maar die zeer in de smaak viel bij Catey. De waardering voor Julies eten leek ook een beetje op mij over te slaan, alsof ik de zakelijk leider was van deze bijeenkomst.

We waren bijna door het hoofdgerecht heen, toen er werd aangebeld. Pavic stond voor de deur in een spijkerbroek en blauw overhemd, ruige sportschoenen, met een jasje over zijn arm. Ik voelde me ineens heel erg opgedoft, wat belachelijk was. Als er één zich moest verontschuldigen, was hij het wel. 'Ik had een rotdag,' zei hij. 'Ik had moeten bellen dat ik niet kwam. Maar ik heb je nummer niet.'

'Ik sta in de gids,' zei ik kortaf. 'Hoewel, ik weet niet helemaal zeker of ik er wel in sta. Maar je had het vast wel ergens kunnen vinden. Kom binnen en schuif aan. We zijn al begonnen, helaas.'

Hij liep achter me aan naar boven. In het fellere licht binnen zag hij er moe en verlopen uit. Ik stelde hem aan de tafelgenoten voor, die plotseling nogal schaapachtig keken, alsof ze betrapt waren tijdens het eten, terwijl dat verboden was. Julie kwam met een charmante glimlach op hem af, pakte zijn hand en liet die niet meer los, en bracht hem naar zijn stoel naast haar. Hij gooide zijn jasje op de bank toen hij er langsliep.

'Je moet heel wat inhalen,' zei Julie. 'Vind je het erg als ik alles tegelijk op je bord doe?' Hij schudde glimlachend zijn hoofd. 'Rood of wit?'

'Maakt niet uit.'

De volgende paar minuten at hij gestaag door, terwijl hij zo nu en dan de tafel rond keek, maar zich vooral op zijn eten concentreerde.

'Misschien moeten we Will even vertellen wat hieraan voorafging,' zei Julie. 'Net als in een soapserie. We hadden het over deze buurt. Ik heb mijn gebruikelijke babbeltje over het reizen om de wereld gehouden. Dat ken jij nog niet, Will. Maar dat hoor je later nog wel. En Catey en Alastair zijn op de plek gaan kijken op Hampstead Heath waar een moord is gepleegd en ze hebben daar een condoleanceregister getekend.'

'We hebben niet echt...'

'En Alastair was iets aan het vertellen over zijn werk in de City.'

Pavic keek Alastair aan. 'Waar werk je?'

'Vlak bij Cheapside.'

'Welk bedrijf?'

Alastair keek hem verbaasd aan.

'Hamble.'

'Pierre Dyson.'

'Inderdaad, ja,' zei Alastair. 'Ik heb hem nooit ontmoet, hoor, maar hij is de directeur, ja. Ken je hem?'

'Ja.'

Het was even stil. 'Sorry,' zei Alastair, 'maar hoe heette je ook weer?'

'Hij heet Will Pavic,' zei ik.

'Wacht even, nou weet ik het weer. Wahl Baker, nietwaar?'

Pavic keek nu erg ongemakkelijk. 'Klopt.'

'Wat geweldig om je eens te ontmoeten, Will. Ik heb veel over je gehoord.'

'Over het opvanghuis, bedoel je?' vroeg ik.

'Nee, nee,' zei Alastair minachtend. 'Ik wil je gast niet in verlegenheid brengen, maar hij heeft het Wahl Baker-fonds tien jaar onder zijn beheer gehad. Legendarische jaren. Fantastisch.'

'Zo fantastisch was het niet,' zei Pavic kalm.

'Dat maak ik wel uit,' zei Alastair.

'Ik wist niet dat je in de City werkte,' zei ik.

'Doe ik ook niet,' zei Pavic. 'Niet meer.' En toen zweeg hij en het gesprek nam een andere wending.

De rest van de maaltijd wierp ik steelse blikken naar Julie en Pavic. Ik hoorde flarden van hun conversatie, iets over Mexico en nog iets over Thailand. Zijn antwoorden waren kort en niet te verstaan.

Na het eten gingen we op de bank zitten met koffie, thee en voor Catey een drankje met een medicinaal geurtje. Pavic ruimde de tafel af en plotseling stonden we samen in de keuken.

'Niet echt jouw soort mensen, hè?' zei ik.

Hij lachte niet. 'Wat weet jij van mijn soort mensen? Ze lijken me best aardig.'

'Ik doelde ook op mezelf.'

Hij vertoonde een glimlach die sarcastisch had kunnen zijn.

'Maar Julie is leuk,' opperde ik braaf.

'Ze lijkt me leuk,' zei hij.

Het was even stil. 'Ik kan er niet bij dat je je werk in de City hebt verruild voor dat opvanghuis in Kersey Town.'

'Ken je de City?' vroeg hij.

'Ik ken Kersey Town.'

'In die tijd leek het een goed idee.'

'En nu?'

Hij opende zijn mond, maar deed hem meteen weer dicht. Het leek alsof hij eerst moest nadenken. 'Sorry,' zei hij, 'maar ik denk dat dit een beetje te ver voert in deze keuken, op dit etentje.'

'Dan kan ík beter sorry zeggen,' zei ik. 'O ja, ik heb iemand gesproken die jou kent.'

Er flikkerde even iets van belangstelling in zijn ogen. 'Ja?'

'Een inspecteur, ene Furth. Hij werkt aan de moord op Lianne. Ken je hem?'

'Ja, ik ken hem.'

'Hij heeft me voor jou gewaarschuwd.'

'Typisch Furth.'

'Ik mag hem ook niet.'

Pavic stapelde de borden netjes op bij de gootsteen en draaide zich naar me om. 'Ik weet niet wat je wil, Kit, maar het interesseert me niet wat je van de politie of wie dan ook vindt.'

Dat was de druppel. Ik gooide de theedoek op de keukentafel en deed een dreigende stap in zijn richting. 'Wat doe je hier eigenlijk, godverdomme? Je komt veel te laat en dan zit je als een puber in een hoekje te simmen met je sarcastische opmerkingen en chagrijnige smoel. Denk je soms dat je beter bent dan ik?'

Pavic stopte zijn handen weg en fronste. 'Ik ben gekomen omdat ik overvallen werd door de uitnodiging van je vriendin en niet wist wat ik ermee aan moest. En het spijt me dat ik te laat was. Ik had een rotdag.'

'Ik had ook een rotdag.'

'Ik ga geen wedstrijd houden wie de rotste dag heeft gehad.'

'Ik ben je vijand niet,' zei ik.

'O nee?' zei hij en hij liep de keuken uit. Ik liep achter hem aan, zodat we bijna tegelijk in de woonkamer waren. Ik was rood van kwaadheid. Hoe hij eruitzag, weet ik niet.

'We hadden het er net over,' zei Catey, 'wat een ongelooflijke stap jij hebt gedaan door alles, een fantastische baan op te geven, en in dat opvanghuis te gaan werken.'

Ik verwachtte dat hij zich net zo zou misdragen tegen Catey als tegen mij daarnet, maar hij trok een haast beminnelijk gezicht. 'Het was niet zo ongelooflijk,' zei hij. Hij wendde zich tot Alastair: 'Waarom geef jij je geweldige baan niet op?'

Alastair keek onthutst. 'Tja, nou, dat weet ik eigenlijk niet. Omdat ik het niet wil, denk ik.'

Pavic spreidde zijn handen uit. 'Maar ik wou het wél. Dat is alles.'

Julie kwam aanlopen, aansluipen eerder, met een mok koffie en gaf die aan Pavic. 'Waarom doe je zo boos tegen Kit?' vroeg ze.

Hij schrok op en keek bijna schichtig in mijn richting. 'Doe ik boos?' zei hij. 'Misschien ben ik overgevoelig. Toen ik met het opvanghuis begon, verwachtte ik medewerking, van de politie, van de hulpverleners. Maar het pakte anders uit. Nu wil ik alleen maar dat ze me met rust laten. Daarom snauw ik soms tegen mensen.'

'Ik wil alleen maar helpen,' zei ik, en terwijl ik dat zei besefte ik hoe zielig dat klonk.

'Je bent te laat,' zei hij. 'Ze is dood. Ik was ook te laat.' Hij toonde een trieste glimlach. 'Zo, dan hebben we tenminste íets gemeen.' Hij nam een slokje van de koffie en daarna dronk hij de mok in een keer leeg. 'Het spijt me,' zei hij. 'Ik kan maar beter weggaan.'

'Niet doen,' zei ik. 'Niet om mij.'

'Het is niet om jou. Ik ben op het ogenblik niet zo gezellig.'

Hij zei iedereen beleefd gedag en gaf Julie een complimentje over het eten. Julie liet hem uit en toen ze terugkwam, fluisterde ze tegen me: 'We zoeken verder.' Ik wist een schor lachje te produceren, maar ik was nogal van streek. Met het excuus dat ik nog meer koffie ging zetten, trok ik me in de keuken terug en deed de hele afwas. Toen ik met de koffiekan terugkwam, begreep ik dat mijn plan om wraak te nemen op deze mensen niet geheel geslaagd was. Francis praatte over zichzelf, Julie praatte over de Taj Mahal bij schemerlicht, Catey praatte over Alastair en Alastair zat er stilletjes bij. Ik kon koffie inschenken en koffie drinken en hoefde bijna niets te zeggen.

Na veel te lange tijd gingen ze weg, met onheilspellend geroep dat we elkaar gauw weer moesten zien en ik zag zelfs dat Francis en Alastair telefoonnummers uitwisselden op de trap, een nachtmerrieachtig visioen van mijn lasten die samenkwamen en nog grotere lasten werden.

Julie en ik bleven alleen achter. Ik trok een gezicht. 'Sorry dat ik je dat heb aangedaan,' zei ik.

'Geeft niks,' zei ze. 'Ik vond ze aardig. En zij vinden jou aardig. Ze geven allemaal om je, je hebt mazzel met zo veel vrienden, hoor.' Heel even klonk ze bijna verdrietig. 'Ik moet jou eigenlijk m'n excuses maken. Mijn plannetje met Pavic is op niets uitgelopen.'

'Dat geeft niets. Het was geen slecht plannetje, alleen was Pavic de spelbreker.'

Ze glimlachte en dronk haar glas leeg. Ze zette het neer en liep toen naar me toe. Ze legde haar hand op mijn wang en kuste me heel zachtjes op mijn mond. 'Als ik lesbisch word,' zei ze, 'ben jij de eerste die ik probeer te versieren. Slaap lekker.'

14

Eén ding had ik goed gezien: het gekreun was van de getuige gekomen, of één kreun althans. Mary Gould had een agent op bezoek gehad en ze had gezegd dat ze het niet zeker wist, nou ja, misschien had ze wel een kreet geslaakt toen ze dat arme kind zag, en ja, nu u het zegt, ze wist zeker dat ze dat had gedaan. Nou zat ze toch niet in de nesten, hè?

Het was dus verkeerd geweest om aan te nemen dat Lianne bij het kanaal was vermoord.

'En dat betekent,' zei ik tegen Furth, 'dat er geen reden is om Doll meer te verdenken dan iemand anders, waar of niet waar?'

'Dame,' zei hij, terwijl hij zijn gezicht naar dat van mij bracht, zodat ik zijn geel uitgeslagen tanden kon zien, de snee op zijn hals van het scheren, de lijnen van vermoeidheid om zijn mond. 'Dit is allemaal gelul, weet je. Ze is bij het kanaal vermoord, door Doll.'

'Maar het zou nuttig zijn om ook andere moorden te bekijken, toch?'

'Dat hebben we al gedaan. Gil en Sandra hebben vanochtend vier uur lang alle onopgeloste moorden in Londen van het laatste halfjaar doorgespit, maar niet één daarvan vertoont overeenkomsten. Dus daar gaat je theorie. Sorry. Je zal het met maar één lijk moeten doen in plaats van een hele berg.'

'Waar zochten jullie naar?' vroeg ik.

'We zijn getrainde agenten, hoor. Overeenkomsten in methode, slachtoffer, plaats. Dat soort dingen. Maar er was niets te vinden. Geen zwervers, geen verminkingen, geen plaats van delict hetzelfde. Nul komma nul.'

'Mag ik de zaken ook doorkijken?'

Hij wreef in zijn ogen en zuchtte. 'Je bent zogenaamd hier om te helpen, niet om ons in de weg te zitten. Wat heeft het voor zin?'

'Ik zoek naar andere dingen,' zei ik vriendelijk.

Hij haalde vermoeid zijn schouders op. 'Als je er een vrije dag aan wilt opofferen, ga gerust je gang.'

'Zijn het er dan zóveel?'

'Een stuk of dertig, tenzij je de Bronx bij je onderzoek wilt betrekken.'

'Hoe krijg ik ze in te zien?'

'We halen iemand van het pakken van misdadigers af en dan zoek je een onbemande computer.'

'En wanneer kan dat?'

Hij keek op zijn horloge en mompelde iets in zichzelf. Toen: 'Over een halfuurtje.'

'Dank je.'

'Mag ik je iets vragen?' vroeg hij op een ernstiger toon.

'Wat dan?'

'Ben je altijd zeker van je zaak?'

Ik knipperde even met mijn ogen en voelde mijn maag een beetje ineenkrimpen van paniek. 'Je hebt een verkeerde indruk van me,' zei ik. 'Ik ben nooit zeker van mijn zaak. Dat is juist het probleem.'

Dertien van de onopgeloste moorden waren op jongemannen, die 's avonds laat en 's nachts vermoord waren, voor de deur van nachtclubs, pubs, bij voetbalwedstrijden, feesten. Ik liet de gevallen over het beeldscherm rollen: doodgeknuppeld, gestoken, in het gezicht geslagen met een kapotte fles. In twaalf van de dertien gevallen hadden ze veel gedronken. De dertiende moord was op een negentienjarige zwarte jongen, die onder zijn fiets was gevonden, met het licht nog aan. Zijn schedel was verbrijzeld. Aangereden door een auto. Mogelijk een ongeluk. Mogelijk met opzet, omdat hij zwart was.

Twee prostituees, de ene lag dood in haar kamertje boven een kebabtent, waarvan de eigenaren wilden weten wat er zo stonk; de andere was doodgeslagen op een braakliggend terrein in Summertown. Niet ver van Lianne vandaan. Ik bleef even hangen bij dat meisje: Jade Brett, tweeëntwintig jaar, hiv-positief, geen familie. Waarschijnlijk was er geen verband, maar ik maakte er toch een notitie van. Er was een aantal daklozen bij, dronkelappen met verziekte levers die dood op bankjes in het park of in de portieken waar ze meestal sliepen waren aangetroffen. Er waren zeven kinderen bij en hoewel hun moorden nog niet opgelost waren, richtte de politie hun onderzoek in alle gevallen op één na op familieleden en kennissen. Ze deden trouwens niet ter zake.

En dan had je natuurlijk Philippa Burton, tweeëndertig jaar, een nette, welgestelde vrouw, nu bekend omdat ze dood was. Ze was de enige naam die ik herkende. Geen van de anderen had kennelijk meer dan een paar paragrafen op pagina vijf van de krant gehaald. Ik las de details over haar moord. Zoals ik al wist was ze op Hampstead Heath ontvoerd, bij de speeltuin waar haar dochtertje speelde, en verscheidene uren later gevonden in het ruige deel van de Heath, plat op haar buik, voorover tussen bomen en struiken. Ze was verschillende keren op haar hoofd geslagen met een steen, die een meter van haar vandaan lag. Ze had een snee over haar linkerwang en vage blauwe plekken om haar polsen. Ze was niet verkracht. Niets duidde erop dat het een lustmoord was.

Ik wreef in mijn ogen en staarde naar het scherm. Toen pakte ik de telefoon en belde Furth.

'Ik wil het lijk van Philippa Burton zien. En haar dossier.'

'Wát? En dan bedoel ik niet: "wat zei je?" maar "wat moet je daar in godsnaam mee"?'

'Mag het?'

'Waarom?' zei hij nors. Ik hoorde hem ademen.

'Omdat ik dat wil,' zei ik.

'Neem je ons in de maling, dokter? Heeft dit soms met je eigen werk te maken?'

'Ik besef heel goed dat...'

'Wil je weten wat ik denk?'

'Nou?'

'Dat jij een probleem hebt. Na de aanval van Doll. Andere mensen vinden dat ook.'

'Waarom hebben jullie me dan ingeschakeld?'

'Dat zou ik ook wel 's willen weten.'

'Ik ben hier nou eenmaal. Mag ik het lijk zien?'

'Alleen omdat het interessant zou zijn? Geen sprake van.'

Hij legde de hoorn neer. Ik staarde nog even naar het computerscherm en pakte toen de interne telefoon weer op en vroeg naar Oban.

'Kan ik je even spreken?'
'Natuurlijk. Nu?'
'Graag.'
'Is goed.'

Oban keek me strak aan boven het torentje van zijn vingers. Zijn ogen leken lichter dan ooit. Het duurde even voordat hij antwoord gaf. 'Ik begrijp het niet helemaal, Kit. Waar zoek je naar?'
Ik antwoordde niet, er was niet veel te zeggen, omdat ik het ook niet wist. Het besef dat ik me heel waarschijnlijk belachelijk maakte, tot groot vermaak van het hele bureau, nam toe.
'Je zei dat we niet zomaar van dingen mogen uitgaan. Nu ga je ervan uit dat Liannes moordenaar ook nog iemand anders heeft vermoord. Waarom? Je denkt dat er een verband is met de moord op Philippa Burton. Waarom? Help me even, Kit.' Het was veel moeilijker om op zijn vriendelijk, hoffelijke toon te reageren dan op het gebrul van Furth.
'Ik vind helemaal niet dat ik daarvan uitga,' zei ik. 'Ik zeg alleen dat als Lianne niet bij het kanaal is vermoord – en er is nu geen reden meer om aan te nemen dat dat zo is – dan moeten we bepaalde dingen in overweging nemen, dingen die we misschien over het hoofd hebben gezien.'
Oban was angstvallig geduldig met me. 'Laten we gemakshalve aannemen dat je gelijk hebt. Laten we het feit dat het team van Furth de dossiers al heeft doorgenomen buiten beschouwing laten. Waarom Philippa Burton? Ik zie geen enkel verband.' Hij begon op te sommen: 'De slachtoffers zijn verschillend, de wonden verschillend, de plaatsen verschillend, het sóórt plaatsen verschillend. En dat is niet het enige, het is een kwestie van tactiek. Je hebt hier heel wat goodwill opgebouwd, schuld zelfs. We vonden het vreselijk, dat ongeluk. Dat wil je toch niet allemaal weggooien?'
Weer gaf ik geen antwoord. Ik slaagde erin om hem strak te blijven aankijken.
'Oké,' zei hij zuchtend. 'Ga dan maar kijken.'
'Dank je.'
'Wij behandelen deze zaak uiteraard niet. Maar dat zal geen probleem zijn. Ik zorg wel dat Furth het regelt, al zal hij dat niet leuk vinden. Hij is een idioot, dat weet ik, maar hij heeft ook zo

z'n intuïtie. En die is niet altijd verkeerd.' Hij keek me onderzoekend aan, zijn gezicht stond ernstig.

'Och, nou ja...' Ik probeerde te lachen, maar het kwam er meer als een snikje uit.

'Waarom is deze zaak zo belangrijk voor je, Kit?'

Ik haalde mijn schouders op. 'Ik probeer het grondig te doen.'

'Ik heb begrepen dat je Will Pavic hebt gesproken.'

'Hoe weet jij dat?'

'Louche type. Hij was een grote jongen in de City, wist je dat?'

'Zoiets heb ik gehoord, ja.'

'Ik weet er het fijne niet van, maar hij is ingestort en heeft alles opgegeven. Hij heeft geprobeerd om de Moeder Teresa van Noord-Londen te worden.'

'Dat klinkt nobel.'

'Er zit meer achter. Hij gaat buiten z'n boekje.' Weer keek hij me onderzoekend aan. 'Hij staat niet bepaald op goede voet met de politie.'

'Blijkbaar is dat wederzijds,' zei ik droogjes.

'We hebben hem er alleen maar van willen overtuigen dat hij zich aan dezelfde regels moet houden als ieder ander. Laat je niet door zijn charme inpalmen.'

Eindelijk moest ik glimlachen. Ik dacht aan Pavic, aan de vorige avond, met zijn norse kop en minachtende ogen. 'Die kans is zeer klein.'

Oban had gelijk. Furth had gelijk. Waarom was ik het dan niet met hen eens? Ik staarde weer naar het lichaam van Philippa Burton op de lade. Een slank, glad lichaam met ronde heupen en hoge borsten en vage striemen op de buik, waarschijnlijk van de zwangerschap van haar dochtertje. De handen waren lang en sierlijk, de goed verzorgde vingernagels parelmoerroze gelakt, evenals de teennagels. Haar lichaam was ongeschonden, op de verwondingen om haar slanke polsen na. Ze lag daar als een prachtig beeld, gedrapeerd in de plooien van een laken. Maar boven haar gladde bovenlijf was de linkerkant van haar hoofd ingeslagen. De kap van blond haar kleefde aan het zwarte bloed.

Ik voelde geen aandrang haar aan te raken of lang bij haar lichaam te blijven staan. Ze had een man en een kind die om haar rouwden, tientallen geschokte vrienden, een hele horde vreemden die verliefd was geworden op een beeld van haar. Er waren artikelen in de krant verschenen, politici hadden zich gehaast om eer te bewijzen aan deze modelmoeder, die zo bruut was neergemaaid door een wreed monster, we mogen niet rusten voordat hij achter de tralies zit, enzovoort. Duizenden mensen hadden bloemen en knuffels neergelegd op de plek waar haar lichaam gevonden was. Honderden mensen zouden de begrafenis bijwonen. Vreemden zouden bloemen sturen. Maar ik bleef naar haar staren, omdat ik iets voelde, een soort jeuk die ik niet kon wegkrabben. Ze lag voorover op de grond toen ze gevonden werd, net als Lianne. Ook ik wist dat dat niet genoeg was om een verband tussen hen aan te wijzen. Toch had ik het gevoel dat er een verband moest zijn, als ik het maar op een andere manier kon bekijken.

Ik verliet het mortuarium en ging een wandeling maken op de Heath. Het regende niet, maar het was een loodgrijze dag. Het gras was nat en de bomen dropen gestaag. Er waren niet veel mensen, alleen een paar joggers en hondeneigenaren, die stokken gooiden in de drassige bosjes. Ik zette er de pas in, langs de speeltuin, langs de vijvers, de heuvel op waar mensen op zonnige dagen vliegers oplieten. Ik ging nergens speciaal heen, ik liep maar wat rond, vol zinloze, onrustige gedachten.

15

Ik werd al door de ene groep rechercheurs gewantrouwd. Nu kreeg ik met een andere groep te maken. Zij waren in ieder geval aan hetzelfde bureau verbonden, al was dat misschien toch niet zo gunstig, gezien de weerstand die ik opriep. Ondanks zijn bedenkingen was Oban vriendelijk, hij sprak met de inspecteur die het onderzoek naar de moord op Philippa Burton leidde en deed een goed woordje voor me. Dus zat ik diezelfde dag nog tegenover hoofdinspecteur Vic Renborn. Hij was een grote, kale man met een toefje rossig haar boven zijn oren en rond zijn achterhoofd. Met zijn woeste, rode gezicht maakte hij een griezelige indruk. Ik kon me voorstellen dat artsen weddenschappen afsloten op wat hij het eerst zou krijgen: een hartaanval of een beroerte. Hij hijgde een beetje tijdens het praten, alsof het opendoen van de deur een te grote inspanning was geweest.

'Ik hoor van Oban dat u in Philippa geïnteresseerd bent,' zei hij, alsof hij het terloops over een vriendin in de kamer ernaast had.

'Ja.'

'Iedereen is in Philippa geïnteresseerd.'

'Dat weet ik.'

'Ik heb in de buurt waar ze gevonden is agenten in uniform ingezet, om het verkeer te regelen en de massa's in bedwang te houden. We hebben stoplichten moeten neerzetten en tijdelijk een parkeerterrein moeten inrichten. Er komen mensen uit het hele land heen, die briefjes en bloemen neerleggen. Ik had zojuist een forensische psycholoog uit Canada aan de telefoon. Hij is in Londen om een boek te promoten en hij bood zijn diensten aan. Ik heb een astronoom. Zeg ik dat goed?'

Hij keek een agente, die in een hoek met een aantekenboekje zat, vragend aan.

'Astrolóóg, meneer.'

'Astroloog. En een paar paragnosten. Eén vrouw had vorige maand gedroomd dat de moord gepleegd zou worden. Iemand anders zei dat hij de moordenaar zou kunnen aanwijzen als we hem een bebloed kledingstuk gaven. De pers snuffelt rond. Het is net een circus daar. Ik bof maar. Iedereen wil me helpen. Maar ik heb niets. En we gaan verdomme ook nog verhuizen, dus ik heb niet eens een plek om me te verbergen. Gaat u me ook helpen?'

'Ik ben niet speciaal in deze zaak geïnteresseerd.'

'Dan moet ik zeker opgelucht ademhalen. Volgens Oban bent u bezig met de moord op die zwerfster bij het kanaal.'

'Dat klopt,' zei ik. 'Voor die zaak heeft nog geen enkele paragnost zich gemeld. Het kan niemand wat schelen.'

'Wat wilt u dan met Philippa Burton?'

'Dat weet ik niet precies.'

'Is het misschien dat het een zaak is met een hoger publiciteitsgehalte?'

'Hoe bedoelt u?'

'Ik wil u even zeggen dat ik al een psychologisch adviseur heb. Seb Weller, kent u hem?'

'Ja.'

'Is hij goed?'

Ik zweeg even. 'Ik ben hier niet om een wedstrijd aan te gaan,' zei ik tactvol.

'Het probleem is dat we maar één getuige hebben en die is drie jaar oud.'

'Heeft ze iets losgelaten?'

'Heel veel. Ze houdt van aardbeienijs en *The Lion King* en dierenknuffeltjes. Ze vindt avocado's vies en ze kan niet tegen lawaai. We hebben een kinderpsychologe in dienst, die zandtaartjes met haar bakt en zo. Ene mevrouw Westwood. Kent u die?'

'Ja, ik ken dokter Westwood.' Mijn hart bonsde onaangenaam hard. Ik wilde Renborn niet vertellen dat Bella Westwood mijn docente was geweest. Alle studenten droegen haar op handen, een jonge, opvallende, intelligente en sardonische vrouw, die tijdens colleges op haar bureau zat, bungelend met haar slanke benen. Het zou altijd moeilijk voor me zijn om haar als mijn gelijke te beschouwen. Eenmaal docent, altijd docent. Als ik zeventig was en zij tachtig, zou ze nog steeds degene zijn die in de kantlijn van mijn scriptie had geschreven: 'Pas op dat je intuïtie en hypothese niet door elkaar haalt, Katherine.' Nu drong ik in haar wereld binnen en zette zelfs vraagtekens bij haar oordeel.

'Dus wat wilt u?' vroeg Renborn.

'Ik wil graag met Philippa's echtgenoot praten. En misschien ook met haar dochtertje, als dat kan.'

Hij fronste. 'Ik zou niet weten waarom niet. Maar u kunt beter met dokter Westwood over het kind praten. Ik weet niet of ze het goedvindt dat u bij het meisje in de buurt komt. Er zijn ingewikkelde regels over wat je tegen haar mag zeggen. Die ik trouwens niet begrijp.'

'Dat is prima,' zei ik. 'Vraag het maar aan dokter Westwood, en dan zien we wel.'

'Is goed,' zei Renborn. 'U hoort nog van ons.'

'Ik wacht wel.'

Renborn liet een gegrom horen. 'Oké,' zei hij, 'als u dan even naar buiten wilt gaan, dan bel ik haar. Nu meteen.'

Ik had nauwelijks genoeg tijd om een slokje water uit de koeler in de gang te drinken, of Renborn kwam al met een peinzend en nogal bedrukt gezicht zijn kantoor uit.

'Kent u dokter Westwood?' zei hij.

'Ik heb haar ontmoet,' zei ik vaag.

'Mmm,' zei hij. 'Ik dacht dat ze zou zeggen dat u kon opdonderen. Dat zegt ze namelijk tegen iedereen. Weet u soms dingen van haar?' Dat laatste werd met een zuur gezicht gezegd, waar een glimlach in doorschemerde. Dat was beter dan niets.

'Dus het mag?'

'Ze kan u vanmiddag ontvangen.'

'Heel erg bedankt,' zei ik, terwijl ik in mijn hoofd al aan het schuiven was met mijn dagindeling.

'Luister,' zei hij. 'Ik heb geen flauw idee waar u op uit bent, maar als u ook maar iets ontdekt, laat het mij dan eerst weten, alstublieft. Het zou me erg tegenvallen als ik het op de voorpagina van de *Daily Mail* moet lezen.'

'Ik wil alleen helpen,' zei ik, wat ik bij nader inzien ook tegen Will had gezegd. Mijn nieuwe kreet. Hij had een melancholieke ondertoon.

'Ziet u wel?' zei Renborn droevig. 'U klinkt weer als een astronoom.'

'Astrolóóg,' zei de agente.

'Ik wou alleen maar even controleren of je wel oplette.'

'Hoe gaat het, Kit?' zei Bella, die me meelevend aankeek. Ze had me bloemen gestuurd toen ik in het ziekenhuis lag, en een kaart van een vrouw in houtskool en inkt, die voorovergebogen haar lange haar borstelt. Bella had een zwierig en krachtig handschrift. Ik had de bloemen lang laten staan, ook toen ze al verdorden. Ik had altijd Bella's goedkeuring gezocht. Je hoeft niet briljant te zijn om erachter te komen dat zij en Rosa mijn moederfiguren waren, mijn bronnen van informatie en troost.

'Beter, geloof ik.'

We zaten in Bella's gedeukte oude auto, in een file, zodat ze me van opzij kon aankijken zonder onze levens in gevaar te brengen. Ze had een mager gezicht, nu met kraaienpootjes om haar ogen, kleine rimpeltjes boven haar lip, lokken grijs in haar bruine, weelderige krullen. Ze was bedrieglijk stemmig gekleed. Met haar donkere broek en lichtbruine trui zag ze er chic genoeg uit om een soort professionele status uit te stralen, om te laten zien dat ze niet zomaar van de straat was geplukt en alles verzon waar je bijstond, maar informeel genoeg om je op je gemak te stellen.

'Fijn dat ik met Emily mag praten.'

'Ik had het niet goedgevonden als ik niet zeker wist dat je dit goed zou aanpakken, maar ik moet bekennen dat ik niet begrijp waar je naar zoekt.' Ze hief haar hand op, toen ik wilde antwoorden. 'Het kan me niet zoveel schelen, zolang je het kind maar niet in de war brengt of haar van streek maakt, maar dat doe je vast niet.' Haar woorden bevatten een indirecte waarschuwing. Ze hoefde het niet helemaal uit te leggen. 'Ik heb de opdracht om met Emily te praten en haar hulp te bieden, mocht dat nodig zijn. Het politieonderzoek is mijn afdeling niet.' En ook niet van jou, bedoelde ze, maar dat hoefde ze niet te zeggen.

'Wat heb je met haar gedaan?'

'Haar gevraagd wat ze zich herinnerde.'

'Zo direct?'

'Waarom niet? Ik weet wat je denkt: dat het te simpel en te bot is. Vorig jaar moest ik met een vierjarig jongetje praten, dat in huis was toen zijn moeder werd verkracht en vermoord. Hij had acht uur bij haar lijk gezeten. Hij was ernstig getraumatiseerd, kon bijna niet praten. Herinner je je dat geval nog?' Ik knikte. 'We zaten met het probleem dat we Damien zijn trauma moesten laten verwerken en erachter moesten komen wat hij had gezien. Dat was een gecompliceerde zaak, die een heleboel indirecte strategieën vergde. Spelletjes doen, tekenen, verhalen vertellen, je kent dat wel. Maar Emily werd alleen maar door haar moeder achtergelaten in de speeltuin. Er is geen trauma, geen duidelijke angst. Ze vond het niet erg dat er vragen werden gesteld en kennelijk valt er niets te herinneren. Ze speelde met andere meisjes en toen was haar moeder er ineens niet meer. Dat is het beangstigende deel, maar blijkbaar heeft ze niets van haar moeders verdwijning of ontvoering, of wat het dan ook was, gemerkt.'

'Driejarigen kunnen niet zo goed antwoord geven op directe vragen.'

Bella lachte.

'Maak je geen zorgen,' zei ze. 'Ik heb met haar gespeeld. Ik heb gekeken hoe ze met vriendjes omgaat, hoe ze met haar poppen speelt. Hoe pijnlijk het ook is, soms moet je erkennen dat je met tact en slimme trucs niets bereikt, als er gewoon niets te ontdekken valt.'

We reden door Hampstead tot boven aan de heuvel en daarna heuvelafwaarts door welvarende straten die ik niet kende. Bella draaide een stille straat in en stopte. 'Ze logeren bij Philippa's moeder, die vlakbij woont. Voor zover het uitmaakt: dit is eigenlijk geheim.'

'Gelooft de politie dat ze bedreigd worden?'

'Door de pers, denk ik.'

Bella bleef even zitten. Ik keek naar het grote huis.

'Philippa's moeder zit zeker goed in haar slappe was,' zei ik overbodig.

'Zeer goed,' zei Bella. Ze trommelde met haar vingers op het stuur. 'Zeg, Kit, heb je iets concreets?'

'Dat weet ik niet.'

Ze keek me doordringend aan, met een ietwat ongeruste blik. Ze probeerde me uit mijn tent te lokken. Was ik misschien een beetje de kluts kwijt? Haar mond verstrakte en ze deed het portier open.

Ik sprak met Jeremy Burton in de schitterende achtertuin van zijn schoonmoeder, waar het gladde gazon zich om keurig verzorgde bloembedden slingerde. Bella had me vagelijk voorgesteld als een collega en zei verder niets. Ik wist dat hij voor een softwarebedrijf had gewerkt. Hij was de eigenaar geweest, denk ik, of grotendeels. Hij was achtendertig, maar zag er ouder uit. Zijn haar werd grijs, zijn gezicht was bleek en vermoeid, zijn ogen bloeddoorlopen. 'Zijn jullie al iets verder?' vroeg hij.

'Sorry,' zei ik, 'maar daar weet ik niets van. Dat moet u aan de politie vragen.'

'De enige politie die ik spreek zijn agenten. Er schijnt er hier ergens eentje rond te lopen. Ze weten niets. Ik tast in het duister.' Hij wreef over zijn gezicht.

'Ik geloof niet dat er veel schot in zit.'

'De dader pakken ze toch niet,' zei hij.

'Waarom denkt u dat?'

'Dat hoor je toch altijd? Als de moordenaar niet meteen gepakt wordt, wordt hij meestal nooit gevonden.'

'Dan wordt het moeilijker,' gaf ik toe.

'Zo, en wat kan ik voor u doen?' vroeg hij.

'Het spijt me vreselijk van uw vrouw.'

'Dank u.' Hij knipperde, alsof er iets in zijn oog zat.

'Het moet een verschrikkelijke klap zijn geweest. Waar was u toen u het hoorde?'

'Dit heb ik allemaal al verteld. Ik heb het zo vaak verteld dat het steeds onwerkelijker wordt.' Hij zweeg en glimlachte droevig. 'Sorry, ik ben niet meer zo vrolijk als ik was. Ik was thuis. Ik werk minstens één dag in de week thuis.'

'Zat Philippa iets dwars? Sorry, maar mag ik haar Philippa noemen? Het voelt raar om zo over iemand te praten die ik niet ken. Maar als ik haar mevrouw Burton noem, voel ik me net een belastinginspecteur.'

'Dank u,' zei hij.

'Waarvoor?'

'Dat u het vraagt. In de krant schrijven ze over Pippa. Ze heeft nooit Pippa geheten. Ik noemde haar soms Phil. Maar nu is 't het drama van Pippa, Pippa dit en Pippa dat. Volgens mij gebruiken ze die naam omdat die mooi in een kop past. Philippa is te lang.' Hij zuchtte en streek met zijn hand door zijn haar. 'En het antwoord is: nee, er leek haar niets dwars te zitten. Ze was gelukkig. Net als altijd. Er was niets veranderd. Het leven ging gewoon z'n gangetje. We hadden het goed samen, hoewel het nu soms lijkt alsof ik me niets meer duidelijk kan herinneren.'

'Meneer Burton...'

'Wat ik echt niet begrijp is wat Phils gemoedstoestand met haar dood te maken heeft.'

'Het gaat mij om gedragspatronen. Misschien vraag ik me hetzelfde af als u waarschijnlijk doet: waarom zij?'

'Alles was normaal,' zei hij, niet wrokkig, maar gewoon niet-begrijpend. 'Normale stemming, normale gemoedstoestand, normale gedragspatronen. Als ik dat zeg en u me zo aankijkt, klinkt het allemaal verdacht en vreemd. En wat is trouwens normaal?'

'Had ze een geregeld leven?'

'Ik denk van wel. Ze zorgde voor Em, deed het huishouden, ging met vriendinnen uit, bezocht haar moeder, deed boodschappen. Ze hield de boel bij elkaar, zoiets. We waren een heel traditioneel stel, hoor.'

'Had ze in die laatste week afspraken met vriendinnen?'

'Dat heb ik al aan de politie verteld: ze bezocht haar moeder en ze ging met Tess Jarrett uit.' Ik sloeg die naam in mijn geheugen op.

'Als haar iets dwars zat, had u dat dan geweten?'

'Dokter...'

'Quinn. Kit Quinn.'

'Ja. Er zat haar niets dwars. Ze is op straat door een gek vermoord. Dat zegt iedereen. Ik weet niet wat u van mij wil, hoor. Iedereen wil iets van me. De politie wil dat ik op de televisie ga huilen of dat ik instort en beken dat ik het heb gedaan. Wat de pers wil, god mag het weten. Emily wil... nou ja, ze wil weten wanneer mama weer thuiskomt, denk ik. Ik weet het niet.' Hij zuchtte en keek me aan met zijn bloeddoorlopen ogen. 'Ik weet het niet,' zei hij weer.

'Wat wilt u zelf?'

Hij wreef in zijn ogen. Hij zag er moe en verdrietig uit. 'Dat ik naar huis kan met Emily en weer kan gaan werken, dat ik met rust gelaten word en dat alles weer normaal is.'

'Maar dat kan natuurlijk niet.'

'Dat weet ik,' zei hij vermoeid. 'Dat weet ik. Wat ik echt wil is dat ik op een ochtend wakker word en dat alles dan een droom was. Het is al zo dat ik 's ochtends wakker word en even niets meer weet, maar dan komt het weer terug. Weet u hoe dat voelt? Om het allemaal weer tot je door te laten dringen?'

Ik zweeg even en hij staarde naar het gras.

'Heeft uw vrouw ooit maatschappelijk werk gedaan? Met pleegkinderen, dat soort dingen?'

'Nee. Ze werkte in een veilinghuis toen we elkaar ontmoetten, maar ze is gestopt met werken toen ze Emily kreeg.'

'Ze was niet bekend met de wijk Kersey Town?'

'Misschien heeft ze daar ooit een metro gepakt.'

Ik draaide nog een paar keer in kringetjes rond en kwam steeds weer op hetzelfde punt uit: wat had het voor zin om Jeremy Burton vragen te stellen over het karakter en de gemoedstoestand van zijn vrouw, terwijl ze het slachtoffer van een willekeurige aanvaller was geworden? Na een tijdje stond ik op.

'Erg bedankt dat u met me wilde praten,' zei ik, terwijl ik mijn hand uitstak. Hij schudde die. 'Het spijt me als mijn vragen misschien vreemd overkwamen.'

'Niet vreemder dan de meeste andere vragen die me zijn gesteld. Eén krant heeft me vijftigduizend pond geboden als ik wilde vertellen hoe het is als je vrouw vermoord wordt.'

'Wat heeft u gezegd?'

'Ik kon niets verzinnen. Ik heb de hoorn erop gegooid. U wilt met Emily praten. Zij is nooit in Kersey Town geweest, dat kan ik u meteen wel zeggen.'

'Het duurt maar even.'

'Pam brengt u wel bij haar. Dat is mijn schoonmoeder.'

Een knappe, grijsharige vrouw stond bij de openslaande deuren die naar de keuken leidden. Ze had een asgrauw gezicht, de kleur van iemand die intens verdriet heeft ervaren. Jeremy Burton stelde ons aan elkaar voor.

'Het spijt me vreselijk van uw dochter,' zei ik.

'Dank u,' zei ze, met een kort knikje.

'Dokter Quinn wil met Emily praten,' zei Burton.

'Waarvoor?'

'Ik ben zo klaar.'

Pam Vere ging me voor in een gang. 'Emily heeft een vriendinnetje te spelen. Is dat een bezwaar?'

'Nee, hoor.'

Pam deed de deur open en ik zag twee meisjes die gehurkt op het tapijt knuffels in een kring neerzetten. Twee meisjes, het ene met donkerbruine staartjes, het andere met lichtbruine krullen en heel even wist ik niet wie wie was, en dat stak me. Het was een soort loterij. Welk meisje zou eruitgepikt worden als degene wier moeder zo wreed was vermoord? Pam liep op het donkere meisje af. 'Emily,' zei ze. 'Er is iemand die met je wil praten.'

Het kleine meisje keek met een angstige frons op. Ik ging naast haar zitten. 'Hallo, Emily. Ik ben Kit. Hoe heet je vriendinnetje?'

'Ik ben Becky,' zei het vriendinnetje. 'Becky Jane Tomlinson.'

Becky begon meteen een eind weg te babbelen. Ik werd een voor een aan de knuffels voorgesteld. De laatste waren de goede beren en de stoute beren.

'Waarom zijn de beren stout?' vroeg ik.

'Omdat ze stout zijn.'

'Wat doe je met de knuffels?'

'Spelen,' zei Emily.

'Neem je ze wel eens mee naar de speeltuin?' vroeg ik. 'Mogen ze dan ook op de schommel en in de zandbak?'

'Doet ik al,' zei Emily. 'Doet ik al met Bella.'

'Dóe ik,' zei Pam.

Ik lachte, omdat ze me te slim af was.

'Je bent een slim meisje, Emily,' zei ik. 'En ik vind het heel naar dat je mama dood is.'

'Oma zegt dat ze bij de engeltjes is.'

'En wat denk jij?'

'O, ze is niet zo ver weg, hoor. Ze komt weer terug.'

Ik keek even op naar Pam Vere en zag zo'n heftig verdriet op haar gezicht dat ik mijn ogen afwendde. 'Zeg, mag ik nog eens komen? Dan bedenk ik nog iets anders om aan je te vragen.'

'Best,' zei Emily, maar ze keek al niet meer naar me. Ze tilde een droevig kijkende koalabeer op en drukte haar lipjes op zijn zwarte, plastic neus, terwijl ze zachtjes neuriede. 'Ik ben heel trots op jou,' hoorde ik haar fluisteren. 'Héél trots.'

16

Doodmoe reed ik terug naar huis door de dampen van de spits, blij dat Julie er niet was. Ze had iets gezegd over een gesprek bij een platenmaatschappij, al kon ik niet bedenken wat zij als wiskundelerares en wereldreizigster van de muziekindustrie wist. Ik deed de ramen open, zodat de koele avondlucht naar binnen stroomde. Kinderstemmen dreven van de achtertuin omhoog. Ik liep naar de badkamer, draaide de kranen open en deed wat badolie in het water. Toen trok ik mijn kleren uit, die vies voelden na deze dag en liet me in het bad glijden. Het water was glibberig en het rook doordringend, en ik ging achterover liggen en sloot mijn ogen. Toen ging de telefoon. Verdomme, ik had mijn antwoordapparaat niet aanstaan. Waarom ging de telefoon altijd wanneer je in bad zat? Ik wachtte, maar hij rinkelde maar door. Ik stapte uit bad, wikkelde een handdoek om me heen en liep druipend de woonkamer in, terwijl ik een spoor van natte voeten achter me liet.

'Hallo?' Zeepbelletjes spatten stuk op mijn armen.

'Spreek ik met Kit Quinn?' De stem kraakte, hij belde zeker met een mobieltje.

'Ja.'

'Met Will Pavic.'

'O,' zei ik in de stilte die op zijn woorden volgde.

'Ik wilde mijn excuses maken voor gisteravond.'

'Zeg het maar.'

'Wat?'

'Je wilde toch je excuses maken?'

Er klonk wat gesputter aan de andere kant, van verontwaardiging of geamuseerdheid, dat was niet duidelijk. 'Het spijt me dat ik zo ongezellig was. Punt.'

'Je was duidelijk heel moe en het was toch al stom om je te vragen. Zand erover. Het maakt niet zoveel uit.'

'Misschien kan ik je iets over Lianne vertellen.'

Ik voelde een schok van verbazing. 'Ja?'

'Het is niet echt belangrijk. Maar... eh, ik ben ongeveer anderhalve kilometer van jou vandaan, dus ik dacht: misschien kan ik even langskomen. Even maar. Als je geen bezoek hebt, tenminste.'

'Prima. Ik ben alleen.' Ik dacht aan mijn bad met zijdezacht water. 'Tot zo dan. Hoe kom je trouwens aan mijn nummer?'

'Je had gelijk. Het was niet zo moeilijk.'

Ik trok de stop uit het bad en deed een oude spijkerbroek en een vestje aan. Ik ging me niet optutten voor Will Pavic. Terwijl ik op hem wachtte, zette ik het nieuws aan om te kijken of ze nog meer over Philippa Burton te melden hadden. Ze was bij de hoofdpunten naar de derde plaats gezakt: de politie zocht nog naar aanwijzingen, bloemen en knuffels werden nog steeds neergelegd op de plek waar haar lichaam was gevonden. Er werd een nieuwe foto van haar getoond: ze stond op een heuvel in een wijde, linnen short en een T-shirt, lachend, haar glanzende haar waaide in de wind en ze had haar armen om haar dochtertje met de donkere ogen geslagen.

Ik dacht aan Emily die haar gezichtje in het koalabeertje verborg en het woordjes toefluisterde die ze natuurlijk van haar moeder had gehoord: 'Ik ben heel trots op je.' Misschien had mijn moeder ook zulke dingen tegen mij gezegd voordat ze doodging. Mijn vader was nooit zo goed geweest in zulke kleine dingen, hij zei gewoon met een frons op zijn voorhoofd: 'Ze hield natuurlijk heel veel van je,' alsof dat genoeg was. Ik had altijd naar meer verlangd, al die malle verkleinwoorden en lieve woordjes, de spelletjes die ze met me speelde, hoe ze me vasthield en me droeg, de dingen die ze mij toewenste, de verwachtingen die ze koesterde. Mijn hele leven had ik die zelf verzonnen. Telkens wanneer ik goede cijfers haalde op school, zei ik bij mezelf dat mijn moeder heel trots zou zijn geweest. Toen ik arts werd, vroeg ik me af of zij dat zou hebben gewild. Zelfs nu, als ik naar mezelf in de spiegel kijk, met mijn moeders gezicht, mijn moeders grijze ogen, doe ik net alsof ik niet naar mijn spiegelbeeld kijk, maar naar dat van haar, dat ze daar dan eindelijk staat en naar me lacht na zo veel jaar wachten...

Er werd aangebeld.

Will had deze keer een donker pak aan zonder das. Zijn ogen waren rood omrand en zijn huid was krijtwit. Hij zag eruit alsof hij honderd jaar moest slapen.

'Wijn of bier?' vroeg ik.

'Nee, dank je. Koffie misschien.' Hij bleef midden in de woonkamer staan, niet op zijn gemak. Ik zag zweetplekken op zijn overhemd.

Ik zette koffie en nam zelf een glas wijn.

'Melk? Suiker?'

'Nee.'

'Koekje?'

'Nee, dank je.'

'Ga toch zitten. Tenzij je staand je verhaal kwijt wil en 'm dan weer wil smeren.'

Hij trok even een grimas en ging op de bank zitten. Ik nam in de stoel tegenover hem plaats en weerhield me ervan om over koetjes en kalfjes te praten, om de stilte te vullen die in de ruimte tussen ons zweefde. Hij staarde me aan, met een lichte frons op zijn gezicht.

'Ik zei al dat ik Lianne niet zo goed kende.'

'Ja.'

'En dat is ook zo. Er komen elke week hordes tieners bij mij binnen. Ze krijgen onderdak als ze dat nodig hebben en informatie over hun mogelijkheden als ze dat vragen. We verwijzen ze door naar verschillende instanties, als ze dat willen. Maar er wordt hun niets gevraagd. Daar draait het om, ergens is dat de reden waarom ik het opvanghuis heb opgezet. We proberen ze niet voor te houden wat het beste voor hen is. We spreken geen oordeel uit – wat alle anderen wel doen, maar wij niet. Ze hebben zich aan bepaalde regels te houden, maar daarbuiten eisen we niets van hen. Dat is de opzet van het huis: een plek waar ze onafhankelijk kunnen denken, ook al betekent dat dat ze pijnlijke fouten maken in hun leven...' Hij stopte abrupt. 'Maar dat allemaal terzijde.'

'Nee, eigenlijk is het...'

'Lianne is in het afgelopen halfjaar drie keer bij ons geweest,' onderbrak hij me. 'De eerste twee keer zag ze de toekomst heel optimistisch in. Ze zei dat ze kok wilde worden, je zal merken dat ongeveer een vijfde van de kinderen in opvangcentra kok wil worden. We gaven haar wat brochures over kookcursussen, dat soort dingen. Maar de derde keer, de laatste keer dat we haar zagen, was ze depressief. Heel erg stilletjes zelfs. Teruggetrokken en lusteloos.'

'Enig idee waarom?'

Hij dronk zijn koffie op en staarde in het kopje. 'Haar beste vriendin had een week daarvoor zelfmoord gepleegd.'

'Hoe oud was die?'

'Veertien, vijftien. Zestien misschien. Ik weet het niet precies.'

'Hoe kenden ze elkaar?'

'Geen idee. Ze zijn één keer samen in het opvanghuis geweest, maar ze kenden elkaar al eerder blijkbaar. Ze hingen waarschijnlijk op dezelfde plekken rond.'

'Waarom pleegde dat meisje zelfmoord?'

Hij haalde zijn schouders op. 'Noem maar een reden. Vraag liever waarom er niet meer zelfmoorden zijn. Daisy.'

'Heette ze zo?'

'Daisy Gill. Een vrolijke naam, vind je niet?' En voor het eerst sinds ik hem kende gaf hij me een echte glimlach, een beetje treurig en kortdurend, maar wel echt. Ik glimlachte terug en hij keek de andere kant op, door het raam naar de met gras bedekte pestkuil.

'Wil je nu wel een glas wijn?'

'Dus nu heb je nog een feit,' zei hij, niet reagerend op mijn vraag. 'Bij dat andere wat je al wist. Ten eerste: Lianne was depressief. Ten tweede: Lianne is vermoord.'

'Zou kunnen. Wijn?'

'Nee, nee, geen wijn. Zo is het genoeg. Tot ziens.'

Hij stond met een ruk op en stak zijn hand uit. Ik schudde die.

'Dank je,' zei ik en op dat moment kwam Julie binnenwaaien, met haar glanzende, opgewonden gezicht. Haar mond stond op het punt om mij iets te vertellen. Ze staarde ons aan en schrok.

'Wat een verrassing,' zei ze uiteindelijk.

Will knikte haar toe. 'Ik wou net weggaan.'

'Glaasje wijn?' brabbelde ze. 'Bier?'

'Nee,' zei hij. 'Dank je.'

Hij draaide zich om bij de deur. 'Ik wou nog even zeggen...' Hij zweeg en keek even naar mij. 'Het spijt me dat ik zo onbeleefd deed op je etentje. Het eten was heerlijk.'

En toen was hij weg.

'Nou,' zei Julie tegen me. 'Jij bent me ook een stiekemerd, zeg.'

'Hij is maar even langs geweest. Hij wilde me iets over die jonge vrouw vertellen die vermoord is.'

'Ja, ja. Nou ja, ik hoef hem toch niet meer. Hij is mij te nors. Wil je mijn nieuwtje horen?'

'Ja.'

'Ik heb die baan.'

'Nee!'

'Ja. Volgende maand begin ik. Ik heb gezegd dat ik elders nog verplichtingen heb.'

'Is dat zo?'

'Nee, natuurlijk niet, maar je moet niet al te beschikbaar overkomen, toch?'

'Gefeliciteerd, Julie. Je bent vast heel goed in dat werk, wat het ook is.'

'Dat weet ik zelf ook niet precies,' giechelde ze. Toen: 'Dus ik ga een huis zoeken.'

'Doe maar rustig aan,' flapte ik eruit. Ik zou er weer aan moeten wennen om alleen te wonen. Ik deed mijn ogen even dicht.

'Waarom probeer je hem niet terug te krijgen?' zei Julie.

'Waar heb je het in godsnaam over?'

'Niet zo schreeuwen. Over Albie. Ik wed dat hij jou ook mist. Elk verstandig denkend mens zou jou missen.'

'Ik wil hem niet terug.' Tot mijn verbazing was dat niet echt gelogen. Hij was zelf weggegaan, en als hij me miste, zou hij dat in de armen van een andere vrouw doen. Hij zou me missen terwijl hij het gezicht van iemand anders tussen zijn handen hield. Dus ik verlangde niet naar hem. Ik verlangde naar iemand die alleen van mij was. Ik wilde de allerliefste zijn. Dat wil bijna iedereen wel, toch?

17

Ik was moe, ik had licht opgezette klieren en een zere keel die bij het slikken aanvoelde als glas en grind. Ik had niet zoveel zin om naar mijn werk te gaan, dus ik treuzelde met mijn ontbijt, dat uit geroosterd brood met honing en sterke thee bestond. De keukentafel baadde in het zonlicht. Ik had daar wel de hele dag willen blijven zitten, met mijn handen om een hete mok, voeten in warme pantoffels, luisterend naar de geluiden van buiten, misschien zelfs tv-kijken. Maar toen ging de telefoon: het was Oban. Hij wilde met me praten, zei hij.

'We praten al.'

'Onder vier ogen, bedoel ik.'

'Wanneer?'

'Kun je hier om tien uur zijn?'

Ik keek op mijn horloge.

'Ik denk van wel. Ik moet wel een afspraak afzeggen.'

'Goed.'

'Is er iets gebeurd?'

'Voor zover ik weet niet.'

'Waar gaat het dan over?'

'Dat vertel ik je liever persoonlijk.'

Onderweg pijnigde ik mijn hersens met het bedenken van goede en slechte scenario's, voornamelijk slechte. Maar slechter dan wat ik aantrof toen ik om klokslag tien uur in Obans kamer werd binnengelaten kon niet. Ik zag dat hij niet alleen was. Er stond een vrouw met haar rug naar me toe, die uit het raam keek. Ze draaide zich om. Het was Bella. Onze blikken kruisten elkaar, toen keek ze weg. En op de bank tegen de muur zat Rosa uit de Welbeckkliniek.

'Wat krijgen we nou?' zei ik.

Oban glimlachte schichtig.

'Ga zitten, Kit,' zei hij, terwijl hij naar de stoel voor het bureau wees.

Aangezien ik niet helder kon denken, ging ik zitten, maar had er meteen spijt van, omdat ik daardoor het laagst van iedereen in de kamer was. Oban knikte naar Rosa.

'Dokter Deitch?'

Rosa beet op haar onderlip. Daarmee gaf ze te kennen dat dit haar meer pijn zou gaan doen dan mij. Ze boog zich naar voren en vouwde haar handen in elkaar, alsof ze ging bidden.

'Kit, ik wil vooropstellen dat ik mezelf van dit alles de schuld geef.'

'Dit alles?' vroeg ik, in de wetenschap dat zij wilde dat ik dat vroeg. Ik had gewoon mijn mond moeten houden, zei ik bij mezelf. 'Dit alles?' vroeg ik weer, hulpeloos.

'Wij hebben het gevoel,' zei Oban, die me vriendelijk aankeek, wat nog het ergste was, 'of liever, ik heb het gevoel en ik denk dat Rosa het met me eens is, dat we jou nogal onnadenkend bij deze zaak hebben betrokken, zonder het, eh, expertiseniveau in overweging te nemen...'

'Je bent er nogal mee bezig, hè Kit?' zei Rosa zachtjes.

'In de eerste plaats,' zei Oban, 'was het zuiver een routinezaak, een korte beoordeling van de verdachte. We vonden dat we jou daarvoor moesten vragen. En dat heb je geweldig goed gedaan. We zijn jou daar veel dank voor verschuldigd. Maar toen, en ik geef toe dat dat geheel mijn fout was, vroeg ik je om er meer bij betrokken te raken. En de laatste tijd... nou ja, er wordt gefluisterd...'

'Bella?' zei ik, terwijl ik me in mijn stoel omdraaide om haar aan te kunnen kijken.

Bella keek me strak aan. 'Ik heb geen klacht ingediend, Kit. Maar nadat je met Jeremy Burton en zijn schoonmoeder had gepraat, ben ik ook met hen gaan praten en ik heb helaas aan hoofdinspecteur Renborn moeten berichten dat ik geen enkel heil zag in jouw gesprekken met hen. Ik zou het als een zoektocht willen beschrijven, alleen kon ik niet eens ontdekken waar je naar op zoek was. Dit is een lastige zaak, die veel aandacht krijgt.'

'Dat weet ik,' zei ik. 'Ik wou alleen...'

'Ik sluit me bij dokter Deitch aan,' zei Oban. 'Ik verwijt het mezelf dat ik je bij deze gespannen situatie heb betrokken.'

'Mag ik niet meer voor je werken?'

Het was even stil. 'We denken dat het een beetje te snel is gegaan,' zei Rosa. 'En dat dit speciale geval iets bij jou heeft losgemaakt dat misschien niet helemaal gezond is.'

'Hoe bedoel je?'

'Rosa heeft me een paar dingen over je jeugd verteld,' zei Oban.

Ik staarde Rosa aan.

'Kit, ik heb alleen tegen Dan gezegd dat persoonlijke omstandigheden, zoals op jonge leeftijd je moeder verliezen, in bepaald opzicht...' Ze werd rood. '...Nou ja, in bepaald opzicht je oordeel zouden kunnen vertroebelen.'

'O.' Ik bleef stil zitten, mijn wangen waren ook vuurrood. Toen slikte ik heftig en pijnlijk. 'Misschien hebben jullie gelijk. Misschien ben ik er te veel bij betrokken. Het raakt me inderdaad, ik weet niet hoe ver je daarin mag gaan. Maar dat wil niet zeggen dat ik ongelijk heb. Ik heb het onderzoek niet ontwricht, ik heb niemand iets opgedragen. Ik heb gewoon onderzoek gedaan via andere invalshoeken.'

'Maar goed,' zei Oban. 'Dit is niet een stukje wetenschappelijk onderzoek. Je praat alsof we iedereen zomaar kunnen loslaten op een moordzaak, en dat ze hun eigen belang kunnen najagen. Dat is niet zo. En het spijt me dat ik het moet zeggen, maar op een bepaalde manier dreig je het onderzoek wel te ontwrichten. Je hebt mijn agenten op stang gejaagd, je begeeft je op andermans terrein en kennelijk, het spijt me, kennelijk doe je dat zonder reden. Zonder gegrónde reden, bedoel ik. Ik begrijp dat je het erg vindt van de slachtoffers. Dat vinden we allemaal. We willen allemaal die moordenaars pakken. Je hebt ons geholpen,' zei hij wat vriendelijker. 'Maar nu moeten we verder, vinden we.'

'Mag ik eerst iets zeggen? Voordat ik opstap, bedoel ik?'

Oban leunde achterover. 'Natuurlijk.'

'Ten eerste,' zei ik, 'wil ik dat je met één zin de moord op Lianne omschrijft.'

'Standaardmoord op een makkelijk slachtoffer door een psychopaat,' zei hij. 'Het delict werd gepleegd door iemand met een pathologische haat en angst jegens vrouwen. Vandaar de wilde steekwonden.'

'En de moord op Philippa Burton?'

'Volkomen ander geval. Ik weet nauwelijks waar ik moet beginnen. Ze was zwaar mishandeld met een stomp voorwerp. Ze was een doelwit met een verhoogd risico. Ze werd op een openbare plaats ontvoerd, terwijl ze bij haar kind was. Ander soort persoon, andere methode, andere buurt, ander niveau van geweld. Maar jij vindt van niet.'

Ik stond op. Ik moest in ieder geval de schijn van autoriteit ophouden. Ik liep naar het raam en keek naar buiten. Achter het bureau was feitelijk een braakliggend terrein. Er stonden drie propvolle afvalcontainers en een aantal grote, metalen vuilnisemmers, stapels planken, iets onder een zeil. Aan de ene kant barstte een felpaarse vlinderstruik uit het beton. Vlinders fladderden eromheen als kleine stukjes papier die in de wind opwaaiden. Dat was een mooi gezicht. Ik draaide me weer naar mijn onwillige gehoor om.

'Toen ik de dossiers doornam en bij Philippa Burton belandde, ging er een lampje branden.'

'En wat betekende dat, Kit?' vroeg Rosa, terwijl Oban op hetzelfde moment zei: 'We hebben je niet aangenomen om lampjes te zien branden. Er hangen iedere dag paragnosten aan de lijn die ook lampjes zien branden bij Philippa Burton.'

Ik dacht aan mijn groepje mannen in Market Hill. Ik dacht aan de misdaden die ze hadden begaan en hoe scheef ze tegen de wereld aankeken. Ik had dingen van hen geleerd die niemand anders in deze kamer wist. Dát konden ze me in ieder geval niet afnemen. 'Mensen laten een handtekening achter,' zei ik. 'Altijd, ook al proberen ze die te verdoezelen, omdat de handtekening van een moordenaar een beetje op de inhoud van een gedicht lijkt. Je hebt de betekenis die de dichter heeft bedoeld, maar er kan ook een verborgen betekenis zijn waar de dichter zich niet van bewust was. Soms denken ze dat hun handtekening dít is, terwijl het eigenlijk dát is.' Ik praatte snel door, omdat ik zo graag mijn laatste standpunt wilde duidelijk maken voordat ze alle interesse hadden verloren. 'Wat me opviel bij de moord op Philippa Burton was dat ze voorover lag. Net als Lianne.'

Ik zweeg en keek naar Oban. Zijn gezichtsuitdrukking bleef vriendelijk, medelijdend zelfs. 'Is dat alles?' zei hij vriendelijk. 'Dat hebben we al gehad, Kit.'

'Heb je onlangs nog een vermoord iemand gezien met het gezicht naar boven?' vroeg ik.

'Zal best,' zei Oban weifelend.

'Ik heb daar heel veel foto's van gezien. De ogen zijn wijdopen en staren naar boven. Je kent dat wel van portretten, waarop de ogen je steeds blijven volgen. De ogen van een dode doen het tegenovergestelde. Die zijn akelig statisch, ze staren voor zich uit, beschuldigend misschien. Je kan je voorstellen dat als jij iemand hebt vermoord, je hem dan wil omdraaien, met zijn gezicht naar beneden, zodat hij je niet aankijkt.'

'Dat kan zijn, maar godallemachtig, Kit, een lijk is net een boterham. Het kan maar twee kanten op vallen, met de besmeerde kant naar boven of met de besmeerde kant naar beneden. Daar kun je niets mee bewijzen.'

'Herinner je je de verwondingen op Liannes lichaam nog? Waar zaten die?'

'Onderbuik. Buik, borst, schouders.'

'Aan de voorkant. En toch lag ze met haar gezicht voorover. Dat is net zoiets als dat je een aquarel maakt en die met de afbeelding naar de muur ophangt.' Ik keek naar Rosa. Ze trok een grimas.

'Het zit me niet lekker,' zei ze, 'dat je die vrouwen beschrijft alsof het kunstwerken zijn.'

'Dat besef ik, maar het zíjn ook kunstwerken,' zei ik. 'Het zijn morbide, slecht gemaakte werken zonder enige esthetische waarde, maar we moeten ze wél interpreteren. Dat doe ik in het ziekenhuis. Je weet dat ik misdrijven interpreteer alsof het symptomen en patronen zijn. Ik zoek naar betekenissen. Hoe zit het met de verwondingen op zich?'

'Bruut,' zei Oban. 'In razernij toegebracht.'

'Die woorden zou ik niet gebruiken. Halfslachtig misschien. Precies. Sierlijk, zelfs. Het heeft in bepaalde opzichten de schijn van een wilde, seksuele aanval, maar dat klopt gewoon niet.' Ik zag Oban weer even ineenkrimpen. 'Er zijn wel aanwijzingen van seksueel geweld – sommige psychopathische moordenaars willen vrouwen straffen omdat ze seksueel bedreigend zijn. Maar in die gevallen zie je dat ze hun agressie op een gruwelijke manier op de borsten en geslachtsdelen hebben gebotvierd. Maar in dit geval niet. De steekwonden waren allemaal boven de gordel en de borsten zijn gespaard gebleven. Zo'n steekpatroon zien we maar heel zelden en deze karakteristieke vorm van verminking al helemaal niet. Toch lag ze voorover op de grond.'

'Dit is gewoon niet voldoende, Kit,' zei Oban. Hij begon zijn geduld te verliezen. 'Waar is het verband? Twee lichamen die met hun gezicht naar beneden liggen?'

'Ik heb met een aantal gewelddaden tegen vrouwen te maken gehad, die vergelijkbaar zijn met de moord op Philippa Burton. Het waren stuk voor stuk gruwelijke misdrijven. Daar kwam bij dat de aanwezigheid van een kind als toeschouwer of slachtoffer het aantrekkelijker scheen te maken. Maar deze moordenaar wilde niet dat het kind erbij was. Mijn voornaamste gevoel over het lijk van Philippa Burton was dat de moordenaar zich in zekere zin had ingehouden. Denk je maar eens in: je haat vrouwen, je hebt net een vrouw vermoord en je hebt een soort klauwhamer in je hand. Waarom ga je dan niet helemaal loos?'

Oban leunde naar voren en legde zijn hand op mijn schouder. 'Hier hebben we niets aan, Kit. Goed, je hebt een gevoel. Maar ik weet bij god niet wat het betekent. Sorry, dames.' De dames keken op, vooral omdat ze met dames werden aangesproken. 'Maar ik kom met lege handen bij mensen die vinden dat je onze tijd hebt verspild.'

Ik wreef met mijn vingers in mijn ogen. Ik had mijn zegje gedaan en ik wist niets meer te verzinnen. Hij had gelijk. Wat was er nog over, na alles wat ik had gezegd? Wat konden ze doen? Ik wilde niet nadenken, ik wilde wegkruipen, maar met een laatste inspanning wist ik nog iets heel kleins uit mijn diepste gedachten op te duikelen.

'Oké,' zei ik zachtjes. 'Ik ben uitgepraat. Ik heb nog één opmerking. We weten zeker dat Liannes lijk achter in een auto naar het jaagpad bij het kanaal is gebracht.'

'Dat weten we helemaal niet zeker,' zei Oban geïrriteerd.

'En het lijk van Philippa Burton werd twee kilometer van de plek waar ze het laatst is gezien gevonden. Dus naar alle waarschijnlijkheid werd zij ook met de auto vervoerd. Zijn er vezels of sporen met elkaar vergeleken?'

'Nee, dat weet je best,' zei Oban agressief. 'En we hebben ze ook niet vergeleken met de moorden van Jack the Ripper. We hebben geen tijd...'

'Dat is mijn laatste suggestie: willen jullie dat doen?'
'Waarom zouden we...'
'Alsjeblieft,' zei ik. Ik had zin om te huilen. 'Alsjeblieft.'

18

In het rode en paarse duister in mijn hoofd ontplofte vuurwerk, sissend en draaiend. Ik weet niet hoe ik erin slaagde om het politiebureau uit te lopen, met mijn kin vooruit, zonder dat mijn benen het begaven. Ik gaf de vrouw bij de balie zelfs nog een vriendelijk knikje. Toen ik bij mijn auto was, trilden mijn handen zo hevig dat ik het contactsleuteltje op de grond liet vallen en er op mijn knieën naar moest zoeken. Mijn ogen prikten, alsof er gruis in zat. Ik moest hier weg, naar een plek waar niemand me kon zien. Ik wilde niet aangekeken worden met zo'n afschuwelijk meewarige blik. Zo had ik ook naar mensen gekeken. Ooit, in een ander leven. Alles leek ongelooflijk ver weg, alsof ik naar mijn verleden keek door het verkeerde eind van een telescoop.

Eindelijk zat ik in de auto. Ik liet mijn hoofd even tegen de hoofdsteun rusten en sloot mijn ogen. Een gemene, misselijk makende hoofdpijn schroefde zich een weg in mijn linkerslaap. Ik schoof het sleuteltje in het contact en reed voorzichtig het parkeerterrein af, strak voor me uitkijkend. Ik stelde me voor dat ze me met zijn drieën nakeken door het raam en elkaar bezorgde blikken toewierpen. Hoe zou ik ze ooit weer onder ogen durven komen?

Ik reed naar het driehoekige plantsoentje tussen de delicatessenwinkel en de horlogemaker, niet zo ver van mijn huis vandaan. Ik stapte uit en ging op het gras zitten met mijn rug tegen de prachtige rode beuk. Soms kwamen Albie en ik hier om onder deze boom te zitten. Het was nog vochtig van de regen van de vorige nacht en ik voelde de kou optrekken. Ik hield mijn gezicht naar de zon, die net van achter een grijze wolk te voorschijn kwam. Boven me zat een merel uit volle borst te zingen. Ik haalde diep adem. In, uit, in, uit. Ik probeerde de opborrelende paniek kwijt te raken.

Vermoeid stond ik op en liep naar mijn auto terug. Mijn benen zakten niet meer door, maar ze voelden zwaar. Mijn hoofd klopte. Voordat ik wegreed, trok ik de zonneklep naar beneden en staarde even naar mezelf in het spiegeltje. Ik keek naar mijn litteken, dat als een witte slang over mijn wang kronkelde, en daarna boog ik me naar voren, zodat alleen mijn ogen naar mijn ogen staarden.

Ik hoopte dat Julie niet thuis zou zijn. Maar toen ik met de sleutel in het slot stond te morrelen, kwam ze naar de deur en deed hem voor me open. Er lag een felle blos op haar wangen. Ze wierp me een nogal wilde blik toe en zei opgewekt: 'Kit! Mooi. Je hebt bezoek. Ik zei dat ik niet wist wanneer je terugkwam, maar hij wou wachten. Het is blijkbaar een vriend van je.'

Ik deed mijn jasje uit en liep door. Ik zag de achterkant van een hoofd boven de bank. Hij stond op.

'Je zei dat je nog eens bij me langs zou komen,' zei hij met zijn zachte, hoge stem. Het was Michael Doll, met dezelfde groezelige, oranje broek aan als de laatste keer dat ik hem zag, en een oud, grijs vest met zweetkringen onder de oksels.

'Michael.' Ik stond met mijn mond vol tanden. Hij was een steeds terugkerende nachtmerrie, die zich ergens in een hoek van mijn huis schuilhield.

'Ik heb gewacht,' zei hij klagerig.

'Hoe wist je waar ik woonde?'

'Ik ben je een keer gevolgd vanaf het politiebureau,' antwoordde hij, alsof dat de gewoonste zaak van de wereld was. 'Je had het niet door.'

'Ik ga dan maar,' zei Julie. 'Is dat goed, Kit? Of moet ik blijven?'

'Hoe lang is hij er al?' siste ik uit Michaels gezichtsveld. Hij was weer op de bank gaan zitten.

'Dik een uur.'

'Jezus. Jezus, het spijt me. Had me maar gebeld.'

'Heb ik gedaan. Ik heb drie berichten ingesproken op je mobieltje.'

'Jezus,' zei ik weer.

'Gaat het wel?'

'Ja. Nee. Ik weet het niet. Je had hem niet binnen moeten laten.'

'Kit,' zei Michael van de bank.

'Hij lijkt me vrij onschuldig. Hij staarde alleen de hele tijd naar mijn borsten.'

'Niet waar,' zei Michael, alsof het eigenlijk toch niets uitmaakte. 'Waarom ben je niet bij me langs geweest, dat had je toch beloofd?'

'Ik had het druk.'

'Je had het beloofd.'

'Ja, maar...'

'Belofte maakt schuld.'

'Ja.'

'Anders is het niet eerlijk.'

'Je hebt gelijk.'

Zo weinig mogelijk zeggen. Hem niet de gelegenheid geven een claim op me te leggen. En het belangrijkste: hem het huis uit krijgen zonder dat hij zich beledigd voelt. Hij knikte als teken dat hij tevreden was en legde zijn handen op zijn knieën. Hij had een vers litteken op zijn linkeronderarm en een slordig korstje op zijn pols.

'Mag ik nu een kop koffie? Ik heb jou ook koffie gegeven.'

'Je hebt al drie koppen op,' kwam Julie ertussen.

'Vier klontjes, graag.'

'Ik moet de deur weer uit, Michael. Sorry, maar je kan hier niet blijven.'

'En zo'n koekje dat ik al eerder met je vriendin heb gegeten.' Hij likte zijn mond af. Ik voelde me misselijk worden.

'Luister eens, Michael...'

'En mag ik even naar de, eh, wc?' Er stonden zweetdruppeltjes op zijn voorhoofd en boven zijn lippen.

'De wc is daar.'

Zodra hij de deur had dichtgedaan, zei ik tegen Julie: 'Kan je iets voor me doen? Kan je mijn mobieltje mee naar buiten nemen en de politie bellen? Ik zal je het nummer geven.' Ik werd overspoeld door een gevoel van afschuw dat ik de mensen moest bellen die dachten dat ik gek aan het worden was, en hun vragen om mij te komen beschermen tegen de man die ze van mij niet mochten arresteren. Ik steunde mijn hoofd in mijn handen.

'Kit?'

'Ja, sorry. Het is gewoon... o, kut. Ik weet niet wat ik moet doen. Hij doet vast niks, maar ik wil geen onverantwoorde risico's nemen.'

'Geef je mobieltje dan.' Ze hield haar hand op. 'Kom op, we doen het.'

'Misschien doe ik hem wel iets vreselijks aan. Of mezelf.'

'Ik heb geen flauw idee waar je het over hebt, maar als hij gevaarlijk is, moeten we hem de deur uit zetten. Kom op.'

'Nee, wacht. Een momentje.' Ik hoorde de wc doorspoelen. 'Ik weet het. Bel Will Pavic. Hij weet wel hoe je dit moet aanpakken.'

'Pavic? Hoezo?'

'Alsjeblieft. Ik kan nu even niemand anders bedenken. Doe het buiten.'

'Wat is zijn nummer?'

'Staat in het geheugen. Pavic.'

'Oké, oké. Wat een krankzinnig gedoe.'

'Weet ik. Bedankt.'

'En als hij er niet is? Of als hij...'

Doll kwam de wc uit en Julie stormde naar de voordeur. Gelukkig had ze hem niet op slot gedaan.

'Ik ga even koffie zetten, goed?' zei ik, overdreven opgewekt.

'Woon je hier alleen?'

'Nee.'

'Ben je getrouwd?'

'Waarom wil je dat weten?'

'Je vriendin zei dat je niet getrouwd was.'

'Dus dan weet je het al.' Conflict vermijden. Hem niet in het nauw drijven. Hem niet te slim af zijn. 'Vier klontjes, hè?'

'En een koekje.'

'Kwam je me iets vertellen, Michael?'

'Waarom heb je geen vloerbedekking?'

'Michael, is er...'

'Gek, hoor, dat je geen vloerbedekking hebt. Zo lijkt het net of je niet in een echt huis bent. Zelfs in het tehuis hadden we in elke kamer vloerbedekking. Die van mij was bruin. Bruine vloerbedekking en witte muur, met van die stukjes in het behang.'

'Rauhfaser.'

'Ja. Als ik in bed lag, pulkte ik altijd met m'n nagels stukjes eraf. Als ze dat 's ochtends ontdekten, kreeg ik slaag. Maar ik kon er niet mee ophouden. Net als dat je de hele tijd aan een korstje zit. Ik deed het soms uren achter elkaar. Dan lag het bed vol met papieren korreltjes, ook onder de lakens. Alsof je kruimels in je bed hebt: je kan ze niet zien, maar toch voel je ze prikken. Ken je dat?'

'Ja,' zei ik hulpeloos. Ik schonk kokend water over de koffie en deed er melk bij. 'Alsjeblieft. En neem gerust een koekje.'

'Heb je een peuk?'

Ik liep naar mijn tas en haalde het pakje eruit dat ik nog had sinds ik bij hem langs was geweest. Er zat er nog één in.

'Hier.'

'Vuurtje?'

Ik gaf hem een doosje lucifers. Hij stak er een af en stopte het doosje in zijn zak.

'Je moest flink zijn als je geslagen werd. Maar ik huilde altijd. Toen ik veertien, vijftien was, huilde ik nóg. Ik kon het niet helpen. Huilebalk. Ze jouwden je uit en dan moest ik nog harder huilen. En als ik dan in bed de hele nacht het behang lag af te pulken, huilde ik ook terwijl ik dat deed. Want ik wist dat ik betrapt zou worden en een pak slaag zou krijgen, en ik wist dat ik zou gaan huilen waar iedereen bij was, en dat ik dan nog meer gepest zou worden door de andere jongens.'

Hij pakte zijn mok op en slurpte de koffie naar binnen. Er dwarrelde wat as van zijn sigaret en hij veegde het van zijn kleren, zodat het op de bank terechtkwam.

'Je weet niet hoe erg dat is.'

'Nee,' zei ik.

'Ik huil nog steeds. Ik huilde op het politiebureau. Hadden ze dat verteld?'

'Nee.'

'Ze lachten me uit toen ik huilde.'

'Dat was niet aardig.'

'Ik dacht dat jij me aardig vond.'

Sterk blijven. 'Michael, ik zei toch al dat ik het druk had?'

'Ik heb gewacht. Ik ben niet naar het kanaal gegaan. Ik heb gewacht tot je weer met me kwam praten.'

'Ik was aan het werk.'

Een grote askegel viel op zijn knie. Hij liet de gloeiende peuk in de mok vallen en ik hoorde het sissen. Hij zou Lianne vermoord kunnen hebben, dacht ik. Gemakkelijk. Als ze hem had uitgelachen toen hij haar probeerde te versieren, bijvoorbeeld, of hem had uitgelachen toen hij huilde.

'Mag ik nog een peuk?'

'Ze zijn op. Zullen we samen sigaretten gaan kopen?'

'Laat maar.' Hij haalde een pakje uit zijn zak. Het was bijna vol. Hij bood me er een aan, maar ik schudde mijn hoofd.

'Ik moet echt weg, Michael,' zei ik. Will kwam toch niet.

Hij fronste. 'Nog niet. Ik wil praten.'

'Waarover?'

'Gewoon praten. Snap je? Zoals jij zei. Je zei dat ik alles mocht zeggen.'

'Dat was een professioneel gesprek, Michael,' zei ik vriendelijk. Er trok een niet-begrijpende uitdrukking over zijn gezicht. 'Dat was werk.'

'Dus je hebt niet de waarheid gesproken?'

'Nee, dat bedoel ik niet.'

'Ik denk nog steeds aan haar.'

'Lianne?'

'Ja. Niemand wil me horen, maar ik was er toch? Ik was er.'

'Misschien.'

'Nee, nee, niet misschien. Waarom zeg je misschien? Ik was er en...'

De deur zwaaide open. Ik had geen voetstappen gehoord. Doll sprong van de bank overeind en gooide zijn mok om, zodat koffiedrab en natte as op de grond vielen.

'Hallo, Michael,' zei Will. Hij liep met uitgestrekte hand naar voren en Doll pakte zijn hand en hield hem vast.

'Ik deed niks verkeerd.'

'Weet ik toch?'

'Wat doe je dan hier?'

'Dokter Quinn is een vriendin van me.' Hij had nog niet in mijn richting gekeken.

'Kennen jullie elkaar?'

'Ja.'

'Dus ik ken Kit en jij kent Kit, en ik ken jou en jij kent mij. We kennen elkaar allemaal?' Hij zag er plotseling klein en mager uit, zoals hij daar stond in die afzichtelijke oranje broek. En ik voelde me opgelaten en schaamde me dat ik zo bang was geweest.

'Kennen jullie elkaar?' zei ik Doll na.

Will draaide zich verbluft om. 'Ik dacht dat je dat wel wist. Het is niet zo toevallig, als je erover nadenkt. Nog gevist, Michael?'

'Ben niet geweest,' mompelde Doll.

'Jammer, want het is nu beter weer. Michael kan heel goed vissen, wist je dat?' zei hij tegen me.

'Ja, dat weet ik.'

'Ik moet jouw kant op, Michael. Wil je meerijden?' Hij keek even op zijn horloge. 'Je kan nog wel een paar uur bij het kanaal zitten voor het donker wordt.'

'Ik vind het donker niet erg.'

'Rij toch maar mee. Dokter Quinn heeft vast veel te doen.'

'Ja,' mompelde ik. 'Dank je.'

'Gaat het wel?'

'Ja.'

'Nou, je ziet er anders slecht uit. Misschien moet je wat beter op jezelf passen.' Hij keek me scherp aan. 'En misschien een ketting op je deur zetten.'

'Ik heb er een. Julie is net... nou ja, dat weet je wel.'

'Ze staat buiten naar haar pantoffels te loeren. Klaar, Michael?'

Ze gingen samen weg. Ik keek door het raam toen Will Doll in de auto zette. Doll zei iets tegen hem en Will lachte en gaf hem een klopje op zijn schouder. Toen deed hij het portier dicht. Hij keek naar het raam omhoog. Ik zei met mijn lippen 'dank je' door de ruit, maar hij reageerde niet. Hij staarde alleen, alsof hij mijn gezicht niet goed kon zien. Toen draaide hij zich om.

Julie stormde naar binnen.

'Je moet me alles vertellen.'

'Dat kan ik niet,' zei ik. 'Ik geloof dat ik moet overgeven.'

19

De persconferentie werd op het laatste moment belegd, maar deze was uitgelekt, zodat er geen plaats meer was op het bureau van Stretton Green, ook al was ruim de helft van de kamers nu totaal leeggehaald. Er werd snel een vergaderzaal geboekt in het Shackleton Hotel om de hoek, waar een opeengepakte menigte mannen en vrouwen in pakken luid zat te praten in hun mobiele telefoons. Het was er verschrikkelijk warm en ik zag dat een man in uniform tevergeefs een raam probeerde open te maken. Ik bleef achterin staan, bij de deur, waar een welkom windje het iets minder onaangenaam warm maakte.

Vier mannen in grijze pakken kwamen met een air van gewichtigheid binnenstappen. Oban, Furth, Renborn en brigadier Paul Crosby van Renborns team. Ze liepen rakelings langs me heen, maar zagen me niet, omdat ze afgeschermd werden door drie agenten in uniform en omdat ze zo gehaast en zakelijk deden. Ze drongen zich door de menigte heen naar het podium aan het eind van de zaal. Ze namen plaats achter de tafel en werden ogenblikkelijk in de schijnwerpers gezet, waardoor ze plotseling echter leken dan de andere mensen in de zaal. Een agent bracht een kan water en vier glazen. Ze namen allemaal een slokje met een ernstig gezicht. Er stond een microfoon op tafel. Oban tikte er met zijn vinger tegen. Het klonk alsof iemand met een bezem tegen de muur beukte. Het geluid werd zachter, alsof hij een knopje had omgedraaid.

'Dames en heren,' begon hij. 'De meesten van u kennen mij niet. Ik ben hoofdinspecteur Daniel Oban van bureau Stretton Green. Ik zal er geen doekjes om winden. We zijn hier om u mee te delen dat er zich een belangrijke ontwikkeling heeft voorgedaan in het onderzoek naar de moord op Philippa Burton.' Er klonk wat geroezemoes en Oban, als de derderangs acteur die hij was, zweeg even en genoot zichtbaar van dit moment. 'Tien dagen vóór de moord op mevrouw Burton werd een jonge vrouw, die haar vrienden als Lianne kenden, vermoord aangetroffen op het stukje bij het kanaal dat door het gebied van Kersey Town loopt. Wij zijn de mening toegedaan dat deze twee moorden door een en dezelfde persoon zijn gepleegd.'

Nadat hij dit had gezegd, nam hij een slokje water en klemde daarna zijn kaken op elkaar. Ik vermoedde dat hij dat deed om, na het zien van de opwinding die zijn woorden teweegbrachten, een ongepaste triomfantelijke glimlach op zijn gezicht in de kiem te smoren.

'Als ik even mag uitpraten,' zei hij. 'Het gevolg hiervan is dat de onderzoeken naar twee afzonderlijke moordzaken nu gecombineerd zullen worden. Omdat ik net iets langer meeloop dan hoofdinspecteur Renborn, heb ik formeel de leiding. Maar het spreekt vanzelf dat Vic Renborn en zijn team tot dusver uitstekend werk hebben verricht en dat we hecht zullen samenwerken.'

Hij gaf een kort knikje naar Renborn en Renborn beantwoordde dat met een kort en zakelijk buiginkje van zijn hoofd. Meteen daarop vloog er een woud van handen de lucht in. Oban wees op iemand die ik niet kon zien.

'Ja, Ken?'

'Wat is de basis voor de connectie?'

'Zoals de meesten van u wel weten, wordt er meestal met behulp van sporenonderzoek een verband aangetoond tussen een stoffelijk overschot en een verdachte. Maar in dit geval vonden we overeenkomstige vezels op de kleren van beide vrouwen.'

'Wat voor vezels?'

'Aanvankelijk dachten we dat de twee vrouwen vermoord waren op de plek waar ze gevonden werden. Nu denken we dat ze ergens anders vermoord zijn en dat ze in een voertuig getransporteerd zijn naar een betrekkelijk stille plek, waar hun lichaam is neergelegd. We geloven dat deze vezels afkomstig zijn van het voertuig waarin zij getransporteerd werden. We vonden een soort...' Oban keek op het stukje papier op tafel. '...Een soort polymeer, dat op beide lichamen werd aangetroffen.'

Iemand anders stond op. Een vrouw met een microfoon in haar hand. 'Maar hoe bent u ertoe gekomen om verband tussen de moorden te leggen?'

Nu liet Oban een flauw glimlachje zien. 'Een cruciaal aspect bij elke moordzaak is het controleren van informatie en de uitwisseling daarvan tussen verschillende afdelingen van het gemeentelijke politiekorps en daarbuiten. Ik wil graag zeggen dat dit tot dusver een voorbeeldige samenwerking heeft opgeleverd en zou nog eens mijn waardering willen uitspreken voor Vic Renborn en zijn team.'

'Maar waarom heeft u de twee moorden naast elkaar gelegd? Zijn er dan zo veel overeenkomsten?'

'Op het eerste gezicht niet, nee,' zei Oban. 'Maar er zijn een paar mogelijke schakels.'

'Zoals?'

Hij keek geheimzinnig. 'Ik hoop dat u er begrip voor heeft dat we daar op dit moment niet verder op ingaan.'

'Kunt u iets zeggen over de persoon die u zoekt?'

Oban keek opzij. 'Vic? Wil jij deze vraag beantwoorden?'

'Dank je,' zei Renborn met een bescheiden lachje. 'Er is hier sprake van progressie, denken wij. Het eerste slachtoffer, Lianne, was een zogenaamd makkelijk doelwit. Ze was van huis weggelopen, woonde in pensions, verkeerde in een wereld van drugs en prostitutie. Ze was toegankelijk en kwetsbaar. Bij Philippa Burton nam de dader meer risico. Ik wil niets negatiefs over Lianne zeggen, want de moord op haar is natuurlijk een tragische zaak, maar mevrouw Burton was een respectabele vrouw met een kind. Zij was een moeilijker doelwit. Het gaat hier om een persoon die dus een makkelijke moord heeft gepleegd, om het zo maar eens uit te drukken, en daarna verder is gegaan met een moeilijke moord.'

Er ging weer een hand de lucht in. 'Kunt u iets meer in detail treden?'

'De moordenaar gebruikt een auto. We hebben ook advies ingewonnen van een zeer vakkundige psycholoog met een uitstekende staat van dienst.'

Ik wist wie dat was. Seb Weller.

'Hij heeft een voorlopig profiel opgemaakt, waar ik u enkele details van mag geven. De dader is blank. Tussen de vijfentwintig en vijfendertig jaar, waarschijnlijk dichter bij de vijfendertig. We vermoeden dat hij Philippa Burton zag en dat de moord deels is gepleegd omdat het de moordenaar niet alleen om haar ging, maar dat hij haar benijdde om wat zij had, ze was kennelijk welgesteld en ze had een kind.'

'Dus het is een seriemoordenaar?'

'Nee,' haastte Oban zich te zeggen.' Laten we redelijk blijven. Ik zeg alleen dat zich hier een gevaarlijk individu ophoudt, waarschijnlijk in een auto, en we vragen dan ook al uw medewerking.'

'Dus hij zal weer toeslaan?' riep een stem achterin.

'Ik wil niemand angst aanjagen,' zei Oban. 'Hij wordt zeker gepakt. Maar in de tussentijd moet iedereen, vooral vrouwen op openbare plaatsen, heel erg op zijn hoede zijn. Hou uw ogen goed open.' Hij keek rond. 'Nog meer vragen?'

Een oudere vrouw stond op. 'U heeft nog niet uitgelegd waarom u de twee zaken met elkaar in verband heeft gebracht.'

Oban nam deze vraag zelf voor zijn rekening. 'Dat is een beetje een lastige vraag,' zei hij. 'Zoals u weet hangt een onderzoek als dit af van zeer technisch sporenonderzoek, maar ook van ouderwets voetenwerk. We hebben al honderden potentiële getuigen gehoord, we hebben het kanaal gedregd, we hebben een huis-aan-huisonderzoek gedaan, we hebben intensief onderzoek verricht in de twee gebieden waar de lichamen zijn gevonden. Maar toch is het soms gewoon een kwestie van ervaring en intuïtie.' Hij liet een vaderlijk glimlachje zien. 'We hebben daar een speurneus voor, om het zo maar eens te zeggen. We hadden het vermoeden dat er een verband bestond, ook al wisten we niet precies wat. Daarom zijn we het gaan onderzoeken. Er gaan gewoon lampjes branden.'

'Waarom heeft hij deze slachtoffers uitgekozen?'

'We denken dat het een gelegenheidskeuze is geweest. Hij zag zijn kans schoon en handelde. Daarom zijn dat soort psychopathische moordenaars zo lastig te pakken.'

'Zijn er verdachten?'

'Daar wil ik nu niet op ingaan. Ik kan u alleen vertellen dat er een paar mensen verhoord worden.'

'Is het waar dat u een paragnost heeft aangetrokken om de moordenaar op te sporen? En vindt u dat een goede besteding van ons belastinggeld?'

'Om te beginnen hebben wij geen paragnosten ingeschakeld. Aan de andere kant: als iemand mij kan helpen om de moordenaar te vinden, mag hij dat voor mijn part met theeblaadjes doen. En met dit optimistische geluid zou ik deze bijeenkomst willen afsluiten. Wees gerust, we houden u op de hoogte van de ontwikkelingen. U zult begrijpen dat we nu weer verdergaan. We hebben het een en ander te doen.'

Twintig minuten later zaten we in de Lamb and Flag, een pub in de buurt, die volhing met halsters en stijgbeugels en druk bezocht werd door het politiekorps. Oban nam een slokje van zijn bier en hield het glas peinzend tegen het licht.

'Toen ik het over "wij" had, doelde ik natuurlijk ook op jou, Kit. Ik besef dat ik je onder ideale omstandigheden alle lof zou hebben moeten toezwaaien.'

Ik nam een slokje van mijn mineraalwater en voelde me erg tuttig. Ik wilde niet de indruk van een saaie geheelonthouder wekken, maar het was pas elf uur in de ochtend. 'Ik hoef geen lof...' begon ik.

'Het punt is,' zei Oban, 'dat het een opsteker voor ze is om te zeggen dat ze het goed hebben gedaan. Al dan niet verdiend. Maar reken er wel op dat als het allemaal misloopt, jij er in je eentje voor opdraait.'

'Ja,' zei Furth aan de andere kant van de tafel, die zojuist een tweede glas naast het eerste had gezet, dat gevaarlijk leeg dreigde te raken. 'We weten je te vinden, Kit. Als je maar niet weer wegloopt. Ik hou niet meer bij of je nou wel of niet aan de zaak werkt. Je hebt vaker afscheid genomen dan Frank Sinatra. Maar goed, op je gezondheid.'

Het bodempje van het eerste glas bier verdween. Dit was hun manier om aardig te zijn. Hun manier om vals te doen was daar moeilijk van te onderscheiden. Ik wist nooit precies of ik een klopje op mijn schouder kreeg of een messteek tussen mijn ribben. Misschien moest je daar man voor zijn, om dat te weten.

'Ik was het niet helemaal eens met het profiel, Vic,' zei ik voorzichtig.

'Dan moet je niet bij mij zijn, schat. Ik heb Seb geciteerd, meer niet. Heeft hij 't mis, denk je?'

'Nee. Maar het is een slag in de lucht. De moordenaar zal wel blank zijn, omdat de meeste seriemoordenaars alleen slachtoffers van hun eigen ras kiezen. Dat weet ik allemaal. Het gevaar van die profielen is dat ze bepaalde onderzoeksgebieden afsnijden.'

'Dat is toch de bedoeling?'

'Niet als daarmee de góede onderzoeksgebieden worden afgesneden.'

'Ik heb je theorie gehoord,' zei Furth een beetje te hard. 'Een aardige, psychopathische moordenaar. Wil je trouwens chips?'

Hij bood me zijn chips aan. Ik hoorde er weer helemaal bij. Ik nam er een en at die knisperend op.

'Ik zei niet dat hij aardig was. Maar er zijn wel aardige moordenaars, in zekere zin dan.' Iemand barstte in bulderend gelach uit. 'Ik meen het. Ik heb een zaak gehad waarbij een kind was vermoord en begraven door zijn moeder, maar de moeder had het ingestopt alsof ze het naar bed bracht. Ik vind gewoon dat je niet klakkeloos van dingen mag uitgaan,' zei ik. 'Dat is alles.'

'Dus wat doen we nu?' zei Oban. 'Dat is ons probleem. Jij zegt steeds wat het niet is. Maar wat is het wel? Waar moeten we zoeken?'

'Dat weet ik niet,' zei ik en nam het laatste slokje water. 'We moeten openstaan voor elke mogelijkheid, meer niet.'

'Nee,' zei Furth. 'Je maakt het jezelf veel te moeilijk, schat. Hij is voorzichtig begonnen, maar toen heeft hij een vrouw op klaarlichte dag gepakt. Hij wordt brutaler. Hij moet steeds dezelfde kick krijgen. Ik wed dat hij steeds roekelozer wordt en we hem de volgende keer of de keer erna zullen pakken. En raad eens hoe hij dan heet? Micky Doll.'

Ik ging daar niet op in. 'Je maakt er een spelletje van.'

'Nee,' zei Oban. 'Dat is niet eerlijk.' Hij nam een grote slok en veegde zijn mond met de rug van zijn hand af. 'We mogen ons dan gedragen als een stelletje derderangs acteurs, maar dat wil niet zeggen dat we dat ook zijn.'

'Eh, maar dat zijn we wél, vriend,' zei Furth, tot grote hilariteit van de omgeving. Het was net alsof we midden in een etentje van de rugbyclub aan het vergaderen waren.

20

Ik had na de ochtend in de kliniek 's middags vrij. Ik kocht voor de lunch een warme croissant gevuld met kaas en spinazie in de delicatessenwinkel, en at daarna een tjokvolle kom frambozen. De frambozen waren groot, dieproze, koel en zoet, met een licht gistingssmaakje. Ik at ze langzaam op, een voor een, en genoot van deze oase van ledigheid. Mijn vingers werden paars van het fruit. De lucht was spathelder na de regen van de vorige nacht. De bladeren glansden aan de bomen. Ik probeerde na te denken. Ik dacht aan Lianne en Philippa en haalde me hun gezicht voor de geest. Ik wist hoe Philippa eruit had gezien toen ze nog leefde. Er waren zo veel foto's van haar slanke, gespierde lichaam en haar glanzende bos haar; alles aan haar was glad en gepolijst. Ik wist eigenlijk alleen hoe Lianne er dood had uitgezien, met haar afgekloven nagels en piekerige haar. Ik wist niet wat voor kleur ogen ze had of hoe ze lachte. Ik moest deze twee vrouwen leren kennen, want ook willekeurige agressie heeft altijd wel een reden. En ik wilde met Lianne beginnen, omdat zij het eerst was gestorven, alleen leek ze geen enkel spoor te hebben achtergelaten.

Ik stak de laatste framboos in mijn mond en spoelde de kom om. De politie kon me niet echt helpen. Ze wisten niet wie Lianne was, ze wisten niet waar ze vandaan kwam, ze hadden geen mensen gevonden die haar gekend hadden, ze konden me niet meer vertellen dan ik al wist: ze was van huis weggelopen, een van de duizenden vermisten die in de grote steden over straat zwerven. De politie had voortdurend met meisjes als Lianne te maken. Weglopers waren drugsgebruikers. Weglopers waren dieven. Weglopers gingen in de prostitutie. 'Eerst zijn het slachtoffers en dan belanden ze in de criminaliteit,' zei Furth en ik wilde iets nijdigs tegen hem zeggen, maar hield me in. We waren weer vijanden, die deden alsof ze vrienden waren.

Ik wist niet wat ik verder moest doen, dus kwam ik weer bij Will terug. Ik moest mezelf moed inspreken om hem te bellen. Bij al onze ontmoetingen was ik zwaar in het nadeel geweest, maar de laatste was wel het dieptepunt. Ik haalde diep adem en toetste het nummer in. Er nam een vrouw op en ze zei dat hij er niet was, maar dat hij elk moment kon komen. Bijna opgelucht liet ik mijn nummer achter. Daarna wachtte ik, ik sloop rond in mijn huis, keek uit het raam, pakte tijdschriften op en gooide ze weer neer – maar eigenlijk wachtte ik alleen maar.

Een kwartier later ging de telefoon. Ik nam pas op toen hij voor de derde keer overging, zodat hij niet zou denken dat ik erbovenop zat.

'Met Will Pavic.'

'Ik vind het heel vervelend om je weer lastig te vallen,' zei ik. Ik zweeg, en hij vulde de stilte niet op. 'Ik heb je hulp nodig.'

'Zoiets vermoedde ik al,' zei hij droog.

'Ik moet met mensen praten die Lianne hebben gekend. Om een duwtje in de goede richting te krijgen.'

'Kit...'

'Alsjeblieft.'

'Goed dan.'

'God, dat ging makkelijker dan ik dacht.' Hij lachte niet. Misschien wist hij niet meer hoe dat moest. 'Zal ik naar het opvanghuis komen?'

'Even kijken. Kan je om een uur of zes?'

'Ja.'

'Kom dan naar de autowasstraat in Sheffield Street. Die is bij mij verderop.'

'De autowasstraat?'

'Ja. Groot gebouw. Je kan het niet missen. Ik zie je daar.'

'Dat met Doll laatst, hè...' begon ik, maar hij had al opgehangen.

Ik keek mijn aantekeningen nog eens door en belde de kliniek of er boodschappen waren. Daarna ging ik naar de kapper om de hoek, die zich trouwens onlangs tot salon had omgedoopt en opnieuw was ingericht met zilver en wit, en schelle lichtbakken. Een jongeman met een kaalgeschoren hoofd, een wijde zwarte broek en een zwart T-shirt zonder mouwen, deed me een witte, nylon mantel om en installeerde me voor een enorme, genadeloze spiegel. Hij ging achter me staan, nam mijn scalp in zijn geoefende handen en vroeg me hoe ik het wilde hebben.

'Knippen,' zei ik.

Hij tilde lokken van mijn bruine haar op en keek me even aandachtig aan.

'Een beetje opknippen, misschien? Een beetje wilder?'

'Gewoon bijknippen.'

'Coupe soleil? Koperen plukjes? Dat is nu erg in.'

'Volgende keer misschien.'

'Wel mooi haar,' zei hij peinzend, terwijl hij er met zijn vingers doorheen streek. Daarna legde hij een handdoek om mijn schouders en bracht me naar een wasbak. Ik deed mijn hoofd achterover en liet een piepklein jong vrouwtje, met haar dat met een snoeischaar bewerkt leek te zijn, warm water over mijn hoofd gieten en shampoo inmasseren, die naar kokos rook. Het was een zalig gevoel. Ik sloot mijn ogen tegen het felle licht. Toen zweefde de jongeman boven me met een lange schaar en een woud van klemmetjes, die hij uit zijn riem haalde en in mijn haar stak. Met een knerpend geluid knipte hij dikke strengen haar af, die zachtjes op de vloer vielen. Wanneer er haartjes in mijn gezicht prikten, boog hij zich naar voren en blies ze zachtjes van mijn wang.

Naderhand voelde ik me een stuk beter. Mijn haar zwaaide als ik mijn hoofd heen en weer bewoog, net als in zo'n reclame voor een wonder-crèmespoeling. Ik liep snel naar huis en nam een korte douche, en daarna trok ik mijn witte spijkerbroek, beige T-shirt, pumps en oude suède jasje aan. Ik voelde me schoon, fris, alert.

De autowasstraat bevond zich in een rij oude, vervallen pakhuizen bij het kanaal. Ik was er even voor zessen, maar toen ik naar de ingang reed, zag ik dat Will al op de stoep stond te wachten. Ik stopte en hij stapte in. Een andere auto stopte voor ons en draaide de wasserette in.

'Waar is je auto?'

'Die wordt gewassen natuurlijk.'

'Hebben we daarom hier afgesproken? Omdat je je auto wilde laten wassen?'

'Lianne heeft hier aan het begin van het jaar een paar weken gewerkt. Het leek me een goede plek voor jou om te beginnen. Al weet ik niet hoeveel van de mensen die er toen werkten, hier nu nog zijn. Het verloop is nogal groot.'

'Hier? In de wasstraat?'

'Nee, daar werken alleen mannen. Vrouwen nemen het geld in en reiken de kaartjes uit. De vrouw die hier de leiding had, lag een tijdje in het ziekenhuis voor een kunstheup. Ze is een vriendin van me.' Terwijl hij praatte kwam er een vrouw naar ons toe. Ze was enorm dik, en ze had een borstelige kin en dun haar. Will deed het portier open en ze boog zich met moeite naar voren.

'Diana, dit is Kit. Kit, Diana.'

Ik boog me over Will heen en gaf haar een hand. Ze drukte die stevig. Ze keek pienter uit haar ogen.

'U wilt wat over Lianne weten?' vroeg ze met een vreemd accent.

'Ja. Vriendelijk van u dat u me wilt helpen.'

'Wilt u niet even binnenkomen? Ik ben over een paar minuten bij u.'

'Ik kan beter eerst m'n auto laten wassen, denkt u niet?'

Daarop glimlachte ze tegen me. 'Welke beurt wilt u?'

Ik keek naar de verschillende wasbeurten, die met krijt op een groot bord voor de wasstraat waren geschreven. 'Ik neem de superieur.'

Voor het eerst keek Will me met een goedkeurende blik aan.

'Dat is dan twaalf pond vijftig.'

Ik gaf haar het geld, dat ze netjes wegstopte in een zak in haar rok. Daarna kwam ze overeind en wenkte me dat ik de enorme deuren moest binnenrijden.

'Raampjes dicht,' beval ze.

'Blijf je in de auto?' vroeg ik aan Will.

'Daar ziet het wel naar uit.'

Ik reed voorzichtig de deuren door en meteen was ik in een andere wereld, donker, nat en bedrijvig. Harde waterstralen bestookten ons uit alle richtingen en een man of zes met rubber laarzen en rubber handschoenen leunden over de auto en boenden hem met lange borstels. Ik keek naar hen door de schuimende raampjes. De man die over mijn motorkap hing had een walrussnor en droevige rimpels in zijn magere gezicht met Slavische jukbeenderen. De jongen aan Wills kant leek een jaar of zeventien, pikzwart, heel lang en dun, oogverblindend mooi met blauwzwarte ogen. Hij zag eruit als een filmster. Door mijn raampje zag ik een oudere man, Chinees misschien, die heel ijverig aan het poetsen was. Toen hij me aankeek, glimlachte hij door het stromende water heen.

'Wat is dit voor plek?'

'Een autowasserette.'

'Dank je,' zei ik sarcastisch. 'Waar komen al die mensen vandaan, bedoel ik?'

Will keek me even van opzij aan. 'Voor het merendeel vluchtelingen. Ze werken hier een tijdje, zonder dat er iets wordt gevraagd. Handje contantje.'

'En meisjes als Lianne.'

'Soms stuur ik de kinderen hierheen. Het is ongevaarlijk werk. Het verdient best aardig. Zo blijven ze van de straat en verdienen ze geld, totdat ze misschien iets anders vinden.'

Een man in een geel regenjack wenkte me. Ik reed langzaam een nieuw stel waterstralen binnen: schoon water om de shampoo weg te spoelen. Er kwamen nog meer mannen aan, dit keer met poetsdoeken. Achter ons stond alweer een andere auto klaar.

'Ongelooflijk.'

Will keek vergenoegd, alsof hij het allemaal speciaal voor mij had geregeld.

'Dat met Doll laatst...' zei ik uiteindelijk. 'Dat spijt me.'

'Waarom?'

'Dat ik je ermee lastigviel, bedoel ik. Je kent me tenslotte nauwelijks. Maar ik kon even niets anders verzinnen.'

'Waarom heb je de politie niet gebeld?'

'Ik wilde hem niet in de problemen brengen. En eerlijk gezegd zat ik zelf ook een beetje in een lastig parket. Het is een lang verhaal. Veel te lang.'

Hij knikte, alsof hij het helemaal niet hoefde te horen. 'Je hebt er goed aan gedaan om me te bellen.'

'Is hij dan gevaarlijk?'

'Dat weet ik niet. Hij is...' Hij aarzelde even. 'Hij is erg ongelukkig,' zei hij toen.

Weer wenkte iemand me, deze keer naar een klein vak voor ons.

'We moeten eruit,' zei Will. 'Ze gaan 'm nu vanbinnen schoonmaken. Maar hij komt geheid terug.'

'Doll?'

'Hij is verliefd op je. Hij denkt dat jij hem begrijpt.'

'O.' Ik wist niet wat ik daarop moest zeggen.

'En hij vindt je mooi,' zei hij, alsof dat een goeie grap was.

Ik stapte uit en wachtte op Will. Meteen stapten vier mannen de auto in met dweilen en emmers, een met een kwast om in alle hoekjes en gaatjes te kunnen, en een met een professionele stofzuiger. Diana kwam aanlopen met twee kopjes koffie. 'Dit is Gonzalo,' zei ze, wijzend. 'Hij ging met Lianne om toen ze hier werkte.'

Hij had sluik, zwart haar, een olijfkleurige huid, een dodelijk verlegen glimlach en hij gaf me een zacht, slap handje.

'Hallo,' zei ik, waarop hij zijn hoofd abrupt naar beneden deed. Hij droeg een roze Bart Simpson T-shirt. 'Dus jij kende Lianne?'

'Lianne. Ja. Lianne.'

'Was je bevriend met haar?'

'Bevriend?' Hij had een zwaar accent. Ik kon niet zien of hij iets begreep van wat ik tegen hem zei.

'Was je bevriend met Lianne?' herhaalde ik. Hij keek me fronsend aan. 'Waar kom je vandaan, Gonzalo?'

Zijn gezicht klaarde op. Hij klopte zichzelf op de borst. 'Colombia. Mooi.'

'Ik spreek geen Spaans.' Ik draaide me naar Will om. 'Spreek jij Spaans?'

'Nee. Maar Lianne ook niet, wed ik. Gonzalo, was Lianne gelukkig?'

'Gelukkig?' Hij schudde zijn hoofd. 'Niet gelukkig.'

'Verdrietig?'

'Verdrietig, ja, en dit.' Hij deed zijn hand dramatisch voor zijn mond.

'Bang?' vroeg ik.

'Boos?' opperde Will.

'De kluts kwijt,' zei Diana. Ze duwde me een mok koffie in mijn hand en ik nam een slokje. Hij was bitter en lauw. 'Je ziet het aan hun ogen. Sommige mensen hebben ze niet meer allemaal op een rijtje. Je komt dat hier vaak tegen.' Ze bewoog haar massieve, stoppelige kin met een rukje in de richting van de mannen, die als bijen om de auto's heen zwermden.

'En dat zag je ook in Liannes ogen?'

Ze haalde haar schouders op. 'Ik heb haar nauwelijks gesproken. Ze was er als ik niet werkte. Ze maakte wel een beetje een afwezige indruk. Ze hield zich afzijdig. Vond jij dat ook?' vroeg ze aan Will.

'Zou kunnen,' zei hij voorzichtig. Ik had nog nooit iemand meegemaakt die zo onwillig was om uitspraken te doen.

'Nou ja, ook wel logisch, toch? Maar ze was wel eerlijk, dat moet ik haar nageven. Ze heeft nooit gepikt, voor zover ik heb kunnen nagaan.'

Ik bestudeerde hen aandachtig, de dikke vrouw en de norse man. Gonzalo wipte van de ene voet op de andere.

'Dank je,' zei ik tegen hem.

Hij wierp me zijn verlegen glimlach toe en maakte zich uit de voeten. Mijn auto glom vanbinnen en vanbuiten. De man met de walrussnor deed een laatste inspectie.

'En jij ook bedankt,' zei ik tegen Diana. 'Erg aardig van je.'

Ze haalde haar schouders op. 'Je bent een vriendin van Will, hè.'

Daar was ik niet zo zeker van. Ik keek naar Will. 'Heb je zin om wat te gaan drinken?'

Dat leek hem een beetje in de war te brengen. 'Is goed,' zei hij, alsof hij te laat was om een smoes te bedenken. 'Rij maar achter me aan. Ik weet hier in de buurt een tentje.'

Ik gooide wat geld in de fooienpot en daarna reden we in konvooi in onze glanzende auto's over kleine straatjes langs de oude pakhuizen. Ik kende deze buurt niet. Dit was een stuk van Londen waar ik nog nooit was geweest.

We gingen naar een pub aan het kanaal. Aan de voorkant zag hij er nogal naargeestig en vervallen uit, maar aan de achterkant was een terras op het water, waar we met onze tomatensap gingen zitten. De lucht kreeg een vreemde, bruine kleur, windvlaagjes rimpelden over het zwarte, olieachtige water en er vielen een paar grote regendruppels.

'Bevalt het je?' zei Will dromerig.

'Wat? Het sap?'

'Het kanaal.'

'Het ziet er een beetje goor uit, vind ik.'

Hij nam een slokje. 'Ze gaan het schoonmaken. Heb je over het bouwproject gehoord?'

Ik keek naar het zwarte water. Het pakhuis aan de overkant had geen dak meer, alle ramen waren kapot, binnen lagen stapels verwrongen, roestige machines. Overal lag rommel en vreemdsoortig afval, waarvan ik niet hoefde te weten wat het was. 'Wie wil hier nou gaan bouwen?'

'Wat dacht jij? Een paar honderd hectare grond op een toplocatie, pal in Londen? Over een paar jaar zie je hier alleen maar wijnlokalen, fitnessclubs en appartementen met privé-garages.'

'Is dat goed?'

Hij dronk zijn glas leeg. 'Het krijgt allure,' zei hij.

'Dat klinkt als een scheldwoord uit jouw mond. Zou het niet goed zijn voor die jongeren van jou? Het creëert allerlei baantjes voor ze.'

'Ik denk dat de meesten hier niet passen. En dan worden ze ergens anders heen gedreven en kunnen ze iemand anders gaan lastigvallen.' Ik huiverde en hij keek me aan. 'Heb je het koud?'

Ik schudde mijn hoofd. 'Er liep iemand over mijn graf.'

Maar hij trok zijn jasje uit en legde het om mijn schouders en toen zijn handen me aanraakten, was ik even verrast door de opwinding die ik daardoor voelde.

21

'Ik kan het nog steeds niet geloven.'

'Nee,' zei ik, om maar wat te zeggen.

'Die dingen gebeuren toch niet? Niet met mensen die je kent. Ik kan er niet bij.' Ze schudde haar hoofd heen en weer, alsof ze het leeg wilde maken. 'Arme Philippa,' zei ze.

'Mmm.'

'En Jeremy. En die arme, arme Emily. Hoe moet het nou met Emily? Wat vreselijk. Wie doet er nou zoiets vreselijks?'

Het was niet echt een vraag, dus gaf ik geen antwoord. Ik nam een slokje van de koffie die ze voor me had gezet en wachtte. Tess Jarrett zag eruit als een kleine, glanzende kastanje. Ze zat met haar knieën opgetrokken in de grote leunstoel in de serre van haar chique huis, klein en rond, maar niet plomp. Ze had een dikke bos glanzende bruine krullen, gespikkelde bruine ogen, een honingkleurige huid die glansde van gezondheid en weelde, ronde, bruine armen, een kleine mond, volmaakte witte tanden, parelmoeren nagels aan haar kleine handen en haar elegante, in sandalen gestoken tenen. Ze was Philippa's beste vriendin, zei ze. Haar aller, allerbeste vriendin. Ze glom van ontzetting en opwinding.

'We waren onafscheidelijk,' zei ze. 'Helemaal toen Emily en Lara waren geboren. Ze zijn bijna precies even oud, hè, en we zijn allebei gestopt met werken, dus we waren heel vaak bij elkaar. Dat was heel gezellig.' Ik kon me Tess moeilijk als moeder voorstellen. Ze was tweeëndertig, maar ze zag er zo jong en meisjesachtig uit, alsof ze elk moment haar duim in haar mond kon stoppen.

'Hoe lang kenden jullie elkaar al?'

'We zaten samen in de vierde van de middelbare school.' Haar ogen werden groter. 'Dan ken ik haar al mijn halve leven. Of kende, dus. Ik kan er maar niet aan wennen.'

'Dat is ook moeilijk,' gaf ik toe.

'Nadat we allebei getrouwd waren, woonden we dus ook nog eens vlak bij elkaar. Hampstead en Belsize Park is tien minuten lopen van elkaar. We zagen elkaar drie of vier keer per week. We gingen altijd samen winkelen.' Ze frunnikte aan de plooien van haar pastelkleurige katoenen jurk. 'Deze hebben we twee weken geleden samen gekocht, voor als Rick en ik met de kinderen naar Griekenland gaan. En Rick en Jeremy kunnen ook goed met elkaar opschieten. Arme Jeremy.' Ze zuchtte diep.

'Tess,' zei ik in de stilte die erop volgde, 'soms komen we achter de identiteit van de moordenaar als we weten wie zijn slachtoffer was. Daarom ben ik hier.'

Ze knikte. Haar gezicht kreeg een tragische uitdrukking. 'Ja,' zei ze zachtjes. 'Dat weet ik.'

'Ik hoef niet te weten wat ze het laatst heeft gedaan of dat soort dingen. Dat is politiewerk. Het gaat mij meer om haar gemoedstoestand, hoe haar leven in elkaar zat. En soms weten vrienden meer dan familie.'

'Ik wist alles van Philippa,' zei ze nadrukkelijk. 'We hadden geen geheimen voor elkaar. Ik heb haar bijvoorbeeld verteld,' en hier ging ze zachter praten en boog zich naar voren, 'dat ik kort na de geboorte van Lara problemen had met Rick. Mannen vinden het vaak moeilijk als hun vrouw net is bevallen, toch? Ze krijgen niet meer zo veel aandacht. Je bent doodmoe, omdat je er 's nachts uit moet om te voeden en zo. Ik denk eigenlijk dat ze jaloers zijn. Mannen zijn zelf net kinderen, toch? Maar waar had ik het ook alweer over? O ja, dus Rick werd heel humeurig en nogal veeleisend, je begrijpt me wel, maar ik wou niet – nou ja, ik heb dat aan Philippa verteld. En dat hielp, alleen door erover te praten. Ze kon heel goed luisteren. Ze was geen kwebbel, zoals ik.' Ze lachte meisjesachtig en ik deed even mee voor de beleefdheid. 'Ik denk wel eens,' ging ze verder, 'dat we daarom zulke dikke vriendinnen waren. Ik was de flapuit en zij was meer...' Ze zweeg en keek me fronsend aan.

'Ja?' Ik wilde niet dat Tess stopte met praten, nu ze eindelijk bij Philippa was aangeland.

'Meer iemand die overal een beetje buiten staat, als je begrijpt wat ik bedoel. Terwijl ik er middenin zit.'

'Was dat haar eigen keuze, denk je? Om erbuiten te staan?'

'O, zeker, ze was erg gelukkig. Ik heb haar bijna nooit zien huilen. Is dat niet vreemd? Ik huil zo vaak. Ik zit te snotteren bij *Dombo* en bij *Bambi* als ik die samen met Lara kijk, eigenlijk wel bij elke film die een beetje sentimenteel is, en ik huil bij het journaal als ze hongerende kindertjes laten zien en als Lara huilt, huil ik soms mee, ook al huilt ze omdat ik boos op haar was, en dan zitten we als twee baby's te brullen, en ik huil ook als ze iets voor het eerst doet: ik was in tranen toen ze voor het eerst "mama" zei. Ik kan er niets aan doen, stom, hè? Ik huil van geluk en ik huil van verdriet. Maar Philippa was heel anders. Toen ik haar pas kende, was ze al zo.'

'Wat niet wil zeggen dat ze gelukkig was,' zei ik terloops.

'Nee.' Ze strekte haar benen en wiebelde met haar tenen. 'Natuurlijk niet. Maar ze maakte altijd een stabiele indruk. Niet op en neer, zoals ik. Ik ben net als het weer: af en toe een bui. Ook toen ze nog jong was en vriendjes kreeg, werd ze nooit halsoverkop verliefd. Ze pakte het geduldig aan, zoiets. Ze keek de kat uit de boom. Maar goed, zo veel vriendjes had ze niet. Ze was heel rustig. Ze schreeuwde nooit tegen Emily, zoals ik tegen Lara, die kleine dondersteen. Ze was heel streng tegen haar, maar ze werd nooit driftig. "Hoe doe je dat toch?" vroeg ik dan. Vróeg ik. Ik kan er maar niet aan wennen.' Ze knipperde met haar bruine ogen en er rolde een traan over haar wangen, en daarna nog een. Ik gaf haar een papieren zakdoekje. 'Dank je. Sorry.'

'Hoe was haar relatie met Jeremy?'

'Tja, wat zal ik zeggen? Rick en ik, wij hebben soms ruzie en dan maken we het weer goed. Ruzies zijn bijna leuk, als je het aan het eind weer afzoent, toch? Maar zij had nooit ruzie met Jeremy. Ze waren heel hoffelijk tegen elkaar. Hij nam elke vrijdag een bos bloemen voor haar mee, zonder uitzondering. Lief, hè? Ik wou dat Rick dat deed. Ze hield het meest van gele rozen en lathyrus, hoewel je meestal geen lathyrus kan krijgen bij de bloemenwinkel, toch? Ze had groene vingers, heb je haar tuin gezien? Jeremy en Emily zijn weer thuis, geloof ik, ze logeerden eerst bij haar moeder. Ik moet ze gauw eens opzoeken. Maar goed, ze waren niet erg knuffelig met elkaar, maar misschien zaten ze gewoon zo in elkaar. Je weet nooit hoe andere mensen leven, toch? Ze waren dolblij toen Emily werd geboren. O, ik heb gelogen, ik heb Philippa wel zien huilen. Ik ben bij haar langsgegaan na de bevalling, de volgende dag al, geloof ik, in het ziekenhuis. Ik had een gigantische buik toen ik zwanger was van Lara, ik was net zo'n tuimelaartje, alleen als je mij omver had geduwd, was ik nooit meer overeind gekomen. Ik heb een enorme hekel aan ziekenhuizen, jij ook? Ik denk altijd dat ik doodga. Al die deprimerende groene muren. Philippa zat rechtop in bed en ze staarde naar dat kleine bundeltje in haar armen, en toen ik binnenkwam, keek ze op en de tranen stroomden over haar gezicht. Een gordijn van tranen. Ze zei: "Ze is zo mooi. Kijk eens hoe mooi ze is. Mijn eigen kleine meisje." Toen moest ik natuurlijk ook weer grienen en toen werd Emily wakker en begon te krijsen. Ze was dol op Emily. Daarom...' Ze zweeg abrupt.

'Ja?' zei ik voorzichtig.

'O, het heeft waarschijnlijk niets te betekenen.'

Ik wachtte. Ze wilde het me dolgraag vertellen.

'Soms denk ik dat ze een affaire had.'

'Mmm?' mompelde ik.

'Ik weet niet waarom, en misschien zou ik het niet moeten zeggen, maar ik merkte iets aan haar gedrag. En ze was overdag vaak weg. Volgens mij hebben vrouwen daar een zesde zintuig voor. Ik zou het niet in m'n hoofd halen om dat aan iemand te vertellen, waarschijnlijk is het niet waar, maar ik weet zeker dat er zoiets aan de hand was.'

'Weet je ook met wie ze een affaire gehad zou kunnen hebben?'

'Nee. Dat konden er zoveel zijn. Ze is namelijk heel aantrekkelijk. Was. Slank en blond, de bofkont. De mannen zouden in de rij staan. Zelfs Rick. Dat meen ik natuurlijk niet serieus, maar je weet hoe mannen zijn als de eerste hartstocht met hun vrouw voorbij is en ze gesetteld zijn en hun leven een beetje een sleur is geworden, iedereen heeft dat, denk ik, en Rick heeft trouwens altijd een zwak voor Philippa gehad. Maar begrijp me niet verkeerd, ik zeg absoluut niet dat hij het was, god, dat zou ik toch hebben geweten, dat vóelt een vrouw, en ik zou Rick vermoorden als hij zoiets deed, en Philippa was natuurlijk mijn boezemvriendin...' Ze stopte en keek me met een nogal verwilderde blik aan, alsof ze zichzelf had vastgepraat. 'Ik bedoel gewoon dat ze veel mannen kende, mannen van vriendinnen, mannen die in dezelfde kringen verkeerden als zij. Maar ik verdenk niet één bepaald iemand, ik denk alleen dat er in de laatste weken van haar leven iets aan de hand was.'

'Iets?'

'Mmm, misschien moet ik "iemand" zeggen. Ze was er met haar gedachten niet bij. Ze had zo'n opgewonden, geheimzinnige blik over zich. Ze kwam een paar keer niet opdagen toen we hadden afgesproken, dat was niets voor haar, en daarna kwam ze met een armzalige smoes aanzetten. Ze was nerveus, zoiets. Er niet helemaal bij met haar gedachten. Ze was verliefd, dat weet ik zeker.'

Een halfuur later ging ik bij Tess weg. Het was twaalf uur 's middags. Ik voelde me uitgeput. Vóór Tess had ik Philippa's man en haar moeder voor de tweede keer bezocht, in Jeremy's huis. Jeremy was teruggegaan naar zijn eigen huis, dat een beetje kleiner en nieuwer was dan dat van Pam Vere. De diepe, smalle tuin had een boomgaard achterin. Aan een van de appelbomen hing een schommel. Ze waren minder open over Philippa geweest dan Tess. Ik geloofde niet dat ze iets achterhielden, maar ze leken me van nature nogal zwijgzaam. Hij was in de war en intens bedroefd. Zij maakte een verdwaasde en wezenloze indruk.

Er stonden twee boodschappen op mijn mobieltje. De ene was van Poppy, die vroeg waarom ik al zo lang niets van me had laten horen. De andere was van Will. 'Bel me alsjeblieft,' was de korte mededeling.

'Ja?' blafte hij in de telefoon, toen ik hem belde.

'Met Kit.'

'Wacht even.' Ik hoorde dat hij iemand instructies gaf. 'Kit? Kan je vanavond om een uur of halfzeven hier zijn?'

'Waarom?'

'Er komen een paar mensen met je praten.'

'Die Lianne hebben gekend?'

'Waarom zouden ze anders met je komen praten?'

Ik wilde iets snibbigs zeggen, maar hield me in. 'Dat haal ik wel, denk ik.'

'Tot dan.' Hij had opgehangen. Hij leek wel een man met een zwerm bijen in zijn hoofd.

22

Ik belde aan en een jongeman met rastahaar en een tatoeage van een lieveheersbeestje op zijn onderarm deed de deur open. Ik nam aan dat hij een van de bewoners was, maar hij bleek een vrijwillige medewerker te zijn en stelde zich voor als Greg. Anders dan de vorige keer dat ik in het opvanghuis was, heerste er nu een drukte van belang. Een kluitje tieners stond in de hal te roken. Door een open deur zag ik een spelletjeskamer, waar luidruchtig werd gebiljart. Van boven klonk geroezemoes. Greg liep met me door de hal naar Wills kamer en duwde de deur zonder te kloppen open.

'Hoi,' zei ik tegen Will. 'Aardig van je. Bedankt.'

'Bedank die mensen maar. Ze wachten op je in een kamer boven. Zal ik je voorgaan?'

'Hoeveel zijn het er?'

'Vijf, geloof ik, tenzij er een paar zijn weggelopen. Die kans is aanwezig.'

Het was warm en rokerig in de kamer. Er stond een gokautomaat in de hoek en twee jongens stonden er lusteloos bij in een mist van sigarettenrook. De ene had een kaalgeschoren hoofd waar een wit litteken overheen liep, en de andere was klein en gedrongen en nogal harig. Ze keken op toen ik binnenkwam, maar begroetten me niet. Verder waren er drie meisjes, of jonge vrouwen. Ze zaten in de twee leunstoelen en op de grond. Het supermooie meisje dat ik had gezien toen ik Will voor het eerst ontmoette was erbij. Ze keek op en fronste even. Ze had volle, zwarte wenkbrauwen en spookachtige groene ogen.

'Hallo,' zei ik, terwijl ik de kamer in liep. 'Ik ben Kit.'

Niemand zei wat. Ik ging het kringetje rond om hen een hand te geven, maar besefte bijna meteen dat dat een vergissing was, alleen moest ik het nu afmaken. De meesten voelden zich opgelaten, hun handen waren slap en zweterig in de snikhete kamer.

'Heel fijn dat jullie zijn gekomen.' Ik ging op de grond zitten en haalde een pakje sigaretten uit mijn zak, dat ik hun voorhield. Daar reageerden ze onmiddellijk op. Iedereen pakte een sigaret, al hadden ze er al een in hun hand. 'Ik zou graag willen weten hoe jullie heten.'

'Spike,' zei de jongen met het kaalgeschoren hoofd bij de gokautomaat. De anderen begonnen te giechelen. Ik begreep niet waarom.

'Laurie.' Dat was de harige.

'Carla,' fluisterde het zwarte meisje rechts van me.

'Catrina.' Catrina had akelig veel puistjes en een prachtige bos rood haar.

'Sylvia.' Dat was het meisje met de groene ogen. Ze lachte veelbetekenend. 'Zo noem ik mezelf dus.'

'Ik zal het proberen te onthouden. Jullie hebben waarschijnlijk al van Will gehoord waarom ik hier ben. Ik wil zoveel mogelijk over Lianne te weten komen, want hoe meer we weten, hoe groter de kans dat we haar moordenaar vinden. Als we bijvoorbeeld weten waar ze vandaan kwam, hoe ze werkelijk heette, wat haar achtergrond was, dan zijn we al een heel eind.' Er viel een doodse stilte. 'Maar afgezien daarvan,' ging ik verder, 'wil ik gewoon weten wat voor iemand ze was. Hoe ze deed en zo.'

'Will zei dat je oké was,' zei Spike. Hij sprak die zin als een vraag uit.

'Hij bedoelt dat je niet meteen naar de politie rent met de dingen die wij je vertellen,' voegde Sylvia eraan toe. 'Maar we vertellen toch niks. Die andere hebben we ook niks gezegd.'

'Welke andere?'

'Jij bent niet de eerste.'

'Heeft de politie al met jullie gepraat?'

Sylvia haalde haar schouders op en er viel een schutterige stilte, die alleen werd verbroken door het gesis van een lucifer die Spike afstak.

'Nou ja,' zei ik na een tijdje. 'Ik vertel niks door dat niet met Lianne te maken heeft. Oké?' Ze bromden iets goedkeurends in koor. 'Hoe lang is ze hier geweest, weten jullie dat? In deze buurt, bedoel ik.'

'Will zei zo'n vijf maanden,' zei Spike. Ik wilde dat Will me dat had verteld.

'Wie van jullie heeft haar het laatst gezien, denk je?'

'Ik.' Carla keek me niet aan. Ze praatte tegen haar ineengevouwen handen.

'Wat hebben jullie samen gedaan?'

'We hebben gewoon wat rondgelopen, naar etalages gekeken. We praatten erover wat we gingen kopen als we het geld hadden. Kleren en lekker eten en zo. Cd's. Maar we hadden geen geld, hè. Tenminste, als Lianne...'

'Ja?'

'Ze kon heel goed zakkenrollen,' kwam Laurie er bewonderend tussen. 'Ze kon in elke tas komen. Zij en Daisy kamden samen de metrostations af. Het was een link stel. De ene botste tegen iemand aan en de ander rolde dan z'n portefeuille.'

'Cool,' zei Spike.

'Daisy Gill?' vroeg ik.

'Ja, die zichzelf van kant heeft gemaakt.'

'Waar kenden jullie elkaar van?' vroeg ik aan Sylvia.

'Van hier. Ze was eigenlijk heel verlegen. Of, nou ja...' Ze trok haar neusje op en deed haar blonde haar heel nuffig achter haar oren. 'Ze zei nooit veel. Ze praatte nooit over zichzelf, als je daar soms op uit bent. Ze heeft nooit verteld waar ze vandaan kwam. Maar het was vast ergens in Londen. Ze kende Londen heel goed.'

'Ze zat vast al jaren in tehuizen.' Dat was Catrina.

'Waarom denk je dat?'

'Dat kan je merken. Ik heb haar maar één keer ontmoet. Hier, net als Sylvia, een paar maanden geleden. We gingen tennissen, maar ze kon er geen reet van en ze rende weg toen een van de anderen haar daarmee pestte. Maar als iemand in een tehuis heeft gezeten, merk je dat meteen.'

'Je rúikt het,' grinnikte Spike.

'Doe niet zo lullig,' beet Sylvia hem toe. 'Wat een stomme opmerking.'

Hij gaf haar een knipoog. 'Relax, jij stinkt niet, Sylvia. Jij ruikt heerlijk.'

'Maar goed, ik weet zeker dat ze in een tehuis zat, omdat ze me een keer vertelde over zo'n tehuis,' zei Sylvia, die niet op hem reageerde. 'Ze wou graag dat haar vriendin met de kerst bij haar op de kamer sliep. Ze sliepen toch al in aangrenzende kamers, dus het stelde niks voor, maar het mocht niet van de staf. Zo gaat het daar nou altijd. Er mag niks. Ze zeiden dat niemand samen op een kamer mocht slapen. Dat was tegen de regels. Dus Lianne vertelde dat zij en haar vriendin zich in haar kamer hadden opgesloten en dat ze niet naar buiten wilden komen, en de volgende dag mochten ze toen voor straf niet mee-eten met het kerstdiner. Of ze kregen geen *Christmas crackers* of zoiets. Maar ze was toch blij dat ze het had gedaan, zei ze, gewoon om iets te doen. Ze heeft niet verteld waar dat tehuis was. Ze liet eigenlijk niets los.'

'En je hebt het niet gevraagd.'

'Iemands privé-leven gaat je niks aan.'

'Ik weet dat ze soms in het park sliep. Dat was beter dan die pokkepensions hier in de buurt, zei ze.'

'Had ze in veel tehuizen gezeten?' vroeg ik.

'Ik denk van wel,' zei Sylvia. 'Net als de meesten van onze leeftijd.' Ze kreeg bijna een zelfvoldane uitdrukking op haar mooie gezicht toen ze dat zei, maar ze wist het in de plooi te houden. 'Als ze was weggelopen, zat ze geheid in een tehuis.'

'Neem mij nou.' Ik draaide me om naar Catrina's zachte, monotone stem. 'Ik heb in twaalf pleeggezinnen en acht tehuizen gezeten.'

'Ik heb bijna twee jaar bij een pleeggezin gewoond,' zei Laurie treurig. Zijn gezicht was rond en jong achter al dat haar. Hij leek me niet ouder dan veertien.

'Ja? Wat had je dan verkeerd gedaan?' vroeg Catrina.

'Ze gingen verhuizen, buiten de stad. Er was geen ruimte in hun nieuwe huis, zeiden ze. Het leek me een goeie plek, met een tuin en zo. Dicht bij zee.' Er klonk geen zelfmedelijden door in zijn stem. Hij zei het heel neutraal.

'Kunnen jullie me iets vertellen over Liannes seksuele relaties?' vroeg ik aarzelend. Het bleef stil. Spike drukte heftig zijn sigaret uit. 'Ik vraag het omdat het misschien kan helpen. Was ze misbruikt bijvoorbeeld?'

'Waarschijnlijk wel,' zei Sylvia nonchalant.

Spike rammelde luidruchtig aan de hendel van de gokautomaat. Hij had een akelig spottende uitdrukking op zijn gezicht.

Ik dacht dat hij uit alle macht probeerde niet te gaan huilen.

'Waarom zeg je dat?'

'Nou ja, als ze zo lang in tehuizen heeft gezeten...'

'Kinderen die lange tijd in tehuizen hebben gezeten zijn seksueel misbruikt, bedoel je?'

'Ik ben 't zat,' zei Spike. 'Ik ga pleite.' Maar hij bleef staan.

Ik keek naar hem. Zijn bleke gezicht was rood geworden. Er zaten rode vlekken op zijn wangen. 'Dus je denkt dat ze seksueel was misbruikt.'

'Nou ja, niet per se seksueel,' zei Catrina. 'Maar je komt er niet onbeschadigd uit, als je begrijpt wat ik bedoel. Je bent al heel snel geen kind meer.'

'Je vertrouwt niemand,' zei Laurie instemmend. Hij ging eindelijk tussen de meisjes in zitten, terwijl Spike bij de deur bleef staan. Ik haalde het pakje sigaretten weer te voorschijn en hij liep naar me toe om er een te pakken. Maar zitten ging hij niet.

'Had ze wel eens een vriendje?'

Ze keken elkaar aan.

'Niks van gemerkt,' zei Sylvia. 'En ze vertelde er nooit wat over. Een heleboel mensen zeggen het wel, toch? Die scheppen daar graag over op. Maar Lianne had het daar nooit over. Maar goed, niemand van ons was dik met haar, hoor.' Weer keek ze de groep rond en ze schudden hun hoofd. 'Je zag haar hier gewoon af en toe.'

'Ze was dik met Daisy,' zei Carla. 'Ze lakten een keer elkaars nagels, weet ik nog. Ik kwam Liannes kamer binnen en ze zaten te giechelen en elkaars teennagels te lakken. Elke nagel in een andere kleur. Dat was leuk,' zei ze een beetje melancholiek. 'Lianne giechelde bijna nooit. Ze zeiden dat ze gingen sparen van het geld dat Lianne had gepikt en dat ze samen een restaurant zouden beginnen.'

Ze vielen allemaal stil, terwijl ze aan de twee meisjes dachten, die nu allebei dood waren. Plotseling zagen ze er jong en weerloos uit. Zelfs Spike, die nog steeds stond, met zijn sigaret bungelend aan zijn onderlip en zijn handen in zijn zakken, leek even de kluts kwijt te zijn. Ik bleef doodstil zitten, omdat ik dit moment niet wilde verstoren.

'Ze heeft me een keer gezoend,' zei Laurie, die vuurrood werd. '"Vergeet het maar," zei ik.' Hij stopte abrupt. Carla pakte zijn hand en legde die met een verrassend aandoenlijk en moederlijk gebaar in haar schoot. 'Nou ja, ik vertelde haar, ik weet niet waarom, misschien omdat ik die week een gesprek had gehad met de hulpverleners dus, dat ik had gehoord dat er nog steeds geen pleeggezin voor mij gevonden was, dus ik voelde me gewoon ontzettend kut die dag, dus, heel alleen of zo, dat heb je wel 's, en zij zat daar beneden, waar het biljart staat, ze zat daar wat te niksen, en er was verder niemand, en ineens begint ze me te zoenen, ze pakt m'n gezicht vast en zoent me.' Hij kreeg tranen in zijn ogen. Carla gaf klopjes op zijn hand.

'Ik hoorde haar een keer huilen,' zei Spike plotseling, met schorre stem. Terwijl hij dat zei, ging hij nog dichter bij de deur staan, alsof hij er elk moment vandoor kon gaan. Niemand zei iets. 'Ik kende haar pas één dag. We hadden een knetterende ruzie, omdat ze m'n radio had gepikt en zei dat die van haar was. Ze jatte als de raven, die meid. Het was overdag, niemand in de buurt, en ik kwam terug van een klusje.' Hij wierp me een heimelijke blik toe en ging verder: 'Nou goed, ik hoorde een geluid boven. Eerst wist ik niet wat het was. Het klonk zo raar. Alsof er een kat werd gemarteld of zo. Ik sloop de trap op en het kwam uit haar kamer. Ze was zo'n beetje aan het miauwen en jammeren, net als een kat. Ik ben heel lang blijven staan, maar ze hield niet op. Ze gíng maar door, ze huilde en huilde, alsof haar hart brak.'

'Ben je naar binnen gegaan?' vroeg ik.

Hij fronste zijn wenkbrauwen. 'Ik wou haar niet voor schut zetten,' zei hij.

Ik stak mijn hoofd om de deur van Wills kamer. Hij staarde naar zijn computerscherm, maar zijn handen lagen werkeloos op het bureau.

'Aan het overwerken?' Ik leunde tegen de muur. Mijn benen waren slap en mijn hoofd bonsde van vermoeidheid.

'Wat? Ja, zoiets.'

'Mag ik je iets vragen?'

'Mmm?'

'Zit er iemand thuis op je te wachten?'

'Nee.'

'Dacht ik al.' Ik keek naar hem. Zijn gezicht was als steen. Ik boog me voorover, pakte zijn gezicht met twee handen vast en gaf hem een zoen op zijn mond. Daarna draaide ik me om en liep de kamer uit. Hij bleef zitten.

23

Iedereen zou plezier in zijn werk moeten hebben. Een van de grootste geneugten in het leven is bezig zijn en voor de meeste mensen is werken de voornaamste bezigheid. Wat voor werk je ook doet, het moet leuk zijn, en op een bepaalde manier zijn mensen in staat om van de vreemdste dingen iets leuks te maken, en terecht. Ik zou dit vermogen om ergens vreugde uit te halen bijna als middel tegen depressie willen voorschrijven, tegen de verveling en angst in de meeste mensenlevens. Ik weet het, en ik voel het ook, maar soms lijkt het moeilijk te verdragen.

Toen ik twaalf was, ging ik naar de crematie van mijn grootmoeder. Toen we uit het crematorium kwamen, werden we naar de Tuin der Herinnering gebracht, een stukje gras met stijve heggen, dat gemakkelijk een miniatuurgolfbaan zou kunnen zijn. De grote mensen stonden wat ongemakkelijk bijeen en lazen de teksten op de kransen. Na een paar minuten liep ik weg. Ik weet nog dat ik twee dingen heb gezien. Het eerste was de rook uit de schoorsteen, waarvan ik me afvroeg of die van mijn grootmoeder kwam. Toen liep ik langs de zijkant naar het parkeerterrein voor de lijkwagens. Het was een warme lentedag en de begrafenisondernemers zaten op de motorkap van hun auto's. Sommigen van hen hadden hun jasje uitgedaan en hun mouwen opgestroopt. Ze rookten en praatten. Een paar lachten om een grap die ik niet kon verstaan, omdat ik te ver weg stond.

Het is stom, ik weet het, zelfs voor een twaalfjarige, maar op dat moment besefte ik dat die mannen helemaal niet zo verdrietig waren dat mijn oma dood was. Het kon ze eigenlijk niets schelen. Toen ik met mijn vader naar huis reed, vertelde ik hem boos wat ik had gezien en ik zei dat ze hun geld niet mochten krijgen omdat ze zo weinig respect hadden getoond. Mijn vader legde geduldig uit dat de begrafenisondernemers elke dag wel twee of drie begrafenissen hadden en dat ze niet om iedereen konden huilen. Waarom niet? vroeg ik. Het was toch hun werk om verdrietig te zijn?

Mijn vader kon me niet overtuigen. Ik besloot dan ook dat alleen ongelooflijk botte mensen begrafenisondernemer konden worden. Als je een goed en gevoelig mens was, zou je gek worden van al die sterfgevallen en al dat verdriet. Dus de mensen die dat soort werk deden, moesten per definitie psychopaten zijn, omdat ze met uitgestreken gezichten een kist droegen en dan snel naar huis gingen en tv-keken en met hun kinderen speelden, en zeiden dat het die dag leuk was geweest op hun werk.

Met de jaren had ik natuurlijk geleerd dat je de chirurg die de niet goed functionerende hartklep van je baby opereert niet hebt uitgekozen omdat hij net zo bezorgd is als jij, maar omdat hij de beste in zijn vak is, ook al is hij een dikdoener met een strikje, die alleen bezig is met zijn reputatie en hoe hij zo snel mogelijk op de golfbaan kan komen.

Dus wat verwachtte ik van Oban en Furth en de rest van de mannen, en het handjevol vrouwen, in pakken? Ze trokken de vereiste sombere gezichten en spraken soortgelijke taal wanneer de camera's op hen gericht waren. Ze waren er kapot van, totaal kapot. Het was een afgrijselijke zaak, alle betrokkenen waren diep geschokt. Maar in werkelijkheid genoten ze volop. Neem hoofdinspecteur Oban. Hij liep niet echt te juichen, maar hij had een verende pas gekregen. Dat was begrijpelijk. Hij was met een duistere, uitzichtloze moordzaak opgezadeld, waar niemand trek in had. Niemand besteedde er ook maar enige aandacht aan, behalve op die momenten dat het verkeerd ging. Zoals nu. Nu was het ineens de moordzaak van het jaar geworden en wilde iedereen plotseling bij hem in de gunst komen, net als in *Assepoester.*

Toen ik hem de volgende ochtend, na mijn bezoek aan Kersey Town opzocht, leek het wel alsof ik bij de premier op audiëntie ging. Hij knikte me vriendelijk toe. 'Heb je haast?' vroeg hij.

'Niet speciaal,' zei ik.

'Goed,' zei hij. 'Dan kunnen we onderweg praten.'

Dat was niet eenvoudig. Hij was altijd aan het telefoneren, moest altijd naar een vergadering. Hij was altijd een paar minuten te laat om te laten zien dat hij de grote baas was. Het was net of je met iemand praatte die in een vertrekkende trein zat. Ik begon hem te vertellen dat ik gesproken had met bekenden van Lianne, maar hij onderbrak me al snel. 'Moet ik dit weten, Kit?'

'Luister, Oban...'

'Zeg maar Dan,' zei hij nadrukkelijk.

'De achtergrond van de slachtoffers, dáár gaat het om.'

Hij bleef even staan en slaakte een grommende zucht, om zijn twijfels uit te drukken.

'Ik weet het niet zo, Kit. Tenzij ik iets specifieks ontdek, moeten we ons houden aan wat ik op de persconferentie heb gezegd. We moeten ervan uitgaan dat we hier met een opportunistische moordenaar te maken hebben. Heb je met Seb gesproken? Die is het met die theorie eens.'

'Nee, ik heb hem niet gesproken.' Ik was hem zelfs uit de weg gegaan. Dat was een van de redenen dat ik Poppy de laatste dagen niet had teruggebeld: ik had geen zin om Seb aan de lijn te krijgen.

'We zien hem straks. Dan kun je dit met hem bespreken.'

'Dat is niet nodig.'

'En ik wil niet dat jullie elkaar als rivalen zien.'

'We zijn geen rivalen.'

'Heb je trouwens met iemand gepraat over onze meneer Doll, Kit?'

'Nee,' zei ik. 'Met wie zou ik dat moeten doen?' Er schoot me ineens iets te binnen. 'Hij kwam me thuis opzoeken.'

Oban gromde wat. 'Kijk maar uit.'

'Dus Julie weet van zijn bestaan.'

'Duidelijk,' zei Oban met een twinkeling in zijn ogen.

'O, en ik heb het over hem gehad met Will Pavic. Maar die kende hem al.'

'Die Pavic weer?' Oban gromde weer. 'Je gaat met vreemde lui om. Die vent zit voortdurend op het randje.'

'Dat hoor ik vaker.'

Oban kreeg een ernstige uitdrukking op zijn gezicht. 'Nee, ik meen het, Kit. Pavic heeft een heleboel mensen hier tegen zich in het harnas gejaagd. De hulpverleners kunnen hem wel schieten. Ik geloof dat er een paar journalisten achter hem aan zitten.'

'Waarom in godsnaam?' zei ik. 'Ik begrijp dat hij niet bepaald makkelijk in de omgang is, maar zijn bedoelingen zijn goed.'

'O ja?' zei Oban weifelend. 'Dat is niet iedereen met je eens. Er gaan geruchten, méér dan geruchten, dat er in dat opvanghuis van hem in drugs wordt gehandeld. Sommigen zeggen dat hij dat door de vingers ziet, maar anderen beweren dat hij er een percentage van opstrijkt. Als hij één verkeerde zet doet, is hij de klos, dat kan ik je verzekeren. Maar goed, daar had ik het niet over. Ik ben door een aantal journalisten gebeld over Micky Doll.'

'Waarom?'

'Om dingen te vragen. Is het waar dat hij verhoord is in verband met de moorden? Wordt hij misschien in staat van beschuldiging gesteld? Waarom hebben we hem vrijgelaten?'

'Hoe weten ze van zijn bestaan af?'

'Dit bureau is verdomme net een persagentschap. Als iemand hier een scheet laat, wordt dat meteen doorgebeld aan de *Mail*.'

'Wat heb je verteld?'

'Niet meer dan nodig is. Als jij erover gebeld wordt, verwijs ze dan maar naar mij. Ah, daar heb je 'm.'

Ik verwachtte al half Michael Doll te zien, maar hij doelde op Seb, de favoriete psychiater van de media, Poppy's echtgenoot, mijn soort van vriend. Hij zag eruit alsof hij in het journaal van één uur moest verschijnen. Hij droeg een keurig geperste zwarte broek, laarzen en een tamelijk opzienbarend zwartleren jasje over een glanzend wit overhemd. Zijn haar zat bestudeerd slordig en hij had de erbij passende baard van twee dagen. Hij liep naar voren, zoende me op beide wangen en daarna drukte hij me even tegen zich aan. 'Kit,' zei hij. 'Wat fantastisch! Dat we samen aan dezelfde zaak werken, bedoel ik.'

'Geweldig,' zei ik, verstrikt in zijn omhelzing, waar ik niet blij mee was. 'Hoe is het met Poppy?'

'Wat? O, prima, alles kits. Je kent Poppy.' Hij lachte even en knipoogde naar Oban. 'Kit en ik kennen elkaar al jaren.'

'Dat blijkt.'

'Ze is heel dik met m'n vrouw. Dus dit is een soort familie-onderonsje.'

'Dus je kent Julie ook?' vroeg Oban.

'Julie?' Seb fronste zijn wenkbrauwen. 'Ken ik Julie, Kit?'

'Ik hoop niet dat ik een blunder heb begaan,' zei Oban snaaks.

'Nee,' zei ik snel, terwijl ik voelde dat ik vuurrood werd. 'Hé, ik wil al steeds uitleggen...'

'Laat maar zitten. We hebben dingen te bespreken. Momentje.' Zijn mobiele telefoon ging weer over.

'Oban heeft me verteld hoe jij de zaak ziet,' zei ik tegen Seb, terwijl we wachtten. 'Sommige theorieën kende ik al. Ik dacht dat ik je op de radio over de zaak had gehoord, maar de conclusie heb ik gemist, geloof ik. Ze moesten een plaatje draaien of zo.'

'O, dat,' zei hij verstrooid.

Oban stopte zijn mobieltje in zijn zak en mengde zich weer in het gesprek. 'We moeten de zaken onderling even goed afstemmen,' zei hij.

'Nou ja, ik ben natuurlijk heel blij dat Kit van de partij is.' Seb liet zijn bekende brede grijns zien en legde zijn hand even op mijn schouder. 'Ik heb altijd al willen zien dat ze een beetje ambitieuzer werd in haar werk. Maar ik denk dat we de pikorde even helder moeten krijgen. Twee afzonderlijke onderzoeken zijn samengebracht, en ik was adviseur bij zaak nummer één.'

'Maar de moord op Lianne is eerder gepleegd, Seb. Wil je zeggen dat de moord op Philippa Burton belangrijker is?'

'Ik bedoel dat het onderzoek nu een breder perspectief heeft gekregen. We hebben dus twee psychologische adviseurs en ik wil de zaak gewoon helder krijgen. De dingen formaliseren.'

'Ik begrijp het niet helemaal,' zei ik.

'Nou, een willekeurig voorbeeld: er moet continuïteit zijn in de presentatie naar buiten toe van de psychologische expertise.'

'Je bedoelt dat jij op de televisie en op persconferenties wil verschijnen,' zei Oban droogjes.

'Dat vind ik best,' zei ik haastig.

'Dat is dan afgesproken,' zei Oban.

'Het was maar een hypothetisch voorbeeld,' zei Seb. 'Maar heel goed, als jullie dat willen, neem ik die last op mijn schouders.'

'Maar Kit blijft de spil in het geheel,' zei Oban ferm. 'Tenslotte zijn de twee onderzoeken dankzij haar samengebracht.'

'Ja, dat heb ik gehoord,' zei Seb. 'Wat een gelukkig toeval.'

Ik haalde diep adem. Ik liet me niet opfokken. 'Hoe vordert de vezelanalyse?' vroeg ik. 'Weten ze al welk merk auto het was?'

Oban schudde zijn hoofd. 'Je mag de technische gegevens wel

inzien. Het is een zeer speciaal soort gekleurde synthetische stof. Het is absoluut van dezelfde bron afkomstig, maar dat betekent niet per se dat het de bekleding van de auto zelf is. Het kan ook van een deken of een stuk stof of van honderd andere dingen zijn. We schieten er geen donder mee op.' Hij stopte zijn handen in zijn broekzakken en keek even wezenloos voor zich uit. 'Ik moet ervandoor. Ik heb een vergadering met iemand van Binnenlandse Zaken. Daarna heb ik een bespreking met mensen die de moordenaar met een wichelroede gaan opsporen. Zoiets, dacht ik. Idioten met gevorkte takken.'

Hij ging weg en liet Seb en mij ongemakkelijk samen achter, zonder duidelijk doel. 'Hoe is het met Poppy?' vroeg ik, terwijl me te binnen schoot dat ik dat al had gevraagd.

'Och, z'n gangetje,' zei hij, terwijl hij langs me heen keek. 'Ik wou je trouwens al bellen. Heeft Poppy dat niet verteld? Megan en Amy hebben nachten niet geslapen na dat verhaaltje van jou. Werden elke nacht gillend wakker.'

'Wat vervelend,' zei ik. 'Ik had geen idee...'

'Nee, grapje. Interessant beeld wel. Ik heb erover nagedacht. Heb je het ergens vandaan?'

'Ik had je toch verteld dat het een droom van me was? Sinds het ongeluk.'

'Een rode kamer. Interessant beeld. Een kamer vol bloed. Denk je dat het een soort baarmoeder is? Je moeder is toch overleden? Denk je dat het een wensdroom is? Terug naar haar dode baarmoeder?'

Ik had reuze zin om Seb met een zwaar voorwerp op zijn hoofd te slaan. 'Nee, dat denk ik niet,' zei ik. 'Het is een verhaal over doodsangst, omdat ik doodsbang ben geworden nadat iemand mijn gezicht heeft opengereten.'

'Kan zijn,' zei Seb peinzend. 'Heb je erover geschreven? Ga je er een artikel over schrijven?'

'Nee,' zei ik. 'Ik hou me meestal bezig met andermans dromen.'

'Prima,' zei hij, 'Prima.'

De volgende morgen ging heel vroeg de telefoon. Het was Oban. 'Koop een krant.'

'Hoezo? Welke krant?'

'Een van de sensatiebladen. Geeft niet welke. Godverdomme.' En hij legde neer.

Vijf minuten later lag er na een hijgende ren naar de krantenverkoper voor het metrostation, een selectie van de roddelpers van die dag op mijn tafel uitgespreid. Het bekende, beetje fanatieke, beetje verdwaasde gezicht van Michael Doll staarde naar Julie en mij op vanuit een warboel van grote, schreeuwende koppen:

ARRESTATIE IN PIPPA MOORD.
'IK BEN ONSCHULDIG' ZEGT PIPPA-VERDACHTE.
HET 'BIZARRE' VERLEDEN VAN PIPPA-VERDACHTE.

Pippa. Weer die naam. De juiste lengte voor een krantenkop. En waar was Lianne? Wie maakte zich druk om haar? Ik keek de kranten door. Het stond er allemaal in. Het verhoor, een verdacht gedetailleerd verslag van wat er via Colettes microfoontje te voorschijn was gekomen, zijn vrijlating 'om technische redenen', zoals ze schreven. Er was een kort verslag van zijn leven: kindertehuis, jeugdgevangenis, kleine seksuele vergrijpen. Een jonge vrouw van de *Daily News* had een 'exclusief' interview weten te krijgen, alsof het moeilijk was om deze gruwelijk eenzame man met een jonge vrouw in gesprek te brengen. Nu werd Lianne tenminste wel genoemd. Doll schepte erover op dat hij er vlakbij was geweest. Om het nog erger te maken probeerde hij te ontkennen dat hij als verdachte was gehoord. Nee, absoluut niet, zei hij, hij was een belangrijke getuige, hij was de enige die feitelijk iets had gezien. Er was een foto van hem in zijn woonkamer, met een trots gezicht.

Die kamer. De beschrijving ervan door die journaliste – een rijke, intelligente vrouw die tegenover een wanhopige, zielige, totaal gestoorde man komt te staan – was een soort beschuldiging op zich. Het stukje eindigde met een waarschuwing die de indruk wekte dat hij was opgeschreven terwijl er een advocaat over haar schouder meekeek. 'Wij willen niet de suggestie wekken dat Micky Doll bij de moord is betrokken. Hij wordt niet verdacht. Er is geen bewijs gevonden dat hem met de tragische moorden op Lianne en de jonge moeder, Philippa Burton in verband brengt. Toch vormen mannen als Micky Doll, met zijn perverse fantasieën en zijn geschiedenis van seksuele vergrijpen, een duidelijke bedreiging voor de gemeenschap, voor onze gezinnen en onze kinderen. Dat wij een karakterschets van Doll geven, dat wij zijn foto afdrukken, zijn adres bekendmaken, wil uiteraard niet zeggen dat wij er voorstander van zijn dat burgers acties tegen hem zouden ondernemen. Hoe begrijpelijk ook, hoe terecht de verontrusting van gewone mensen ook is, het zou tegen de wet ingaan. Het woord is nu aan de politici.'

Julie pakte het interview weg en las het terwijl ze koffiedronk en een kom fruit at. 'Mmm,' zei ze, toen ze het uit had. 'Zijn charme komt niet echt uit de verf.'

Maar de volgende dag vertelde Oban me, nogal terloops, vond ik, dat Doll in het ziekenhuis lag. Een verontruste burger was in een pub op hem af gelopen en had hem met een kapot bierflesje in zijn gezicht geslagen. 'Nou is hij ook beschadigd,' voegde hij er opgewekt aan toe. 'Blijkbaar heeft hij naar je gevraagd, maar daar zou ik niet op ingaan, als ik jou was.'

'Nee, dat lijkt me geen goed idee,' zei ik instemmend, terwijl ik me plotseling erg schuldig voelde. Maar meteen daarna zette ik Doll uit mijn hoofd.

24

Twee dagen na de aanslag op Doll ging ik weer bij Jeremy Burton langs, niet omdat ik dat een bijzonder nuttig idee vond, maar omdat Oban me ertoe dwong.

'Er is iets vreemds met die man,' had hij gezegd.

'Dat geldt voor de meeste mensen,' had ik geantwoord.

'Hij is me niet verdrietig genoeg.'

Ik vroeg me af wat hij daarmee bedoelde. Jeremy Burton had op mij een voldoende verslagen indruk gemaakt, met zijn hulpeloze, vermoeide gezicht, zijn kleine grimassen van verbijstering en ellende. Bestond er een juiste graad van verdriet? Hoe was die te meten? Ik dacht aan de duizenden mensen die bloemen hadden gelegd op de plek waar Philippa's lichaam gevonden was en die hete tranen hadden geplengd om een mooie, jonge moeder en om dat kleine meisje dat ze had achtergelaten. Was dat verdriet? Natuurlijk zei ik daar niets over tegen Oban. Die zou alleen maar zijn ironische wenkbrauwen hebben opgetrokken en Seb in mijn plaats erheen hebben gestuurd.

Ik kwam op een zondagochtend bij het huis aan, zoals Jeremy Burton had gevraagd. Philippa's moeder deed open en bracht me door de gang naar een glanzende keuken. Overal stonden bloemen, verwelkte fluwelen irissen, verdorde margrieten en talrijke vazen met witte lelies, die met hun sterke geur het hele huis doordrongen. Toen ik de woonkamer passeerde, zag ik rijen condoleancekaarten op de schoorsteenmantel en de tafel staan.

Ik keek door het keukenraam naar buiten. Vader en dochter zaten samen in de tuin op een smeedijzeren bank met hun rug naar het raam. Hij was een cryptogram aan het invullen en zij schopte met haar benen heen en weer. Om de een of andere reden keek hij over zijn schouder en ik zwaaide en liep de tuin in, over het gazon. Hij knikte me toe. Ik was bang geweest om me op te dringen, maar hij leek het niet vervelend te vinden dat ik er was.

We gaven elkaar een hand en hij vouwde de krant voorzichtig op, maar niet voor ik had kunnen zien dat hij niet één woord had ingevuld. Hij droeg een T-shirt met open hals en een kaki short, maar zag er toch netjes en chic uit. Sommige mensen zien er altijd keurig uit, bedacht ik, en anderen nooit. Doe Doll in bad, knip zijn haren, scheer zijn baard en verzorg zijn nagels, trek hem een duur pak aan, en hij zal er nog steeds ongewassen en een beetje morsig uitzien. Zijn verleden kon je niet van hem afwassen.

'Kijk,' zei Emily.

Ik ging op mijn hurken zitten. Ze had haar schatten naast zich op de bank gelegd. Er lag een ronde, grijze steen en een scherpe witte, een gevorkte tak, een veer, een kluitje mos, een roze stuiterballetje besmeurd met modder, een oud kattenhalsbandje, een houten ijslepeltje, een plastic buisje.

'Kijk,' zei ze weer en vouwde haar dikke knuistje open. Ze had een schelpje in haar hand.

'Waar heb je dat gevonden?' vroeg ik.

Ze wees naar het stukje grind bij de keukendeur.

'Heel mooi,' zei ik en ze vouwde haar vingers er weer overheen. Ze had een gestippeld zomerjurkje aan en haar haar zat met speldjes achter haar oren geklemd, zodat haar gezicht magerder leek dan ik me herinnerde.

'Die ga ik aan mama geven,' zei ze gewichtig. Ik keek even naar haar vader.

'Ze bedoelt dat ze die op Phils graf gaat leggen na de begrafenis,' zei hij, terwijl hij even ineenkromp. 'Dat heeft mijn schoonmoeder bedacht, dat Emily dingetjes voor haar moet verzamelen. Ik ben er niet zo voor. Ze neemt het kennelijk een beetje te letterlijk.' Hij fronste, zodat er een smalle groef over de brug van zijn neus liep.

'Wat heb je nog meer gevonden?' vroeg ik aan Emily.

Ze klom voorzichtig van de bank met het schelpje in de ene hand en begon de schatten met de andere op te pakken. 'Kom maar kijken,' zei ze.

'Mag het straks ook? Ik moet eerst even met je vader praten.'

Ze knikte. De stenen, het mos en het plastic buisje vielen op het gras. Ze knielde en begon ze op te rapen. Haar vader deed geen moeite haar te helpen. Zijn handen waren diep in de zakken van zijn short gestoken, zijn krant zat onder zijn ene arm geklemd. Ik keek even opzij. Het leek alsof zijn gezicht beurs was van vermoeidheid.

'Weet je wat, Emily? Ik breng die dingen wel naar je toe, als ik kom kijken naar die andere dingen die je voor je moeder hebt gevonden.'

'Echt?'

'Ja.'

'Die niet vergeten, hè?' Ze wees op het plastic buisje dat voor mijn voeten lag.

'Nee.'

We keken haar na toen ze bij ons vandaan huppelde.

'Ze denkt dat Philippa weer terugkomt.'

'Ja?' Ik keek naar haar rechte rug en haar spillebenen, toen ze door de keukendeur verdween.

'Ga toch zitten.' Hij gebaarde naar de bank.

'Dank u.'

'Koffie?'

'Nee, dank u.'

Hij ging ook zitten, aan het andere eind van de bank.

'Ik hoorde van uw bijdrage,' zei hij.

'Ach, ja...'

'Ik heb u onderschat, denk ik.'

'Hoe gaat het?' vroeg ik.

'Gaat wel.'

'Slaapt u goed?'

'Ja. Nou nee, eigenlijk niet. U kent dat wel. Ik word wakker en...' Zijn stem ebde weg.

'Eet u goed?'

Hij knikte.

'Ik heb Tess Jarrett een paar dagen geleden gesproken. Volgens haar was Philippa de laatste weken voor haar dood nogal afwezig. Denkt u dat dat waar is?'

'Nee, helemaal niet.' Ik wachtte. 'Sorry, meer kan ik niet zeggen.'

'Ze maakte zich nergens druk om?'

Hij staarde naar de grond, alsof hij me probeerde te negeren. 'Ze leek niet anders dan normaal.'

'Vertel eens iets over de avond voordat ze stierf. Beschrijf eens hoe die avond was.'

Hij zuchtte en begon zijn verhaal op te dreunen. 'Ik kwam om zeven uur thuis van mijn werk. Emily lag al in bed en Philippa las haar voor. We hebben haar samen ingestopt.'

'Wat zei Philippa toen ze haar instopte?'

'Wat ze zei?' Hij knipperde met zijn ogen. 'Dat weet ik niet meer, hoor. We gingen naar beneden en ik schonk voor ons allebei een wijntje in en toen hebben we samen een rondje in de tuin gemaakt. Het was een gezellige avond.' Zijn stem werd een beetje losser. 'We hebben buiten gegeten, daar.' Hij wees op de tafel op de patio.

'Wat hebben jullie gegeten?'

'Moussaka. Groene salade.'

'Waar hebben jullie over gepraat?'

'Dat weet ik niet meer.' Hij keek verdrietig. 'Ik weet niets meer, behalve dat ze me op een gegeven moment vroeg of ik vond dat ze oud was geworden.'

'Wat zei u toen?'

Hij sloeg iets van zijn broekspijp af wat ik niet kon zien. 'Ik zal wel zoiets gezegd hebben als dat ik haar altijd mooi vond, maar ik weet het niet precies meer.'

'Dus ze deed niet anders dan anders? En jullie relatie was ook niet veranderd?'

Hij praatte nu alsof hij uit een diepe slaap was wakker geworden. 'Veranderd? Ik weet niet waar u heen wilt. Denkt u dat het met mij te maken heeft? Of met haar? Ze was niet depressief. Ze dronk niet. Ze gebruikte geen drugs. Ze zwierf niet in Kersey Town rond zoals dat meisje...'

'Lianne.'

'Ja. Ze stond 's ochtends op en maakte ontbijt voor me. Ze deed het huishouden. Ze zorgde voor Emily. Ze ging uit met vriendinnen. Ze was gelukkig. Ze had het erover wanneer ze weer zou gaan werken. Ze had het erover dat ze ooit meer kinderen wilde. Gauw.' Zijn stem brak een beetje, maar hij ging verder. 'En toen, op een ochtend, nadat ze ontbijt had gemaakt en had opgeruimd, ging ze met haar kind naar buiten en werd zomaar ineens vermoord. Einde verhaal. Dat is tenminste de theorie van de politie en ook van die andere arts die hier is geweest en vragen heeft gesteld. Als u redenen heeft om er een andere theorie op na te houden, dan zou ik die graag willen horen. Ik wil het weten.'

Ik stond op. 'Het spijt me dat ik u van streek heb gemaakt.' Ik bukte me en raapte het kluitje mos, de twee stenen en het plastic buisje op. 'Mag ik die naar Emily brengen?'

'Ze is in haar slaapkamer, denk ik. Aan het eind van de eerste trap.'

'Bedankt.'

Ze was plastic beestjes in een rij op een plank aan het zetten. Ik hurkte naast haar met mijn handen onder mijn kin.

'Hier zijn je spulletjes.'

'Moeten olifanten bij de leeuwen of bij de paarden?'

'Ik zou ze bij de leeuwen zetten. Wil je me laten zien wat je voor je moeder hebt verzameld?'

Ze stond op en liep naar het bed aan de andere kant. Ze trok er een grote kartonnen doos onderuit. Een voor een legde ze dingen op de grond: een jampotje, een distelbloem, kaartjes uit pakken cornflakes, drie knopen, een snoer van plastic kralen, een knikker, een reepje oranje zijde, een stuk inpakpapier met sterren erop, een schilferig porseleinen hondje, een appel. Ik keek naar haar gezicht. Ze ging helemaal in haar taak op.

'Wat vind je het mooist?'

Ze wees naar de knikker.

'Wat zou je moeder mooi hebben gevonden?'

Ze aarzelde en wees toen op de oranje zijde.

De deur ging open en Philippa's moeder stak haar hoofd om de deur.

'Neem me niet kwalijk,' zei ze met haar sterke, prettige stem. 'Maar er komt zo een vriendinnetje bij Emily spelen.' Ze gaf me het gevoel alsof ik hier onder valse voorwendselen was binnengedrongen.

'Natuurlijk.' Ik legde de dingen die ik in mijn hand had voorzichtig in de kartonnen doos. 'Dag, Emily.'

'En het schelpje,' zei ze, zonder op te kijken. 'Het schelpje is mooi. Ze hield van mooie dingen.'

Albie belde. Zomaar, zei hij. Hij wilde even horen hoe het ging. Ik hield de telefoon voorzichtig vast, alsof ik erdoor gewond kon raken, en wachtte. We wachtten allebei tot de ander iets zou zeggen. Daarna zeiden we allebei beleefd tot ziens.

Ik belde mijn vader, maar hij was niet thuis. Ik verlangde ernaar dat iemand tegen me zei: Soms is het leven hard, maar maak je geen zorgen, lieverd, het komt allemaal goed. Ik wilde dat iemand me in zijn armen nam en mijn haar streelde. Ik verlangde naar mijn moeder. Belachelijk maar waar. Zou dat gevoel nooit overgaan? Zou ik mijn moeder mijn hele leven blijven missen, zou er geen dag voorbij gaan dat ik haar niet miste? Ik pakte de telefoon om Will te bellen. Het was zo stil in huis dat ik het horloge aan mijn pols hoorde tikken, mijn hart hoorde kloppen en buiten zo nu en dan de droge bladeren hoorde ritselen. Maar ik belde hem niet. Wat moest ik zeggen? Ik ben alleen, kom langs en neem me in je armen, alsjeblieft?

Ik schonk een glas wijn in en stak twee kaarsen aan. Daarna deed ik het licht uit en ging op de bank zitten. Ergens zoemde een mug in het halfduister. Buiten begon het weer te regenen en de wind zuchtte in de bomen. Wat wist ik van hem? Niets, behalve dat hij een topbaan in de City had opgegeven om een opvanghuis voor dakloze jongeren te beginnen, die door alle vangnetten gevallen waren; dat de politie hem wantrouwde en hem verdacht van het gedogen van drugshandel in zijn pand; dat hij nors en chagrijnig en somber was. Ik verlangde nu naar hem, omdat hij zo anders was dan die uitbundige Albie, en omdat hij er als een kraai uitzag, een solitaire vogel. Ik verlangde ernaar om me in zijn rauwe ellende te wikkelen en ons allebei beter te laten voelen.

Uiteindelijk hoefde ik Will niet te vragen, want hij kwam al naar mij toe. De volgende avond, toen ik al naar bed was gegaan na een drukke dag, ging de bel. Ik trok mijn ochtendjas aan en keek op mijn horloge. Het was na twaalven. Julie had weer eens haar sleutel vergeten, dacht ik. Ik stommelde naar de deur, nog verward door vreemde dromen. Hij stond voor de deur en toen hij me zag, haalde hij even zijn schouders op. 'Ik kon niet slapen,' zei hij.

Ik ging opzij en hij liep voor me de trap op. Hij ging op de bank zitten en ik schonk een groot glas whisky voor hem in en een kleintje voor mezelf. Ik was me erg bewust van mijn verwarde haren en versleten ochtendjas. Ik kon niets verzinnen om tegen hem te zeggen. Hij leek zo groot en vreemd in mijn huis. Dat ik het ooit gedurfd had om hem te zoenen of over hem te dromen! We zaten en dronken. Hij had niet eens zijn jas uitgetrokken en hij staarde in zijn glas alsof daar een oplossing te vinden was.

Na een tijdje kwam ik in beweging, alleen maar omdat ik er niet meer tegen kon om zo somber, in dodelijke stilte te blijven zitten. Ik liep naar de bank en boog me naar hem toe. Ik zoende hem niet, dat zou te intiem zijn geweest. Ik maakte de knopen van zijn jas los en daarna van zijn overhemd en hij ging achteroverliggen met zijn bleke, glimmende bovenlijf en zijn ogen gesloten, terwijl ik hem met aarzelende handen streelde en naar hem keek. Hij stak zijn handen uit en tastte naar mijn gezicht en ik ging schrijlings op hem zitten, deed mijn ochtendjas open en drukte zijn hoofd tegen mijn borst, terwijl ik naar het bonzen van mijn hart luisterde. 'Je moet voorzichtig zijn,' zei hij zachtjes.

Ik wist niet wat hij bedoelde. Het kon me niet schelen. We waren alleen maar vreemden die troost zochten. Buiten striemden regenvlagen tegen het raam.

25

Toen de telefoon ging, voelde ik meteen al dat het de verkeerde tijd was. Het was donker buiten. Het leek alsof mijn oogleden aan elkaar vastgelijmd waren. Hoe lang had ik geslapen? Ik lag in mijn eigen bed, maar het voelde vreemd aan. Ik lag op een plek in het bed die me vreemd voorkwam: aan Albies kant. Toen ik met mijn hand over het bed streek, besefte ik met een steek van pijn dat ik alleen was. Will was weg.

'Ja?' was alles wat ik wist uit te brengen.

'Met Kit?'

'Met wie spreek ik?'

'Met Furth. Alles goed?'

'Wat?' zei ik verward. 'Sorry, maar je belt me wakker.'

'Er is een wagen naar je onderweg om je op te halen. Lukt je dat?'

'Waarvoor?'

'De baas is al onderweg naar het ziekenhuis.'

'Welk ziekenhuis?'

Het was even stil.

'Wat doet dat ertoe?'

'Weet ik veel. Wat is er aan de hand?'

'Heb nu geen tijd. We brengen je daar wel op de hoogte. Lukt dat? Of zal ik zeggen dat je niet kan komen?'

Mijn hersens kwamen langzaam maar zeker op gang, als een hagedis die in de ochtendzon op een steen zit. Ik kon weer nadenken. Ik begreep nu bijvoorbeeld dat Furth hoopte dat ik kribbig zou zeggen dat ik te moe was en de hoorn erop zou gooien.

'Geen probleem,' zei ik. 'Waar zien we elkaar?'

'Dat weet de chauffeur wel,' zei Furth en de verbinding werd verbroken.

De auto was onderweg. Ik had nog maar een paar minuten. Ik rende de douche in, zette de koude kraan aan en stond mezelf toe om aan Will te denken, zoals we ons als twee verdrinkende zwemmers aan elkaar hadden vastgeklampt. Wie trok wie mee de diepte in? Wat had het in godsnaam allemaal betekend? Waarom was hij als een dief in de nacht weggegaan? Ik draaide de warme kraan ver open, zodat het water op mijn huid brandde. Ik dacht aan de uitdrukking op zijn gezicht toen hij in me was klaargekomen, een soort snik, de intimiteit waar ik zo lang van verstoken was geweest. Toen was ik ook klaargekomen, alleen door naar hem te kijken, leek het wel. Hij had me zo stevig vastgehouden dat ik er bang van was geworden en nu was hij weg. Was dat alles? Nou ja, dacht ik. Wat dan nog?

Ik droogde mezelf snel af en begon me aan te kleden. Toen ik de knoopjes van mijn blouse dichtdeed, kwam Julie binnen, naakt. Ze had kennelijk niet die films gezien waarin de actrice uit bed stapt en dan meteen een handdoek om zich heen slaat. Ik had me al afgevraagd of ze dat alleen maar deed om te laten zien dat ze irritant grote borsten had voor zo'n slank figuur, maar ik wist best dat ze zo niet in elkaar zat. Ze dacht er gewoon niet bij na, wat ik nog alarmerender vond.

'Wat is er aan de hand?' vroeg ze. 'Is er brand?'

'Werk,' zei ik. 'Er schijnt iets ontdekt te zijn. Kweet niet wat.'

'God,' zei ze. 'Klinkt belangrijk.'

'Weet niet. Werd net gebeld.' Ik was nog niet zo wakker dat ik samengestelde zinnen kon formuleren.

'Wil je koffie?'

'Geen tijd, denk ik. Er komt een wagen om me op te halen.'

Julie glimlachte even. 'Ik hoorde dat je vannacht gezelschap had.'

'Van wie?'

'Nee, ik heb het gehóórd, bedoel ik. Door de muur.'

'Doe me 'n lol, Julie...'

'Nee, nee,' zei ze. 'Ik kon er niets aan doen. Het zijn zulke dunne muren. Net bordkarton.'

Ik voelde dat ik vuurrood werd. 'Nou, dat is dan erg gênant. Sorry als ik je uit je slaap heb gehouden. Ik dacht dat je uit was.'

'Ja, maar ik ben weer thuisgekomen. Maar je hoeft geen sorry te zeggen. Ik was blij voor je. Je hebt wel een beetje lol verdiend.'

'Lol is het woord niet,' zei ik. Op een vreemde manier voelde ik me Julies preutse oudere zuster.

'O nee?' zei ze, terwijl haar gezicht een bezorgde uitdrukking kreeg. 'Nou, het klonk anders wel als lol. Wie was de gelukkige?'

Ik slaakte een geërgerde zucht. 'Het was toevallig Will. Will Pavic, je weet wel.'

'Jezus,' zei ze. 'Dat is gek. Te gek, bedoel ik. Will Pavic. Jemig. Is hij al wakker?'

'Nee. Hij is dus weg, om precies te zijn.'

'Weg? Juist. Will Pavic. Ongelooflijk. Als je terugkomt, moet je me alles in geuren en kleuren vertellen.'

'Julie! Ten eerste ga ik niet in detail treden. En ten tweede weet je blijkbaar alles al.' Er werd aangebeld. In de stilte van de nacht, halfdrie, klonk het als een brandalarm. 'En ten derde moet ik nu weg.'

Terwijl ik de deur uit liep, zei Julie: 'Will Pavic. Dat is te gek. Dat is fantastisch. Maar is hij niet een beetje vreemd?'

Ik schudde alleen maar mijn hoofd en ging weg. De auto voor de deur zag eruit als een minitaxi. Een man in een pak hield het linkerportier open.

'Dokter Quinn?' zei hij.

'Brengt u me naar hoofdinspecteur Oban?'

'Dat weet ik niet. Ik moet u bij het St.-Edmundziekenhuis afzetten.'

'Prima.'

Toen we wegreden, vroeg ik hem of hij wist wat er aan de hand was. Hij antwoordde van niet, dus zweeg ik verder en keek alleen maar uit het raam. Het was de stilste tijd van de nacht, maar in Londen was het nooit helemaal stil. Er reden krantenwagens en af en toe een auto, er liepen mensen over straat, doelbewust, de overgeblevenen van de nacht die zich mengden met de mensen die zich voorbereidden op de dag. Ik voelde dat mijn hartslag zich versnelde. Ik dacht aan de verschillende mogelijkheden. Nog een moord. Een arrestatie. Wat zou er anders belangrijk genoeg zijn voor dit hele gedoe?

'Bent u echt arts?' vroeg de chauffeur.

'Zoiets, ja.'

'Kent u mensen in dit ziekenhuis?'

'Niet op dit uur van de nacht.'

De auto stopte voor de ingang van de eerstehulp. Een agent in uniform stond als een portier voor de deur. Toen ik de auto uit stapte, mompelde hij iets in het zendertje op zijn revers. Het krakende antwoord was niet te verstaan.

'Ik ben Kit Quinn,' zei ik.

'Ja,' zei hij. 'Ik breng u naar boven.'

Ik schijn in mijn leven vaak op plaatsen te zijn die nooit helemaal dichtgaan: vliegvelden, politiebureaus, ziekenhuizen. Ik vind het er wel aangenaam, omdat er een onwezenlijk soort bedrijvigheid heerst, die maar doorgaat, ook al is het buiten donker en liggen alle brave burgers in bed. Er stonden ambulances voor de deur, een arts en een verpleegster renden voorbij, er klonken kreten uit allerlei kamers. Een bleke jonge vrouw met een witte jas aan zat in een hoek koffie te drinken en een vies uitziend broodje te eten, terwijl ze een formulier probeerde in te vullen. Er werd hier gewerkt. De agent liep langs al die dingen en ging een trap op en een gang door. Ruim vijftig meter verder zag ik Oban op een bank zitten. Hij zag me te vroeg, zodat we in zo'n onhandige leegte kwamen te verkeren, waarin we te ver van elkaar af waren om met elkaar te kunnen spreken, dus knikte hij me toe en deed daarna net of hij zijn nagels inspecteerde, alsof er plotseling iets dringends en boeiends aan was, en daarna keek hij weer mijn kant op.

Ik was heel benieuwd hoe hij keek. Treurig? Triomfantelijk? Maar ik kon aan zijn gezicht niets aflezen. Hij zag er als een bezorgd familielid uit dat op nieuws zit te wachten, een vader die in gespannen verwachting verkeert. En hij zag er vreselijk uit. Verfomfaaid, ongeschoren, grauw van vermoeidheid.

'Fijn dat je kon komen, Kit,' zei hij zachtjes.

'En?' zei ik. 'Wat is er aan de hand? Nog een moord?'

'Nee,' zei hij, en hij probeerde uit alle macht te glimlachen. 'Ik denk dat ik de weddenschap heb gewonnen. Als we die hadden, tenminste. Ik wou dat ik me daar beter over voelde.'

'Wat voor weddenschap?'

'Ik heb iets gezegd, geloof ik, in de trant van dat onze moordenaar in zijn auto rondreed en dat hij weer zou toeslaan als hij de kans kreeg. Jij betwijfelde dat. Nu heeft hij weer toegeslagen. Of dat geprobeerd.'

'Hoe bedoel je? Wie ligt daarbinnen?'

'Juffrouw of mevrouw, of hoe je het wil noemen, Bryony Teale. Vierendertig jaar.'

'Is ze er erg aan toe?'

'Lichamelijk heeft ze niets. Ik heb om een arts gevraagd die met jou kan praten.'

'Wat is er gebeurd?'

'Bryony Teale liep vanavond langs het kanaal, het domme wicht. De mensen doen net alsof het een rustieke rivieroever is. Ze werd benaderd door een man en toen aangevallen. Maar toen hij bezig was, kwamen er toevallig twee mensen langs op het jaagpad. De man is gevlucht. Ze hebben een auto hard horen wegrijden.'

Ik zweeg en dacht koortsachtig na. 'Weet je zeker dat er een verband bestaat?'

'We zijn 't aan het uitzoeken. Maar het was op dezelfde plek, op een meter na, waar Liannes lichaam is gevonden. Ik denk dat we er niet omheen kunnen.'

'Jezus christus. En er waren getuigen?'

'Twee.'

'Hebben ze gezien wat voor auto het was?'

Oban schudde somber zijn hoofd. 'Dat zou wat al te gemakkelijk zijn, toch? Ze hebben Bryony geholpen. Die was in alle staten.'

'Heeft ze iets gezegd?'

'Nog niet. Ze heeft een shock. Ze kan nauwelijks praten.'

'Wat doe ik hier dan?'

'Ik wil dat je met haar praat. Nu, straks, wanneer ze zover is. Ik wil weten wat je uit haar krijgt. Hypnotiseer haar, schijn met een lamp in haar ogen, hou een voorwerp voor haar neus, wat dan ook. Zoek gewoon uit wat ze weet.'

'Natuurlijk. En Seb?'

'Dit is niet zijn afdeling. Maak je geen zorgen. Ik handel Seb wel af. Het is trouwens beter als een vrouw dit doet.'

'Dokter Quinn?'

Ik keek om. Er stond een arts naast me, een kalende, dodelijk bleke man van mijn leeftijd, met een licht verwijtende blik in zijn ogen. Daar stonden we, we namen ruimte in en tijd. Hij gedroeg zich als iemand die nog op twee andere plekken moest zijn.

'Ja.'

'Ik ben dokter Steen. U wilt blijkbaar iets weten over Bryony Teale.' Hij keek op zijn klembord. 'Ze is niet mijn patiënt, maar ik heb haar kaart bekeken. Geen verwondingen, behalve wat blauwe plekken. Ze heeft een shock, maar dat viel te verwachten. Dokter Lander heeft de gebruikelijke behandeling uitgevoerd, vocht toegediend, opgewarmd, haar onder observatie gehouden. Morgenochtend zal het wel weer gaan.'

'Heeft ze familie? Is er iemand gewaarschuwd?'

Steen haalde zijn schouders op. 'Ze is geen patiënt van me,' zei hij. 'Het spijt me.'

'Mag ik met haar praten?'

Hij keek hulpeloos op zijn klembord, alsof hij verwachtte dat hij daar iets op zou kunnen vinden. Maar nee. 'Ik weet het niet,' zei hij. 'Misschien niet zo'n goed idee.'

'Dat zit wel goed,' zei ik. 'Ik ben gewend aan patiënten in deze toestand. Ik zal me niet opdringen.'

'Goed dan,' zei hij. 'Er is een verpleegster bij haar, geloof ik. Ik moet nu weg.'

En weg was hij.

'Nou,' zei ik. 'Zal ik met haar gaan praten?'

'Je kunt het proberen,' zei Oban.

Mijn hand was al op de deurkruk, maar ik bleef staan. 'Ik begrijp het niet,' zei ik. 'Er is toch een positieve ontwikkeling in de zaak? We hebben getuigen. Er is niemand vermoord. Waarom dat sombere gezicht?'

'Ik ben niet echt somber,' zei Oban. 'Alleen in verwarring. En daar kan ik niet tegen.'

'Hoe bedoel je?'

'Ik heb één ding niet verteld.'

'Wat dan?'

'Die twee getuigen, die Bryony gered hebben...'

'Ja?'

'Een ervan was Micky Doll.'

26

Ik had graag mijn eigen gezicht willen zien.

'Doll?' zei ik verdwaasd. 'Doll?' Oban staarde me alleen maar somber aan en knikte. 'Was hij alwéér getuige?'

'Klopt.'

'Maar dat is...' Ik zweeg. Ik wist niet meer wat ik moest zeggen of denken.

'Ja.'

'Maar waarom?'

'Dat probeer ik uit te zoeken.'

Het was erg lang stil. Ik kon me niet bewegen, niet praten, niet nadenken. 'Nou,' kon ik uiteindelijk uitbrengen. 'Dan ga ik maar met die vrouw praten.'

Het eerste wat me opviel was haar haar: het was lang en had de kleur van rijpe abrikozen. Het tweede waren haar handen, die tot vuisten gebald op het laken lagen dat over haar heen was gelegd. Ik liep naar het bed met de nachtzuster naast me, een enorme vrouw, die een gang had als van een stampend schip. Haar schoenen kraakten luid op het versleten linoleum.

'Als u haar maar niet van streek maakt,' zei ze, en ze nam een van de slanke polsen in haar enorme vingers en hield die even vast, terwijl ze haar hoofd schuin hield alsof ze luisterde. Daarna kraakte ze weer weg en sloot de deur met een klik achter zich.

'Hallo, Bryony,' zei ik en ze staarde naar me op, alsof ze me niet goed kon zien. Haar pupillen waren verwijd. Ik trok een metalen stoel bij en ging zitten, en terwijl ik dat deed zag ik dat ik twee verschillende sokken aan had. 'Ik ben Kit.'

'Hallo,' murmelde ze, terwijl ze moeizaam rechtop ging zitten, zodat haar oranje haar naar voren viel. Ze had een opvallend gezicht, een beetje plat, met hoge jukbeenderen en sterke kaken. Haar ogen waren lichtbruin, goudkleurig bijna.

'Je hebt iets vreselijks meegemaakt,' ging ik verder. 'Maar nu kan je niets meer gebeuren. Je hoeft niet meer bang te zijn. Goed?'

Ze knikte en glimlachte flauwtjes. 'Sorry,' zei ze zachtjes. 'Sorry dat ik zo zwak ben.'

Ik glimlachte terug. 'Je hoeft je niet te verontschuldigen. Wil je iets hebben? Thee? Iets te eten?'

'Nee.'

'Kijk, het wordt buiten al licht.' Ik wees naar het kleine raam. Het donker was grijs geworden. 'De nacht is al bijna voorbij.'

'Ik wil naar huis.'

'Dat zal je vast heel snel mogen. Waar woon je?'

'Naar huis,' herhaalde ze vaag, en ze legde haar hand tegen haar hoofd. 'Waarom voel ik me zo raar?'

'Je hebt een schokkende ervaring gehad. Het is normaal dat je je dan raar voelt.'

'Zoals de mensen na die voetbalramp?'

'Precies.'

'Maar zo ben ik helemaal niet.' Ze streek met haar vingers over haar gezicht, alsof ze haar gelaatstrekken aftastte om weer te weten wie ze was. 'Wat is er gebeurd?'

'Weet je dat niet meer?' Oban zou nog somberder worden als hij dat hoorde.

'Ik herinner me flarden, als in een mist. Vertel me alstublieft wat er is gebeurd.' Ze leunde naar voren en aaide zachtjes over mijn hand. Ik dacht aan die verwarde, vage seconden op het politiebureau in Stretton Green, toen ik warm bloed op mijn gezicht voelde.

'Je bent aangevallen bij het kanaal. Maar je hebt geluk gehad. Twee mannen zijn je te hulp geschoten. De aanvaller is weggevlucht. Als je je iets kan herinneren, helpt ons dat natuurlijk enorm, maar forceer het niet. Laat het maar gewoon vanzelf terugkomen, en hou het niet tegen.'

Ze knikte en ging nog rechter zitten, terwijl ze het laken om zich heen trok.

'Ik heb hoofdpijn,' zei ze. 'En ik heb dorst. Mag ik een glas water?'

Ik schonk water uit de kan op het nachtkastje naast haar in een plastic bekertje en reikte het haar aan. Toen ze het vastpakte, trilde haar hand hevig, zodat er druppels op het laken morsten en ze haar andere hand ook om het bekertje moest klemmen.

'Dank u,' zei ze. 'God, wat ben ik moe. Ik ben doodop. Komt Gabriel gauw?'

'Gabriel?'

'Mijn man.'

'De politie heeft hem vast al gebeld.'

'Goed.' Ze ging weer achterover liggen, zodat haar haar over het kussen waaierde.

'Kun je me, voordat je gaat slapen, Bryony, zeggen wat je je herinnert?'

'Ik herinner me... ik herinner me een gedaante in het donker. Die uit het donker kwam.' Ze sloot haar ogen. 'En er schreeuwde iemand.' Haar ogen gingen met een ruk weer open. 'Ik kan het niet,' zei ze. 'Alstublieft, nog niet. Het is chaos in m'n hoofd. Als ik iets probeer te pakken, glijdt het van me weg, als een droom die je probeert vast te houden. Een afschuwelijke nachtmerrie.'

'Geeft niets. Neem alle tijd. Heb je de persoon herkend die je aanviel?'

'Nee! Nee, anders had ik dat zeker nog geweten, toch? Of niet?'

'En hoe zit het met de mannen die je geholpen hebben?' vroeg ik zo neutraal mogelijk.

'Wat?' Ze knipperde met haar ogen en wreef weer over haar gezicht.

'Had je ze al eens eerder gezien, die twee mannen?'

'Gezien? Nee. Weet niet. Weet niet. Wie waren dat? Wacht even, wacht even.'

Ik stond op en liep naar het raampje, waar de ochtend aanbrak. Het zag direct uit op een andere kamer. Ik zag een leeg bed, een nachtkastje, een telefoon, net als die in Bryony's kamer. Mijn hersens werkten op volle toeren. Wat deed Doll daar, verdomme? Ik moest hem spreken. Maar niet nu. Mijn mond was uitgedroogd van de whisky die ik gisteravond had gedronken, mijn ogen brandden in hun kassen. Ik moest dringend cafeïne hebben.

'Ik weet het niet,' zei ze na een tijdje. 'Sorry.'

'Bryony.' Ik draaide me naar haar om. Ze staarde me aan, wachtend tot ik iets zou zeggen. 'Het is heel belangrijk dat je het aan iemand vertelt als je je iets herinnert, hoe klein ook, hoe onbelangrijk ook. Aan de politie, aan mij. Maar in ieder geval aan iemand. Oké?'

Ze knikte. Op dat moment zwaaide de deur open en Oban stak zijn hoofd de kamer in.

'Mevrouw Teale,' zei hij. 'Er is hier iemand voor u. Uw man komt eraan.'

'Ik ga nu weg, Bryony, maar ik kom later weer terug, als dat mag,' zei ik, terwijl ik naar de deur liep waar Oban stond te wachten. Zijn machtige, vermoeide voorhoofd was gerimpeld van de spanning.

Ze knikte naar me en deed haar ogen half dicht.

'En?' siste Oban, zodra we op de gang stonden.

'Ze herinnert zich niet zoveel.'

'Godverdomme,' zei hij. Toen: 'Godvergeten klerezooi.'

'Maar dat komt nog wel,' zei ik. 'Ze heeft een shock. Geef haar de tijd.'

'Tijd, zeg je. Tijd is het enige wat ik niet te geven heb. Stel dat hij weer toeslaat?'

Er kwam een lange man met grote passen voorbij, haar man, vermoedde ik. Hij had een rechte neus, donker haar en dikke, zwarte wenkbrauwen. Hij deed me denken aan een plaatje van een Romeinse keizer in een van de boeken die ik als kind had.

'Moet ik straks nog met haar praten?' vroeg ik aan Oban.

'Wil je dat?'

'Natuurlijk. Zoals je zelf al zei: ik denk dat het beter is als een vrouw dat doet, gezien de omstandigheden.'

'Ja,' zei hij.

'Hoe zit het met Doll? Moet ik die ook spreken?'

'Godverdomme,' zei hij weer. 'Ik weet het niet. Hij zit nu op het bureau een verklaring af te leggen.'

'Dus hij was zeker niet de aanvaller?' vroeg ik voorzichtig.

'O, god, Kit, vraag dat over een paar uur. Die andere getuige zit er ook. Verstandige vent, voor de verandering.'

'Een man in een pak met een mobiele telefoon, bedoel je?'

'Ja, de hele mikmak. Maar goed, ik ga er nu weer heen, dus

wie weet kom ik nog meer te weten.' Hij slaakte een geërgerde, grommende zucht. 'Wie weet.'

'Oké, nou, bel me maar. Op mijn mobieltje. Misschien ben ik niet thuis.'

'Doe ik. Bedankt.' Zijn toon was afwezig. Ik kon zijn hersens bijna horen zwoegen, als een wiel in de modder. Toen zei hij: 'Weet je wat ik nog het vervelendste vind?'

'Nee, wat?'

'We hebben vier getuigen, als je die gestoorde Micky Doll meerekent. De ene is een meisje dat haar moeder heeft verloren, de andere heeft een shock, de derde is een gestoorde engerd die nog geen drie gedachten achter elkaar kan denken en die sowieso verdacht wordt, of zou worden, als het kon. Ik wou dat ik eruitkwam.'

'Geduld. Misschien kom je er nu uit.'

'Wie weet.'

'Ik spreek je nog.'

In de vroege ochtend werd ik door een politiewagen naar huis gereden. De wegen waren al druk met verkeer. De natte trottoirs glommen in de lage zon. De metalen luiken van de kiosken werden opgetrokken. Aziatische winkeliers zetten sinaasappels en manden met pruimen in piramiden voor hun winkels. Een vuilniswagen reed langzaam over straat en haalde zakken op die bij de stoeprand waren neergezet. Ik leunde achterover en zag Londen aan me voorbijtrekken. Ik dacht aan Will, aan zijn fronsende gezicht in het kaarslicht en aan Bryony Teale met haar abrikooskleurige haar, aan haar glimlach en haar trillende handen. Ik zette Bryony in gedachten naast Lianne en Philippa. Ik streek over mijn litteken. Welkom bij de club, dacht ik bij mezelf. Daarna probeerde ik nergens meer aan te denken.

27

Julie lag nog in bed. Ik hoorde haar woelen op haar slaapbank, in de kamer die lang geleden mijn werkkamer was geweest. Ik zette water op en deed een aantal lepels koffiebonen in de molen. Ik deed er een theedoek over voordat ik hem aanzette, maar toch hoorde ik Julie door de muur heen kreunen. Ik hield mijn gezicht dicht bij de koffie en ademde diep in. Ik vond een nectarine in de ijskast, die ik in vier partjes sneed en op een bord legde, en een potje Griekse yoghurt. Ik dronk de sterke, geurende koffie langzaam op en nam ondertussen hapjes zoete, sappige nectarine en lepeltjes romige yoghurt. Het was zeven uur.

Ik moest Doll zien te spreken en misschien ook de andere getuige. Ik moest bij Bryony Teale op bezoek. En ik had zin om Will te zien. Ik legde mijn hand tegen mijn nek, mijn wang. Mijn huid voelde zacht en teer aan. Ik sloot mijn ogen en liet zijn gezicht verschijnen. Misschien wilde hij me helemaal niet meer zien, misschien was dit alles, een paar uur midden in een slapeloze nacht.

Julie stommelde de kamer in. Ze had een mannenoverhemd aan dat verdacht veel op een van Albie leek. Waar had ze dat opgeduikeld? 'Hoi,' zei ze vaag en slofte naar de ijskast. Ze schonk een mok vol met melk en dronk die in één teug leeg. Daarna keek ze me aan met een witte snor op haar bovenlip. 'Alles goed?'

'Ja. Gaat wel.'

'Geen noodgevallen meer?'

'Voorlopig niet.'

'Mooi. Geroosterd boterhammetje?'

'Nee, dank je.'

Ik ging bij het raam staan en keek over straat, alsof hij daar zou lopen.

'Ik wou...' Ik hield abrupt op.

'Ja? Zeg het maar.'

Ik had zijn privé-nummer. Waarom niet? Ik belde hem. De telefoon ging een paar keer over voordat hij opnam. De hoorn werd opgepakt en er klonk een gesmoorde stem. Het klonk een beetje als: 'Unngh.'

'Met mij,' zei ik. 'Kit.'

Weer klonk er een onverstaanbaar geluid, gevolgd door een stilte. Moest even bij zijn positieven komen, denk ik.

'Ben je net wakker?' zei hij uiteindelijk.

'Ik ben net binnen,' zei ik.

'Hoe bedoel je?'

'Ik werd weggeroepen.'

'O.' Het was even stil. 'Heb je zin om te ontbijten?'

'Nu?'

'Hoe laat is het?' Ik hoorde wat gefrunnik en een kreun. 'Om een uur of acht?'

'Bij jou?'

'Ik eet niet vaak thuis.'

Ik was teleurgesteld. Ik wilde zijn huis zien. Ze zeggen dat je het sterkst bent op je eigen terrein. Dat is niet waar. Je bent juist kwetsbaar op eigen terrein. Je kunt op elke andere plek toeristje spelen, maar de plek waar je bed staat verraadt dingen over je. Op de een of andere manier vond ik het moeilijk voor te stellen dat Will Pavic überhaupt ergens woonde. Hij vertelde me hoe ik moest rijden naar een wat hij als een koffiehuis zonder kapsones beschreef, waar hij onderweg naar zijn werk altijd at. Ik legde de hoorn neer. Hoeveel uur had ik geslapen? Een. Misschien twee. Ik had het gevoel alsof er een dwerg in mijn hoofd zat die met licht verwarmde naaldjes in de achterkant van mijn oogballen prikte. Ik ging naar de badkamer en liet de wasbak met koud water vollopen. Ik dompelde mijn gezicht erin en hield het zo lang mogelijk onder water. Ik keek naar mijn druipende gezicht in de spiegel. Was gisternacht echt gebeurd? Ik was nu erg in de war, er liepen allemaal dingen door elkaar, als in een droom. Dat gezicht, mijn gezicht was het grootste bewijs dat er wel iets gebeurd was. Bleek, hologig – wat een gruwel.

Het zag blauw van de rook in Andy's Café en het zat vol mannen in jekkers en laarzen met stalen neuzen. Will zwaaide naar me in de verste hoek. Ik ging tegenover hem zitten. We raakten elkaar niet aan.

'Ik neem het basisontbijt,' zei hij. 'En jij?'

'Ik wil alleen koffie.'

'Die kan ik je niet aanraden.'

'Thee dan.'

'Wil je niets eten?'

'Ik heb al iets gegeten toen ik thuiskwam.'

Wills eten werd op een groot ovaal bord op tafel gezet, met twee meedogenloos zwarte koppen thee. Hij prikte een stuk gebakken ei, wat spek en een tomaat aan zijn vork.

'Sorry,' zei hij, voordat hij het in zijn mond stopte.

'Waarvoor?'

Hij moest lang kauwen en slikken voordat hij weer iets kon zeggen. Hij nam een slok thee. Ik nam een slok thee. 'Dat ik zomaar wegging,' zei hij. 'Ik slaap niet. Ik ga woelen. Dan kan je beter weggaan.'

Ik zei niets en Will at verder. Hij keek me niet aan.

'Je hoeft je niet te verontschuldigen,' zei ik. 'Ik wil graag dat je eerlijk tegen me bent. Ik wil geen spelletjes meer spelen. Of misschien ben ik gewoon moe.'

Will veegde met een stuk gebakken brood eigeel van zijn bord. Ik kon het op dit uur van de ochtend bijna niet verdragen. Hij stopte het in zijn mond en kauwde driftig. Hij veegde zijn mond met een papieren servetje af. Hij sloeg zijn ogen op en keek me aan. Terwijl hij dat deed, besefte ik hoe bijzonder dat was. Hij keek altijd opzij, over mijn schouder. Ik had hem naakt gezien, ik was met hem naar bed geweest, maar ik had hem nog nauwelijks in de ogen gekeken. Hij was een paar jaar ouder dan ik, een jaar of veertig, maar hij zag er ouder uit. Zijn haar werd grijs en hij had niet zozeer rimpels in zijn gezicht, maar plooien over zijn woeste, hoge jukbeenderen. Maar zijn ogen waren grijs en helder, als de ogen van een kind.

'Maar dat was niet de enige reden,' zei hij, terwijl hij een beetje begon te blozen. 'Ik keek naar je toen je in slaap was gevallen. Ik streek het haar uit je gezicht. Je bent een diepe slaper.' Hij glimlachte flauwtjes. 'Je zag er heel mooi uit.'

'Hé, je hoeft niet... ik weet wel dat ik niet...'

'Hou je mond en luister. Wat ik probeer uit te leggen is dat je er anders uitzag. Voor het eerst sinds ik je ken zag je er niet treurig of bezorgd of zoiets uit.' Hij aarzelde en zei toen: 'Of te hoopvol.'

'O, ja, hoopvol,' zei ik. Dat kwam er zielig uit, als een spaniël die een trap krijgt.

'Je keek zelfs een beetje droevig toen je de kamer doorliep en me zoende. Maar toen je sliep en je er niet van bewust was dat er iemand was, zag je er jong en ontspannen uit.'

Ik nam het laatste slokje thee. Dat was nog zwarter en bitterder dan de rest.

'Dus,' ging Will verder, 'had ik plotseling het gevoel dat ik maar beter niet in de buurt kon zijn.'

'Ik hoef niet beschermd te worden,' zei ik. 'Ik bepaal zelf wel wat goed voor me is. Maar goed, ik denk dat je misschien wel heel tevreden bent, op je eigen norse manier. Vooral als je bedenkt hoeveel mensen een hekel aan jou hebben. Het is vreemd, maar ik zou toch gedacht hebben dat het bij je werk hoorde om goed contact te hebben met de politie en de hulpverleningsinstanties.'

'Ik heb geen werk,' zei Will fronsend. 'Ik probeer veel van die kinderen juist uit handen van de politie of hulpverleners te houden.'

'Het klinkt alsof ze het op jou gemunt hebben.'

'Dat is ook zo.'

'Ik heb gehoord dat er drugs verhandeld zouden worden in het opvanghuis. Ze willen je van medeplichtigheid beschuldigen. Dan kan je voor tien jaar de gevangenis in gaan.'

'Ze kunnen de pot op,' zei hij smalend.

'Maar laat je het wel toe?'

Hij zei niets, maar liet alleen een gegrom horen.

'Ik heb geen microfoontje op, hoor.'

Hij haalde zijn schouders op. 'Je kent het daar. Dealers zijn er niet welkom, dat is het streven, tenminste. Maar het is nou eenmaal zo'n cultuur. We proberen die mensen te helpen. Het is een ingewikkeld zootje. Het is wat anders dan een lezing op een congres.'

'Weet je wat ik denk?'

Hij ontspande nu zijn gezicht en kreeg een soort olijke uitdrukking. 'Nee, Kit, ik weet niet wat je denkt.'

'Ik denk dat je ergens wel gearresteerd zou willen worden en in de gevangenis zou willen belanden, alleen maar om jouw opvattingen over de wereld te bevestigen.'

'Gebaren interesseren me niet.'

'Dat hangt ervan af of je het martelaarschap als een gebaar wil zien.'

Ik keek hem aan, omdat ik niet zeker wist of hij kwaad zou worden of zijn bekende sarcastische lach zou laten horen. Hij keek onzeker. 'Misschien voel ik me wel gevleid dat mensen een hekel aan me hebben,' zei hij uiteindelijk.

'Ik denk dat dat een van de definities van paranoia is,' antwoordde ik. 'Misschien is het idee dat iedereen je wil pakken te prefereren boven de angst dat niemand je ziet.'

'Maar je zei net dat iedereen er inderdaad op uit is om mij te pakken.'

'O ja, dat was ik vergeten. Ga je me nog een keer bij je thuis uitnodigen?'

'Hoezo?'

'Je zei dat je niet kon slapen in een onbekende omgeving. Ik ben benieuwd hoe dat in je eigen bed gaat.'

Hij keek op zijn horloge.

'Ik zou je nu best willen uitnodigen, maar het is tien over halfnegen. Ik heb afspraken.'

'Zo bedoelde ik het niet.'

Ik had nog nooit iemand zo krampachtig zijn gêne zien verbergen.

'Oké,' zei hij. 'Zeg het maar.'

'Vanavond?'

'Dat zou kunnen,' zei hij. 'Ik moet je alleen wel waarschuwen, dat het onder andere een erg kale boel is. Het mist de hand van een vrouw, bedoel ik.'

'Fijn om te horen.'

Plotseling betrok zijn gezicht. 'Verwacht niet te veel van me, Kit,' zei hij, nu eens niet op zijn gebruikelijke scherpe toon.

Ik zuchtte. 'Ik geloof dat ik helemaal niet zoveel verwacht,' zei ik en ik gaapte diep.

'Moe?'

'Het zal lastig worden vandaag, denk ik.'

'Wat was er vannacht aan de hand?'

Ik leunde achterover en keek hem aan. 'Wil je dat echt weten?' zei ik. 'Het is niet erg interessant.'

'Ja, ik wil het weten.'

Dus bestelde ik nog twee thee en deed verslag van mijn nacht in het ziekenhuis.

'En wat ga je nu doen?' zei hij, toen ik uitgepraat was.

'Ze verkeerde in diepe shock toen ik haar zag. Ik zal de komende dagen met haar praten en kijken of ik iets te weten kan komen.'

'Om twaalf uur 's nachts langs het kanaal gaan lopen,' zei Will minachtend. 'Wérkelijk.'

'Ze vroeg erom, bedoel je?'

'Ik bedoel dat ze een stomme trut is.' Hij nam een slokje thee. 'Hoe heette haar man?'

Ik dacht even na en probeerde de dikke mist in mijn hoofd binnen te dringen.

'Gabriel,' zei ik. Weer die sarcastische glimlach. 'Ken je hem?'

'Ik weet wie het is.'

'Wie dan?'

'Heb je gehoord over dat theater dat in een van de pakhuizen bij de spoorweg is geopend? The Sugarhouse of zoiets. Hongaarse mimespelers op stelten, dat soort dingen. Dat is hij.'

'Daar heb ik van gehoord, geloof ik.'

'Financiering via de staatsloterij. Achterstandswijken nieuw leven inblazen. Hij kan beter weer opdonderen naar Islington, dan wordt z'n vrouw niet aangevallen.'

'Dat is toch jouw werk, achterstandswijken nieuw leven inblazen?'

Will gaf geen antwoord, maar streek met zijn vinger over de rand van zijn kopje. Toen keek hij me aan. 'Waar ben je mee bezig?' vroeg hij.

'Hoe bedoel je?'

'Waar ben je mee bezig? Probeer je de politie te overtreffen of denk je soms dat je de moordenaar eigenhandig kan pakken?'

'Ik geef advies, meer niet,' zei ik ongemakkelijk.

'Míj hoef je niet te overtuigen,' zei hij. 'Wat weet ik ervan? Voor zover ik het begrijp, rijdt er iemand rond die vrouwen aanvalt. Die is gevaarlijk, die moet gepakt worden. Dat is duidelijk. Maar ik begrijp niet waar jij mee bezig bent. Of waarom. Waarom het je zo raakt. Ik begrijp je motieven niet.' Hij streelde zachtjes over mijn litteken. Ik huiverde. 'Je bent al een keer aangevallen. Is dat niet genoeg?'

Ik pakte zijn hand. 'Niet doen,' zei ik. 'Ik zou je eens aan een paar rechercheurs moeten voorstellen. Jullie denken kennelijk allemaal hetzelfde over wat ik doe. Intussen moet ik dit stompzinnige werk gewoon doen.'

'Ik zei niet dat het stompzinnig was. Ik zei dat ik het niet begreep.'

Ik boog me voorover en gaf hem een zoen. 'Je zit eigenlijk altijd met het probleem,' zei ik, 'dat je pas aan het eind, als het te laat is, weet of het de moeite waard was. Tot gauw.'

'Vanavond?'

'Wil je dat?'

'Moet ik je op één knie smeken?'

Ik keek rond. 'Niet hier,' zei ik. 'Hé, dit ben ik, hoopvol en al, zoals je al zei. Ik zeg dat ik je weer wil zien, vanavond, bij jou thuis. En jij?'

'Ja,' zei hij, zo zacht dat het bijna fluisteren was. 'Ja.' We staarden elkaar aan.

Toen ik wegging zat hij er nog steeds, met zijn vette bord en koude thee en strakke gezicht. Over twaalf uur zou ik hem weer in mijn armen houden.

28

Eindelijk een getuige die zei waar het op stond, dacht ik, een man die er geen doekjes om wond, zich bij de feiten hield en niets anders, die begreep wat er te begrijpen viel, die zijn oordeel niet liet vertroebelen door waanideeën. Hij schudde me stevig de hand en schraapte zijn keel voordat hij begon te spreken. Mijn ogen brandden hun kassen uit. Alle koffie en loeisterke thee die ik die ochtend had gedronken werkten als gif in mijn lichaam.

'Dokter Quinn,' zei ik.

'Ik ben Terence Mack. Maar iedereen noemt me Terry.'

'Loopt u altijd na twaalf uur 's nachts langs het kanaal?'

Hij snoof. 'Ik denk niet dat iemand als ik daar bang voor hoef te zijn.'

Daar viel niet veel tegen in te brengen. Het was een stevige, rossige man, met harige knokkels en polsen en lange oorlellen. Zijn donkergrijze pak zat te strak om zijn middel en hij droeg over zijn witte overhemd een rood-zwart gestreepte das, waar ik nog meer hoofdpijn van kreeg. Hij moest bijna de hele nacht zijn opgebleven, maar hij zag er helemaal niet moe uit. Hij zat rechtop, met een scherpe blik in zijn ogen.

Maar ondanks al die dingen leverde het niets op. Net als de meeste getuigen had hij pas ná het incident beseft dat er iets aan de hand was. Zijn verklaring lag voor me, kort en zakelijk. Hij had zelfs meteen na de aanval de exacte tijd genoteerd: 1.19 uur, volgens zijn horloge dat zeker de juiste tijd aangaf. Hij liep langs het kanaal, zei hij, omdat hij met cliënten uit Singapore had vergaderd in het Pelham Hotel, daar vlakbij, en hij geen taxi had kunnen krijgen. Het jaagpad was de kortste weg naar de drukke kruising bij het station van Kersey Town, waar een taxistandplaats was, wist hij.

'Ik kwam het tunneltje uit,' vertelde hij. 'Daar is verlichting.

Dus toen ik het donker in liep, zag ik even geen hand voor ogen. U kent dat wel.' Ik knikte. 'Ik hoorde een geluid. Ik zag vaag een paar gedaantes die bij de waterkant schuifelden. Meteen daarop stond ik ineens met een gillende vrouw in mijn armen.'

'En die gilde...' Ik keek in zijn verklaring. '"Help! Help, help me alsjeblieft!"'

'Misschien heeft ze nog vaker "help" gezegd, dat weet ik niet precies. Ze gilde vlak bij mijn oor. Haar haar zat in mijn ogen, dus ik kon niet zoveel zien, maar haar stem sprak boekdelen.'

'En daarna hebt u niets meer gezien?'

'Alleen die andere vent.'

'De andere getuige?'

Hij trok zijn zware wenkbrauwen op. 'Rare snuiter.'

'Wat deed hij?'

'Wie?'

'Die rare snuiter.'

'Hij hielp.'

'En u weet zeker dat er nog een andere man was?'

'Hoe bedoelt u? Wat heeft dit allemaal te betekenen, denkt u?'

Ik keek weer naar de verklaring.

'De beschrijving is nogal vaag.'

Hij keek een beetje beschaamd. 'Het ging allemaal zo snel. Gedaantes in het donker en die vrouw, die op me af vloog. Ik wist niet zo goed wat er allemaal gebeurde. Ik heb in ieder geval wel het tijdstip genoteerd.'

'Dat was goed,' zei ik. 'Hoe gedroeg Bryony zich, de vrouw, bedoel ik?'

'Een beetje geschokt,' zei Terence. 'Een beetje hysterisch. Ze bleef maar zeggen dat er niets aan de hand was, dat we niets hoefden te doen, ook al was ze er vreselijk aan toe. Arm kind. Gaat het wel met haar?'

'Ze is getraumatiseerd. Maar het komt wel goed, denk ik. Wat deed Doll, die andere man, toen u ging telefoneren?'

'Wat hij deed? Niet veel. Hij hield haar vast, keek of het wel goed met haar ging. Niet het soort man waar je in noodgevallen wat aan hebt. Ze was intussen aan het huilen, heel zachtjes. Ze hield m'n arm vast en jammerde en ze zei dat ik bij haar moest blijven. Ze had een shock, dat kon ik zien. Haar handen trilden. Ze haalde hortend adem. Ik hoop dat ze haar thee met veel suiker hebben gegeven, dat is altijd het beste tegen een shock. Mag ik u iets vragen?'

'Ja.'

'De vent die mijn verklaring heeft opgetekend, Gil heet die, geloof ik, zei dat de aanvaller waarschijnlijk dezelfde man was die Philippa Burton heeft vermoord.'

'O ja?' zei ik droogjes.

'Is dat zo?'

'Dat weet ik niet.'

'Ik had hem moeten pakken. Het had gekund. Ik wist niet wat er aan de hand was.'

'Dus u weet echt niets van de vierde gedaante? Lengte, haar, kleding?'

Hij schudde spijtig zijn hoofd. 'Het ging allemaal zo snel.'

'Heeft u gezien waar hij heen ging?'

'Nee. De trap op, naar de straat, dacht ik. Ik had achter hem aan moeten gaan, hè?'

'U heeft om hulp gebeld. Dat was het belangrijkste. Het is de taak van de politie om achter mensen aan te gaan.'

'Ze rilde zo. Ik heb mijn jasje over haar schouders gelegd, totdat de politie en de ambulance kwamen.'

'Goed. Dat was goed.'

'Maar de moordenaar van Philippa Burton... Dat was me wat geweest.'

'Een mooie vrouw,' zei hij met trillende stem. 'Zo'n mooie vrouw.'

'Michael,' zei ik, terwijl ik hem recht in zijn ogen probeerde te kijken, die de hele tijd door het vertrek dwaalden, nergens lang op gericht bleven, behalve op het uitzicht door het raam, dat uitkeek op het parkeerterrein.

'Twee keer,' zei hij op vreemde, hoge toon. 'Het is me nu al twee keer overkomen. Ik was er twee keer bij, Kit.'

Hij zag er verschrikkelijk uit. Er liep een akelige, etterende snee van zijn linkerneusgat over zijn mondhoek, langs zijn kin naar beneden, waardoor zijn gezicht een grimas kreeg, met een mond die tot een vage, scheve glimlach vertrokken was. De wond was gezwollen en paars en het leek alsof hij aan de hechtingen had getrokken: stukjes nylondraad staken uit zijn kin.

Terwijl we praatten kon hij er niet van afblijven, maar zat er de hele tijd aan te pulken. Zijn lip was dik en hij streek er steeds over met het puntje van zijn tong. Er zat een grote schram op zijn voorhoofd. Zijn schele oog was bloeddoorlopen. Zijn haar was vettig. Zijn kleren hingen als een zak om hem heen, alsof hij in een paar dagen een aantal kilo's was afgevallen. Hij stonk ook. Een doordringende, zure lucht vulde de benauwde ruimte.

'Waarom ik, Kit?' vroeg hij met zijn nerveuze stem. 'Waarom ben ik altijd de klos?'

'Dat weet ik niet,' antwoordde ik naar eer en geweten. 'Het gaat toch wel goed met je? Held van de dag.'

'Mooie vrouw,' zei hij weer. Zijn ogen schoten rond en bleven even op mij rusten. 'Niet zo mooi als jij. Jij blijft de mooiste, wees maar niet bang. Wel zacht haar had ze.' Hij maakte een zacht miauwend geluid, waar de rillingen van over mijn rug liepen.

Zijn verklaring bestond uit een wirwar van tegenstrijdige beweringen: dat hij een enorme man had gezien, een reus van een kerel, die Bryony probeerde te wurgen, dat zij zich van haar aanvaller had losgerukt en recht in zijn uitgestrekte armen was gelopen, dat hij haar eigenhandig had gered, dat hij de man in een blauwe stationcar had zien wegrijden, of misschien niet blauw, misschien wel rood, en misschien was het geen stationcar, misschien had hij hem, bij nader inzien, langs het kanaal zien wegvluchten, en dat Bryony was flauwgevallen.

'Ik wil alleen die dingen horen die je zeker weet, Michael. Wat deed je zo laat nog bij het kanaal?'

'Ik was aan het vissen. Dat is de beste tijd. Volle maan. Niemand in de buurt, geen stomme herrie.'

'Waar zat je? Aan de waterkant?'

'Op mijn vaste stek. In het donker, vlak bij de tunnel, waar niemand me kan zien, maar ik hen wél.'

'Wat heb je gezien?'

'Dat weet je wel,' zei hij. 'Die vrouw. Die vent achter haar aan. En die andere man, Terry. Ken je Terry? We hebben haar samen gered. Hem verjaagd, haar gered.'

'Beschrijf hem eens.'

'Een man. Een grote man.'

'En verder?'

'Weet ik niet zo goed. Ik zag alleen maar gedaantes en toen stond ik op, dat geloof ik, ik weet het niet precies meer, ik was in de war, dat zou iedereen zijn geweest, Kit, en ik hield haar vast, zodat hij haar niet kon pakken.'

'Weet je dat zeker? Weet je zeker dat het zo is gegaan? Heb je haar bij hem weg getrokken?'

'Jazeker.' Hij glimlachte met zijn misvormde mond. 'Ik heb haar gered. Dat weet ik zeker. Beseft ze dat wel? In de krant staan verschrikkelijke dingen over mij, maar ik heb haar uit zijn klauwen gered. Vertel ze dat maar, wil je? Vertel maar aan iedereen wat ik heb gedaan, Kit, dan weten ze het. En dan krijgen ze spijt van wat ze gedaan hebben. Dan heeft iedereen spijt.' Weer streek hij over zijn gezicht, likte zijn gehavende lip.

'Wat gebeurde er daarna?'

'Erna?'

'Nadat je haar had weggetrokken?'

'Toen kwam die andere man de tunnel uit en ze rende naar hem toe en die andere rende weg. En ze gilde en gilde maar. Ik wist niet dat iemand zo hard kon gillen.'

'Luister, Michael. Denk goed na. Is er iets wat je je herinnert, wat dan ook, iets wat je hebt gezien of gehoord, geeft niet wat, dat je niet aan de politie of aan mij hebt verteld?'

'Ik heb haar haar gestreeld om haar te troosten.'

'Ja.'

'En die andere man, die man die uit de tunnel kwam, die zei – neem me niet kwalijk, Kit – die zei heel hard: "Godverdomme!". Sorry.' Er gleed een preutse uitdrukking over Dolls gezicht.

'Waar ga je nu heen, Michael?'

'Waarheen?' Zijn ogen keken me even schichtig aan. 'Ik kan zeker niet...'

'Je moet naar huis gaan, Michael. Ga even lekker eten. Trek schone kleren aan. Ga uitrusten.'

'Uitrusten,' zei hij. 'Ja. Het is allemaal een beetje uit de hand gelopen. Ik had pillen gekregen, maar ik weet niet meer waar ik die heb gelegd.'

'Ga naar huis, Michael.'

'Is dat veilig?'

'Heb je politiebescherming?'

'Ze zeiden dat ze een oogje in het zeil zouden houden.'

'Goed,' zei ik. Ik glimlachte naar hem. Ondanks mijn verwarring over wat er gebeurd was, ondanks alle vermoeidheid en mijn afkeer van Doll ging er een scheut van onverwachte en onwelkome tederheid door me heen voor deze jongen met zijn gehavende gezicht en bloeddoorlopen ogen en zijn algemene morsige wanhoop en hulpeloosheid. 'Ik denk dat het heel veilig is. Het zal niet meer gebeuren. Pas goed op jezelf.'

'Kit. Kit.'

'Ja.'

Maar hij hoefde niets te zeggen. Hij staarde me heel even aan. Er kwamen tranen in zijn ogen. Ze liepen over zijn wangen, over zijn gewonde gezicht, langs zijn vuile hals.

Het was elf uur. Over twee uur had ik een afspraak met Oban en Furth, over drie uur werd ik bij Bryony Teale thuis verwacht. Ik overwoog om naar huis te gaan en een douche te nemen, misschien even een dutje te doen. Maar mijn vermoeidheid was plotseling verdwenen. Ik voelde me alert en helder door het gebrek aan slaap, alsof ik op een hoge berg stond en ijle lucht inademde. Ik bedacht dat ik iets moest eten, maar de gedachte alleen al maakte me een beetje misselijk. Ik wilde alleen maar een glas koud water om mijn lichaam mee te spoelen, zodat de sloten bittere koffie wat verdund werden.

Ik liep het station uit en de straat in. Ik kocht een grote fles mineraalwater met prik en nam die mee naar een plantsoentje in de buurt, waar banken en neerhangende rozenstruiken stonden. Ik ging op een bank in de zon zitten en dronk het water en keek naar de voorbijgangers. De warme zon voelde weldadig op mijn huid. Ik zuchtte en sloot mijn ogen. Ik voelde de zon langs mijn nek kruipen. Flarden van de afgelopen vierentwintig uur gonsden een beetje in mijn hoofd: ik hoorde Wills gekreun van de vorige nacht, voelde zijn hand op mijn borst. Ik zag hem voor me, zoals hij vanochtend was geweest, zo oppassend om me niets te beloven. Ik stelde me Bryony's gezicht voor in haar ziekenhuisbed. Haar oranje haren en karamelkleurige ogen en haar trillende handen. Ik liet Doll naar voren komen, met zijn klagerige, verwarde zinnen en zijn opgezwollen, etterende gezicht. De andere getuige, Terence Mack, met de vierkante, harige handen, was even verblind geweest door het licht in de tunnel. Niemand had iets belangrijks gezien. Iedereen keek altijd de verkeerde kant op. Het drama vond altijd in het donker plaats.

Ik bleef lange tijd zitten, ik dacht zonder na te denken, ik liet de beelden in mijn hoofd zweven als mistslierten, ongrijpbaar, maar suggestief. De zon scheen tussen de wolken. Mensen kwamen uit hun kantoor en gingen op het gras zitten om hun lunch op te eten. Ik dacht aan Albie, maar hij leek nu heel ver weg, een man die in de verte lachte, met zijn hoofd achterover en glanzend witte tanden, een vreemde. Ik kon haast niet geloven dat ik maanden lang naar bed was gegaan met het verlangen dat hij naast me lag, en elke ochtend wakker was geworden met de gedachte dat hij me pijn had gedaan en dat hij nooit meer terugkwam om me in zijn armen te nemen en te zeggen dat het hem speet. Nooit meer. Hij zou me nooit meer vasthouden en strelen. Wat een hardvochtig en stekend woord: nooit. Definitief, als een mes, als een streep ergens onder.

Maar vanavond zou ik Will zien. Ik zou naar zijn huis gaan en ik zou hem dwingen naar me te kijken en me te zien, en dan zou ik me een tijdje gelukkig voelen. Ik stond op en dwong mezelf weer aan Bryony Teale te denken.

29

'Mooi,' zei ik, terwijl ik door het raam keek.

'Wel een achterbuurt,' zei Oban met opgetrokken neus.

Oban had me verteld dat Bryony met me wilde praten. Speciaal met mij. Een welwillend vrouwelijk oor, had Oban door de telefoon gezegd. Niet als compliment. Ik was erheen gelopen en toen ik bijna bij het huis was, ging er een raampje open van een auto voor de deur en er stak een hand uit, die me wenkte. Oban keek naar buiten. Hij deed het portier open en zei dat ik naast hem moest gaan zitten op de achterbank. Hij zei dat hij eerst wat wilde zeggen. Het was beter geweest om dat buiten te doen, zelfs op deze grijze dag, maar Oban voelde zich kennelijk meer op zijn gemak in de auto. Misschien beschouwde hij het als een mobiel kantoor.

Het huis stond in een halvemaanvormige rij, niet zozeer een echte C, maar meer een ronde haak. Het waren hoge, smalle huizen, laat-Victoriaans. Sommige waren verpauperd, een was dichtgetimmerd, maar enkele vertoonden de duidelijke tekenen van de betere standen: glimmende geschilderde voordeuren met koperen krukken en kloppers, pas gevoegde gevels, metalen luiken voor de benedenramen. Oban wees de straat in.

'Tien jaar geleden lag daar een bloemenzee.'

'Hoezo?'

'Een paar jongens liepen naar Euston Road, toen ze een bende andere jongens tegenkwamen. Die gingen achter hen aan en pakten een van hen bij dat hek daar. Ze sloegen hem in elkaar en toen ze klaar waren, stak iemand een mes tussen z'n ribben.' Hij keek weer naar het huis. 'Ik begrijp niet waarom zulke nette mensen hier zouden willen wonen.'

'Van wat ik begrijp proberen ze de buurt op te vijzelen en vertrouwen te tonen in de bewoners.'

Oban trok een grimas. 'Juist,' zei hij. 'En dit krijgen ze als dank. Ze zijn zo verdomd naïef. Ik weet precies hoe het gaat. Die vrouw loopt langs het kanaal alsof ze een boswandeling maakt. Ik ben niet bepaald dol op boswandelingen, hoor, maar dit is ontzettend stom. Heb je gehoord van die vrouw, die een paar jaar geleden in een van de hotels hier logeerde?'

'Geen idee,' zei ik. 'Ik hoor zo veel verhalen over vrouwen.'

'Deze liep gewoon over straat. Maar ze werd door een paar jongens het jaagpad op getrokken. Ze werd verkracht. Ze vroegen of ze kon zwemmen. Ze zei nee, die slimmerik. Dus ze gooiden haar in het water. Ze zwom naar de overkant. En zo kwam ze weg.'

'Wat raad je dan aan?' vroeg ik. 'Binnenblijven met de deur op slot en de tv aan?'

'Dat zou veiliger zijn.'

'Het beste zou zijn als iedereéén langs het kanaal liep.'

'Wie wil er nou langs een stinkend kanaal lopen?'

Zo kon het wel weer. 'Zullen we maar naar binnen gaan en met Bryony Teale gaan praten?' vroeg ik.

Oban keek peinzend. 'Het lijkt me beter als jij alleen met haar praat,' zei hij. 'In eerste instantie, tenminste.'

'Ik weet niet of we al iets uit haar zullen krijgen,' zei ik. 'Ze was er vannacht slecht aan toe.'

'Doe wat je kan. Kom met iets terug, wat dan ook.' Daarna verviel Obans stem tot een gemompel dat ik niet kon verstaan.

'Wat zei je?'

Oban wilde wat zeggen, maar er kwam alleen een soort vreemd gesputter uit. 'Het is die verrekte Doll,' wist hij uiteindelijk uit te brengen. 'Ergens is hij erbij betrokken. Ik weet niet hoe, maar het is zo.'

'Hij was alleen maar een getuige, zei je.'

'Getuige, m'n reet,' zei Oban. Zijn gezicht was nu vuurrood. De chauffeur voor in de auto draaide zich om en keek me aan. 'Ik wil die smeerlap uit de weg hebben. Vraag of ze wat van Doll weet. Vraag haar wat hij daar deed.'

'Sorry,' zei ik. 'Zoals ik het begrijp, is er verband tussen de plek, het stuk kanaal en de wijze van ontvoering. Doll brengt zijn dagen door op die plek, hij zit daar met z'n hengel en z'n wormen. En dan heb je het meisje en de getuige. Hij heeft haar geholpen.'

Oban liet een sarcastische lach horen, die het midden hield tussen een grom en een hoest. 'Ik heb geen flauw idee hoe het zit,' zei hij. 'Maar Doll zit er al vanaf het begin aan vast, als een vies luchtje. Hij zit er tot over z'n oren in. Dat weet ik gewoon. En jij weet dat ook. Je hebt hem gesproken, je hebt gezien waar hij woont.'

Ik huiverde even. 'Ik weet het. Oké, ik zal het vragen. Klop ik gewoon op de deur?'

'Ja. We hebben de hele dag een agente daar gepost, waarschijnlijk alleen maar om thee te zetten. Die doet wel open.'

'Wat ga jij doen?'

'Ik ga weg. Als ze een verklaring kan afleggen, stuur ik wel een mannetje.' Toen ik het portier opendeed, legde Oban zijn hand op mijn pols. 'Kom met iets, Kit. Ik ben ten einde raad.'

De jonge agente deed de deur open. 'Dokter Quinn?'

'Ja. Hoe is het met haar?'

'Ik weet het niet. Ze heeft niet veel gepraat.'

Ik keek om me heen. De vloer en de trap waren kaal en schoon, maar het hele interieur ademde een terloopse, enigszins verloederde sfeer. Aan de ene muur hing een fiets aan een zware haak. In de gang hingen planken vol beduimelde pockets en op de overloop boven zag ik nog meer planken met boeken. De gang kwam uit op de keuken en daar voorbij zag ik een tuin. Er ging naast me een deur open en er kwam een man naar buiten, de man die ik in het ziekenhuis had gezien. Hij was nu ongeschoren en zijn donkere krullen zaten in de war. Hij droeg een marineblauwe sweater, een spijkerbroek en versleten tennisschoenen zonder sokken. Hij zag eruit zoals ik me voelde. Vermoedelijk had hij nog minder geslapen dan ik. Hij was lang, een meter tweeëntachtig of zo. Hij gaf me een hand. 'Ik ben Gabe,' zei hij.

'Ik heb je gezien,' zei ik. Hij keek niet-begrijpend. 'In het ziekenhuis. Vannacht. Vanochtend. Maakt niet uit.'

'O ja, sorry, ik was niet op m'n best. Wil je iets drinken?'

'Ik ga thee zetten,' zei agente Devlin formeel en ze slofte als een Edwardiaanse dienstmeid naar de keuken.

'Hoe is 't met je vrouw?'

Gabe kreeg een bezorgde uitdrukking op zijn gezicht. 'Ik weet het niet. Beter dan vannacht.'

'Mooi zo. Mag ik met haar praten?'

Gabe keek ongemakkelijk. Hij stopte zijn handen in zijn broekzakken, maar haalde ze er meteen weer uit. 'Mag ik jou eerst iets vragen?'

'Ga je gang.'

'Is Bry aangevallen door die vent die die afschuwelijke moorden heeft gepleegd?'

'De mogelijkheid bestaat. Het was op precies dezelfde plek als waar een van de andere lichamen is gevonden.'

'Maar het lijkt zo vergezocht,' zei hij. 'Waarom komt iemand in vredesnaam terug op de plek waar hij al een moord heeft gepleegd? Dat lijkt me zo link.'

'Ja, maar dat doen moordenaars. Dat is geen theorie, maar een feit. Moordenaars komen terug.'

'Ja, ja,' zei Gabe, alsof hij in zichzelf praatte. Ik kreeg een opwelling om mijn hand op zijn schouder te leggen, om hem troost te bieden, maar hij kon maar beter doorpraten. 'Wat ik wilde vragen, het klinkt vast stom of paranoïde, hoor, maar ik wilde gewoon weten of Bry gevaar loopt. Zou hij haar weer willen aanvallen?'

Ik dacht even na. Ik wilde een precies antwoord geven.

'Het onderzoeksteam is van mening dat de dader een opportunist is. Op dat late tijdstip, op die plek langs het kanaal was je vrouw natuurlijk een kwetsbaar doelwit.'

Gabes ogen knepen zich samen en hij keek me aan. 'Maar wat denk jíj?'

'Ik ben dus door de politie ingehuurd om met mogelijke ideeën naar voren te komen. Ik bekijk het van verschillende kanten. Ik heb altijd vermoed dat er een verband bestaat tussen de eerste twee slachtoffers.'

'Wat? Waarom?' Gabe Teale klonk alsof hij midden in een nare droom zat.

'Dat weet ik niet. Het is maar een gevoel. Misschien heb ik het mis. Het klopt waarschijnlijk ook niet. De politie is het in ieder geval niet met me eens. Ik wilde alleen open kaart met je spelen.'

'Maar als je het niet mis hebt...' Hij sprak langzaam, in een mist van vermoeidheid en stress. 'Dan loopt Bry nog steeds gevaar.'

'Maak je daarover maar geen zorgen,' zei ik. 'Jullie krijgen politiebescherming, dat staat vast. Oké?'

'Dat is goed,' zei hij, maar hij keek niet erg gerust. 'Dank je.'
'Mag ik nu met je vrouw spreken?' zei ik zo vriendelijk mogelijk.
'Ik breng je naar haar toe. Wil je liever alleen met haar zijn?'
'Dat mag jij zeggen,' zei ik. 'Ik denk dat ze jou er liever bij wil hebben.'
'Ze is hier,' zei hij, en hij leunde tegen de deur en duwde hem open. Hij keek naar binnen. 'Bry? De dokter is er.'
Ik liep achter hem aan de kamer in. Twee kamers waren doorgebroken, zodat er één grote ruimte was ontstaan die de hele lengte van het huis besloeg. Aan het ene eind zag ik de straat door het grote raam en aan het andere de tuin door de openslaande deuren. Bryony Teale zat in het achterste gedeelte op een grote, roestkleurige bank. Ze droeg een feloranje sweater en een blauwe driekwart broek. Haar blote voeten had ze onder zich gevouwen. Ik liep naar haar toe en haar man trok een leunstoel voor me bij. Daarna ging hij op de bank zitten en schoof haar een eindje op, zodat ze tegen hem aan kon leunen. Ze keken elkaar even aan en Gabe gaf haar een geruststellende glimlach.
Aan de muur boven haar hing een grote foto in posterformaat van een meisje in een verlaten straat in de stad. Het meisje was fleurig uitgedost, ze leek wel een zigeunerin, een waarzegster, maar het meest vielen me haar donkere, felle ogen op, die strak in de lens keken. Het leek alsof het meisje zich juist op dat moment had omgedraaid en haar buitengewoon intense blik op de fotograaf had gericht. Je wist dat ze het volgende moment haar blik weer had afgewend, maar dit was genoeg. Het effect was dat je dit meisje wilde leren kennen, dat je wilde weten wat er met haar was gebeurd en waar ze nu was.
'Wat een prachtige foto,' zei ik.
Bryony keek over haar schouder en even speelde er een flauw glimlachje om haar mond.
'Dank u,' zei ze. 'Die heb ik genomen.'
'Je bent fotografe,' zei ik.
'Ik weet niet of ik mezelf dat nog mag noemen,' zei ze treurig. 'Het is lastig om mensen te vinden die het soort foto's willen publiceren dat ik maak.'
'Dat geloof ik niet,' zei ik.
'Deze heb ik vorig jaar genomen, zo'n kilometer hiervan-

daan,' zei Bryony. 'Tijdens het wandelen kwam ik haar met haar familie tegen. Het waren vluchtelingen uit Roemenië. Wat is ze mooi, hè?'

Ik keek weer. 'Ze is wild,' zei ik.

'Misschien heb ik haar bang gemaakt,' zei Bryony.

'Hoe voel je je?' zei ik.

'Sorry dat ik zo slap ben.'

'Doe niet zo raar,' zei ik. 'Je hoeft mij niets te bewijzen. Je hoeft niet eens met me te praten als je daar geen zin in hebt.'

'Nee, nee, ik wil het graag. Zo ben ik anders niet.'

Ik keek eens goed naar haar. Ze was er duidelijk beter aan toe dan toen ik haar in het ziekenhuis zag, maar ze was nog erg bleek en had dikke wallen onder haar ogen.

'Iedereen zou een shock krijgen van wat jij hebt meegemaakt,' zei ik. 'Dus je komt door je werk op de vreemdste plekken zeker?'

'Soms,' zei ze.

'Maar je moet wel oppassen. Ik had net een gesprekje met het hoofd van het onderzoeksteam. Hij vindt het niet zo verstandig om 's nachts langs het kanaal te wandelen.'

'Dat zeg ik haar steeds,' zei Gabe. 'Maar ze kent geen angst. En ze is koppig. Ze is dol op wandelen.'

'Ik denk daar nu wel anders over,' zei ze.

'Nou ja, misschien 's nachts niet in je eentje,' zei ik opgewekt, omdat ik voelde dat er een ruzie op til was. 'Vind je het goed als we erover praten?'

'Ik wil graag helpen.'

'Als het niet gaat, zeg je maar dat ik moet ophouden.'

'Het gaat best.'

'Kan je me vertellen wat er is gebeurd?'

'Ik heb de hele dag mijn hersens zitten pijnigen, maar ik denk niet dat u veel aan me hebt. Het ging allemaal zo vlug. Ik wandelde over het jaagpad. Ik voelde een arm, die aan me trok. Hij trok en trok en ik gaf een gil. Toen waren er meteen die andere mensen die me vastgrepen. Het klinkt ontzettend stom, maar ik had eerst niet door dat ze me wilden helpen. Voordat ik besefte wat er aan de hand was, was de man al weggerend.'

'Dat was alles?'

'Alles?'

'Luister, Bryony, na de aanval was je in shocktoestand. Trauma. Je hoeft het gebeurde niet te bagatelliseren.'

'O.' Ze lachte beverig. 'Nou, ik deed het in m'n broek van angst, om eerlijk te zijn. Inderdaad kom ik via mijn werk op de vreemdste plaatsen, en als je jezelf bang laat maken door van alles, komt er nooit iets goeds uit je vingers. Dan zou ik alleen maar zelfportretten schieten in de tuin.' Weer lachte ze even. 'Maar eerlijk gezegd liep ik langs dat kanaal, denk ik, om mezelf iets te bewijzen. Denkt u nu dat ik niet goed snik ben?'

'Nee, maar wel roekeloos.'

'Dus ik vond het al een beetje griezelig, om daar in het donker te lopen...' Ze keek even op naar Gabe, die haar bemoedigend toeknikte. 'En toen doemde ineens die gedaante op en die greep me overal vast. Ik dacht dat ik dood zou gaan, of dat ik zou verdrinken. Of dat ik verkracht zou worden.' Ze huiverde. 'Terugkijkend zeg ik steeds bij mezelf dat het niets voorstelde, maar ik dacht echt dat ik vermoord zou worden, enkel en alleen omdat ik zo stom was om midden in de nacht bij het kanaal te lopen. Vannacht heb ik ervan gedroomd en ik werd huilend wakker.'

'Is je iets opgevallen aan de man?'

Ze schudde hulpeloos haar hoofd. 'Het was donker. Dit wordt allemaal zó oninteressant... Ik geloof dat hij nogal klein was. En misschien had hij van dat stekeltjeshaar. Dat zie ik voor me. Dat is alles.'

'Blank?'

'Ja. Dat denk ik wel, tenminste.'

'Weet je nog wat hij aanhad?'

'Nee.'

'Of wat hij niet aanhad? Een pak? Een lange jas? Een joggingbroek?'

Ze glimlachte zuinig.

'Nee, dat allemaal niet,' zei ze.

'Nog één vraag,' zei ik. 'Ik was benieuwd of je iets over de twee getuigen zou kunnen zeggen.'

'Hoe bedoelt u?'

'Wat deden ze?'

Bryony keek niet-begrijpend. 'Ik snap het niet. U weet toch wat ze deden? Ze hebben die man weggejaagd.'

Ik kon niet bedenken wat ik moest zeggen. Ik probeerde het

nog eens. 'Uit wat je vertelt blijkt dat het allemaal erg chaotisch was. Misschien leek het wel of je door drie mannen werd aangevallen. Of door twee mannen, die door de derde werden verjaagd.'

'Waarom?'

'Ik was gewoon benieuwd.'

Bryony keek peinzend. 'Ik probeer het me steeds voor de geest te halen. Maar ik kan mezelf alleen maar herhalen. Ik ben door een man aangevallen en die is weggerend. Dat is het.'

'Dus één aanvaller en twee getuigen die hem wegjaagden?'

'Ja.' Ze leek nog verwarder dan eerst.

'Dat weet je zeker?'

'Ja. Nee. Nou ja, voor zover er iets zeker is in dit leven.'

'Als je een verklaring aflegt aan de politie, zullen ze je veel meer van dergelijke vragen stellen. Je zal versteld staan hoeveel je je herinnert, als je het op de juiste manier benadert.'

'Ik doe m'n best, dokter Quinn. Echt waar.'

'Zeg maar Kit. Als iemand dokter Quinn tegen me zegt, kijk ik rond wie ze bedoelen.'

'Goed dan, Kit. Mag ik nog iets zeggen?'

'Ga je gang.'

Ze slikte. 'Ik ben heel dankbaar voor alles wat jullie voor me doen, maar... maar...'

'Wat?'

'Ik zou graag willen weten of het niet gewoon een mislukte beroving was. Dat hij gewoon op m'n portemonnee uit was.'

'Ja,' zei ik. 'Dat zei een van de getuigen ook al. Hij zei dat jij had gezegd dat het niets voorstelde, dat je niet eens de politie wilde bellen. Dat heeft hij dus op z'n mobieltje gedaan.'

Ze trok haar benen nog verder op, tot haar knieën onder haar kin zaten. Ze keek in mijn vermoeide ogen met haar vermoeide ogen. 'Vind je dat raar?'

Ik wierp haar mijn beste geruststellende doktersglimlach toe. 'Helemaal niet. Heb je wel eens over straat gelopen en iemand zien struikelen en vallen? Soms komen ze lelijk terecht, maar heel vaak wachten ze niet eens om even bij te komen. Ze proberen door te lopen alsof er niets is gebeurd. Mensen hebben een sterke neiging om nadrukkelijk te doen alsof alles normaal is. Je ziet het zelfs bij ernstige ongelukken. Zwaargewonden proberen gewoon naar hun werk te lopen. Het is heel natuurlijk om jezelf ervan te overtuigen dat er niets ernstigs aan de hand is. Misschien proberen je hersens zich zo te beschermen tegen stress.'

'Maar het zou toch kunnen?' Haar stem had iets smekends. 'Het zou toch kunnen, dat het gewoon een straatroof was? Een afschuwelijk toeval?'

'Misschien heb je gelijk. We zullen dat serieus in overweging nemen. Maar ik heb hier al met je man over gepraat. We nemen geen enkel risico.'

'Dat is goed,' zei ze somber.

Ik leunde naar voren. 'Je hebt dit waarschijnlijk al gehoord, maar ik wil het je nog een keer zeggen. Het is heel normaal dat je na een dergelijke ervaring depressief wordt. Je voelt je verward, misschien verwijt je het jezelf wel, of wordt het je verweten.'

Ik keek naar Gabe. 'Ik weet wat je bedoelt,' zei hij. 'We zijn inderdaad soms een beetje kribbig tegen elkaar. Maar ik zou Bry nooit iets verwijten.'

'Dat bedoelde ik niet,' zei ik. 'Ik wilde alleen duidelijk maken dat deze dingen op onverwachte manieren problemen kunnen veroorzaken. En voor de partners is het ook moeilijk.'

Bryony leunde achterover op de bank en sloot haar ogen. 'Ik wil gewoon dat het allemaal voorbij is,' zei ze.

'Voor jou is dat al zo,' zei ik. 'Dat geloof ik. Maar eigenlijk willen we dat het voor iedereen zo is.'

Ze leunde tegen Gabe aan, die haar haar streelde. Ik werd plotseling een beetje jaloers en ik voelde me volkomen overbodig. Ik ging dan ook wat schutterig af.

30

Toen ik van de drukke ringweg links de doodlopende straat insloeg waar Will woonde, raakte ik een beetje van mijn apropos. Zoals hij door de telefoon had gezegd, was zijn huis een twee-onder-een-kap, het tamelijk kleine, Victoriaanse huis met de flesgroene deur en het zwarte, ijzeren hek, dus niet het huis met de slordige ligusterhaag en het dichtgetimmerde raam op de begane grond. Wat hij niet had gezegd was dat deze twee huizen de enige oude gebouwen waren in een grote nieuwbouwwijk met torenflats, een netwerk van wandelgangen en parkeerterreinen en een speeltuintje, waar de draaimolen aan de ketting lag. Twee tieners zaten op de schommels die voor kleuters bestemd waren te roken en schuurden met hun hakken over de rubber tegels. Wills huis zag er met zijn voortuin en keurige hek heel surrealistisch uit, alsof het uit een nette woonbuurt was geplukt en hier per vergissing was neergezet.

Ik denk dat ik me had voorgesteld dat hij de deur zou opendoen en me naar binnen zou trekken en dat we elkaar diep in de ogen zouden kijken en daarna in elkaars armen zouden vallen. Maar natuurlijk gebeurde dat niet. Will deed open met een draadloze telefoon onder zijn kin en wenkte me zonder iets te zeggen binnen. Daarna liep hij de keuken in met zijn telefoon, zodat ik alleen in de woonkamer stond, terwijl de glimlach van mijn lippen verdween.

Maar ik had nu wel de gelegenheid om even rond te kijken. De kamer was zo goed als leeg. Als ik mijn stem verhief, zou ik waarschijnlijk een echo horen. Er stonden precies vier dingen in, zag ik: een geweldig grote, donker mosterdgele bank, een moderne stereo-installatie in de hoek, een draaibare kast vol cd's en zo'n mooie apothekerskast met tientallen laatjes, die je voor duizenden ponden in te chique antiekwinkels in Noord-Londen kon kopen. Dat was alles. Geen tafel. Geen andere stoelen. Geen tv of video. Geen boekenplanken. Geen haken waar jassen en jasjes aan hingen. Geen schilderijen of foto's aan de witte muren. Geen rondslingerende rommel. Ik dacht aan hoe het bij mij was. Hoe netjes en leeg ook, het stikt er van de vreemde dingen: pennen en blocnotes, boeken, kranten en tijdschriften, sierschalen met dobbelstenen of sleutels of oorbellen, kaarsen, spiegels, glazen, bloemen. Maar hier was niets van die dagelijkse troep te vinden.

Ik deed mijn suède jasje uit, hing het over de leuning van de bank en bekeek de cd's. Ik zag niet één bekende naam. Ik liep naar de kast en trok voorzichtig een laatje open. Er zat niets in. In de volgende drie evenmin. Ik vond een stapeltje paperclips in het vijfde en een aantal laatjes verder een kapot schaakstuk. Verder niets.

'Sorry, hoor.'

Ik schrok. Hij was stilletjes binnengekomen, als een kat, en had me betrapt op het snuffelen in zijn spullen, al leek hij die niet te hebben.

'Woon je hier echt?'

'Hoezo?'

'Nou ja, dit.' Ik gebaarde de kamer rond. 'Wat doe je als je thuis bent? Het is hier zo leeg. Niets wijst erop dat jij hier woont. Eigenlijk best griezelig. Het is niet zozeer minimalistisch, als wel volkomen minimaal.'

'Dat is juist de bedoeling.'

'Hoe lang woon je hier al?'

'Twee jaar.'

'Twee jaar! En heb je in die twee jaar niets gekocht? Waar woonde je dan eerst?'

'In een heel vol huis.'

'Met een vrouw?'

'Daar zat het onder andere heel vol mee, ja.'

'Dus je hebt alles achter je gelaten?'

'Een beetje gezellig kletsen is er bij jou niet bij, hè? Wil je iets drinken?

'Ja, wat heb je?'

Ik liep achter hem aan naar de keuken, die slechts een vage gelijkenis vertoonde met de keukens die ik kende. Een gootsteen bij het achterste raam, een grote, roestvrijstalen vuilnisemmer, een ijskast in de hoek. Maar verder waren er geen keukenkasten en werkbladen, zoals je zou verwachten, en ik zag ook geen fornuis. In plaats daarvan stond er een oude grenen tafel tegen de ene muur, met daarop een elektrische waterkoker, een broodrooster, een koffiemolen en twee scherpe messen.

'Jezus, Will, dit is wel een beetje vreemd, hoor.'

'Whisky, gin, cognac, wodka, Campari, een vreemd IJslands drankje dat ik nooit heb opengemaakt.' Hij rommelde in een hoge kast. 'Of er is bier en wijn in de ijskast. Of tomatensap.'

Ik had geen zin in bier of wijn en zeker niet in tomatensap. Ik had zin in iets wat ik in mijn keel voelde branden en door mijn aderen voelde stromen.

'Ik wil dat IJslandse spul wel proberen.'

'Dapper van je. Dan doe ik mee.'

Ik liep naar de achterdeur en keek de tuin in. Het schemerde, maar in het zwakke licht zag ik een klein gazon met pal in het midden een grote laurierboom. Will deed een aantal ijsblokjes in twee glazen en schonk er daarna een aantal vingers helder vocht bij.

'Bedankt.' Ik hief formeel mijn glas naar hem en daarna gooide ik de helft van mijn glas achterover. 'Godsamme!' Het spul schroeide mijn keel en de tranen sprongen in mijn ogen.

'Gaat het?'

'Neem eerst zelf maar 's een slok.'

Hij dronk zonder een spier te vertrekken en daarna zette hij zijn glas op tafel. Meters vloer scheidden ons. Het leek alsof hij kilometers van me vandaan was en ik hem niet kon bereiken.

'Ik begrijp eigenlijk niet waarom je wou komen,' zei hij in de grote ruimte die ons scheidde.

Ik deed geen moeite om te antwoorden. Ik dronk de rest van het sterke spul in één keer op. De kamer kantelde even, maar kwam toen weer rechtop. Wat kon het schelen? Ik was er tenminste, en er zou zeker iets gebeuren. 'Wil je dan dat ik weer wegga?'

'Nee.'

'Goed. Ik heb namelijk al te veel op. Dus wat nu?'

'Iets eten?'

'Nee, dank je.'

'Heb je wel geslapen?'
'Nee.'
'Geen slaap, geen eten.'
'Ik neem niet het initiatief, Will.' Ik werd dapper van drank.
'Is goed.'
'Het is namelijk jouw beurt.'
'Om je vraag te beantwoorden: ik ben weggegaan omdat ik een keer met een kater wakker werd en alles me helemaal m'n strot uit kwam.'
'Je baan?'
'Mijn werk, mijn bedrevenheid daarin, mijn geweldige vermogen om naar de letter van de wet te oordelen, maar niet naar de geest, mijn kleinzielige triomfen en successen, mijn drankgebruik, mijn toenemende cokegebruik, mijn huis met de mooie stijlmeubelen, mijn banksaldo, mijn aktetas en laptop en mobiele telefoon, die ik elke ochtend vroeg meenam in de metro, ingeklemd tussen allemaal mannen zoals ik. Doodziek van al die dingetjes. Hoe meer je er hebt, hoe groter je behoefte eraan wordt. De nieuwste, kleinste mobiele telefoon, de hebbedingetjes, een horloge met een computer erin. Doodziek van die kloterige broekpers, de pakken en dassen, de cocktailparty's, de vergaderingen met hordes andere mannen in pakken net als die van mij, die ook broekpersen en stijlmeubelen bezitten, de vakanties op Cape Cod waar iedereen over praat, de gesprekken over golf en schoolgeld en goede wijn. Ik werd wakker en ineens wist ik dat ik het niet meer kon. Ik kon geen dag langer meer werken. Het was een beetje als alcoholvergiftiging: ik walgde van mezelf, ik was allergisch voor de wereld waarin ik leefde. Ik vond het afschuwelijk dat ik zo voorbijging aan de wereld om me heen. Echt, elke ochtend en elke avond liep ik langs die groepjes dakloze jongeren, van die kinderen met wie ik nu mijn dagen doorbreng, en langs alcoholisten en hoeren, maar ik zag ze niet, letterlijk, tenzij ze me in de weg stonden. Ik was er blind voor.'
'En plotseling zag je ze wel?'
'Ik zag niet ineens het licht of zo, hoor.'
'Maar was het een gewetenskwestie, dat je bent weggegaan en het opvanghuis hebt opgezet?' Ik wilde dat hij iets gunstigs over zichzelf zei.
'Dat woord neem ik niet in de mond, tenzij ik een schenking

voor het huis probeer te krijgen van een zakenman die goede daden wil doen. Zulke woorden zijn door politici door het slijk gehaald: geweten, integriteit, eer, waarheid, oprechtheid, liefde.' Zijn stem klonk minachtend. 'Het was meer een dringende noodzaak. Maak geen wereldverbeteraar van me. Ik heb het voor mezelf gedaan, om mezelf te redden. Ik ben de enige persoon die ik probeer te redden. Wil je nog een slokje?'

'Ach ja, waarom niet? En je vrouw?'

'Die is gebleven.'

'In dat volle huis.'

'Ja.'

'Kinderen?'

'Nee.'

'Zie je haar wel eens?'

'Nee.'

'Mis je haar?'

'Nee.'

'Ben je nooit eenzaam?'

'Nee. Tot voor kort niet.'

'Waarom nu wel?'

'Wat denk je, Kit?'

'Doe je dit vaak?'

'Wat?'

'Wat we nu gaan doen.'

'Nee. Jij?'

'Nee. Merk je dat niet?'

'Mensen doen zich anders voor dan ze werkelijk zijn.'

'Hoe doe ik me dan voor?'

'Als iemand die bang is, maar zichzelf er toch toe dwingt.'

'Waar ben ik bang voor?'

'Weet ik veel? Voor mij?'

'Waarom zou ik bang voor je zijn?' Ik was het wél, ik was vol angst en opwinding.

'De wereld dan? Bang om gekwetst te worden?'

'*Ik* hoor zulke therapeutische clichétaal uit te slaan.'

'Drink je glas leeg.'

'Leeg. En nu?'

'Als ik je vroeg om mee naar boven te gaan, wat zou je dan zeggen?'

'Vraag het maar, dan hoor je het wel.'
'Kom je mee naar boven?'
'Ja.'
Hij pakte de fles bij de hals en ik liep achter hem aan de keuken uit en de smalle, kale trap op naar zijn slaapkamer. Een futon, een klerenkast, een grote staande lamp en verrassend vrolijke, gele gordijnen, halfopen, die zwaaiden in de wind door het open raam.
'Doe de knoopjes van je blouse los.'
'Geef eerst de fles even hier. Ik moet mezelf moed indrinken. Zo. Zo goed?'
'Ja. Je bent echt heel mooi.'
'Waarom kijk je dan alsof je pijn hebt?'
'Omdat je zo mooi bent.'
'Dan is het goed.'
'Je kan me maar beter niet vertrouwen, Kit.'
'Dat doe ik ook niet. Ik vertrouw je voor geen cent. Dat is juist het punt.'
'Ik ben niet de goeie man voor je.'
'Dat maakt helemaal niets uit.'

Naderhand lag ik op zijn futon en staarde door het raam naar de halfvolle maan in de inktzwarte nacht. Will lag naast me, zwijgend, en keek met halfgesloten ogen naar het plafond. Toen zei hij: 'Ik heb honger.'
'Ik heb dorst.'
'Wil je iets eten?'
'Zo te zien heb je niet veel in huis.'
'Heb ik ook niet. Ik kan wat halen: Italiaans, Indiaas, Chinees, Thais, Grieks. En er is ook een Japanner in de buurt.'
'Maakt me niet uit. Alles is best.'
'Ik ben zo terug.' Hij trok zijn oude spijkerbroek en grijze sweater aan. 'Niet weggaan.'
Ik bleef op bed liggen en hoorde hoe zijn voetstappen de houten trap af klepperden, hoe de voordeur open- en dichtging. Ik was helemaal alleen in Wills huis. Na een paar minuten liep ik naar de badkamer. Die was brandschoon en functioneel. Ik waste me en deed de dikke, blauwe badjas aan die aan de achterkant van de deur hing, en daarna slenterde ik naar de tweede kamer

boven, een vierkante kamer die op de achtertuin uitkeek. Er stonden alleen een vleugel en een pianokruk. Ik sloeg een van de ivoren toetsen aan en de toon vibreerde in de ruimte. Hij klonk een beetje vals. Ik deed de klep van de pianokruk open; er lagen een paar beduimelde muziekboeken in, waarop bovenaan met potlood aanwijzingen waren geschreven, en een blikje bier.

Ik liep naar beneden om iets te drinken te halen, want ik had een droge mond na al die alcohol. De telefoon in de gang ging over en het antwoordapparaat klikte aan. 'Will,' zei een mannenstem met een dramatisch gefluister. 'Will, met mij, jongen. Ik moet je spreken. Will, ben je daar? Alsjeblieft. Het is dringend.' Het was even stil, en ik hoorde hem zwaar ademen. Gek genoeg hield ik mijn adem in, alsof de beller mij ook zou kunnen horen. Toen klikte het apparaat uit.

Ik pakte een fles bubbeltjeswater uit de ijskast en dronk er twee glazen van. Het liep tegen elven. In de afgelopen veertig uur had ik ongeveer twee uur geslapen, of niet eens. Maar ik was niet moe, niet echt. Ik voelde me vreemd genoeg overgeconcentreerd. Mijn huid tintelde, mijn hart bonsde, mijn gedachten raasden. Ik zag alle voorwerpen in de kamer abnormaal scherp, alsof ze van achteren verlicht werden. Ik liep de woonkamer in en ging op de zachte, diepe bank zitten met mijn benen onder me gevouwen. Zo trof Will me aan toen hij een kwartier later terugkwam. Hij kwam de kamer binnen met een grote zak in zijn armen en met een stroef gezicht, dat grauw was van moeheid, het gezicht dat hij altijd had als hij alleen was. Toen zag hij me. Hij glimlachte niet, maar het leek alsof er een schaduw van hem afgleed. Dat kwam door mij, dacht ik bij mezelf, toen ik opschoof om ruimte voor hem te maken. Hij zei niets, maar hij sloeg zijn arm om me heen en trok me tegen zich aan. Zijn wang was koud van de avondlucht.

Toen zuchtte hij, boog zich naar voren en haalde twee zwarte bladen uit de zak.

'Wat ziet dat er mooi uit, net een kunstwerk. Zonde om het stuk te maken.'

'Eigenlijk moeten we hier sake bij drinken.'

'Ik hoef geen drank meer.'

'Hier, proef dit 's.'

Hij voerde me een reepje rauwe tonijn met een hete, groene

pasta en doopte dat in sojasaus. Ik at het gehoorzaam op. Het smaakte niet naar vis of zout. Het smaakte alleen maar fris.

'Lekker.'

'En nog een.'

'Mmm.'

'Hou je ogen open.'

'Ja, natuurlijk.'

'Proef dit 's. Kit, Kit.'

Ik probeerde mijn ogen open te houden, maar het was allemaal veel te heerlijk om het nog te kunnen volhouden: de warme kamer, de zachte bank, zijn badjas met zijn geur om mijn naakte lichaam, het exotische eten, de vage prikkeling van angst ergens in mijn buik, zijn hand die door mijn haar streelde, het geluid van zijn stem in mijn oor, die mijn naam sprak. Zijn adem op mijn wang. Ik voelde dat ik langzaam in een zalige duisternis weggleed.

31

Ik bleef even naar Michael Doll staan kijken, voordat ik op hem afliep. Er zat een rij mannen langs de kant van het kanaal. Het was woensdagochtend. Moesten die mannen niet naar hun werk? Er stonden een paar radio's aan, afgestemd op verschillende kanalen, met het volume ver open. De telescopische hengels van de vissers waren enorm lang, soms lagen ze over het jaagpad en staken ver uit over het kanaal. Terwijl ik daar stond kwam een jongeman over het pad aan fietsen, waardoor er met veel gemopper hengels opzij werden geschoven.

Er waren twee groepjes vissers, die ineengedoken bij elkaar zaten met een kop warme drank uit een thermosfles, maar de meesten zaten alleen. Op een bepaalde manier was Michael Doll nog meer in zijn eentje dan de anderen, omdat hij een eindje verderop zat. Wisten ze hoe het zat met hem? Ik liep naar hem toe, terwijl ik over hengels stapte en tussen plastic dozen met haken, molens en maden manoeuvreerde. Het was niet koud, maar Doll had een rood met zwart geruite jas aan, een soort Canadees houthakkershemd, en hij had een nogal vlotte, marineblauwe pet op. Hij keek recht voor zich uit en naarmate ik dichterbij kwam, hoorde ik dat hij zachtjes zat te zingen. Toen leek hij het als het ware te voelen dat ik naar hem keek, als een zuchtje wind, en hij draaide zich om. Hij glimlachte, maar was niet verbaasd. Hij straalde een soort verwachting uit waar ik het koud van kreeg.

'Hallo, Kit,' zei hij. 'Hoe gaat het?'

'Prima,' zei ik, terwijl ik mijn handen in mijn zak stopte en om me heen keek. 'Ik heb je eigenlijk nooit eerder zien vissen.'

Hij stootte een hees gegiechel uit. 'Ik zit hier goed,' zei hij. 'Aardige lui.' Hij tilde de hengel op. Er zat niets aan de haak. 'Ze knabbelen de wormen eraf, de doerakken.' Weer dat giecheltje. Hij hief de hengel zo hoog dat de haak naar hem toe zwaaide en hij pakte hem behendig vast. Hij zat op een kampeerstoeltje. Bij zijn linkerlaars stond een tabaksblikje vol wormen. Hij zocht er met zijn vingers tussen, totdat hij blijkbaar een goede had gevonden.

'De anderen vissen met maden, dacht ik,' zei ik.

'Maden zijn zonde van het geld,' zei hij. 'Je kan de wormen daarachter uit de grond halen. Zoveel als je wil. Bovendien zit er meer vlees aan wormen.' Hij deed zijn ene oog bijna dicht en kneep het andere toe en daarna hield hij de ongelukkige worm omhoog om hem aan de haak te spietsen. 'Het is gek, hoor, maar iedereen maakt zich druk over vossen en kleine zeehondjes, maar nooit over vissen of wormen. Kijk nou naar deze worm, bijvoorbeeld. Ze zeggen dat een worm geen pijn voelt, maar kijk 's goed.' Hij stak de punt van zijn haak door de worm heen. Er kwam grijs vocht uit. Was dat wormenbloed? Ik had dat, geloof ik, bij biologie gehad, toen ik een jaar of dertien was, maar ik wist het niet meer. 'Kijk,' zei hij overbodig. 'Hij wriemelt meer. Je zou toch denken dat hij pijn had en probeerde te ontsnappen. Rustig maar.' Dat laatste was voor de worm bedoeld. Ontsnappen was er niet bij, want de worm werd nu voor de tweede keer aan de scherpe haak geprikt. 'Wie zegt dat een worm geen pijn voelt, zoals jij en ik?'

'Waarom doe je dit dan?'

Doll wierp de hengel weer terug en de worm verdween in het donkere water van het kanaal. De dobber kantelde en deinde op en neer, totdat hij eindelijk rechtop bleef drijven.

'Ik sta er niet bij stil,' zei hij.

'Jawel, je had het er net over.'

Hij fronste diep.

'Nou ja, het zit wel in m'n hoofd, als je dat bedoelt. Maar het raakt me niet. Het is maar een worm, toch?'

'Dat zal best. Vang je veel?'

'Soms wel tien. Soms zit ik de hele dag in de regen en vang er niet een.'

'Wat doe je met de vissen?'

'Ik gooi ze weer terug. Alleen zit de haak soms te diep. Als je hem er dan uittrekt, scheurt hun bek open of al hun ingewanden komen mee. Dan nek ik ze en geef ze aan een kat die bij mij in de buurt rondloopt. Die vindt dat heerlijk.'

Ik stak mijn handen dieper in mijn zakken en probeerde beleefd en geïnteresseerd te blijven. Ik hoorde dat Doll in zichzelf zat te mompelen, maar toen ik beter luisterde, besefte ik dat hij tegen de vissen praatte, de onzichtbare vissen in het donkere, olieachtige water, dat hij ze probeerde te verleiden om in zijn haak te bijten.

'Ik zie jullie wel,' fluisterde hij. 'Kom maar, visjes. Kom maar.' Hij tilde de haak uit het water. Er zat geen vis aan, maar de worm was al half opgegeten. Hij stootte een hijgend lachje uit. 'Stelletje linkmiegels.'

'Michael, ik wil het eigenlijk met je hebben over wat er bij het kanaal is gebeurd.' Hij mompelde iets onverstaanbaars. 'Vond je het niet vreemd dat je hier was toen het gebeurde?'

Hij keek om zich heen. 'Niet vreemd,' zei hij. 'Ik ben hier altijd. Dit is mijn plek. Als hij meisjes wil vermoorden op mijn plek, dan ben ik erbij.'

'Goed,' zei ik. 'Dit is jouw plek. Je kent 'm goed. Heb je die man herkend? Had hij iets bekends voor je?'

'Neu,' zei Doll. 'Het gebeurde allemaal zo vlug. Donker. Zag niks.'

'Gaat het wel goed met je, Michael? Je bent niet nog een keer aangevallen?'

'Neu,' zei hij, en hij glimlachte naar me. 'Dat is allemaal achter de rug. Vergeten en vergeven.'

Ik keek aandachtig naar de dobber. De worm zou inmiddels al voor driekwart zijn opgegeten. Ik dacht niet dat ik op dit uur van de ochtend nog een marteling van een worm aan zou kunnen.

'Probeer goed na te denken, Michael,' zei ik. 'Als je je iets herinnert, hoe klein ook, neem dan contact met me op. Je kan me via de politie bereiken.'

'Neu, ik heb je nummer.'

'Oké,' zei ik weifelend.

'Ik weet waar je woont.'

'Je kan het ook aan de politie vertellen.'

'Kijk, een vis, een vis, verdomme.'

Er bungelde een zilveren flits aan Dolls lijn. Ik maakte me haastig uit de voeten om niet de kans te lopen dat ik moest toezien hoe zijn ingewanden door zijn bek naar buiten werden getrokken.

Onderweg naar huis passeerde ik een café waar buiten in de zon een verleidelijk leeg tafeltje stond. Ik ging zitten, vroeg om een dubbele espresso en probeerde de chaos in mijn hoofd te ordenen. Toen het tweede kopje werd geserveerd, belde ik Oban. Ja, Bryony had inderdaad een verklaring afgelegd en hij zag het niet meer zitten.

'Je weet dat we geen sodemieter zijn opgeschoten met Micky Doll, *excusez le mot*, en qua signalement hebben we de tamelijk lange man van Terence Mack en de tamelijk kleine man van Bryony. Misschien kunnen we die twee samenbrengen om hun verklaringen op één lijn te krijgen.'

'Het was een worsteling om twaalf uur 's nachts,' zei ik. 'Wat verwacht je dan?'

'Ik kan er niet bij dat die hufter uit zijn schuilplaats te voorschijn is gekomen, dat hij is gezien, maar dat we nog steeds geen donder weten. Wat ben jij trouwens aan het doen?'

'Ik zit koffie te drinken in een café.'

'Dat zou ik ook wel willen, verdomme. Krijgen we trouwens nog een verslagje van het incident? Wat zijn jouw ideeën daarover?'

'Bryony dacht dat het misschien gewoon een mislukte beroving was geweest, en dat het niets met de moord te maken had.'

'Ja, dat zei ze ook tegen ons. Wat heeft dat mens? Wil ze niet in de krant?'

'We moeten er wel over nadenken.'

'Wil je haar de leiding van het onderzoek geven? Ik zou blij zijn als ik er vanaf was.' Ik lachte, tegen wil en dank. 'Ben je daar nog, Kit?'

'We moeten niet op een zijspoor raken,' zei ik. 'Het gaat niet alleen om Bryony. Het past niet helemaal in het patroon.'

'Hoezo, het past niet in het patroon? Het past juist in veel te veel patronen, verdomme. De locatie, Doll. Dat zou genoeg moeten zijn, zelfs voor jou.'

'Ik dacht aan de aanval op zich. De twee moorden zijn eigenlijk heel vakkundig gedaan. Maar dit was zo klunzig.'

'Doe me 'n lol, Kit. Moordenaars gaan steeds verder, ze worden roekelozer. Ze moeten meer risico nemen om dezelfde kick te krijgen. Als de getuigen geen doetje en een mafketel waren geweest, hadden we hem al gepakt. En wat die stomme mafketel betreft...'

'Ik weet het niet, Dan. Ik heb net een gesprekje met Doll gehad bij het kanaal.'

'Ik wil het niet horen. Je vindt 'm te aardig om een moordenaar te zijn.'

'Juist niet. Als Doll een moordenaar was, zou hij nog veel verschrikkelijker zijn. Ik zou dat moeten weten. Ik heb net gezien hoe hij een worm aan een vishaak prikte.'

'En daar baseer jij je oordeel op?'

'Onder andere.'

'Nou, dan moet je maar niet bij mijn dertienjarige zoon in de buurt komen. Je zou 's moeten zien wat hij met kevertjes en een vergrootglas doet.'

Mijn kopje was leeg. Ik kon geen koffie meer zíen. Mijn hoofd was al aan het gonzen. De zon was achter een wolk verdwenen. Het was verbazingwekkend koud.

'Wat ben je nu van plan?'

Het bleef even stil aan de andere kant, zodat ik al half dacht dat de verbinding was verbroken.

'Ik heb het afschuwelijke gevoel dat we eigenlijk alleen maar zitten af te wachten tot hij nog iets dommers doet en gepakt wordt. Intussen zoeken we meer publiciteit. Ik heb een paar journalisten op de hoogte gebracht van de laatste aanval. Ik heb geprobeerd om mevrouw Teale zover te krijgen dat ze op de televisie zou komen, maar daar was ze blijkbaar niet voor te porren. Misschien kan jij haar ompraten.'

'Oké.'

'Verder nog ideeën? Wat ben jij nou aan het doen?'

Nu viel ik even stil. Wat was ik eigenlijk aan het doen? 'Ik probeer de hele zaak eigenlijk weer opnieuw te bekijken. Ik heb het gevoel dat we iets over het hoofd zien.'

'Zoek je een verband tussen alle drie de gevallen?'

'Ik weet het niet.'

'Maar Kit,' zei Oban, en er klonk een heel klein beetje ergernis in zijn stem door, 'we hebben al een connectie. Jij hebt zelf de belangrijkste ontdekt. Waarom zoek je nog verder?'

'Dat weet ik niet,' zei ik, en plotseling zakte ik helemaal in. 'Misschien tast ik gewoon in het duister.'

'Dat zijn jouw woorden, niet de mijne,' zei Oban. 'Ik hoor het wel als je het lichtknopje hebt gevonden.'
En toen was hij echt weg.

Ik ging naar de kliniek en had een drukke dag, waarin ik telefoontjes afhandelde, mail beantwoordde, een stafvergadering leidde over een jongen die zijn pleeghuis in brand had gestoken en gesprekken hield met twee hopeloze sollicitanten. Ik gaf serieus commentaar, ik discussieerde en beargumenteerde, maar mijn gedachten waren de hele tijd elders. Ik kwam pas om acht uur thuis. Er lag een briefje op tafel: 'Ben uit, heel laat thuis. De mafketel belde. Liefs, J.' Had hij zich iets herinnerd?
Ik ging lang in bad, waarbij ik even wegdommelde. Ik wist dat je achter het stuur in slaap kon vallen en je dan kon doodrijden. Als je in bad in slaap viel, kon je dan verdrinken? Ik nam het risico niet. Ik ging eruit en deed een kamerjas aan. Ik belde Will. Hij nam niet op. Ik keek in de ijskast: er stond een kom rijst in, die ik staand opat. Het zou lekkerder zijn als ik hem opwarmde, met olijfolie en parmezaanse kaas eroverheen. Daarna at ik twee augurken en een tomaat. Er stond ook een open fles wijn en ik schonk een glas in.
Ik zette de radio aan en besefte zonder me daarover te verbazen dat de stem die ik hoorde van Seb Weller was en dat hij over Lianne en Philippa praatte. God, wat een prof. De woorden stroomden gladjes uit zijn mond, zonder haperingen, zo nu en dan even een pauze om spontaan over te komen.
'Het zal duidelijk zijn dat deze zaak veel vrouwen uit die buurt direct raakt,' zei hij. 'Ik denk vaak dat mannen daar niet genoeg begrip voor hebben.'
'Behalve jij natuurlijk,' mompelde ik, en schaamde me meteen.
'Mannen begrijpen niet hoe het voor vrouwen is om door een donkere straat te lopen, om in een verlaten voetgangerstunnel te staan en voetstappen op zich af te horen komen, om 's nachts in bed te liggen en buiten vreemde geluiden te horen. Alle vrouwen, of ze nu kordaat of terughoudend zijn, dragen deze angst altijd diep in zich mee. Ik heb er een naam voor gevonden...' Weer zweeg hij even. 'Ik noem het hun rode kamer...'
'Jezus christus!' riep ik uit.

'Een rode kamer, waarin alle dingen waar ze het bangst voor zijn...'

De telefoon ging en ik zette de radio met een nijdige ruk uit.

'Met mij.'

'Met wie?'

'Mike.'

Het duurde even voordat ik deze naam met Michael Doll verbond. Dus nu was het al Mike.

'Hallo.'

'Wat ben je aan het doen?'

Ik voelde een golf van misselijkheid door me heen gaan. Ging hij me nu vragen wat ik aanhad? Ik trok mijn kamerjas dichter om me heen.

'Waarom bel je, Michael? Heb je je iets herinnerd?'

'Ik belde zomaar,' zei hij. 'Jij kwam mij opzoeken bij het kanaal. En nu bel ik jou.' Het was even stil. 'Het was leuk dat je er was.'

'Ik moet ophangen,' zei ik.

'Dat is goed,' zei hij.

'Welterusten.'

'Slaap lekker.'

Dat deed ik niet. Niet na zijn telefoontje. Urenlang niet. Ik werd wakker met een gevoel alsof ik geen oog had dichtgedaan. Mijn tong leek vastgelijmd te zitten aan mijn verhemelte. Zoveel had ik toch niet gedronken? Ik stond om halfnegen op. Julie zat aan tafel met een pot koffie en las een krant. Andere kranten lagen over de tafel verspreid. Het leek wel zondagochtend, maar het was donderdag. Ze had ongeveer vier uur korter geslapen dan ik, maar ze zat er jong en fris bij, zó uit een reclamespotje.

'Hoe is 't?' zei ik.

'Ik ben een krantje gaan kopen en er stonden stukjes over jouw zaak in de krant, dus heb ik er maar meer gekocht.'

'Het is niet echt mijn zaak.'

'Niet te geloven, joh. Er is een vrouw die zegt dat ze de moordenaar met behulp van kristallen kan opsporen. En iemand anders denkt dat het met de maan te maken heeft. En dan heb je nog een andere psycholoog. Ze hebben een compositiefoto afgedrukt.' Ze hield de krant op. 'Hij komt me zo bekend voor, maar ik kan er maar niet opkomen.'

'Buster Keaton,' zei ik.

'Ja. Maar die is toch dood?'

'Dacht het wel. Bovendien zag hij er zo uit in 1925.'

Dus meer hadden ze niet uit Terence en Bryony gekregen. God, ze moesten wel ten einde raad zijn.

'Maar jij wordt nergens genoemd,' zei Julie nogal teleurgesteld. Misschien dacht ze dat ik het allemaal had verzonnen, dat ik er eigenlijk helemaal niets mee te maken had of alleen maar heel zijdelings. Het meisje dat de thee rondbrengt of zo. 'Wil je het lezen?'

'Dacht het niet.'

Ik dronk een kopje koffie en kleedde me snel aan. Ik wilde dingen doen. Als het op niets uitliep, zou ik ermee kappen en proberen weer normaal te worden, zonder dat ik overal patronen zag en gedaantes in de wolken.

'We moeten praten,' zei Julie, toen ik langs haar de deur uit holde.

'Straks,' zei ik, terwijl ik snel de trap af liep.

Toen ik buitenkwam, voelde ik dat er iemand vlakbij was. Ik rook het. Ik draaide me om.

'Morgen, Kit.'

Het was Doll. Hij had hetzelfde jasje aan als de vorige dag en droeg dezelfde pet. Hij had nu ook een das om die, zoals altijd, met twee strak aangetrokken knopen om zijn nek zat. Hoe kreeg hij die weer los? En hoe lang stond hij al op me te wachten?

'Michael,' zei ik. 'Hoe gaat-ie?'

'Ik moet met je praten.'

'Heb je iets concreets?'

'Ik moet gewoon met je praten.'

'Ik heb haast.'

'Ik niet.'

Door dat vreemde antwoord bleef ik staan. 'Ik moet weg,' zei ik.

Ik begon te lopen, maar Michael liep mee. 'Ik wou langskomen,' zei hij. 'Ik wou je spreken.'

'Waarover?'

'Jij begrijpt dat. Ik moet over dingen praten.'

Ik bleef staan.

'Over de moorden, bedoel je?'

Hij schudde veel te heftig zijn hoofd. Het zag eruit alsof het pijn deed. 'Dingen. Je begrijpt me wel.'

Ik probeerde helder te denken. Het liefst wilde ik weggaan en hem nooit meer zien. Maar had hij me iets belangrijks te zeggen? 'Michael, ik ben met die moorden bezig. Dat weet je. Als je daar iets over te melden hebt, zal ik luisteren. Maar voor andere dingen heb ik geen tijd.'

'Waarom niet?'

'Omdat ik het druk heb.'

'Dat is het enige waar het jou om gaat, hè? Je doet alleen maar aardig tegen me, omdat je denkt dat ik je iets kan vertellen. Je bent net als al die anderen.'

'Welke anderen?'

'Ik spreek je nog wel,' zei hij. Hij was vuurrood geworden. 'Ik spreek je later wel, als ik daar zin in heb. Ik hou je in de peiling, Kit. Maar ik ga nu weg. Ik heb het ook druk, hoor. Jij bent verdomme niet de enige.'

En weg was hij, mopperend en trekkend met zijn armen en benen. Een jongeman die hem tegemoetkwam, stak snel de straat over.

32

'Ik weet niet hoe ik u zou kunnen helpen,' zei Pam Vere. Ze had in de leunstoel tegenover me plaatsgenomen, rechtop, met haar handen krampachtig op de armleuningen, alsof ze elk moment zou kunnen opstaan en me de deur wijzen.

Ik zat in de kamer waar Philippa altijd zat, waar het licht door de openslaande deuren naar binnen stroomde. De bossen bloemen die de laatste keer dat ik hier was op alle mogelijke plekken hadden gestaan, waren nu verdwenen. De belangstelling van de mensen was maar van korte duur. Tussen ons op tafel stond alleen een vaas met een volle bos roze en donkerpaarse lathyrus. Ik herinnerde me dat haar praatgrage vriendin Tess me had verteld dat dat Philippa's lievelingsbloemen waren. Achter mevrouw Vere op de schoorsteenmantel stond een grote zwartwitfoto van de dode vrouw, zodat ik kijkend naar de moeder tegelijk naar haar vermoorde dochter keek, wier ernstige glimlach en donkere ogen strak de kamer die zij had verlaten inkeken.

Pam Vere leek tien jaar ouder sinds ik haar voor het laatst zag. Waarschijnlijk was ze nog in de vijftig of begin zestig, maar haar gezicht was bleek en vermoeid, en de rimpels waren zo diep dat ze op uitgehouwen groeven leken. Haar mond was een dunne streep. Er zaten donkere kringen onder haar ogen. De vorige keer dat ik hier was, was ik geroerd door Emily en had me voorgesteld hoe het voor haar moest zijn om zo jong al je moeder te verliezen, maar ik had er niet echt bij stilgestaan hoe het voor Pam moest zijn om haar dochter te verliezen, haar enig kind. Dat besefte ik nu pas, toen ik naar haar grauwe gezicht keek en zag dat haar handen, als ze even van de stoelleuningen los waren, trilden in haar schoot.

'Ik weet niet hoe ik u zou kunnen helpen,' zei ze weer.

'Ik vind het vervelend om u weer te storen. Maar ik vroeg me af of ik misschien een paar van Philippa's spulletjes zou mogen bekijken.'

'Waarom?'

'Heeft de politie haar bezittingen al doorzocht?'

'Nee, natuurlijk niet. Waarom zouden ze, in vredesnaam? Ze is door een gek vermoord, daarbuiten...' Haar handen gebaarden naar de deuren.

'Ik zou graag een kijkje willen nemen.'

'U wilt niet nog een keer met Emily praten?'

'Op dit moment niet. Is ze thuis?'

'Ze is boven op haar kamer. Ik zorg nu voor haar, meestal dan. Ik kom 's ochtends en blijf hier tot haar vader thuiskomt. Totdat de zaken weer een beetje in evenwicht zijn. Ze zit de helft van de tijd op haar kamer. Maar goed, ze gaat naar de crèche.'

'Hoe is het met haar?'

'Ze gebruikt een trui die Philippa vaak droeg als deken. Ze krult zich er als een poesje op en dan ligt ze op haar duim te zuigen. De dokter zegt dat ik haar moet laten begaan. Ze verwerkt Philippa's dood op haar eigen manier, zegt hij.'

'Dat lijkt me goed,' zei ik, terwijl ik haar aandachtig aankeek. Was ze kwaad omdat ik er was? Drong ik mezelf op?

'Jeremy zit eeuwig en altijd die cryptogrammen in te vullen en huilt wanneer hij denkt dat niemand hem kan horen. Emily ligt op haar kleedje...' Ze wreef in haar ogen. 'Ik weet het niet. Ik weet niet wat het beste is.'

'En wat doet u?' vroeg ik.

'Ik?' Ze haalde even haar schouders op. 'Ik sleep me door de dagen heen.' Ze stond met een ruk op. 'Wat zoekt u precies?'

'Bewaarde ze haar persoonlijke spulletjes ergens in? Brieven, dagboeken, dat soort dingen?'

Ze haalde diep adem en kromp ineen alsof ze diep in haar borst pijn had. Ik wist dat ze met het idee speelde om me te zeggen dat ik weg moest gaan en nooit meer terugkomen.

'Boven in de slaapkamer staat een secretaire,' zei ze uiteindelijk. 'Ik weet niet precies of er veel in ligt, behalve rekeningen en brieven. We hebben haar spullen nog niet uitgezocht.' Ze keek even naar de foto van haar dochter en wendde meteen haar ogen weer af. 'Jeremy heeft bijna al haar kleren ingepakt. Hij heeft het grootste deel aan het Leger des Heils gegeven. Het is vreemd om te bedenken dat volslagen vreemden in haar mooie jurken rondlopen. Ze had erg mooie kleren, weet u. De politie heeft wél haar agenda meegenomen.'

'Ja, dat weet ik.'

'Er is niets te vinden. Ze ging gewoon op een dag naar het park en kwam niet meer thuis.'

'Mag ik toch even in haar bureau kijken?'

'Goed dan. Wat maakt het ook uit?'

Ik voelde me als op verboden terrein in de grote slaapkamer, die duidelijk door een vrouw was ingericht en er nog steeds uitzag alsof er een echtpaar in leefde, met een volgestouwde toilettafel tegen de ene muur en twee opgeschudde kussens op het bed. Maar één kant van de openstaande klerenkast was leeg, op een tiental kale hangertjes aan de rail na, en op de stoel bij de deur lagen alleen mannenkleren.

De secretaire stond bij het raam, dat over hun achtertuin uitkeek. Er stonden een vaasje droogbloemen, een draadloze telefoon en een aantal foto's op het blad. Ik ging erachter zitten en keek weer in het gezicht van Philippa Burton, deze keer met een kleinere Emily in haar armen, met haar beentjes om haar moeders middel geklemd en een rond blozend wangetje tegen Philippa's gladde, bleke wang gedrukt.

Ik trok de klep omlaag. Binnenin was het netjes en leeg. Ik begon met de kleine vakjes, gevoerd met groen laken. Er lagen pennen, geslepen potloden, lijm, plakband en twee postzegelvelletjes, voor binnen- en buitenland. Verder een bundeltje postpapier met briefhoofd, witte enveloppen, bruine enveloppen, inktpatronen in een plastic zakje, onbeschreven ansichtkaarten, een stapeltje rekeningen met overdwars 'voldaan' erop geschreven. Ik bekeek ze allemaal, maar er was niets bijzonders aan te zien: 80 pond voor het ontstoppen van de afvoer, 109 pond voor een doos wijn, 750 pond voor acht keukenstoelen, inclusief twee eetkamerstoelen, dat soort dingen. Er lag een stapel tekeningen van Emily, mensen met hoofden en benen, maar zonder lijf, doorgelopen regenbogen, beverige bloemen, kronkelige patronen. Philippa had op de achterkant de datum geschreven waarop ze gemaakt waren. Ze was duidelijk een methodische vrouw geweest.

Ik vond een stijve, glanzende staalkaart met monumentenkleuren, die namen hadden als sepia en oud linnen, saffraangeel en salonrood. Er waren brochures van liefdadigheidsinstellingen die om schenkingen vroegen, drie uitnodigingen voor feesten waar ze nu niet meer heen zou gaan, een flink aantal ansichtkaarten met krabbelige, nauwelijks leesbare berichten van Pam en Luke, Bill en Carrie, Rachel en John, Donald en Pascal, op vakantie in Griekenland, Dorset, Sardinië, Schotland. En er lagen ook twee met de hand geschreven brieven. De ene was van een zekere Laura, die Philippa en Jeremy bedankte voor een heerlijk etentje. De andere was van een zekere Roberta Bishop, die zich een bijna-buurvrouw noemde en Philippa voorstelde om op de volgende bewonersbijeenkomst te komen, waar over het parkeerprobleem zou worden gepraat en over een plan voor drempels. Ze gebruikte een heleboel uitroeptekens.

Ik duwde de klep dicht en trok de eerste lade open. Een stapel A4'tjes, vakantiefolders, oude bankafschriften op datum en netjes aan elkaar geniet. Ik bladerde erdoorheen, op zoek naar misschien iets bijzonders. Maar nee. Philippa smeet niet met geld. Ze gaf elke maand ongeveer hetzelfde uit, haalde elke week hetzelfde bedrag uit de automaat. Ik wilde de lade al dichtdoen toen ik helemaal achterin, tegen de stapel papier aan gedrukt iets voelde: een dun pocketboekje met een roze omslag, met de titel *Lucy's droom*. Het was 'een erotische roman voor vrouwen', stond er op de voorkant. De afbeelding op het omslag was van een vrouw in soft focus met vage, blote borsten, de donkere schaduw van één tepel, haar hoofd achterover, haar haar in golven op haar schouders. Ik overwoog even of ik het boekje zou meenemen voordat Jeremy het bureau van zijn vrouw zou opruimen, maar zag ervan af. Philippa zou het nu niet meer erg vinden wat hij allemaal ontdekte.

In de onderste lade lag een grote pop in een dichte doos. Blijkbaar heette ze Sally. Ze had bruine pijpenkrullen, lange bruine wimpers en grote blauwe ogen, die door het cellofaan naar boven staarden. Ik kreeg er de rillingen van. Aan het karton waren een speen en een flesje vastgemaakt. De tekst op de doos zei dat als je Sally water gaf, ze ging huilen en plassen. Philippa had de pop natuurlijk voor Emily gekocht, bedacht ik. Misschien alvast voor haar verjaardag. Er lag ook een klein opschrijfboekje. Ik sloeg het open. Op de eerste bladzijde stond een boodschappenlijstje met afgestreepte onderdelen. Op de tweede een lijst van dingen die gedaan moesten worden: loodgieter bellen, schoenveters kopen, ijskast ontdooien, auto naar de garage voor een beurt.

De volgende bladzijde stond vol tamelijk mooie droedels van verschillende soorten fruit. De vierde was onbeschreven, op een aantal telefoonnummers in de kantlijn na. Op de vijfde stonden een paar woorden gekrabbeld, waar ik vluchtig naar keek, terwijl ik alvast mijn vinger natmaakte om de volgende bladzijde om te slaan. Maar ineens hield ik op, met mijn vinger nog in de lucht.

Er stond 'Lianne' in krabbelschrift. Ik staarde naar de letters en durfde me nauwelijks te bewegen uit angst dat ze zouden verdwijnen of in iets anders zouden overgaan. Mijn mond was plotseling kurkdroog. Ik keek om me heen. Het woord veranderde niet, hoe lang ik er ook naar staarde. Er stond nog steeds 'Lianne'.

Ik liet mijn verdwaasde blik, alsof ik droomde, over de bladzijde glijden. Want daar, bijna onderaan, stond omringd door vraagtekens, in kleinere letters, maar nog onmiskenbaar in Philippa's handschrift: 'Bryony Teal'. Lianne en Bryony Teale, verkeerd gespeld. Philippa had de namen van de twee andere slachtoffers opgeschreven. Er stond ook nog een andere naam, met een bloemetje erbij getekend: 'Daisy'.

Alsof het een bom was die elk moment kon afgaan, pakte ik heel voorzichtig het boekje op en stopte het in mijn tas. Ik deed de la weer dicht.

Ik bleef even aan het bureautje zitten en staarde uit het raam, terwijl ik de kennis die ik net had opgedaan tot me door liet dringen en opsloeg. Een donker wolkje schoof voor de zon, zodat de tuin in de schaduw kwam te liggen. Ik zag dat Emily, in een spijkershortje en een gestreept topje, het gras op rende en daar bleef staan, terwijl ze iets tegen haar oma riep die nog binnen was. Plotseling keek ze op en zag me in het raam van haar moeders slaapkamer zitten en één afschuwelijk moment lichtte haar hele gezichtje op van ondraaglijke vreugde en ze strekte haar armpjes naar me uit. Haar mond ging open om een naam te roepen, een woord. Maar toen zakte haar lijfje ineen en haar armpjes vielen slap langs haar lichaam. Ik voelde de tranen in mijn ogen prikken.

Ik stond op en liep de kamer uit, met de tas met zijn kostbare lading over mijn schouder. Ik kon alleen nog maar denken aan de namen in het opschrijfboekje. En dat ik Bryony had gezegd dat ze geen gevaar liep.

33

Ik belde naar de Welbeckkliniek dat ik helaas verhinderd was voor de stafvergadering. Ik zei mijn lunchafspraak met Poppy af. Ik zat in de auto naast Oban, die zat te vloeken en te zweten en me voor de zoveelste keer zei dat het goddomme nergens op sloeg. Zijn stem was een soort dreun, net als het verkeer. Ik drukte mijn vingers tegen mijn slapen. Er moest een verklaring voor zijn. We waren er gewoon verkeerd mee bezig. Als we het via een andere invalshoek benaderden, zouden we op andere ideeën komen. Alles wat nu volkomen onlogisch was, zou plotseling spathelder worden. Ik sloot mijn ogen en probeerde rustig na te denken, zodat de knoop van onbegrip zich zou losmaken. Ik wachtte tot de duidelijkheid neerdaalde. Maar er gebeurde niets. Ik kreunde en wreef in mijn ogen. Obans gezicht naast me stond somber. Hij verheugde zich ook niet bepaald op dit bezoek.

Zijn mobiele telefoon ging over en hij pakte hem op. 'Ja,' blafte hij. 'Ja. Zeg het maar.' Zijn gezichtsuitdrukking veranderde en hij boog zich een beetje naar voren, terwijl hij het stuur met zijn vrije hand steviger vastgreep. 'Zeg dat nog eens. Oké, oké, we zijn over, zeg, een halfuur terug. Niet later. Blijf daar.'

Hij legde de telefoon neer. 'Godverdomme,' zei hij weer.

'Wat?'

'Godverdomme.'

'Ja, en verder, Daniel?'

Hij stopte met gierende remmen voor de deur van Bryony Teales huis.

'Je gelooft nooit wat ik net heb gehoord.'

'Wat dan? Vertel op!'

'Daar is nu geen tijd voor. Je hoort het straks wel,' zei hij en hij sprong de auto uit.

'Nee,' zei ze fluisterend. Alle kleur trok uit haar gezicht weg toen ze ons aanstaarde. Haar ogen leken enorm groot en donker. 'Nee!' Deze keer zei ze het harder, heftiger, en ze deed beide handen voor haar mond, alsof ze bad. 'Ik begrijp het niet. Het kan niet waar zijn. Wat betekent het?'

'Dat weten we niet,' zei ik. Ik keek vluchtig naar Oban om te zien of hij nog iets aan mijn magere antwoord wilde toevoegen, maar hij zat doodstil naar zijn handen te staren, die op de keukentafel lagen, alsof hij een fragment van een droom probeerde boven te halen.

Ze opende haar mond om iets te zeggen, maar daarna liet ze haar hoofd tussen haar handen hangen. Haar weelderige haar hing als een gordijn over haar gezicht. 'Dit gebeurt niet echt,' hoorde ik haar mompelen. 'Dit gebeurt niet echt.'

Op het fornuis achter ons begon iets te sissen en daarna over te koken. De lucht van verbrande suiker vulde de keuken, maar Bryony bleef zitten. Oban sjokte erheen en tilde een pan van het gas, en daarna liep hij weer terug naar de tafel, waar Bryony overheen gebogen zat.

'Een van de slachtoffers heeft je naam opgeschreven,' zei ik. 'Maar je hebt haar nooit ontmoet, zeg je?'

'Nee,' zei ze langzaam. 'Echt niet.'

'Weet je het zeker, Bryony? We komen zo veel mensen tegen, misschien wist je alleen niet hoe ze heette. Of misschien kende ze jou wél.'

'Ik heb haar nog nooit ontmoet. Denk je soms dat ik me dat niet zou herinneren, met al die stukken in de krant? Ik heb haar nog nooit gezien. Ik had nog nooit van haar gehoord, voordat ze vermoord werd.'

'En ook niet van Lianne?'

'Ik kende haar niet, god nog an toe. Wat kan ik nog meer zeggen?' Ze jammerde.

'En Daisy, zegt die naam u iets? Daisy Gill?' Dat vroeg Oban, die plotseling zijn hoofd had opgetild.

'Nee! Nee! Wie is dat? Nog een slachtoffer?'

Oban gaf haar zwijgend een foto, die ik niet kende. De politie kan snel werken als het erop aankomt. Het was zo'n strookje van vier, genomen in een pasfotohokje, met een meisje erop met een spichtig, driehoekig gezicht en piekerig zwart haar. Op de eerste foto keek ze ernstig, haar mond stond een beetje open, zodat je een afgebroken tand zag. Op de tweede zag je het begin van een grijns en ze keek opzij, vermoedelijk naar een onzichtbare vriend of vriendin. Op de derde was Daisy aan het ginnegappen en ze was schuin gaan zitten, zodat de linkerkant van haar gezicht niet te zien was. Op de vierde was ze verdwenen en zwaaide er alleen een hand in de lucht.

Bryony staarde even naar de foto's en schoof het strookje toen weg, terwijl ze heftig met haar hoofd schudde. 'Nee,' sputterde ze en daarna barstte ze in tranen uit. Ik boog me naar haar toe en pakte haar hand. Ze hield me vast alsof ze aan het verdrinken was en alleen ik haar kon redden.

'Maar toch heeft Philippa Burton uw naam opgeschreven voordat ze doodging,' zei Oban kalm, bijna alsof hij in zichzelf praatte.

'Dat weet ik godverdomme wel!' schreeuwde Bryony door haar tranen heen. 'Dat heb ik heus wel gehoord. Sorry. Sorry. De brenger van het slechte nieuws krijgt altijd de volle laag. Dit is een grote schok, om het zacht uit te drukken.' Ze veegde met de muis van haar hand haar tranen weg en deed een duidelijke poging om zich te beheersen. Ze ging meer rechtop zitten en streek haar haar achter haar oren. 'Ik moet er greep op krijgen. Zal ik maar koffie zetten?'

'Ik zeg nooit nee tegen koffie,' zei ik, terwijl Oban 'Ik niet, dank u,' zei.

Ze stond met een sierlijke beweging op. Ze droeg een lange, zwarte katoenen rok en een zwart T-shirt en ze liep op blote voeten. Ze had een zilveren kettinkje om haar enkel.

'Geef me even de tijd om dit te verwerken,' zei ze, terwijl ze naar de ketel slenterde. 'Alstublieft.'

Oban glimlachte vermoeid tegen me en deed het bovenste knoopje van zijn overhemd los. Zijn blauwe ogen leken nog kleiner en fletser dan normaal en hij knipperde steeds, alsof hij daardoor scherper kon zien. Zijn warrige haar was vet en hij had zich niet geschoren. Onderweg hierheen, tussen heftige gesprekken op zijn mobieltje door, had hij tegen me gezegd: 'Ik wil dat je van nu af aan met me samenwerkt.' Het had niet autoritair geklonken, maar nederig, alsof hij van het ene moment op het andere van baas in ondergeschikte was veranderd. Ik was ongetwijfeld de heldin van de dag: de vrouw die had ontdekt wat alle anderen niet hadden gezien. Ik voelde me daar niet bijzonder goed onder. Ik had een patroon ontdekt, dat was waar, maar een patroon dat geen logica bevatte. Eigenlijk had het afgerekend met alle logica die ons nog restte. Intussen liep daarbuiten nog steeds een moordenaar rond.

Ik pakte de foto's van Daisy Gill op en staarde ernaar. Ze had een piercing in haar wenkbrauw en een in haar tong, zag ik. Er hing een medaillon om haar hals. Op de derde foto, waarop ze uit het kader verdween, zag ik het duidelijker. Het was een hartje, net zo een als Lianne om had toen ze vermoord werd, met het woord 'Liefste...' erop. Ik vroeg me af of er op het medaillon van Daisy '...vriendin' zou staan.

Ik keek naar Bryony, terwijl ze lepeltjes instantkoffie in twee mokken deed. Ze beet op haar onderlip en fronste een beetje, maar toen ze zag dat ik naar haar keek, draaide ze haar hoofd om en keek me met een droevige grimas aan.

'Is je man thuis?' vroeg ik.

'Gabe? Nee, die is even naar het postkantoor. Hij komt zo terug. Hij gaat meestal pas laat in de middag werken. Alsjeblieft. Geen melk, hè?'

'Geen melk, geen suiker. Dank je.'

Ze ging weer aan de keukentafel zitten en klemde haar vingers om de mok, als troost. Ze zag er plotseling heel erg jong en kwetsbaar uit.

'Oké,' zei ze tegen ons. 'Wat nu?'

Oban schraapte zijn keel en zei met gewichtige nietszeggendheid: 'We zullen de zaak uitgebreid onderzoeken.'

Bryony keek hem verbijsterd aan.

'Luister,' zei ik. 'Het is niet logisch dat een slachtoffer de identiteit kent van twee andere slachtoffers of mogelijke slachtoffers. We weten natuurlijk niet wanneer ze die namen heeft opgeschreven, dus we weten niet of Lianne toen al dood was of niet.' Ik aarzelde even, maar ze was een intelligente vrouw: ze wist al wat ik ging zeggen. 'Maar wat je er wel uit zou kunnen concluderen is dat het niet gewoon een straatroof is geweest bij het kanaal.'

Ze knikte. Haar lippen waren wit.

'En dat de moordenaar niet lukraak handelt,' voegde ik er zachtjes aan toe.

'Nee,' mompelde ze. 'Dat snap ik.'

'Dus de politie zal nu een tijdje bij je komen om te proberen uit te zoeken...'

Terwijl ik dat zei, hoorde ik de sleutel in de voordeur draaien en daarna iemand vals fluiten in de gang.

'Gabe!' riep Bryony. 'Gabe, ik ben in de keuken. Met de politie.'

Het gefluit hield abrupt op. Toen hij binnenkwam, schudde hij een verweerd leren jasje van zijn schouders. Zijn gezicht stond gespannen.

'Wat is er aan de hand?' vroeg hij. 'Bry? Alles goed?'

'Geen reden tot paniek, meneer Teale,' zei Oban, maar Bryony viel hem in de rede.

'Philippa Burton heeft mijn naam opgeschreven voordat ze vermoord werd.'

Gabriel deed zijn mond open, maar kon kennelijk niets uitbrengen. Hij staarde alleen naar haar, naar ons. Hij zag er volkomen verslagen uit.

'Die van mij en van dat meisje Lianne, en van iemand die Daisy heet,' ging Bryony langzaam verder, alsof ze er zeker van wilde zijn dat hij hoorde wat ze zei. Toen ze zijn hevig geschrokken gezicht zag, leek ze een nieuwe kalmte en vastberadenheid te krijgen. 'Daisy Gill, toch?'

'Klopt, mevrouw Teale.'

'Dus blijkbaar was het niet gewoon een beroving. En blijkbaar was hij echt op *míj* uit en niet op zomaar iemand.'

Gabriel liep naar haar toe en knielde naast haar stoel. Hij pakte haar twee handen beet en kuste ze en daarna begroef hij zijn hoofd in haar schoot. Ze streelde zachtjes over zijn donkere, verwarde haar en daarna pakte ze zijn hoofd en tilde het op, zodat hij haar aankeek. 'Het komt allemaal goed, hoor,' zei ze. Ik bedacht dat ze waarschijnlijk zichzelf en hem probeerde gerust te stellen. 'Het komt allemaal goed, dat beloof ik. Er gebeurt niets. Hoor je dat, lieverd?'

'Mogen we u nog een paar vragen stellen, voordat we u in de bekwame handen van mijn rechercheurs achterlaten?' zei Oban.

Gabriel stond op en ging achter Bryony staan, met zijn handen op haar schouders.

'Kent u een man die Will Pavic heet?' vroeg Oban.

Ik staarde hem aan. Waarom vroeg hij dat?

'Ik geloof van niet. Kennen we die, Gabe?'

'Nou ja, ik weet natuurlijk wel wie dat is,' zei Gabriel. 'De meeste mensen hier in de buurt kennen hem wel.'

'Hoezo?' vroeg Oban. 'Ik ken m'n buurvrouw niet eens, bedoel ik, laat staan het echtpaar aan de overkant.'

Gabe hief zijn handen op. 'We zitten namelijk allemaal in dezelfde branche. Ik ben directeur van een buurttheater en een van de dingen die wij doen is sommige mensen die het meest geïsoleerd zijn en zich in de steek gelaten voelen door hun omgeving, weer bij dingen betrekken. Hij is directeur van een opvanghuis voor jongeren. En hij is nogal bekend, toch? Hij is altijd, hoe zal ik het zeggen, in de contramine. We komen elkaar wel eens tegen, zeker. Maar dat is dan ook alles. Hoezo? Waarom wilt u dat weten?'

'Dat is het voorlopig,' zei Oban. 'Inspecteur Furth zal met u willen praten.'

We lieten hen in de keuken achter, Gabriel nog met zijn handen op de schouders van zijn vrouw, zij met haar hoofd gedraaid om naar hem op te kijken. Er stond doodsangst in haar ogen en ik werd overspoeld door een gevoel van dreiging.

'Wat zeg je hiervan, Kit?' vroeg Oban, toen we terug naar het bureau reden. 'Weet je wat ik onderweg hoorde? In de maand waarin Philippa Burton werd vermoord is er drie keer getelefoneerd tussen de Burtons en het opvanghuis van Pavic.'

'O,' zei ik. Ik had het koud tot op mijn botten, hoewel het een broeierig warme dag was.

'"O"? Is dat alles? Jezus, Kit, heb je het wel goed gehoord? De eerste twee telefoontjes duurden maar een minuut of zo. Het laatste duurde zevenentachtig minuten. Wat zeg je dáárvan?'

'Geen idee.'

'Pavic, hè? Dit kan nog interessant worden.'

'Heel interessant,' zei ik langzaam. Toen: 'Ik geloof,' zei ik met moeite, 'dat ik iets moet vertellen.'

'Wacht even.' Hij toetste een paar cijfers in op zijn mobieltje. 'Vertel het straks maar.'

'Goed.'

Ik leunde met mijn voorhoofd tegen het raampje en deed even mijn ogen dicht. Wat een gigantische puinhoop.

34

Toen we bij het politiebureau waren, sprong Oban de auto uit en liep zo snel weg dat ik moest rennen om hem bij te houden.

'Wat gaan we doen?' zei ik hijgend tegen zijn achterhoofd.

'Met een paar mensen praten.'

Een agent in uniform kwam ons vanuit een gang tegemoet en liep met Oban op.

'Is hij er al?' vroeg Oban.

'Hij zit in kamer twee,' antwoordde de man. 'Moet ik met hem gaan praten?'

'We doen het nu meteen. Is zo gebeurd.'

Ik liep achter Oban aan, die links de gang in sloeg en daarna naar rechts liep. We kwamen bij een deur en Oban klopte er hard op. Hij ging open en er kwam een agente naar buiten. Ze knikte hem beleefd toe.

'Gaat het wel met hem?'

'Dat weet ik niet, meneer,' zei de vrouw. 'Hij heeft zijn mond niet opengedaan. Alleen om te gapen.'

'Blijf hier,' zei hij tegen haar, niet tegen mij. 'Het duurt niet langer dan vijf minuten.'

Hij hield de deur voor me open en ik liep naar binnen. Ik wist niet wat me te wachten stond. Ik had niet echt tijd gehad om erover na te denken. Dus toen ik Will Pavic zag staan, voelde het alsof ik totaal onverwacht een stomp in mijn gezicht had gekregen. Hij stond tegen de tafel geleund, met zijn handen in zijn zakken. Hij draaide zich om en keek me aan. Zelfs mijn benen voelden slap. Hij vertrok bijna geen spier, er speelde alleen een heel flauw sardonisch glimlachje om zijn lippen. Hij droeg een grijs pak en een wit overhemd zonder das. Ik vroeg me af of hij officieel was aangehouden. Pakten ze mannen nog steeds hun das af, zodat ze zich niet konden ophangen? Ik draaide me naar

Oban om. 'Ik had niet...' wist ik alleen maar uit te brengen. 'Ik wist niet...'

'Meneer Pavic is zo vriendelijk geweest om even met ons te komen praten. We moeten natuurlijk het een en ander ophelderen. Maar gaat u toch zitten.'

Oban gebaarde naar een van de stoelen bij de tafel. Will ging zitten. Hij zweeg nog steeds. Ik leunde tegen de muur bij de deur, zo ver mogelijk van Will vandaan. Ik keek hem aan, maar zijn verveelde blik was op de tafel gericht. Het was een blik die ik al goed kende, onverzettelijk, ondoorgrondelijk. Ik stond te schutteren bij de deur, maar Oban was vriendelijk en ontspannen en ging tegenover Will zitten alsof ze samen in het café waren.

'Er zijn ontwikkelingen geweest in het onderzoek naar de moord op Lianne en op Philippa Burton.' Geen reactie van Will. Oban kuchte even. 'U weet wellicht dat er nog een moordaanslag bij het kanaal heeft plaatsgevonden op een vrouw die Bryony Teale heet. Volgens mij kent u haar man wel, Gabriel.'

'Heb ik van gehoord,' zei Will op vlakke toon. 'Ik ken 'm niet.'

'Hij heeft ook van u gehoord. Maar u bent dan ook aardig bekend, toch, meneer Pavic? En u had natuurlijk contact met Lianne. Ik moet eerlijk bekennen dat ik er tot vanochtend aan twijfelde dat er een verband bestond tussen de vrouwen in deze zaak.'

Wills ogen knepen zich samen en zijn wrange glimlach werd openlijker, maar hij zei niets.

'U heeft Bryony Teale nooit ontmoet?' ging Oban verder. 'Ze is fotografe. Ze zwerft blijkbaar vaak rond in deze buurt, op straat en langs het kanaal.'

'Nee,' zei Will.

'En Philippa Burton, kende u die? Heeft u haar wel eens ontmoet? Of van gehoord?'

Ik balde mijn vuisten achter mijn rug en groef mijn nagels in mijn handpalmen.

Will schudde zijn hoofd. 'Nee,' zei hij.

'Waarom zou u ook?' zei Oban. 'Ze woonde in Hampstead. Was getrouwd met een zakenman. Maar ja, u komt vast allerlei soorten mensen tegen.'

Geen reactie. Deze keer keek hij naar me. Ik keek terug. Ik probeerde hem via mijn uitdrukking duidelijk te maken dat ik, al maakte ik deel uit van het onderzoek, toch besefte hoe pijnlijk deze situatie was en hoe volkomen onnodig het was om hem op deze manier te ondervragen. Het was niet eenvoudig om dat met één enkele uitdrukking over te brengen en waarschijnlijk kwam het als een soort paniek over. Maar dat was kennelijk niet belangrijk. Will keek me aan alsof ik een jas was die Oban bij het binnenkomen aan de kapstok had gehangen.

'Zoals ik al zei,' zei Oban, 'was ik er niet van overtuigd dat er een verband bestond. Ik ging er gewoon van uit dat de vrouwen willekeurig waren aangevallen. Maar dokter Quinn hier bleef maar volhouden dat er een connectie was. En nu heeft ze een notitie gevonden in een opschrijfboekje van Philippa Burton. Het stond er allemaal: de naam van Lianne en van Bryony Teale. Ongelooflijk, vindt u niet? De namen van twee van de slachtoffers zijn door het derde slachtoffer opgeschreven.'

Will haalde vermoeid zijn schouders op. 'Waar gaat dit over?'

'Daar kom ik zo op. We hebben haar telefoongesprekken in die laatste maand gecontroleerd. De meeste waren niet verrassend: haar moeder, haar man op z'n werk, een paar vriendinnen, een reisbureau, dat soort dingen. Maar eentje viel uit de toon: op 9 juli is er vanuit haar huis naar uw opvanghuis gebeld. Nu weet ik al wat u gaat zeggen, maar het was niet naar de muntjestelefoon bij u in de hal, die gebruikt wordt om drugdeals af te handelen.'

'Die telefoon wordt niet gebruikt voor drugdeals,' zei Will. 'Dealers bellen liever met hun mobiele telefoons, zoals u wel weet.'

'Waar ik heen wil, is dat er naar uw kantoor is gebeld. En we zouden graag uw commentaar daarop willen horen.'

Als dit een proeve van onverstoorbaarheid was geweest, zou Will die met vlag en wimpel hebben doorstaan. Maar dit was geen test en ik besefte dat elk normaal mens in Wills situatie geschrokken zou zijn van de connectie tussen de vrouwen en daarna volledig overrompeld zou zijn geweest door het telefoontje naar zijn kantoor. Een normaal, onschuldig mens zou zich zijn gaan gedragen alsof hij schuldig was. Maar Will keek alleen maar verveeld. 'Ik heb geen commentaar,' zei hij.

'U weigert dus te antwoorden. Dat is uw goed recht.'

'Nee, dat bedoel ik niet. Ik weet niet wat voor commentaar u van mij verwacht. Als u mij vragen stelt, zal ik die beantwoorden.'

'Heeft u met Philippa Burton door de telefoon gesproken?'

'Nee.'

'Kunnen andere mensen uw telefoon ook gebruiken?'

Weer zo'n schouderophaling. 'Zou kunnen.'

'"Zou kunnen" is niet genoeg. Ja of nee?'

Will klemde zijn kaken op elkaar. 'Ja,' zei hij.

'Gebeurt dat onder toezicht?'

'Ik ben veel weg. Fran, mijn assistente, is er meestal. We hebben veel losse hulpverleners en vrijwilligers. Maar ik weet zeker dat de telefoon soms onbemand is.'

'Logeerde Lianne in die tijd in het opvanghuis?'

'Ze bleef nooit slapen. Misschien was ze wél in het pand.'

'Dat is een belangrijk punt, want dit telefoontje is namelijk van een datum vóór de beide moorden plaatsvonden.'

'Dat is logisch,' zei Will.

'Sorry,' zei Oban. 'Heb ik iets gemist? Wat is er dan zo logisch?'

Will trommelde zachtjes met zijn vingers op de tafel. 'Doet er niet toe.'

'Maar waarom zei u het dan?'

Will zuchtte. 'Als die mensen contact met elkaar hebben gehad, was dat voordat ze vermoord werden. Dat is alles.'

'Wie zegt dat ze contact met elkaar hebben gehad?'

'U.'

'Nee, ik zei dat er van Philippa's huis naar uw kantoor is gebeld. Misschien heeft ze wel met u gepraat. Om maar een voorbeeld te noemen. Alleen heeft u ons verzekerd dat dat niet zo is. Maar het zou iemand anders geweest kunnen zijn. Of er heeft iemand anders vanaf haar huis gebeld. Er zijn ontelbaar veel mogelijkheden. Het is dan ook van het grootste belang om precies te weten wanneer Lianne in het opvanghuis was. Staat dat ergens zwart op wit?'

'Daar zou ik niet op rekenen.'

'Dat is jammer,' zei Oban. Zijn welwillende toon kreeg een scherp randje. 'Het zou ons zeer hebben geholpen als we gedetailleerde rapporten konden inzien.'

Will schoof zijn stoel achteruit, zoals je doet na een copieuze negentiende-eeuwse maaltijd. De stalen poten van de stoel piepten akelig op de linoleum vloer. Voor het eerst maakte hij de indruk alsof dit hem aanging, wat bij Will Pavic betekende dat hij kwaad was. 'Weet u,' zei hij, 'na jaren ervaring weet ik nu dat de enige manier om mensen zoals u te verhinderen dat ze in mijn boeken gaan snuffelen is om die boeken niet bij te houden.'

Oban was even druk bezig om onzichtbaar vuil uit zijn vingernagels weg te halen. 'Meneer Pavic, als u een politiek punt wil scoren, interesseert me dat geen snars. Er is een jonge vrouw vermoord, die in uw opvanghuis tijd heeft doorgebracht. Een tweede slachtoffer heeft dat huis gebeld. Het spijt me als u dat saai vindt.'

Daarna viel er een stilte. Toen Will begon te spreken, was zijn stem heel kalm, maar ook helder en ijzig, zodat ik het aan de andere kant van de kamer kon horen. 'Ik werk elke dag met deze jongeren,' zei hij. 'Ze zijn onzichtbaar. Maar als er iets gebeurt, raken mensen als u ineens erg geïnteresseerd. En dan gaat u weer weg. Dus helaas stel ik die aandacht niet op prijs.' Hij stond op. 'U schijnt niet te begrijpen hoe het er in mijn opvanghuis aan toe gaat. Er is geen prikklok. Er wordt niet in een boekje genoteerd wanneer de telefoon wordt gebruikt.' Hij keek me nu recht in de ogen. 'Het is geen keurige meisjesschool. Het is eerder een kleine rots midden in zee. Er spoelen jonge mensen aan. Ze klampen zich er een tijdje aan vast. Daarna dobberen ze weer verder. Als ze dan wat sterker zijn dan toen ze aankwamen, is dat meegenomen.'

'Was Lianne sterker toen ze wegging?'

Nu kon Will, ondanks alles, de droefheid in zijn ogen niet verbergen. 'Dat weet ik niet,' zei hij.

Toen hij wegliep, keek hij me niet aan en ik stak mijn hand niet uit en zweeg. Maar toen hij weg was, beet ik op mijn lip en vertelde Oban in stamelende, onvolledige zinnen dat ik die laatste week iets met Will Pavic had gekregen. Oban keek verdwaasd en verbijsterd, alsof ik hem uit een diepe slaap had wakker geschud alleen maar om hem iets onbegrijpelijks te vertellen.

'Pavic?' zei hij als versuft. 'Maar ik dacht... Maar hoe zit het dan met... Jij en hij? Nou ja.' Hij fronste zijn verwarde gezicht. 'Pavic? Echt waar? Jij en hij, een stel?'

'We zijn niet bepaald een stel.'

'Net als mijn vrouw en ik. Ik snap wat je bedoelt.'

35

'Ik wil dat je met me blijft samenwerken,' had Oban gezegd. Dus daar stond ik weer, samen met hem, op het drassige gazon van Jeremy Burton, me bewust van Emily's aanwezigheid: ze keek naar ons door het raam van haar slaapkamer, met haar duim in haar mond. Jeremy wilde per se buiten praten, alsof hij zich in huis opgesloten voelde. Hij had alleen een overhemd met korte mouwen aan en geen colbert, maar hij leek de kille wind die door de tuin waaide niet te voelen. Ik had een trui aan, maar ik had het toch nog koud. Het water drong door mijn schoenen.

'Ik begrijp het niet,' zei hij weer. Veel meer had hij sinds onze komst niet gezegd. Hij had de foto's van Daisy, Lianne en Bryony bekeken, hij had ze stuk voor stuk opgepakt en een eindje van zich af gehouden, alsof hij verziend was, en daarna had hij ze aan Oban teruggegeven. 'Nee,' had hij bij elke foto gezegd. 'Nee, ik heb dat gezicht nooit gezien. Ik heb die naam nooit gehoord. Nee, nee, nee. Ik begrijp niet waarom ik ze te zien krijg.'

'Uw vrouw heeft de namen van de andere slachtoffers opgeschreven voordat ze doodging,' zei Oban geduldig. 'Lianne. En de naam van de vrouw die onlangs bij het kanaal is aangevallen. Mevrouw Teale, Bryony Teale. En Daisy Gill heeft een paar maanden geleden zelfmoord gepleegd en was blijkbaar een vriendin van Lianne. Uw vrouw heeft ook haar naam opgeschreven.'

'Maar waarom?' Hij schudde heftig met zijn hoofd en keek ons fronsend aan, alsof hij ons niet helemaal goed zag. 'Waarom?' Zijn gezicht werd somber. Hij zag er moe uit. Zijn huid was grauwwit en zijn ogen waren roodomrand en zagen eruit alsof ze pijn deden.

'We weten niet waarom, meneer Burton,' zei Oban. 'We hebben dit nieuwe bewijs nog maar net in handen gekregen, maar natuurlijk geeft het een andere kijk op de zaak.'

'Philippa kende hen niet,' zei hij met nadruk. 'Echt niet.'

'Ze heeft hun namen opgeschreven.'

'Het is een vergissing,' zei hij driftig. 'Ik kan het niet verklaren, maar het is een vergissing. Ze kende die vrouwen niet.'

'Hoe weet u dat zo zeker?' vroeg ik zo vriendelijk mogelijk.

'Dan had ze het me wel verteld.'

'Wat had ze u dan verteld?'

'Alles, wat dan ook. Alles wat er in haar leven gebeurde.' Het leek even alsof hij in huilen zou uitbarsten, maar toen keek hij ons woedend aan en liep met grote passen de tuin in.

'Meneer Burton,' zei Oban vastberaden. 'Ik begrijp dat dit een schok voor u is...'

'Het is geen schok, het is... het is een soort nare droom.'

'Werd ze misschien bedreigd of...'

'Ik weet niet waarom ze die namen heeft opgeschreven. En waarom zou ze bedreigd worden?' Hij bleef ineens staan en draaide zich naar ons om, zodat we heel dicht bij elkaar waren. 'Ik weet wat jullie denken.'

'Wat dan?'

'Dat ze iets in haar schild voerde. Dat ze een verhouding had of zoiets idioots. Of misschien dat ik die had. Misschien had ik een verhouding met al die vrouwen en was ze daar achter gekomen. Moet ik dat nu gaan ontkennen? Oké, ik ontken het.'

Hij liep weer verder.

'Jeremy.' Ik haalde hem in en legde mijn hand op zijn arm om hem te kalmeren. 'Luister goed. We suggereren niets, we impliceren niets. Luister nou. Ik weet...'

'Wat weet je? Helemaal niets. Ik ben niet zo goed in het uiten van mijn gevoelens. Nooit geweest. Maar dat wil niet zeggen dat ik ze niet heb. Phil wist dat. Zij zag het wanneer ik down was of me ergens zorgen om maakte, of als mijn werk te zwaar werd. Als ik thuiskwam en ze keek me aan, dan wist ze meteen hoe de vlag erbij hing. Ik hoefde niets te zeggen. We waren niet erg knuffelig met elkaar, we waren niet bepaald een hartstochtelijk stel. Maar er zijn allerlei manieren om van iemand te houden. En ik hield van haar en zij van mij, en nu is ze dood en jullie staan daar dingen te insinueren over ons en ons leven met elkaar. We hadden een goed leven. Een leven dat we allebei wilden. Zonder glamour en zo. Maar we hadden elkaar en toen kregen we Emily. We wilden nog een kind. Dan zouden we een echt compleet gezin zijn. Dat zei ze altijd. Maar nu is ze dood en we worden nooit meer compleet, toch?'

'Meneer Burton...'

En toen zagen we allebei dat hij huilde. Hij stond onder de appelboom, waarvan de takken doorbogen onder het gewicht van de halfrijpe vruchten, en hij jammerde als een klein jongetje tot zijn gezicht helemaal vlekkerig was en nat van de tranen.

'Nee,' zei Pam Vere, die rechtop in een stoel zat. Haar amberkleurige oorbellen zwaaiden heen en weer door het heftige schudden van haar hoofd. Ze kende geen van de gezichten. Ja, ze wist het zeker. Absoluut zeker.

'Hoe lang heeft Daisy hier gewoond, mevrouw Winston?'

Mevrouw Winston was plomp, met gepermanent haar. Ze had een gemoedelijke vrouw kunnen zijn, behalve dat ze te zwaar was opgemaakt en sluwe, argwanende oogjes had achter haar dikke brillenglazen. We zaten in haar warme keuken, drie katten wonden zich om mijn benen, en we aten chocoladebiscuittjes. Oban was weer op het bureau en had bedenkingen tegen mijn wens om meer over Daisy te weten te komen. 'We moeten ons op de hoofdrolspelers concentreren, Kit,' had hij gezegd. 'En bovendien zijn mijn mannen er al geweest, die hebben dit al gedaan.'

'Hoe lang?' Mevrouw Winston fronste en nam luidruchtig slurpend een slokje thee. 'Nou, 's effe denken. Wat heb ik die aardige agenten ook weer verteld, toen ze hier kwamen? Nou, niet zo lang eigenlijk. Meestal willen we dat onze kinderen lang blijven, dat ze een goeie relatie met ons opbouwen, hè, zodat ze een hecht gezinsleven krijgen. We hebben één meisje bijna twee jaar gehad. Toch, Ken?'

Ken, die ongeveer tot haar middel kwam, knikte. 'Klopt.'

'Georgina heette ze, erg lieve meid.'

'Erg lief,' echode Ken.

'Maar Daisy, die is maar kort gebleven. Drie maanden, misschien iets langer.'

'Waarom zo kort?'

'Ze kon niet aarden. We hebben alles geprobeerd, hoor. Ze kreeg een eigen kamer, met nieuwe gordijnen die ik voor haar had gemaakt, en leuke meubeltjes. En we gaven haar 't gevoel dat ze welkom was, hè, Ken?'

'Zeker weten.'

'Ik zei tegen haar toen ze bij ons kwam, ik zeg: "Daisy, dit huis is ook jouw huis. En als je problemen hebt, hoe groot of klein ook, kan je altijd bij me terecht."'

'En heeft ze dat ook gedaan? Is ze met haar problemen bij u gekomen?'

'Welnee. Nooit. Ze was zo gesloten als een oester, dat kind. In de eerste week wist ik 't al, ik wist al dat het niets zou worden, hè, Ken?'

'Klopt.'

'Ze hield zich erg afzijdig. At op haar kamer. Overal kruimels. Deed nergens aan mee, wou het ook niet. En ze zei vreselijke dingen over Bernie, m'n zoon.' Ik had Bernie ontmoet, een grote, lompe slungel van een jaar of zeventien, in een T-shirt met een schedel op de voorkant, die de deur had opengedaan. 'En hij probeerde alleen maar gezellig te doen.'

'Dus Daisy liet niet veel los over haar leven?'

'Nee, bijna niets. Dat kind hield alles voor zichzelf.'

'Heeft u vrienden of vriendinnen ontmoet?'

'Nee, ze ging vaak uit, maar ze nam nooit iemand mee. Soms bleef ze de hele nacht weg. Ik zeg tegen haar: "Daisy, je mag best uit, hier is de sleutel, maar je moet wel zeggen hoe laat je thuiskomt." Deed ze nooit, dus.'

Ik legde de foto's in een waaier voor haar neer.

'Nee,' zei ze, terwijl ze ze snel bekeek. 'Had ik al gezegd. Ik herken deze natuurlijk wel, maar alleen van de tv.'

'Philippa Burton.'

'Wat heeft zo'n vrouw nou met Daisy te maken?'

'Dus u weet zeker dat u ze nooit heeft gezien?'

'Dat heb ik al aan de agenten verteld. Nee.'

'Dank u,' zei ik vermoeid. 'Ik wou 't nog even horen.'

'Het is een hele klus, pleegmoeder zijn, hoor. U denkt vast dat ik niks om Daisy gaf, maar ik heb m'n best gedaan. Ik vond het heel erg toen ik hoorde wat er met haar was gebeurd. "De stakker," zei ik, hè, Ken? Maar het verbaasde me niks.'

'Waarom niet?'

Ze haalde haar schouders op. 'Het was een boos, ongelukkig kind eigenlijk. Prikkelbaar, onbeleefd, schoot over niks uit d'r slof, huilde op haar kamer, smeet met dingen. Soms gaf ze de kat een trap. Dat had ik een keer gezien en dat was de druppel. Ze dacht dat iedereen tegen haar was, die meid. Het was allemaal te laat.'

'Wat was te laat?'

'Wij. Alles, denk ik.'

'Dank u,' zei ik en ik stond op. Ik wilde graag weg uit de te warme keuken en bij de kronkelende katten vandaan.

'We hebben ons best gedaan.'

'Dat geloof ik graag.'

'Maar sommige mensen zijn niet te helpen.'

'Ik kom er wel uit.'

'Haar grootste vijand, dat was ze zelf.'

'Ergens verwijt ik 't mezelf,' zei Carol Harman.

'Wie heeft haar gevonden?'

'Ik. Ik werd gebeld door de staf, omdat haar deur op slot was en ze niet reageerde op hun geklop. Dus ik heb die met m'n moedersleutel van buiten opengemaakt en haar gevonden. Ze had zich opgehangen. Maar dat wist u al, hè?'

'Ja.'

'We wisten dat ze een risicogeval was, ze verwondde zichzelf, ze at niet. Ze kreeg een speciale behandeling in het tehuis: individuele gesprekken met de staf, zulke dingen. Het had niet mogen gebeuren.'

'Ze moet het echt gewild hebben,' zei ik. Ik mocht deze vrouw wel, omdat ze geen poging deed zich tegenover mij te rechtvaardigen. 'Het was geen schreeuw om hulp.'

'Als het niet gelukt was, had ze het misschien nooit meer geprobeerd. Dat weet je niet. Het was een moeilijk meisje, heel koppig, ze had veel aandacht nodig. Een afschuwelijk leven. Ze zei een keer tegen me: "Niemand heeft ooit tegen me gezegd dat hij van me hield."'

'Wat was uw antwoord daarop?'

'Dat ik wél van haar hield, natuurlijk. Maar dat geloof je niet, hè, van een vrouw die jou pas een paar weken kent en ervoor betaald wordt om voor jou te zorgen.'

'U heeft het in ieder geval wel gezegd.'

'Mmm. Maar goed, u wilt weten of ik een van deze vrouwen herken. Ik heb haar één keer gezien.' Ze zette haar vinger op Liannes gezicht. 'Ze kwam voor Daisy. Ze gingen samen naar Daisy's kamer. Dat is alles.'

'Geen van de anderen?'

'Nee.'

'Waarom heeft ze 't gedaan, denkt u?'

'Zelfmoord gepleegd? Weet ik niet. Ze had een triest leven, toch? Ik weet niet of er bijzondere omstandigheden waren, maar dat wil niet zeggen dat ze niet bestonden. Het was uiteindelijk waarschijnlijk makkelijker dan door te leven.'

36

De volgende dag reed ik naar de kliniek, zat een vergadering over personeelsorganisatie uit en deed alsof ik mijn administratie afhandelde. De gebeurtenissen van de afgelopen vierentwintig uur maalden door mijn hoofd. Ik dacht aan het lijstje met namen, aan Bryony's bleke, verslagen gezicht toen ze ervan hoorde, aan Jeremy's gejammer onder de appelboom.

En ik wist niet wat ik met Will aan moest. Zou hij zo kwaad zijn dat hij niet met me wilde praten? Wilde ik hem wel weer zien? Om kwart over zes belde ik hem. Om tien voor negen ongeveer keek ik op mijn horloge, dat Will van mijn pols schoof en op de grond bij zijn bed legde. Toen ik het weer omdeed, had ik gedoucht. Het was even na tienen. Hij lag in bed. Ik ging naast hem liggen. Ik was nog vochtig van de douche en hij was nog vochtig van het zweet en de seks en mij. Ik rook naar zijn zeep en rook mezelf op zijn lijf.

'Dat was heerlijk,' zei ik en begon me meteen te verontschuldigen. 'Ik voel me altijd zo dom als ik dat zeg. Alsof ik je ergens voor bedank.' Ik ging tegen de muur zitten, met een kussen in mijn rug, en keek de kamer rond. Er stonden restjes van Chinees afhaaleten. Er lag een lege wijnfles op de grond en er stond een fles die nog voor een derde vol was. Onze kleren lagen overal verspreid.

'Sorry van gisteren,' zei ik. 'Ik wist niet wat ik moest doen.'

'Maakt niet uit,' zei hij. Hij ging met zijn vingers over mijn lichaam, maar keek me niet aan.

'Dat vond ik zo verbazingwekkend,' zei ik. 'Het leek echt alsof het je niets uitmaakte. Ik ben bang voor de politie, terwijl ik nota bene voor ze werk. Maar jij leek onverstoorbaar.'

'Zit je dat dwars?'

'Misschien ben ik banger uitgevallen dan jij.'

'Dat is begrijpelijk.'

'O, hierdoor, bedoel je?' Ik raakte mijn wang aan, mijn litteken.

'Wat had je dan gewild?' vroeg hij. 'Had ik soms op m'n knieën mijn onschuld moeten bewijzen?'

'Hoezo, "je onschuld"?'

'Dat wil jij toch ook? Je wil dat ik je recht in de ogen kijk en dat ik zeg: "Kit, ik ben onschuldig. Zo helpe mij God."'

'Nee,' protesteerde ik. 'Maar...'

'Aha, dus er is wel een maar.' Hij stond op. 'Ik ga douchen.'

Ik bleef op bed liggen, met het dunne laken half over me heen, en dacht na. Zodra hij in de kamer terugkwam, met een grote witte handdoek om zich heen gewikkeld, zei ik: 'Weet je wat het probleem is?'

'Wiens probleem? Van mij of van jou?'

'Je verloor niet één moment je zelfbeheersing. Je had jezelf volkomen in de hand.'

'En de vraag is: gedraagt een onschuldig iemand zich wel zo?'

'Kan je dat dan niets schelen?'

'Wat?' Hij trok zijn wenkbrauwen op. 'Wat de mensen van me vinden? Waarom zou ik?'

'Nee, nee. Niet wat de mensen van je vinden. Ik heb 't over, nou ja, alles. Lianne en Philippa en Daisy en nu weer Bryony, waar jij op de een of andere manier mee te maken hebt. Ook al heb je er formeel geen moer mee te maken, je bent er toch bij betrokken. En je kende er een paar, Will. Je kende Lianne en die was jong en alleen en ze had hulp nodig, en nu is ze dood, ze zijn dood, en toch zat je daar maar met je ironische glimlach, te scoren. Ik weet zeker dat je ergens, diep in je hart, wél met die meisjes begaan bent, want waarom zou je anders dit werk doen, dus ik weet dat het je wel kan schelen natuurlijk...'

'Nee, dat weet je niet. Dat kan je er niet uit concluderen.'

'Oké, goed, misschien kan het je geen moer schelen en vind ik dat kil.'

Will glimlachte gemeen. 'Killer dan de mogelijkheid dat ik misschien een moord zou kunnen plegen? Misschien...' Hij liet zijn handdoek op de grond vallen, waar hij als een witte knoedel bleef liggen, en trok een badjas aan. 'Misschien vind je die mogelijkheid zelfs wel spannend? Vind je de gedachte dat ik iemand zou kunnen vermoorden aantrekkelijk? Ik ken je, jij gaat je angsten niet uit de weg, toch? Bang zijn en toch doen?' Zijn toon was spottend en wreed.

Ik ging overeind zitten. 'Hè, Will, ik hou niet van zulke spelletjes. Alsjeblieft. Ik heb wel twintig of dertig moordenaars ontmoet, denk ik, voor zover dat iets zegt. Misschien wel meer. Van al die kerels is een dik rapport opgemaakt waarin een verklaring voor hun daad wordt gegeven. Ik ken niet één voorbeeld waarbij ze van tevoren als potentiële moordenaars werden gezien. Sterker nog, een aantal van hen kwam op vrije voeten door mensen als ik, en heeft daarna nog iemand vermoord. Dus ik sta hier niet te beweren dat jij geen vrouw zou kunnen vermoorden.'

'Zit.'

'Wat?'

'Je staat niet, je zit.'

'Hè, jezus. Dat is nou precíes wat ik bedoel. Kijk, wat ik probeer duidelijk te maken is dat ik vanmiddag goed naar je heb gekeken. En ineens dacht ik: je zou graag willen dat jij verdacht werd. Dat zou op alle fronten geweldig zijn. Jij bent dan slachtoffer, voor de zoveelste keer. De grote Will Pavic, die altijd verkeerd begrepen wordt. En dan zou blijken hoe stom de politie is. Dat zou aardig in de richting komen van wat jij als ideaal beschouwt: dat jij gelijk hebt en alle anderen ongelijk. Want zo zit de wereld volgens jou in elkaar.'

Wills trage glimlach bleef onveranderd. 'Dus ik heb je niet voor de gek kunnen houden?' zei hij.

Ik boog me naar voren en pakte zijn hand en trok hem op het bed. Ik streelde zijn borstelige, korte haar. Ik kuste zijn voorhoofd. Ik legde mijn handpalm tegen zijn wang en hij leunde er heel even tegenaan.

'Ik heb een tamelijk rotjaar achter de rug,' zei ik. 'Ik heb nachtmerries.'

'Kit...'

'M'n seksleven stond al een tijdje op non-actief, maar het is nu helemaal top, en dat is fijn. Fijn is niet het juiste woord. Je begrijpt wel wat ik bedoel. En soms vraag ik me af of ik verliefd op je ben.'

'Kit...' zei hij weer. Hij keek nu niet meer spottend of snerend. Dat was tenminste iets. Ook al zou het allemaal voorbijgaan, alles was beter dan die minachting van hem.

'Misschien heb je gelijk,' ging ik verder. 'Ik voel me tot je aangetrokken omdat je knorrig en intimiderend bent, en omdat ik ergens bang voor je ben. Of misschien vind ik je aantrekkelijk omdat je zo'n ongelukkige indruk maakt en ik mezelf wijsmaak dat ik je weer gelukkig kan maken – dat geschifte waanidee van vrouwen, hè, waar je vast wel eens over gelezen hebt. Wat dan ook. Maar goed, ik vond het heerlijk om weer het gevoel te hebben dat iemand me begeert. Als ik aan het werk was en dan plotseling aan jou dacht, was ik gelukkig. Ik voelde weer dat ik leefde. Maar ik wil niet met iemand omgaan die nergens om geeft en niemand een centimeter ruimte gunt. Ik kan niet zo goed tegen hartstocht zonder tederheid. Daar ben ik niet hard genoeg voor. En ik ben echt heel slecht in spelletjes. Zo, ik heb open kaart gespeeld. Geen sterke hand, zoals je ziet.' Ik lachte even, maar hij zei nog steeds niets. 'Dus misschien moet ik iemand hebben met zachtere kantjes.'

Will deed zijn hand omhoog en streek een lok nat haar achter mijn oren.

'Ik denk dat ik het moeilijker zal vinden als we elkaar niet meer zien dan jij,' zei ik. 'Ik haat weggaan. Daar ben ik helemaal niet goed in. Maar jij kan dat vast behoorlijk goed. Ik wed dat je niet zo vaak terugkijkt.'

'Ik wil je blijven zien, Kit.'

'Op jouw voorwaarden, ja.'

'Wat zijn jouw voorwaarden dan?'

'Weet ik niet.' Ik snikte. 'Maar die zijn er wel.'

Hij glimlachte. 'Daar begrijp ik geen mallemoer van, weet je dat?'

'Weet ik.' Hij gaf me een zakdoekje en ik snoot mijn neus. 'Maar goed, ik ga nu in ieder geval weg. En misschien moet ik maar weg blíjven.' Ik legde mijn vinger op zijn lip. 'Sst, niet praten. Niet nu.'

Ik stond op en trok mijn broek en blouse aan.

'Ik vind het maar niks dat je hier zo laat over straat gaat,' zei Will.

'Dat zal wel meevallen,' zei ik. 'Ik stond niet op het lijstje.'

Ik ging de deur uit en liep zonder om te kijken weg. De volle maan was zo helder dat de randen van de wolken op lichtgevende golven leken. Ik rilde van de spanning. Ik voelde tranen over mijn wang lopen, warm, brandend, maar ik haalde een paar keer diep adem. Ik veegde mijn gezicht af. Dat was beter. Ik had de juiste beslissing genomen, ik hoefde er geen drama van te maken. Waarschijnlijk was het nu allemaal toch al voorbij, maar ik moest er steeds weer aan denken. Verder, zei ik bij mezelf. Verder. Ik had andere dingen aan mijn hoofd.

Ik ben nooit bang geweest om 's nachts in een stad over straat te gaan. Ik heb een theorie dat als je er stevig de pas in zet en doelbewust kijkt, je niets kan gebeuren. In mijn loopbaan heb ik vaak met gevaarlijke mannen gepraat en hun herhaaldelijk gevraagd hoe ze hun slachtoffers uitkiezen. Het antwoord is, denk ik, dat ze er mensen, en voornamelijk vrouwen, uitpikken die door zwakheid, gebrek aan inzicht of door onzekerheid hun aandacht prikkelen. Ik heb geprobeerd mezelf voor te houden dat als je er niet als een slachtoffer uitziet, je er ook geen wordt. Misschien hou ik mezelf wel voor de gek. Het is een onverdraaglijke gedachte dat lijden willekeurig is. Je kunt maar beter geloven dat iedereen verantwoordelijk is voor zijn eigen ellende.

Ik liep door verlaten, donkere straten tot ik bij de verlichte, lawaaierige autoweg was, bij het station van Kersey Town. De taxi's scheurden langs, de kiosk verkocht de krant voor de volgende dag, alsof er geen tijd genoeg was voor die volgende dag. Normaal gesproken zou ik me vergapen aan de aanblik die de stad 's nachts bood. Ik hou ervan om naar mensen te kijken, die op de verkeerde tijd op de verkeerde plaats lijken te zijn. Ik probeer me dan voor te stellen met welk vreemd doel of via welke kronkelpaden ze hier zijn beland en ik bedenk verhalen over hen. Maar nu zaten er andere verhalen in mijn hoofd, die door elkaar heen praatten en schreeuwden om aandacht. Ik stak de drukke straat over en stak door over het plein, zodat ik de drukte achter me liet. Ik dacht aan Bryony, die laat op de avond langs het kanaal liep. Ontzettend stom, zoals Oban zei, maar ik begreep wel waarom. Het donker, de stilte, het traag stromende, zwarte water, een vreemde, geheimzinnige wereld midden in de stad. Ik dacht aan Philippa, aan Hampstead Heath op klaarlichte dag, in een volle speeltuin.

Mijn hersens werkten zo op volle toeren dat ik bijna onbewust naar huis liep, ook al nam ik een ingewikkelde route door straatjes en steegjes. Nog geen honderd meter van mijn huis werd ik plotseling uit mijn dromerijen wakker geschud. Ik keek geschrokken om me heen. Had ik iets gehoord? Ik stond in een stille straat met een rij huizen aan de ene kant en een plantsoentje aan de andere. Ik zag niemand, maar toen zag ik in mijn ooghoek iets bewegen. Toen ik nog eens goed in de richting keek waar het vandaan kwam, was er niets te zien. Had iemand zich op een donkere plek teruggetrokken? Nog even, en ik was bij de voordeur. Ik zette er stevig de pas in en klemde mijn hand om de sleutel in mijn jaszak. Een minuut, minder, dertig seconden. Ik begon te rennen en was bij de deur. Op het moment dat ik de sleutel in het slot stak, voelde ik een hand op mijn schouder en ik gaf een dom gilletje van schrik. Mijn borst krampte samen toen ik omkeek. Het was Michael Doll. Ik voelde zijn zure adem op mijn gezicht.

'Ik heb je ingehaald,' zei hij met een glimlach.

Ik probeerde na te denken. Blijf kalm. Sus de boel. Stuur hem weg. Maar ik moest verbaasd doen. Ik moest de indruk vermijden dat ik zijn aanwezigheid als vanzelfsprekend beschouwde. 'Wat doe jij hier nou?'

'Ik heb je gemist,' zei hij. 'Je bent me niet komen opzoeken.'

'Waarom zou ik jou komen opzoeken?'

'Ik heb aan je gedacht.'

'Was je me aan het volgen?' vroeg ik.

'Nee, waarom zou ik?' zei hij, terwijl hij een stap achteruit deed en de andere kant op keek.

Hij was me gevolgd. Hoe lang al? Had hij voor Wills huis gestaan?

'Ben je bij een ander geweest?'

Een ander? Wat kregen we nou?

'Ik moet naar binnen, Michael,' zei ik.

'Mag ik binnenkomen?' vroeg hij.

'Nee.'

'Een paar minuutjes maar.'

'Het is te laat. M'n vriendin is er.'

Hij keek omhoog naar de flat.

'Er brandt geen licht.'

'Ze ligt in bed.'

'Ik wil praten.'

Ik kon niet geloven dat ik om halfeen 's nachts voor mijn deur met Michael Doll stond te onderhandelen of hij binnen kon komen. 'Ik moet naar binnen.'

'Andere mensen zou je wel binnenlaten.'

'Michael, het is al laat. Je moet naar huis.'

'Ik haat m'n huis.'

'Welterusten, Michael.' Maar ik zei dat met een flauwe, maar niet erg hartelijke glimlach en legde mijn hand even op zijn arm, wat op medeleven duidde, maar geen echte warmte uitdrukte.

'Ik wil je spreken,' zei hij, zwakker nu.

'Het is al laat,' zei ik. 'Ik ga.'

Niet al te snel ging ik naar binnen en deed de deur dicht, maar hij bleef steken. Michael had zijn voet ertussen gezet. Hij leunde naar voren, zodat zijn gezicht door de opening stak. 'Haat je me?' zei hij. Het was nauwelijks een vraag. 'Je wil dat ik wegga. Je wil me niet zien.'

O, wat wilde ik graag dat hij wegging. Dat hij uit mijn leven verdween en zich aan iemand anders vasthechtte, als hij dat zo graag wilde. 'Dat bedoel ik helemaal niet,' zei ik. 'Ik ben moe. Ik heb een zware dag gehad. Alsjeblieft.'

Zijn gezicht was vlak bij dat van mij. Hij ademde met een fluitend gepiep. Zijn arm kwam door de opening en ik voelde zijn hand op mijn wang.

'Slaap lekker, Kit,' zei hij.

Ik gaf geen antwoord. De hand trok zich terug. Ik voelde dat de druk op de deur afnam, zodat ik hem dicht kon doen. Ik leunde ertegen en voelde een golf van misselijkheid opkomen. Ik voelde de vingers van Michael Doll nog op mijn gezicht. Ik voelde Will Pavic nog steeds in me. Ik rook naar die mannen, leek het wel. Ik rende naar boven en hoewel ik al een douche bij Will had genomen, ging ik weer lang onder de douche staan totdat het warme water op was. Daarna rommelde ik wat in een kast en vond een fles whisky. Ik nam een glas mee naar bed en ging in het donker zitten en ik nam kleine slokjes die mijn binnenste verbrandden en mijn hersens verdoofden.

37

De volgende morgen belde ik Oban en vertelde hem over het voorval met Michael Doll. Hij scheen het nogal amusant te vinden.

'Dus je hebt een bewonderaar,' zei hij. 'Nóg een bewonderaar, moet ik zeggen.'

'Het is niet om te lachen,' zei ik. 'Ik denk dat hij me gevolgd is.'

'Waarom?

Ik aarzelde. Ik had geen zin om het over Will Pavic te hebben.

'Het wordt ernstiger,' zei ik. 'Hij hangt bij m'n huis rond, hij bespiedt me. Ik voel me niet veilig.'

Er klonk een kuchje dat net zo goed een lachje had kunnen zijn.

'Ik begrijp dit niet,' zei hij. 'De laatste paar weken proberen we je er steeds van te overtuigen dat Doll gevaarlijk is en heb jij ons geprobeerd ervan te overtuigen dat hij zo'n lieve, onbegrepen jongen is.'

'Dat heb ik nooit gezegd.'

'Weet ik, schat, kan je niet tegen een grapje? Maar wat wil je dat ik eraan doe?'

'Dat weet ik niet precies. Maar ik begin me bedreigd te voelen door hem.'

'O jee,' zei Oban. 'Net nu ik steeds geïnteresseerder raak in je andere vriend.'

'Wat?'

'Dat is moeilijk te vermijden. Ik heb erover nagedacht, maar alles schijnt naar Will Pavic en dat stomme drugshol van hem te wijzen.'

'Dat is belachelijk.'

'Kan zijn. Maar we moeten er wel over nadenken. Ik kan iemand sturen, als je wil, om Micky Doll te bewerken.'

Ik slaakte een zucht van opluchting. 'Dat is misschien wel een goed idee,' zei ik. 'Het probleem is dat alles wat ik tegen hem zeg, of het nou aardig of kwaad is, hem alleen maar lijkt aan te moedigen. Ik wil hem niet te hard aanpakken, maar het loopt nu uit de hand.'

'Maak je geen zorgen. We zullen hem onder druk zetten. Op een aardige manier natuurlijk. Kom je vandaag nog?'

'Misschien later,' zei ik. 'Ik ben het grootste deel van de dag in de kliniek.'

's Ochtends zat ik in een van de spreekkamers in de kliniek met een vijftienjarig meisje dat Anita heette, haar bleke, verdwaasde moeder, een maatschappelijk werker en een advocaat. Ik keek het dossier in. Het was het gebruikelijke rampverhaal. Erger nog dan het gebruikelijke rampverhaal. Bezoeken onder toezicht waren geschrapt, medicatie was niet toegediend, papieren waren zoekgeraakt. Dat was allemaal niets bijzonders. Maar er was een schoolgebouw in brand gestoken. Dat was in ieder geval de druppel. Anita had twee zelfmoordpogingen gedaan, zichzelf herhaaldelijk toegetakeld, en haar geval was in het bakje met binnengekomen post blijven liggen. Maar als je een openbaar gebouw in de hens zet, krijg je wel aandacht.

Er werd geklopt en de deur ging open. Het was de receptioniste van de kliniek.

'Telefoon voor u,' zei ze tegen me.

Ik keek verbaasd om.

'Ik bel straks wel terug.'

'Het is de politie. Hij zei dat hij uw mobieltje had geprobeerd.'

'Dat staat uit. Zeg maar dat ik zo terugbel.'

'Hij zei dat ik u moest halen, waar u ook was. En dat hij aan de lijn zou blijven.'

Ik verontschuldigde me uitvoerig en rende de gang in, waar de telefoon was.

'Als dit niet héél...'

'Doll is dood.'

'Wat?'

'In z'n huis. Ga er ogenblikkelijk heen.'

Toen ik Michael Doll in zijn huis had opgezocht, had ik het een vies, naargeestig hok gevonden voor een vreemde, eenzame man. Hij kwam me toen voor als iemand die niemand kende tijdens zijn leven en wiens dood door niemand opgemerkt zou worden. Maar dat gold nu niet meer. Hij was berucht geworden. Er stonden drie politiewagens, een ambulance en andere wagens zonder politiekenmerken dubbel geparkeerd in de straat. Het gebied rond de ingang was met tape afgezet. Twee agenten stonden voor de deur en er was een opstootje van mensen die op een doordeweekse dag in Hackney niets beters te doen hadden.

Ik drong me door de menigte heen terwijl ik pardon mompelde, en toen ik op de agenten afliep, zag ik dat de oude vrouwen met boodschappenkarretjes me met hernieuwde belangstelling bekeken. Wat zou ik zijn? Een rechercheur? Een begrafenisondernemer? Een van de agenten liep het huis in en ik hoorde een gedempte kreet. Even later kwam Oban naar buiten. Hij zag er diep geschokt uit, zijn gezicht had een angstaanjagend grijsgroene kleur. Voor ik het wist, vroeg ik hem of het wel goed met hem ging.

'Jezus,' zei hij zachtjes. 'Niet te geloven, godverdomme. Sorry, hoor.' Hij keek schuldbewust naar de oude vrouwen

'Wat is er gebeurd?' vroeg ik.

'De technische recherche is net begonnen,' zei hij. 'Ik wil dat je even snel kijkt. Zodat je het gezien hebt, voordat ze hem weghalen. Kan je ertegen?'

'Ik denk van wel,' zei ik en ik slikte heftig.

'Het is geen prettig gezicht,' zei hij.

Ik moest een soort miniatuurhaarnetjes over mijn schoenen doen. Oban zei dat ik niets mocht aanraken. De trap op lopen was een beetje lastig, omdat er een laken overheen lag. Boven aan de trap draaide Oban zich om en zei dat ik diep moest ademhalen. Hij duwde de deur open en stapte opzij om me door te laten.

Het lichaam lag uitgestrekt op de grond, met het gezicht voorover, alleen was er geen gezicht. Het leek net een standbeeld, waarvan het hoofd nog niet klaar is. Ik herkende de kleren van de vorige nacht. De zolen van zijn schoenen wezen naar boven. De veter van zijn rechterschoen zat los. Bruine ribfluwelen broek. Anorak. Daarboven alleen zwarte natte prut. Ik wilde iets zeggen, maar mijn mond was te droog. Ik moest verscheidene keren slikken. Ik voelde een hand op mijn rug. 'Blijf overeind, schat,' zei Oban.

'Waar is z'n hoofd?' vroeg ik met een stem die niet als die van mij klonk.

'Overal,' zei Oban. 'Herhaalde zware klappen met een loodzwaar, zeer stomp voorwerp, vele daarvan nadat hij al dood was. De dader is helemaal door 't lint gegaan. Vandaar die troep.'

Ik keek om me heen. Het was de rode kamer. Het was de rode kamer uit mijn nachtmerries. Ik had het als een idee beschouwd, als een symbool, maar nu stond ik er middenin. Het leek alsof de kamer besproeid was met een tuinslang vol bloed. De muren, zelfs het plafond, dikke klodders op het plafond, die op ons dreigden te vallen, alleen waren ze gestold.

'Hoofdwonden, hè,' zei Oban, om zich heen kijkend. 'Daar komt altijd veel bloed bij kijken.'

Ik keek rond. Ik probeerde kalm te blijven, maar ik moest steeds denken aan zijn irritante, walgelijke aanwezigheid op mijn stoep gisternacht, die afstotende opdringerigheid, die nu was teruggebracht tot die verschrikkelijke brij op de grond. Ik had een vloek over hem uitgesproken. Ik had hem verwenst. Had ik hem dood gewenst?

'Kijk hier 's naar,' zei Oban.

Hij had een doorzichtige map in zijn hand met een vel papier erin. Op het papier stond in grove hoofdletters geschreven:

BLOEDORSTIGE HUFDER

'Dat lag op zijn lijk. Zie je?' zei hij. 'Ze kunnen niet eens spellen.'

'Dus ze hebben 'm gepakt,' zei ik.

Oban knikte.

'Wat een stinkhol,' zei hij. 'Ben je hier wel 's geweest?'

'Ja,' zei ik.

'Ik dacht dat het nuttig kon zijn als je even rondkeek. Neem alle tijd. Of niet.'

Mijn benen trilden en ik wilde op de leuning van een stoel gaan zitten, maar er kwam een man naar me toe die zei dat het niet mocht. Ik maakte mijn excuses.

'Wat een klerezooi,' zei Oban weer. 'Het lijkt net een slachthuis in een museum.'

'Michael Doll was een verzamelaar,' zei ik. Ik mocht niet overgeven. Ik slikte heftig en ademde oppervlakkig door mijn mond.

Oban trok een grimas. 'O ja? Wat verzamelde hij dan?'

'Alles wat hij maar tegenkwam. Dingen bij het kanaal. Wat hij maar kon dragen. Het was een soort ziekte.'

'Ik benijd de mensen niet die dit moeten opruimen.'

Oban praatte maar door, maar ik hoorde hem niet. Ik hoorde niets. Want plotseling had ik het gezien. Ik liep de kamer door. Ik moest omzichtig om het lijk heen stappen. Ik liep naar de andere kant van de kamer en stak mijn hand uit naar een voorwerp op een plank. Het stond tussen een jampot en een stuk roestig ijzerdraad. Iemand riep iets en ik voelde dat er iemand aan me trok.

'Niet aankomen,' zei een stem.

'Dat,' zei ik, wijzend. 'Dat.'

De man had handschoenen aan. Hij boog zich naar voren en pakte het heel voorzichtig op.

'Wat is het?' zei Oban.

'Zeg jij 't maar,' zei ik.

'Het is een tuitbeker, zo'n ding voor peuters. Wat staat erop?'

'Emily,' zei ik.

Hij keek niet-begrijpend. 'Je gaat me toch niet vertellen dat Micky Doll een dochter had die Emily heette?'

'Nee,' zei ik. 'Maar Philippa Burton wel.'

38

'Gaat het?' vroeg Oban, toen we van de stoep wegreden waar het groepje mensen zich tot een kleine menigte had uitgebreid.

'Prima.' Ik hield mijn stem in bedwang en glimlachte naar hem. Ik trilde niet. Mijn stem was vast, mijn ademhaling gelijkmatig. Ik draaide het raampje naar beneden en liet de warme wind in mijn gezicht waaien.

'Niet te geloven, hè?' Zijn gezicht was weer normaal en zijn toon was joviaal, opgewekt zelfs. Hij zag er alerter en tegelijk ook meer ontspannen uit dan ik in weken had meegemaakt. Ik verwachtte al half dat hij door zijn tanden zou gaan fluiten.

'Ja.'

'Hele klus voor de sporenjongens. Nachtmerrie. Maar er zal veel sympathie zijn voor de daders, toch wel. Het recht in eigen hand en zo. We moeten het tactisch aanpakken op de persconferentie.'

Ik sloot even mijn ogen en dacht aan het tot pulp geslagen lijk van Doll, en al dat bloed. Overal rood bloed: een donkerrode kamer van bloed.

'Dus nu is het cirkeltje rond, Kit.'

'Wat?'

'Het was Doll, al die tijd al. Uiteindelijk toch.'

Ik mompelde iets neutraals en staarde uit het open raampje. De lucht was blauw, geen wolken, gouden zon. De mensen op straat liepen in felle kleuren rond. Het was een dag vol licht en warmte, als een laatste cadeautje van de zomer.

'Kom op, Kit. Je kan het nu allemaal achter je laten. Het is voorbij, geef maar toe.'

'Tja...'

'Laat me 's raden. Je bent nog steeds niet overtuigd. We vinden Emily's beker in Dolls kamer, goddomme, een drinkbeker met haar naam erop – dat moeten we natuurlijk nog even met Burton verifiëren, maar dat is maar een detail, toch? – en je bent nog steeds niet overtuigd. Wat is daar dan voor nodig?' Hij draaide zijn hoofd opzij en grijnsde naar me terwijl hij het zei. Het klonk lief in plaats van geïrriteerd.

'Ik begrijp het gewoon niet.'

'Nou en? Wie wel? Je hoeft het niet meer te begrijpen van ons. Er wordt niet van je verwacht dat je er college over gaat geven aan je medewerkers of wat je ook allemaal doet. We moesten gewoon de persoon opsporen die de vrouwen heeft vermoord, en godzijdank is dat gebeurd.'

'Nee, het klopt niet. Dat bedoel ik.'

'Er kloppen zo veel dingen niet.' Hij maakte een slinger om een fietser in lichtgevend nylon te ontwijken en toeterde even. 'Maar Doll was de moordenaar, Kit.'

Ik gaf geen antwoord.

'Kit? Toe nou, zeg het nou. Eén keertje maar. Het kan geen kwaad.'

'Ik zeg niet dat ik denk dat je ongelijk hebt...'

'Maar je wil ook niet zeggen dat ik wél gelijk heb.'

'Ja.'

Hij lachte. Daarna legde hij even zijn warme hand op die van mij. 'Je hebt het goed gedaan, Kit. Ook al ging je intuïtie op het eind in de fout, je hebt het uitstekend gedaan. Je moet niet denken dat ik niet besef hoe zwaar dit voor je geweest moet zijn, na al die ellende. Maar zonder jou waren we helemaal de mist in gegaan. Jij hebt ons op het rechte pad gehouden.'

'Nee,' zei ik, en ik was verbaasd over de kracht van mijn stem. 'Nee, weken geleden al heb ik je gezegd dat Doll moest worden vrijgelaten. Als je hem toen had aangeklaagd, schuldig of onschuldig, zou hij nu nog leven. Misschien dat hij na een jaar in mijn inrichting was beland. Ik heb hem gezegd dat hij veilig was.'

'Het heeft geen zin om zo te denken. We hebben allemaal fouten gemaakt in deze zaak, maar jij zag de verbanden die wij over het hoofd zagen. Jij hebt ons belet om fouten te maken, toen we op het punt stonden die te maken. Je hebt voorkomen dat het een afgrijselijke puinzooi werd.'

'Maar...'

'Jezus, Kit, laat het los. Hou op met dat gemaar. Je bent de koppigste vrouw met wie ik het genoegen en de eer heb gehad om samen te werken.'

'Dat zal ik in m'n cv zetten,' zei ik droogjes.

'En de meest integere,' voegde hij eraan toe. Ik keek hem aan, maar hij keek recht voor zich.

Ik legde mijn hand even op zijn arm. 'Dank je, Daniel.'

Mijn huis zag er verwaarloosd uit, alsof er niemand meer woonde. Alle ramen waren dicht, de gordijnen half toe, alsof ik met vakantie was, overal lag stof. Er stonden geen bloemen, wat meestal wel zo was, behalve een verlepte bos in een vaas op de vensterbank van het keukenraam. Geen fruit in de schaal op de keukentafel, geen opengeslagen boeken over de leuning van de bank, geen briefjes van Julie op de deur van de ijskast. Ik deed hem open. Hij was schoon en zo goed als leeg: een pak halfvolle melk, een kuipje boter, een potje pesto, halfleeg, een pak koffiebonen.

Wanneer had ik Julie voor het laatst gesproken? Een beetje beschaamd besefte ik dat ik dat eigenlijk niet meer wist. De afgelopen hectische dagen was ze een soort vage gestalte geweest aan de rand van mijn gezichtsveld, waar ze onopgemerkt bleef hangen, totaal genegeerd. Ik had een vage herinnering dat ze zei dat we moesten praten toen ik weer eens langs haar rende, op weg naar iets anders. Wanneer was dat geweest?

De deur van wat ik als haar slaapkamer was gaan beschouwen stond open, dus ik keek om het hoekje. Het zag er veel te netjes uit. Julie liet altijd kleren op de grond slingeren, ze maakte nooit haar bed op, ze liet lippenstift en potjes gezichtscrème openstaan op het ladekastje, dat ze als toilettafel gebruikte. Even vroeg ik me af of ze helemaal verdwenen was, maar haar koffer stond nog op de grond en de kast hing vol kleren.

Ik liep naar de woonkamer terug en zette een paar ramen open. Ik stofte af. Daarna rende ik de deur uit, naar de delicatessenwinkel op de hoek, waar ik een geitenkaasje en een stuk Parmezaanse kaas kocht, verse pasta, crème fraîche, Italiaanse salami en ham, olijven gevuld met ansjovis, kleine amandelkoekjes, verse basilicum in een potje, artisjokhartjes en vier grote vijgen. Niet dat ik dat allemaal wilde opeten, ik wilde gewoon dat het in huis was, als welkom voor een onverwachte gast.

Na de delicatessenwinkel ging ik naar de groenteman een eindje verderop: rode paprika's, gele paprika's, groene appels, een lichtgestreepte meloen, nectarines en paarse pruimen en een tros blauwe druiven. Bij de bloemist kocht ik een schaamteloos grote bos gele en oranje dahlia's. Ik sjouwde terug naar huis met de plastic zakken die in mijn vingers sneden en de bloemen die mijn neusgaten kietelden. Ik zette water op, maalde koffiebonen, schikte de bloemen in een glazen vaas, legde de kaas in de ijskast, ordende het fruit en de groenten in een grote schaal. Zo. Als Julie nu binnenkwam, zou ze weten dat ik weer thuis was.

Net toen ik erover dacht om een bad te nemen, ging de telefoon.

'Ja?'

'Kit, ik pik je over vijf minuten op, oké? Ik ben al bijna bij je huis.'

'Je zei toch dat het voorbij was, Daniel?'

'Ja, ja. Dit is maar een staartje. Je zal het wel kunnen waarderen, echt.'

'Ik hou niet van verrassingen,' begon ik, maar de verbinding was verbroken.

'Je bent er vanaf het begin bij geweest. Dus ik vond dat je ook bij het eind moest zijn.'

'Ik wil toch nog steeds graag weten waar we heen gaan.'

Oban grinnikte. 'Niet zo mopperen.'

Een paar minuten later stonden we voor de deur van het echtpaar Teale.

'Weet je zeker dat ze thuis is?'

'Ik heb eerst gebeld.'

Toen Bryony opendeed, schrok ik van haar verschijning. Ze had haar oranje haar opgestoken en haar gezicht zag bleek. Ze had donkere kringen onder haar ogen, alsof ze al dagen niet had geslapen. Ze leek magerder in de oude spijkerbroek en een oversized wit overhemd die ze aanhad en toen ze glimlachte, deden haar ogen niet mee.

'Kom binnen.'

'We blijven maar even, mevrouw Teale,' zei Oban, zodra we in de woonkamer waren. 'Ik wilde u alleen vragen of u dit herkent?' Hij trok een dunne handschoen over zijn rechterhand, boog zich voorover naar de tas die hij bij zich had en haalde er met een zwierig gebaar als een goochelaar een leren damestasje uit.

Bryony keek ernaar en meteen sloeg ze haar handen voor haar mond. 'Ja,' fluisterde ze.

'Dit is in Michael Dolls huis gevonden.' Hij wierp me een onvervalste triomfantelijke blik toe.

'O!' hijgde ze, alsof iemand haar een stomp in haar maag had gegeven en ze geen adem meer had. Ze begon meteen te huilen, ze steunde haar hoofd in haar handen en jammerde. Tranen druppelden tussen haar vingers door. Ik keek Oban kwaad aan. Hij stond op en liep naar haar toe, en hij legde zijn hand onwennig op haar schouder.

'Nou, nou, niks aan de hand. Het is allemaal voorbij, mevrouw Teale, eh, Bryony. Hij is namelijk dood. Er kan nu niks meer gebeuren.'

'Niks meer gebeuren?' Ze hief haar natte gezicht op, met een verbijsterde blik in haar ogen. 'Niks meer gebeuren?'

'Nee. De details kan ik u niet geven, maar ik kan wel zeggen dat we er zeker van zijn dat Doll, de man die zich als getuige van de aanslag voordeed – de moordenaar was. Hij is altijd verdacht geweest en hij is vanmorgen dood in zijn huis aangetroffen. Tussen zijn bezittingen vonden wij voorwerpen die zowel u als Philippa Burton toebehoorden. We wisten dat dit van u was' – hij hield het tasje omhoog en rammelde ermee – 'omdat er onder andere uw huissleutels in zitten, met uw adres eraan. Misschien had hij ook iets van Lianne meegenomen, maar daar zullen we waarschijnlijk nooit achter komen.' Hij knikte haar vriendelijk toe. 'Trofeeën, hè.'

'Maar hoe... wat...?'

'Hij is al eerder aangevallen door een boze burgerwacht, dus we gaan ervan uit dat zij hem vermoord hebben. Maar het is nog te vroeg om daar iets zinnigs over te zeggen.'

'Mijn tasje,' zei ze langzaam. 'Hij had mijn tasje.'

'Herinnert u zich dat u het kwijt was?'

'Nee, dat weet ik niet meer. Ik zal 't wel zijn kwijtgeraakt op de avond dat hij me aanviel. Maar ik dacht niet... ik wist dat het weg was, maar ik wist niet meer waar ik 't het laatst bij me had gehad. Ik was te veel in de war. Toen ik viel, moet hij... ik dacht dat hij me te hulp kwam... hoe heb ik dat kunnen denken?' Ze huiverde hevig en sloeg haar armen strak om zich heen.

'Gaat het wel?' vroeg ik.

Ze keek me aan. 'Redelijk, ja,' zei ze. 'Ik werd ineens een beetje misselijk. Maar het komt allemaal goed, toch? Ik denk dat het nog niet helemaal tot me is doorgedrongen.' Ze deed een poging om te glimlachen. 'Het zijn me wel dagen geweest.'

Oban stak zijn hand uit. 'Tot ziens, mevrouw Teale, we houden contact. We gaan de losse eindjes aan elkaar knopen, zeg maar. Al zal dat nooit netjes genoeg zijn voor jou, Kit.' Hij keek me met een zelfgenoegzame grijns aan.

'Tot ziens, Bryony...' Ik wilde haar ook een hand geven, maar ze sloeg haar armen om me heen en kuste me op beide wangen. Ze rook schoon en voelde zacht en breekbaar aan. 'Je bent heel lief geweest,' fluisterde ze in mijn oor. 'Dank je wel.'

'Tevreden?' zei Oban, toen we de deur uit liepen.

'Niet zo jubelen, Dan, dat past niet bij je. Waar ga je nu heen?'

'Persconferentie. Ik hoop dat je ook komt.'

'Jij laat er ook geen gras over groeien, hè?'

'Niet als we een zaak hebben opgelost. Stap in.' Hij hield het portier open.

'Ik snap niet dat ik me zo door jou laat commanderen.'

Hij snurkte van het lachen. 'Laat me niet lachen.'

Ik weet niet waarom, maar ik streek zachtjes met mijn vingers over mijn litteken. 'Gek toch,' zei ik, 'maar ik kan me niet meer herinneren dat ik er ooit anders uitzag.'

'Anders?'

'Zonder litteken.'

'Je ziet er prima uit,' zei hij verlegen. Toen: 'Kom, stap in, we kunnen moeilijk de hele middag voor het huis van mevrouw Teale je uiterlijk staan bespreken.'

Het was al bijna donker toen ik thuiskwam. Er brandde geen licht, dus Julie was nog niet terug. Ik ging naar binnen en zette meteen het bad aan. Nog geen twaalf uur geleden had ik naar Doll staan staren. Zijn gezicht kwam ongevraagd naar boven, niet alleen de brij die ik op het tapijt had zien liggen, maar het gezicht dat hij naar me omdraaide toen hij zat te vissen bij het kanaal. Die verwachtingsvolle glimlach. Hij had twee vrouwen vermoord. Lianne en Philippa. Hij had een derde vrouw bijna vermoord, Bryony. Toch voelde ik ondanks alles een scheut van medelijden voor de man. Hij had geen enkele kans gehad in zijn leven. Hij was kwaadaardig, afstotend, pervers, moorddadig, maar hij had geen enkele kans gehad. Ik had te veel mensen van Dolls soort ontmoet.

'Hoi. Je hebt schuim in je haar.'

Ik ging overeind zitten. 'Ik hoorde je niet binnenkomen.'

'Dat komt vast doordat je onder water zat. Wat ziet het huis er gezellig uit.'

'Mooi zo. Ik had het laten versloffen.'

'Ja.'

'Het is voorbij.'

'Wat?'

'Die moordzaak. Die is voorbij. Het ziet ernaar uit dat het toch Michael Doll was.'

'Doll? Die vent die hier was?'

'Ja.'

'Jezus. Ik kijk voortaan wel beter uit wie ik binnenlaat.'

'Julie, gaan we vanavond uit eten? Of heb je iets anders te doen?'

'Dat lijkt me hartstikke leuk. Alleen zit ik nogal krap...'

'Ik trakteer. Ik bulk van het geld en ik geef het nooit uit.'

'O, ik ben heel goed in geld uitgeven.'

Ik bestelde heldere soep, Thaise viskoekjes, varkens- en kipsaté, noedels en rijst, gestoomde, pikante dumplings, grote garnalen in pepersaus, inktvis met citroengras en koriander, spareribs, een fles Chileense wijn. Julie was geïmponeerd en keek verschrikt.

'En twee glazen champagne,' zei ik nog.

'Wat doe je nou allemaal?'

'Wat?'

'Je bestelt voor zes personen. Je bent toch niet zwanger of zo?'

De champagne werd gebracht en ik toostte met Julie.

'Dit is mijn oudejaarsavond.'

'Het is augustus, Kit.'

'Het nieuwe jaar kan op elk tijdstip beginnen.'

'Ik weet niet precies of je nou iets aan het vieren bent of je verdriet aan het verdrinken bent.'

'Een beetje van allebei. Ik ben blij dat het voorbij is. Ik ben blij dat Doll geen kwaad meer zal doen. Maar ik begrijp niet hoe het allemaal in elkaar zit, het is totaal onbegrijpelijk, het klopt gewoon niet. En daardoor voel ik me...'

'Gefrustreerd?' hielp Julie.

'Nog erger. Ik heb het gevoel dat ik ze in de steek heb gelaten. Philippa en Lianne. Klinkt dat raar?'

'Ja. Je hebt me zo vaak lastiggevallen met je...'

'Vandaag, op de persconferentie, heeft Oban me de hemel in zitten prijzen. Het was echt overdreven. Ik voelde me een complete nepfiguur.'

'Omdat?'

'Omdat ik voel dat ik ze nog niet te ruste heb gelegd. Dat klinkt idioot, hè?'

'Ze zijn dood, dus rust hebben ze al. En het belangrijkste is toch dat hij gepakt is?'

'Hij is dood.'

'O.' Ze was even van haar stuk gebracht, leek het.

'Vermoord door boze burgers die vonden dat ze daar het volste recht toe hadden, toen ze hoorden wat hij gedaan had. Ha, het eten.'

Ik at de hele kom soep leeg. Hij was zo heet dat het leek of ik spelden en naalden inslikte. Mijn lichaam gloeide helemaal na. Daarna at ik drie pikante dumplings. Ik kauwde er lang op en kreeg ze met enige moeite naar binnen. Maar het lukte.

'Sorry dat ik zo bezeten bezig was.'

'Geeft niks. Ik wil alleen weten wat er met Will Pavic is gebeurd.'

'Dat is ook voorbij. Dat denk ik, tenminste.'

'O ja? Dat was snel. Maar misschien is dat niet zo erg. Het was nogal een nors type, hè?'

'Die norsheid, daar viel ik juist op,' zei ik. Ik nam een hap van mijn sparerib en gulpte er een slok wijn achterna om de boel naar beneden te spoelen. Dolls pulpachtige gezicht zweefde voor mijn ogen. Ik zag de kamer voor me, besproeid met zijn bloed, en dat van mij.

'Waarom heb je het dan uitgemaakt?'

'Wat? O, omdat ik er niet in meegetrokken wilde worden. Ik denk, nou ja, ik denk dat ik moet proberen gelukkig te zijn.'

'Dat lijkt me een goed idee.'

Ik pakte een ringetje inktvis op en keek ernaar. Het zag eruit als rubber. Of darmen. Ik legde het op de schaal terug en staarde naar de lichtbruine rijst. Ik nam nog een slok wijn. Ik voelde me ontzettend raar.

'Ik moet je iets vertellen,' zei Julie door de mist voor mijn ogen.

Ik knipperde. 'Wat dan?'

'Ik ga weg.'

'Ik begrijp het, je gaat een eigen huis zoeken.'

'Nee, ik ga het land weer uit. Ik kan er niet tegen. Ik voel me gevangen. Ik wil niet het onderwijs in of iemands secretaresse worden, en iedere dag op kantoor verschijnen in zo'n duf mantelpak met een panty en leren schoenen. Dus ik vertrek weer. Denk je dat ik iemand ben die het moeilijk vindt om zich aan te passen aan het echte leven?'

'Ik heb nooit iets tegen escapisme gehad,' zei ik, en mijn stem leek van mijlenver te komen.

'Ik wil ook gewoon gelukkig zijn. Net als jij.'

Ik hief mijn glas. 'Op jouw geluk.'

'Niet huilen, Kit. We kunnen allebei gelukkig zijn. Tegelijkertijd.' Met betraande ogen zaten we tegen elkaar te giechelen. 'En nu jij toch zo aangeschoten en emotioneel bent,' voegde ze eraan toe, 'zal ik je maar vertellen dat ik zonder te vragen je zwarte fluwelen jurk had geleend en dat ik die te heet heb gewassen en dat hij er helemaal raar uit is gekomen. Er zit een soort kronkel in de zoom. Sorry.'

39

De volgende morgen werd ik wakker door het gerammel van de wind aan de raamkozijnen en het gezwiep van de bomen buiten. Een paar gele bladeren schuurden tegen de ramen toen ze omlaag dwarrelden. Eén afschuwelijk moment wist ik niets meer: niet welke dag het was, waar ik was, wie ik was. Ik wist alleen dat ik me niets kon herinneren en dat er een totale leegte was in mijn hoofd. Ik wachtte tot dat vacuüm gevuld zou worden met herinneringen. En gelukkig stroomden de beelden toe. Eerst dat van Doll zonder gezicht, in een poel van zijn eigen bloed, terwijl overal om hem heen het bloed van de muren en het plafond droop. Een martelkamer. Daarna Doll mét gezicht, met opgeheven arm, het scherpe porselein in zijn vuist, bloed dat overal in het rond sproeide, mijn bloed. Ik lag plat op mijn kussen met mijn ogen open, maar ik zag wat zich in mijn hoofd afspeelde. Ik had het gevoel dat ik al die maanden alleen maar had gerend, omdat ik dacht dat ik zo de rode kamer achter me kon laten. Maar al die tijd had ik in een kringetje rondgelopen en nu was ik terug bij af.

Ik reed meteen van Market Hill door naar Kersey Town en zette de auto daar neer. In een opwelling holde ik naar een winkel om bloemen te kopen. Ik had geen flauw idee van wat voor soort bloemen ze hield, als ze er al van hield, maar ik kocht een dikke bos anemonen, paarse, rode en roze, met de dauw er nog op, als een handje zachte juwelen. Ik rende over het trottoir, want ik wilde niet te laat komen. Op tijd komen was wel het minste wat ik kon doen, leek me. Ik wilde eer bewijzen. Ik wilde zeggen dat het me speet.

Ik weet niet waarom Lianne me zo diep had geraakt. Ik had haar niet gekend, maar ze had net als ik geen moeder. Ik had alleen haar gezicht gezien toen ze al dood was, een rond gezicht met sproeten op de brug van haar neus. Ik wist niets van haar, en als ik haar in levenden lijve had ontmoet, had ik haar misschien niet aardig gevonden of geen enkele genegenheid voor haar gevoeld. Ik wist niets van haar leven. Ik kende niet eens haar werkelijke naam. Die kende niemand. Misschien heette ze niet eens Lianne, maar Lizzie of Susan of Charlotte of Alex. Ze was een naamloos meisje, dat op kosten van de gemeente gecremeerd zou worden, en haar crematie zou door een vrouw worden bijgewoond die ze nooit had ontmoet, maar die misschien de belangrijkste en enige persoon was die om haar rouwde.

Toen ik bij het crematorium aankwam, kwamen er mensen naar buiten van de vorige dienst. De orgelmuziek op band dreef hen naar buiten en toen, na een paar minuten stilte, duwde de muziek me naar binnen. Het was een erg lange zaal, crèmekleurig geschilderd, bezet met nieuwe, houten banken. Voor de banken stond Liannes kist. Ik was de enige belangstellende. Ik wist niet wat ik met mijn bloemen moest doen. Zou ik ze op de kist leggen, was dat gebruikelijk? Ik keek vluchtig rond, en toen legde ik de felgekleurde anemonen op de lichte, glanzende kist met vergulde handvatten. Daarna ging ik op de voorste bank zitten en wachtte, terwijl de muziekband doorspeelde. Even later hoorde ik geritsel achter me en er ging een vrouw naast me zitten. Ze had haar haar in een hoofddoek opgebonden en droeg een donkergrijs colbertje over haar bloemetjesjurk, alsof ze dat haastig had aangetrokken.

We glimlachten elkaar droevig toe, daarna boog ze zich naar me toe en fluisterde: 'Hallo, ik ben Paula Mann, van de gemeente.' Ze wachtte even en ging verder: 'Ik kende haar niet, maar ik heb dit geregeld. Ze is namelijk in ons district overleden, en aangezien er niemand anders... de stakker, wie ze ook was. Dus kwam deze taak bij ons terecht. We willen graag de laatste eer bewijzen, als we daar tijd voor kunnen vinden. Soms lukt dat niet. Maar ik vind dat er iemand bij de plechtigheid hoort te zijn.'

'Kit Quinn,' zei ik en we gaven elkaar een hand. Ik dacht: niet één, maar twee personen op je crematie, die jou alleen maar dood hebben gezien.

'U kende haar zeker ook niet?'

'Nee.'

'Dacht ik al. Meestal vinden we wel iemand, als het moet,' zei ze. 'U zou niet geloven hoeveel mensen eenzaam sterven, van wie je niet eens weet waar ze vandaan komen. Zegt wel iets over onze maatschappij, denk ik. Zo veel eenzaamheid.' Haar aardige gezicht vertrok even.

'Heeft u uitgezocht wie ze was?'

'Dat is mijn werk, hè. Ik ben eigenlijk een soort detective, alleen is er meestal geen misdrijf in het spel. Ik krijg de lijken die niemand opeist en ik moet dan uitzoeken of er nog familie is of een vriend die de zaken kan regelen. En zo niet, dan regel ik de begrafenis en ga door alle bezittingen. In de meeste gevallen gooi ik ze weg. Soms is dat vreselijk, als ik foto's of brieven tegenkom, of spullen die ooit veel betekenden voor diegene. Maar we pakken ze bij elkaar en bewaren ze een paar maanden in een grote kast, en daarna gooien we ze weg. Ze worden verbrand.'

'Wat heeft u met Liannes spullen gedaan?'

'Zij was een ander geval. We weten niet eens of ze wel spullen had. We kregen alleen een lijk dat bij het kanaal was gevonden.'

'Gebeurt dat vaak?'

'Niet zo vaak. Maar wel vaker dan u wilt weten.'

De orgelmuziek veranderde en de dominee kwam binnen, dus hielden we allebei onze mond. Hij keek ons ernstig aan en legde zijn hand op Liannes kale kist, net boven mijn bos bloemen. Maar voordat hij iets kon zeggen, klonk er een geluid achter ons. Toen ik me omdraaide, zag ik vier jonge mensen verlegen op de drempel staan. Ik herkende hen meteen, hoewel ze er heel anders uitzagen, met vreemdsoortige zwarte kleren aan, die ze waarschijnlijk van vrienden bij elkaar hadden gescharreld. Daar was Sylvia met de groene ogen, die er als een elfje uitzag, het verlegen zwarte meisje Carla, die Lianne van het groepje blijkbaar het laatst in leven had gezien, Spike met zijn kaalgeschoren hoofd, de harige Laurie. Ze hadden allemaal een bosje bloemen in hun hand, hoewel dat van Sylvia eruitzag alsof ze het onderweg uit een voortuin had gegraaid. Carla had enorme, wasachtige lelies bij zich, die heel duur moesten zijn geweest. Ik rook ze vanaf mijn bank. Ik glimlachte naar hen, maar ze glimlachten niet terug. Misschien wisten ze niet meer wie ik was. Ze stonden er verlegen en onhandig bij en Spike giechelde en porde Laurie, terwijl ze naar de kist schuifelden en hun bloemen naast die van mij legden. Daarna sjokten ze naar de bank aan de andere kant van het gangpad terug.

Na een tijdje begon de dienst. De dominee deed gelukkig niet alsof hij Lianne had gekend en dat hij iets over haar zou kunnen zeggen. Hij handelde het vereiste ritueel alleen snel af. Halverwege kreeg ik het gevoel dat er iemand naar me keek en ik draaide me om. Er ging een pijnscheutje door mijn borst. Daar was hij. Will. Gekleed in een streng, zwart pak zag hij er meer dan ooit als een kraai uit. Hij zat met zijn armen over elkaar en staarde naar me. Nee, dat was het niet: hij staarde door me héén, alsof ik er niet was. Zijn ogen waren gaten in zijn broodmagere, stoppelige gezicht. Zijn haar was superkort geknipt, zodat ik een klein, wit litteken op zijn schedel kon zien. Ik draaide me om, maar het voelde alsof zijn starende blik een gat in mijn nek brandde.

Toen de kist weggleed, stelde ik me voor hoe Liannes lichaam daarbinnen verbrandde. Van een ijskast in een oven. Ik haalde me haar lieve gezicht voor de geest, haar afgekloven nagels, het hartjesmedaillon: 'Liefste...' Ik kreeg tranen in mijn ogen, maar ik knipperde ze weg. Achter me werd gehuild en toen ik over mijn schouder keek, zag ik dat het niet een van de meisjes was, maar Laurie. Laurie, die een keer een zoen had gekregen van Lianne, die had toegelaten dat ze zijn onwennige gezicht in haar handen nam en hem vol op zijn hulpeloze mond had gekust. De verlegen Carla hield zijn hand vast. Spike staarde naar zijn grote, zwarte laarzen, zodat ik zijn gezicht niet kon zien. Alleen Sylvia keek voor zich uit met haar kalme, zeegroene ogen.

De orgelmuziek zette weer in en we stonden op om weg te gaan. Will bleef achterin zitten. Zijn blik was strak op de plek gericht waar de kist had gestaan. Hij leek onbewogen, maar toen zag ik dat zijn gezicht nat was van de tranen. Hij deed geen moeite ze weg te vegen of ze te verbergen. Ik liep naar hem toe en stak mijn hand uit. 'Kom,' zei ik. Hij keek me aan, maar ik had evengoed een vreemde kunnen zijn. Ik pakte hem bij zijn hand en trok. 'Kom, de volgende crematie begint zo. Je wil er toch niet nog een meemaken?'

Ik trok hem mee naar buiten, knipperend tegen de zon. Zijn hand was koud en hij liep stram.

'Gaat het wel goed, Will?'

Hij gaf geen antwoord, maar eindelijk keek hij me verdwaasd aan. Ik pakte een zakdoekje uit mijn tas en veegde zijn gezicht af. Hij bleef staan en liet me begaan. Ik legde mijn hand op zijn schouder, maar het was net alsof ik een plank aanraakte. 'Will? Zal ik je thuisbrengen, Will?'

'Nee.' Hij rukte zich van me los.

'Waar is je auto?'

'Ik ben komen lopen,' zei hij met moeite. Hij had een verdoofde uitdrukking op zijn gezicht, alsof iemand hem met een baksteen op zijn hoofd had geslagen.

'Laat me je helpen.'

'Ik hoef niet geholpen te worden.'

Ik keek naar zijn gesloten gezicht, zijn ijzige wanhoop, en alle tederheid van vroeger welde in me op. Hij had meer hulp nodig dan wie dan ook.

'Kom,' zei ik en ik gaf hem een arm. 'We gaan een eindje wandelen.'

We liepen zwijgend van het crematorium vandaan. Hij liep gedwee met me mee, alsof hij zijn weg zocht in een pikdonkere grot. Ik had hem gemakkelijk naar het kanaal kunnen brengen en hem in het bruine water kunnen gooien, zonder dat hij het gemerkt had. Maar geleidelijk aan voelde ik dat hij ontspande. Ik wilde hem mee naar mijn huis nemen en voor hem zorgen. Ik wilde zijn nek masseren, een bad voor hem vol laten lopen, eten voor hem maken, hem laten glimlachen, in het donker naar hem kijken als hij sliep, hem tegen me aanhouden, de zijkant van zijn sombere mond kussen, niet uit lust, maar als teken van intimiteit. Menselijk contact, het gevoel dat er iemand bij je is in deze smerige, kille wereld. Maar hij zou dat nooit toelaten. Niet op die manier.

'Hier staat m'n auto. Ik breng je wel thuis.'

Hij verzette zich niet. Ik deed het portier open en duwde hem naar binnen. Hij keek naar me op en even leek hij iets te willen zeggen, maar hij zag ervan af. Ik reed zwijgend en zette hem bij zijn huis af. Het laatste wat ik van hem zag was dat hij daar bleef staan als een vreemdeling, die helemaal niet wist waar hij was. Wat zag hij er eenzaam uit.

Ik belde Poppy. Ze deed een beetje koel.

'Hoe gaat 't?' vroeg ik.

'Z'n gangetje,' zei ze kribbig. Maar toen zei ze: 'Ik bel de hele tijd op en dan krijg ik Julie en vraag haar of ze wil doorgeven dat ik heb gebeld, maar je belt nooit terug.'

'Het spijt me heel erg,' zei ik. 'Het was een gekkenhuis.'

'Prima. Maar je mag iemand niet zo aan 't lijntje houden.'

'O Poppy, het spijt me echt heel erg. Zal ik nu langskomen?'

'Nee, Seb en ik gaan met elkaar praten. Niet dat dat iets zal uitmaken.' Ze stootte een bitter lachje uit.

'Wat is er dan? Gaat het niet goed?'

'Ach, het oude patroon, hè. Succesvolle man met vrouw die alleen maar thuis zit.'

'Dus?'

'Ik weet 't niet, Kit. Ik bel je nog wel, oké? Ik moet me nu een beetje leuk aankleden. Ik zie eruit als een ouwe tut.'

'Dat moet je niet zeggen.'

'Waarom niet? Het is waar.'

'Niet waar. Je bent heel mooi.'

'Doe niet zo achterlijk. Ik pas in geen enkele jurk meer.'

'Nee, ik meen het. Je bent heel mooi en geweldig en hij beseft niet wat een bofkont hij is.'

Ze snufte. 'Sorry dat ik zo kortaf deed.'

'Nee, ík moet sorry zeggen.'

Ik zette water op om pasta te koken. Waar ik echt naar verlangde was dat ik op de bank zat en iemand me thee met *crumpets* gaf, iemand die me in de watten legde, voor me zorgde. Heel even liet ik me wegzakken in de fantasie dat mijn moeder mijn haar streelde en me zei dat ik nu mocht uitrusten. Ik trilde van vermoeidheid en de emoties, terwijl ik eraan dacht hoe Liannes kist de vlammen in gleed. Ik stelde me Poppy voor, die wanhopig kleren aanpaste voor de grote spiegel in haar kamer en zag haar teleurgestelde gezicht terwijl ze naar haar spiegelbeeld keek. En daarna haalde ik me Will voor de geest, moederziel alleen in zijn galmende huis.

Plotseling kon ik er niet meer tegen. Ik trok mijn suède jasje aan en rende naar de auto. Ik scheurde over de weg en vloekte tegen alle stoplichten. Toen hij opendeed, had hij nog steeds zijn zwarte pak aan. Hij deed een stap opzij en liet me binnen, en ik duwde de deur achter me dicht. Ik leidde hem naar de bank, duwde hem omlaag en ging naast hem zitten. Ik pakte zijn twee koude handen tussen mijn warme handen en blies erop. Ik maakte de bovenste knoopjes van zijn overhemd los. Ik trok zijn stijve, zwarte schoenen uit.

'Ik ga thee zetten,' zei ik en hij protesteerde niet.

Ik roosterde twee boterhammen in de keuken en smeerde er jam op die ik in de ijskast zag staan.

'Je bemoedert me,' zei hij, maar hij nam toch een grote hap van het brood.

Ik vroeg niet waarom hij zo verdrietig was. Ik keek alleen maar toe terwijl hij at en dronk. Daarna leidde ik hem naar boven en kleedde hem helemaal uit alsof hij een kind was, en hij ging in bed liggen en ik ging naast hem zitten en streelde over zijn stekelige hoofd. Na een tijdje sloot hij zijn ogen en ik haalde mijn hand weg.

'Ik slaap niet,' zei hij zachtjes.

'Ik wou alleen maar zeker weten dat het goed met je ging.'

'Ja, ja. Je moet je niet zoveel aantrekken van andere mensen, Kit.'

'Ik kan er niks aan doen.'

'Ah.' Hij schoof van me weg. 'Je moet meer aan jezelf denken, hoor.'

'Waarom?'

'De modeldokter.'

'Will?'

'Mmm.'

'Wat ik laatst zei...'

Maar hij sliep, eindelijk. Zijn vermoeide gezicht kreeg zachtere trekken, zijn lippen gingen een beetje uiteen, zijn vingers ontspanden en lagen licht gekromd op het laken. Ik bleef een tijdje naar hem kijken en daarna stond ik op, deed het gordijn dicht en ging weg.

40

Degene met wie ik een afspraak had was er nog niet, dus kocht ik een biertje en bleef buiten voor de deur staan kijken naar het publiek dat het theater binnenstroomde. Het theater van Gabe Teale, The Sugarhouse, was een verlaten pakhuis dat op een rangeerterrein stond tussen de enorme gasfabriek en het kanaal. Zo te zien waren er haastig loopplanken gelegd en chemische toiletten neergezet, maar het publiek in dure pakken en hoge hakken moest toch tussen stapels rommel manoeuvreren om bij de ingang te komen. Het West End was maar een kwartier lopen, maar het leek een andere wereld. Dat vond ik zo mooi van Londen. Hoe veilig en vertrouwd alles ook was, toch was je nooit langer dan vijf minuten lopen van iets onbekends.

De notabelen schuifelden door de geïmproviseerde ingang en daarna keken ze bijna zonder uitzondering om zich heen en glimlachten als een kind dat iets vertrouwds doet op een onwaarschijnlijke, haast geheime plek. Of misschien waren ze erg tevreden over zichzelf dat ze de tocht naar zo'n gevaarlijk, ver oord hadden gewaagd.

De menigte waaierde uit naar hun plaatsen. Ik keek op mijn horloge. Acht voor half. Hij liet me toch niet stikken, hè? Maar daar was hij. Toen hij me zag, zette hij hijgend zo'n onbeholpen sukkeldrafje in om te laten zien dat hij haast had.

'Ik ben toch niet te laat, hè?' zei Oban, terwijl hij schaapachtig om zich heen keek.

'We hebben nog een paar minuten. Wil je iets drinken?'

Hij veerde op. 'Is er hier een bar?' vroeg hij. Ik hield mijn biertje op als antwoord. 'Dubbele whisky.'

Ik worstelde door de menigte heen. Toen ik zijn drankje had afgerekend, was er een bel gegaan.

'We moeten opschieten,' zei ik, terwijl ik hem de whisky aanreikte. Hij gooide hem in één keer achterover.

'Dat had ik even nodig,' zei hij hees. 'Ik ben dit soort toestanden niet gewend.'

'Ik ook niet,' wierp ik tegen. 'Ik ben al maanden niet naar het toneel geweest, jaren eigenlijk. Ik vond het wel een goed idee om hierheen te gaan. Toch een beetje een feestje.'

Oban keek weifelend.

'De laatste voorstelling die ik heb gezien was in 1985, een soort musical. Op rolschaatsen. Daarna hoefde ik een tijdje niet. Waar gaat dit stuk over?'

Ik keek het programma in. 'Weet ik niet,' zei ik. 'Iets over de geschiedenis van deze buurt.'

Oban keek droevig in zijn lege glas. 'Ik wist niet dat deze buurt een geschiedenis hád, behalve dan een criminele.'

Via de intercom werd omgeroepen dat de voorstelling zou gaan beginnen. We liepen naar onze plaatsen, maar er bleken helemaal geen stoelen te zijn.

Market Day was geen gewoon toneelstuk, net zomin als The Sugarhouse een gewoon theater was. Het was meer een soort zwerftocht in een circustent. Er waren jongleurs, clowns, steltlopers, mensen op zeepkisten die redevoeringen hielden. Er waren kinderen die spelletjes deden, zongen en schreeuwden. Er waren gestileerde sketches die door mensen van verschillende leeftijden werden uitgevoerd, in kostuums die ze uit een kist midden in de arena haalden. Overal in de zaal gebeurde iets, soms tegelijkertijd, en je moest al lopend zoveel mogelijk zien te bekijken. In het begin ergerde me dat, omdat ik het als een soort tantaluskwelling ervoer dat ik iets belangrijks miste aan de andere kant van de zaal, maar na een tijdje ontspande ik me en beschouwde het als een wandeling door een exotische, buitenlandse stad. Oban mopperde eerst dat er geen verhaal in zat, maar plotseling werd hij uit het publiek geplukt door een tamelijk mooie, jonge goochelaarster. Ze vroeg hoe hij heette en wat hij deed en er werd hard gelachen toen hij bekende dat hij bij de politie werkte. Hij werd vuurrood en daarna was hij prettig verrast toen ze een ei uit de binnenzak van zijn colbert te voorschijn toverde.

Ik vond het geweldig, ook omdat ik op een vreemde manier

mijn gedachten de vrije loop kon laten. Met enorm plezier keek ik naar de man die boven ons over een koord liep, maar tegelijkertijd raasden mijn gedachten door over alles wat ik de afgelopen maand had meegemaakt. Ik ging alles nog eens na en probeerde het een beetje op een rijtje te zetten, maar daarmee verdween het natuurlijk niet uit mijn hoofd. Maar te midden van al die vrolijke mensen leek dat voor het eerst niet zo erg te zijn.

In de pauze verdwenen de acteurs niet naar hun kleedkamers, maar liepen door het publiek heen om kennis met hen te maken en met hen te praten. Oban en ik praatten met een van de jongleurs, een accordeonspeler en een stel kinderen, die op de lagere school in de buurt zaten. Oban stelde met een verwachtingsvolle toon in zijn stem voor om met de jonge vrouw achter de bar te gaan praten, dus we liepen naar de 'foyer', die eigenlijk een ander gedeelte van het oude pakhuis was. Oban gaf me een gin-tonic en nam zelf weer een dubbele whisky. Het meisje achter de bar was zeker nog onder de twintig. Ze had superkort, geblondeerd haar. Langs haar oorschelp, in haar neus en door haar onderlip had ze allemaal ringetjes. Ik vroeg hoe lang ze er al werkte.

'Een paar weken,' zei ze.

'Kom je hier uit de buurt?' vroeg ik.

'Mmm,' zei ze.

'Het is zeker wel leuk om zo'n plek in de buurt te hebben, hè?'

'Mmm,' zei ze, en daarna bestelde iemand achter me nogal bozig een Mexicaans biertje en liepen we van de bar vandaan.

'Proost,' zei ik tegen Oban en we toostten met elkaar. 'Gabe doet dit duidelijk voor mensen uit de buurt. Dit theater is eigenlijk net zoiets als het opvanghuis van Will Pavic.'

Oban nam met een genietend gemurmel een slokje van zijn whisky.

'Ik vind dat hij het iets beter doet dan Will Pavic,' zei hij. 'Dit soort toneel ligt me niet zo. Ik heb liever een goed verhaal. Ik kon het grootste deel helemaal niet volgen. Maar ik zie wel dat het goed in elkaar zit. Kijk, en wie hebben we daar?'

Hij knikte naar iets en toen ik omkeek zag ik Gabe Teale, in gesprek met een zwaar modieus stel.

'Laten we even naar hem toe gaan,' zei ik.

'Hij is in gesprek.'

'Dan gaan we hem storen.'

We drongen ons door de menigte heen en ik stootte tegen Gabes arm aan. Hij keek om en schrok even, wat ook te verwachten was.

'Verrassing,' zei ik.

'Inderdaad,' zei hij.

Hij stelde ons aan het stel voor waar hij mee praatte. Ik verstond hun namen niet, maar dat maakte niet uit. Na ons met een nogal nieuwsgierige blik te hebben aangekeken, liepen ze naar een ander groepje mensen toe, dat ook erg trendy was, zo te zien.

'Je had niet gedacht dat wij geïnteresseerd zouden zijn in cultuur?' zei ik.

Hij keek ons met oprechte verbazing aan. Dacht hij soms dat we een stel waren? Wat was dat toch met mij? Hoe maf moest iemand zijn dat men níet dacht dat ik er iets mee had?

'Tja...' begon hij.

'Het is een fantastische plek,' zei ik. 'Ik wist niet dat het zo gigantisch groot was. En de voorstelling is ongelooflijk. Dat je allemaal mensen uit de buurt in dienst hebt.' Ik was aan het ratelen. Hou op met ratelen, Kit.

'Ik doe 't niet in m'n eentje,' zei hij. 'Ik ben artistiek leider. Er is een bestuur en nog allerlei andere mensen.'

'Niet zo bescheiden,' zei ik. 'Is Bryony er?'

'Ze werkt hier niet,' zei hij. 'Ze is thuis. Ze is nog steeds niet helemaal in orde.'

Het was even stil.

'Nou,' zei ik. 'We zullen je niet langer ophouden.'

'Ja,' zei hij. 'Ik moet weer verder.'

We schudden elkaar formeel de hand; het was zo'n merkwaardig afscheid dat niet erg veel om het lijf heeft. Gabriel en Bryony zouden zeker niet emigreren, hij zou in de buurt blijven werken, ik zou in de buurt blijven wonen en toch zouden we elkaar waarschijnlijk nooit meer zien, omdat het nou eenmaal zo ging in Londen.

Toen hij weg was, glimlachte Oban tegen me.

'Wat ben je vrolijk,' zei ik.

'Ja. Ik ben nu al anderhalf uur met je samen en je hebt me nog niet één keer gezegd dat ik alles verkeerd zie.'

Ik kon een glimlach niet onderdrukken. 'Dat wou ik net gaan

doen,' zei ik. De bel voor het tweede deel ging. Ik nam een slokje. 'Ik voel me eigenlijk ook heel vrolijk. Het is een leuke avond. Ik ben lekker uit. Het probleem is dat als ik vrolijk ben, ik me ook meteen zorgen begin te maken. Ik ben een moralist, hè. Ik geloof dat je alleen maar gelukkig kan zijn als er nog iets te weten over is.'

'Met die instelling word je nooit gelukkig,' zei Oban.

'Dat hoor ik al m'n hele leven. Ik wil gewoon iets zeggen en dan hou ik m'n mond. Ik weet dat we onszelf op de borst mogen slaan, omdat we de zaak tot een goed einde hebben gebracht en zo, maar het blijft een beetje zeuren. Net zoiets als dat je een overhemd hebt gekocht en hoe goed je ook hebt gekeken, er altijd nog een speldje in zit dat in je vel prikt.'

Oban keek verbluft. 'Wou je dát zeggen, over een overhemd?'

'Nee, luister nou. Michael Doll is dood aangetroffen met die trofeeën.'

'Dat is toch geen probleem? Jij bent de deskundige als het om dit soort mannen gaat. Moordenaars verzamelen trofeeën, toch?'

'Klopt,' gaf ik toe. 'Dat is absoluut standaard. Ze doen dat om macht over hun slachtoffers te houden, om de ervaring weer door te maken. Maar in dit geval zijn het duidelijk geen normale trofeeën. Dat tuitbekertje was van het meisje, en dat was geen slachtoffer van hem.'

'Ja, maar het blijft een trofee, toch? Het was een aandenken aan de moord op haar moeder. En wie weet lag er nog iets van Philippa Burton in die zwijnenstal waar hij in woonde.'

'Je hebt gelijk,' zei ik. 'Datzelfde geldt voor het leren tasje van Bryony: dat was ook geen normale trofee. Om te beginnen was ze niet dood.'

'Hij heeft het van haar afgepakt tijdens de worsteling en het gehouden. Handig, ook. De sleutel van haar huis zat erin. Die had hij kunnen gebruiken.'

'Ja,' zei ik. 'Ik zal dan ook alleen maar twee losse eindjes noemen en dan gaan we naar de voorstelling kijken en hebben we het er niet meer over. We gaan er nu van uit dat Michael Doll Bryony Teale heeft aangevallen op het jaagpad. Dat verklaart in ieder geval de toevallige omstandigheid dat hij ter plekke was. Maar hoe zit het met die andere man?'

'Daar heb ik over nagedacht,' zei Oban, die nog een slokje whisky nam. 'We hebben het via de verkeerde invalshoek benaderd. Niet Terence Mack en Micky Doll hebben Bryony uit de handen van een onbekende man gered, maar Terence Mack en een onbekende man hebben Bryony uit handen van Micky Doll gered. We wisten toch al dat de verschillende verklaringen van geen kanten klopten, dus het is niet verrassend dat Mack en Bryony niet wisten wat er aan de hand was.'

'En die onbekende held vluchtte weg, omdat hij te bescheiden was om de eer op te strijken?'

'Er zijn zat mensen die niets met de politie te maken willen hebben, ook niet als getuige. Misschien was het een drugskoerier of zo.'

'Goed,' zei ik. 'Laatste vraag: Hoe zit het met het lijstje van Philippa Burton? En de telefoontjes naar het opvanghuis?'

Oban dronk zijn glas leeg en zette het op de bar. 'Ten eerste hoeven we dat niet te weten. Als een moordenaar overlijdt vóór zijn proces, blijven er altijd onontdekte feiten over. Dat kan van alles zijn. Misschien.... misschien...' Hij keek om zich heen. 'Misschien heeft Bryony een foto van Lianne gemaakt en... misschien zag Philippa die op een tentoonstelling en wilde ze er een afdruk van hebben en...'

'Bryony zei dat ze geen van beide vrouwen kende, en waarom zou Philippa naar het opvanghuis willen bellen? En waarom zou Michael Doll ze dan allemaal hebben vermoord?'

'Ik praatte maar wat voor de vuist weg,' zei Oban een beetje geïrriteerd. 'Later zal ik wel met iets beters op de proppen kunnen komen.'

'Zit dat je niet dwars?'

'Wat me dwarszit zijn de stuk of vijf moordzaken die ik onder handen heb gehad, waar nooit een dader is gevonden. Daar denk ik elke avond aan, voordat ik ga slapen. Zo één keer per jaar haal ik de oude dossiers te voorschijn en vraag me af of we niks over het hoofd hebben gezien of dat er een nieuwe ontwikkeling is geweest die we kunnen onderzoeken. Deze zaak is gesloten. Daarom ben ik zo vrolijk. Ik maak me niet druk om een paar onduidelijkheden. Vergeet niet dat de werkelijkheid slimmer is dan wij. Je kan niet verwachten dat je alles maar begrijpt.'

Ik wilde nog meer zeggen, maar ik had beloofd het bij die laatste vraag te laten en bovendien begon er binnen een fanfarekorps te spelen.

41

Lottie en Megan waren een ingewikkeld, onbegrijpelijk spel aan het doen op het gras. Een uur daarvoor had ik een felpaarse knuffeldinosaurus aan Lottie gegeven en een rood met witte knuffelslak aan Megan en beide speelden een grote rol in hun spel. Amy had een groen met blauwe knuffelkrab van me gekregen en ze rolde de heuvel af en probeerde de krab over te halen om mee te rollen. Achter hen lag Londen, dat er van die hoogte op Primrose Hill prettig wazig uitzag op zo'n hete middag.

Ik lag op een kleed, steunend op een elleboog. Ik nam nog een slokje koele, witte wijn.

'Ik wil het hele verhaal horen,' zei Poppy. 'Seb heeft me natuurlijk al...' Ze keek even naar Megan en daarna naar Amy. 'Megan, hou daarmee op! Ophouden, of ik pak 'm af! Maar Sebs versie wijkt waarschijnlijk nogal af van die van jou.' Ze zei het heel droog.

Ik ging achterover liggen.

'Ik weet niet of ik het samenhangend kan vertellen,' zei ik. 'Zeker niet op een middag als deze met al twee glazen witte wijn achter de kiezen.'

Het was een vrouwenpicknick. Drie meisjes speelden op het gras, terwijl twee moeders en een niet-moeder op het kleed zaten. De andere moeder was Ginny, een oude vriendin van Poppy. De vaders waren elders. Ginny's man was aan het cricketen, ergens in de buurt van Londen, zei ze. En Seb zat ergens in een tv-studio in het centrum, waar we op uitkeken.

'Waar is hij nu mee bezig?' vroeg ik. 'Nog steeds met de zaak van Philippa Burton?'

'Ik geloof van wel. Hij is z'n boek aan het promoten: het is bijna af.'

'Over de zaak? Wat een ongelooflijk tempo.'

'Hij heeft het tijdens het onderzoek geschreven.'

'Gaat het weer tussen jullie?'

'Niet zo.' Ze keek weer even naar de meisjes. 'Maar ik kan er nu wel over praten.'

'Natuurlijk. Straks.'

'En wat dat boek betreft: je zal je eigenlijk wel gevleid voelen. Weet je waarom?'

Ik nam een slokje wijn. 'Geen idee,' zei ik. 'Waarom dan?'

'Het is gedeeltelijk gebaseerd op dat verhaaltje dat je aan de meisjes in bed vertelde toen je een paar maanden geleden bij ons at. Ze konden er een maand niet van slapen. Iets over een kasteel, toch?'

'Hoe heet het boek dan?'

'*De rode kamer*, geloof ik. Zou dat kunnen?'

'Ja, dat zou kunnen. Het was een nachtmerrie van me. Daar gaat het over.'

'Ja, ja. Seb heeft het er natuurlijk wel met je over gehad.'

Ik gaf geen antwoord, want even werd ik gedrenkt, gesmoord, ondergedompeld in zelfmedelijden. Mijn gezicht was opengereten en ik had een steeds terugkerende nachtmerrie. En nu had ik het gevoel dat ik beroofd was, dat me mijn nachtmerrie, mijn eigen, hoogst persoonlijke nachtmerrie was afgenomen. Ik dronk mijn glas leeg en dacht toen bij mezelf: ach wat, het kan me geen bal schelen.

Op het kleed lagen broodjes, fruit, blikjes priklimonade en een paar dingen die ik even snel in de supermarkt had gehaald: plastic kuipjes homous en taramasalata, pittabrood, olijven, soepstengels, piepkleine pasteitjes, worteltjes, bloemkoolroosjes. Ik doopte het puntje van een worteltje in een rozekleurige dipsaus en knabbelde er voorzichtig aan.

Ik voelde me als verdoofd, een niet onaangenaam gevoel, terwijl ik daar lag te knabbelen, te drinken, te babbelen, maar ik zag dat de aandacht van de andere twee vrouwen nogal verdeeld was. Of ze me nu iets belangrijks vertelden of op een bloemkoolroosje kauwden, steeds keken ze vluchtig om zich heen of langs me heen op zoek naar de meisjes. Op een gegeven moment mompelde ik iets geruststellends in de trant van dat ze maar een paar meter van ons vandaan waren, waar Ginny meteen op reageerde met een verhaal van een vriendin van een vriendin, die haar driejarig kind maar twee of drie minuten in een tuin met een vijvertje van nauwelijks meer dan twee centimeter diep alleen had gelaten. Nou, de rest kon je wel raden. Ginny was een gezellige, donkerharige vrouw met een aanstekelijke lach. Ze was zo'n oermoederlijk type, dat ik me afvroeg wat voor iemand ze was geweest voor ze Lottie had gekregen. Zo iemand als ik, waarschijnlijk, die dacht dat ze tevreden was met wie ze was.

Ik ging achterover liggen en sloot mijn ogen. Vlak bij mijn oor schreeuwde Poppy dat de meisjes moesten komen en nu moesten eten, en dan bedoel ik nú. Met veel misbaar plofte er een kluwen lichamen op ons kleed, omdat de kinderen allemaal de eerste wilden zijn, en ik voelde plotseling een koude golf over mijn spijkerbroek. Ik ging met een kreet overeind zitten en zag dat de wijnfles over me heen was gegooid door Megan, toen ze over het kleed naar de kippenboutjes kroop. Toen ze zag wat ze had gedaan, overstemde haar gejammer zelfs dat van haar jongere zusje. Poppy nam haar in haar armen.

'Helemaal niet erg, Megan, lieverd. Niet huilen. Het geeft helemaal niets, toch? Kit, zeg even tegen Megan dat het niet erg is.'

'Het is niet erg, Megan,' zei ik gehoorzaam.

'Sorry, Kit,' zei Poppy. 'Maar Megan raakt altijd vreselijk van streek door zoiets.'

Intussen leek Megan alweer aardig te zijn opgeknapt en kauwde op een stuk kip.

'Maar goed,' zei Ginny opgewekt. 'Witte wijn maakt geen vlekken. Sterker nog, je haalt er zelfs rode wijn mee weg, toch?'

'Het zijn maar een paar plekjes,' zei ik, terwijl ik mijn broek met een stuk keukenpapier depte. Weer voelde ik me verplicht om te zeggen dat het niet erg was.

'God,' lachte Poppy, 'wees blij dat het alleen maar wijn is. De vlekken die ik allemaal op m'n kleren heb gehad...!'

Ik glimlachte, een beetje gespannen, en schonk mijn glas weer bij.

'Weet je,' zei Ginny, 'ik denk dat vooral veel moeders door die moorden van jou zijn geraakt.'

'Niet van mij, zeg,' wierp ik tegen.

'Dat arme meisje, van wie de moeder ineens verdween toen ze in de speeltuin speelde... Sinds dat gebeurd is, laat ik Lottie bijna geen moment meer alleen. Ik weet wel dat het irrationeel is.'

Ik mompelde instemmend.

'Ben je er niet vreselijk gedeprimeerd van geworden, Kit? Vond je het niet onverdraaglijk?'

Ik zette mijn wijnglas weer op het kleed, maar bedacht me en pakte het op. 'Ik weet niet of dat het juiste woord is,' zei ik. 'Ik werd er treurig van.'

'Persoonlijk voel ik me in ieder geval veiliger, nu de dader dood is. Ik zag die inspecteur op de tv. Hij zei heel aardige dingen over je.'

Ik keek naar de meisjes. Amy was aan het toetje begonnen. Het was de bedoeling dat ze een chocolademuffin zou eten, maar ze kneedde de muffin tot pap en smeerde die over haar hele gezicht, en verder morste ze zo veel kruimels op het kleed dat moeilijk te geloven viel dat er ook maar één hap in haar mond was gekomen.

'Het was niet zo bevredigend als je wel zou denken,' zei ik. 'Die man – Michael Doll heette hij – werd alleen maar dood aangetroffen...'

'Vermoord door een burgerwacht,' onderbrak Poppy me.

'Normaal gesproken zou ik zoiets nooit goedkeuren,' zei Ginny. 'Maar eerlijk gezegd, toen ik het las, was mijn eerste gedachte: fantastisch.' Ze trok Lottie naar zich toe en sloeg haar armen om haar heen. 'Je neemt het recht in eigen hand, dat is waar, maar zo kan die man nooit meer kwaaddoen.'

'Of goeddoen,' zei ik.

'Maar je kent 'm natuurlijk door en door,' zei Poppy op bemoedigende toon, omdat ze voelde dat ik ermee zat.

'Ik heb 'm ontmoet, ja.'

'Getsie,' zei Ginny. 'Eng, hoor. Wat voor type was het?'

'Hij was inderdaad eng,' zei ik. 'Hij was erg gestoord, hij was in veel opzichten afstotend en een beetje zielig.'

'Maar hoe is dat, om iemand gekend te hebben die zulke verschrikkelijke dingen heeft gedaan?' vroeg Poppy.

'Dat valt moeilijk te zeggen,' zei ik. 'Dat kun je beter aan Seb vragen. Ik denk dat Doll de moorden niet heeft gepleegd. Maar hij ging dood voordat de zaak helemaal was uitgezocht.'

'Maar er was toch concreet bewijs? Dat zei de politie tenminste.'

'Ja, er was concreet bewijs. Er was bewijs te over. Helaas

klopt het niet helemaal. Maar dat willen jullie vast niet horen.'

Ik keek hen aan. Ze wilden het inderdaad niet horen. De meisjes waren weer weggelopen en eisten hun aandacht op. De twee moeders waren met hun kinderen verbonden door staaldraad, leek het wel, en hun gezichten draaiden onophoudelijk in het rond. Zijn ze gevallen? Zijn ze weggelopen? Maken ze niet te veel lawaai? Zijn ze niet te stil? Zijn ze vermoord? Ik dacht aan de kleine Emily in de speeltuin, die in de zandbak aan het spelen was toen haar moeder werd ontvoerd en doodgeslagen. Ik speelde het scenario in mijn hoofd af, zoals ik al honderden keren eerder had gedaan, en zette Michael Doll in de rol van psychopathische moordenaar. Ineens had ik het. Ik sprong overeind.

'Waar ga je heen?' vroeg Poppy. 'Je kijkt alsof je een geest hebt gezien.'

'Misschien heb ik dat ook. Sorry, ik moet weg. Er is iets...'

'Mag ik naar de zon kijken?' vroeg Megan.

'Nee,' riep Poppy. 'Je mag nooit, maar dan ook nóóit naar de zon kijken.'

'Waarom niet?' zei Megan.

'Dan verbranden je ogen.'

'Als ik m'n ogen dichtdoe?' Ze sloot haar ogen. 'Mag het wel als ik m'n ogen dichtdoe?'

'Dat denk ik wel. Maar dan zie je niets.'

'Het is niet donker,' zei Megan. 'Het is rood. Waarom is het rood?'

'Dat weet ik niet,' zei Poppy. 'Het zal het bloed in je oogleden wel zijn.'

'Bloed?' zei Megan. 'Jippie! Ik kijk naar m'n bloed. Zullen we allemaal naar ons bloed kijken?'

En de meisjes stommelden blind rond op de zonnige, groene heuvel en keken naar hun bloed, terwijl ik bij hen wegrende alsof iemand me op de hielen zat.

42

Ik was buiten adem toen ik thuiskwam. Mijn hoofd gonsde van de witte wijn en de zon, maar ik pakte meteen de telefoon op en belde Oban. Hij was ergens buiten. Ik hoorde verkeer en pratende mensen. 'Ben je bezig?' vroeg ik.

'Het is weekend, Kit,' zei hij. 'Wat is er? Wil je met me naar de opera?'

'Ik wou je even zeggen dat ik dat kleine meisje ga opzoeken, Emily Burton.'

'Wat?'

'Je weet wel, de dochter van Philippa Burton.'

'Ik weet verdomme wel wie dat is. Dat... dat...' Hij kreeg kennelijk niet genoeg lucht. 'Dat is een ontzéttend slecht idee.'

'Ik heb maar één vraag voor haar.'

'Kit, Kit,' zei hij sussend, alsof hij probeerde me van een dakrand af te praten. 'Er is altijd nog één vraag. Denk goed na bij wat je doet. Je brengt weer onrust in die arme familie. Je maakt jezelf gek. Je maakt mij gek. Laat het toch zitten.'

'Ik wou je vragen of jij vindt dat er een agent mee zou moeten.'

'Nee, absoluut niet. De zaak is gesloten. Dit is een vrij land. Je mag iedereen bezoeken die je maar wilt, maar daar hebben wij niets mee te maken. Echt, Kit, ik mag je graag, maar ergens zit er een steekje los bij jou.'

De verbinding werd verbroken. Ik weet niet of Oban een tunnel in was gelopen of gewoon uit wanhoop had opgehangen. Een cassetterecorder. Die moest ik hebben. Ik had er ergens nog eentje. Na een paar minuten zoeken had ik een aftands cassetterecordertje onder uit een kast gehaald, en daarna, in een la met oude pluggen, elastiekjes, pennen zonder dop en een grote ketting van paperclips, vond ik een stoffig cassettebandje, een feestbandje uit mijn studietijd. Dat was goed genoeg. Ik belde het huis. Er nam een vrouw op.

'Hallo, spreek ik met Pam Vere?'

'Ja.'

'Met Kit Quinn. Kent u me nog? Ik ben de...'

'Ja, ik weet wie u bent.'

'Ik vroeg me af of ik een paar minuutjes met Emily kon komen praten.'

'Ze is er nu niet.'

'Kan het ook later?'

'Maar ik dacht dat het allemaal voorbij was?'

'Ik wil gewoon nog wat puntjes op de i zetten. En ik wil graag weten hoe het met Emily is.'

'Wel goed, zo op het oog. Ze speelt graag met vriendinnetjes. En we hebben net een au pair in huis.'

'Mag ik langskomen? Het duurt maar vijf minuten.'

'Ik wil niet lastig zijn, maar is het echt nodig?'

'Het zou me erg goed uitkomen,' zei ik vastbesloten en halsstarrig.

Het was even stil. 'Ze komt na vieren thuis. Misschien kunt u met haar praten voordat ze gaat eten.'

'Tot straks dan.'

De sfeer was stroever dan eerst. Ik was er vóór Emily en ik vond een plek in de keuken waar ik mijn cassetterecorder kon aansluiten. Ik testte hem neurotisch een paar keer uit, waarbij ik 'test, test' insprak en dat afdraaide. De tweede keer wist ik ineens niet meer of het nu de eerste 'test, test' was of de tweede, dus nam ik nog een keer 'a,b,c,d' op, bij gebrek aan beter.

Emily stormde als een kwetterend kwelduiveltje de kamer in, in een met verf bespatte rode tuinbroek, met een blonde au pair achter zich aan. Ze zag er heel blij uit. Ik zag plotseling hoe ze over vijf jaar zou zijn, zonder sterke herinnering aan haar moeder, zonder dat ze ook maar iets over Philippa te weten zou kunnen komen uit kiekjes en halfverzonnen verhalen, die haar door anderen verteld werden. Ze rende de kamer door en sloeg haar armen om haar grootmoeders knieën. Toen ze mij zag, werd ze ineens stil. Ik liep naar haar toe en knielde naast haar neer.

'Weet je nog wie ik ben?' zei ik. Ze schudde ernstig haar

hoofd en wendde haar ogen af. 'Ik moet je iets laten zien.'

Ze was net van plan geweest om verlegen te doen, maar door haar nieuwsgierigheid vergat ze dat. Ze stak me haar hand toe en samen liepen we naar de keukentafel, waar mijn cassetterecorder stond. Pam ging tegenover ons zitten, op haar hoede.

'Kijk maar 's,' zei ik.

'Naar wat?' zei ze.

Ik drukte op 'record'.

'Zeg maar iets.'

'Wil ik niet.'

'Wat doe je allemaal op de crèche?'

'Zovéél,' zei ze dapper.

Ik zette de recorder uit, spoelde terug en draaide de band af. Haar mond viel open van verbazing.

'Nog een keer,' zei ze.

'Goed.' Ik drukte de opnameknop weer in. Ik ging heel dicht bij haar zitten. Ik rook zeep en verf.

'Nou,' zei ik. 'Waar zullen we het over hebben?'

Emily trok haar neus op en giechelde. 'Kweenie,' zei ze. 'Dat is jouw streep,' zei ze, terwijl ze op mijn gezicht wees.

'Dat klopt,' zei ik. 'Zie je wel? Je weet het nog.'

'Doet 't pijn?'

'Niet zo erg,' zei ik. 'Het is nu beter.'

'Mag ik er aankomen?'

'Doe maar.'

Ik leunde naar voren en Emily stak een mollig wijsvingertje uit. Ze maakte een prikkend, jeukend spoor van mijn oor langs mijn wang naar de rand van mijn kaak. Geen pijn meer.

'Toen we eerder samen praatten,' zei ik, 'was je met je vriendinnetje aan het spelen en toen hadden we het over de speeltuin. Je speelde in de speeltuin toen je mama wegging. Weet je dat nog?'

'Ja,' zei ze.

'Veel mensen hebben je dat gevraagd, hè?' zei ik.

'Plietsie,' zei ze.

'Ja, precies,' zei ik. 'En die meneren en mevrouwen van de politie vroegen je ook of je had gezien dat je mama met iemand meeging, en toen zei je van niet.'

Emily kraste met haar nagels over de tafel. Ik voelde dat ze me ontglipte. De superkorte aandachtsspanne van een bijna vierjarige was bijna ten einde. Ik keek naar de cassetterecorder. De spoelen draaiden. Ik was hier gekomen met maar één kogel in mijn pistool. Als die zijn doel niet zou raken, was dat het einde van alles. Ik zou beleefd afscheid nemen, naar huis gaan en de dingen in mijn leven weer oppakken die ik veel te lang had verwaarloosd. Ik stak mijn hand uit en legde die over Emily's warme, kleverige handje. Ik kneep er even in om haar aandacht te krijgen. Ze keek me aan.

'Maar daarover wil ik je niets vragen, Emily. Ik wou je iets anders vragen. Kan je me iets over die lieve mevrouw vertellen?'

'Wat?' zei Emily.

'Wat bent u...?' zei Pam.

'Sst,' zei ik streng, terwijl ik mijn hand ophief. 'Emily, wat heeft ze aan jou gegeven?'

'Niks.'

'Niks?'

'Een lolly.'

'Lekker, zeg,' zei ik. Ik voelde mijn bloed door mijn lichaam pompen, zelfs in mijn hoofd. 'Wat deed ze verder nog? Heeft ze je geduwd op de schommel?'

'Eventjes. Ze ging mee naar de zandbak.'

Ik probeerde me de speeltuin voor te stellen. Ja, natuurlijk. De zandbak was het verst van het hek vandaan, waar Philippa naar haar dochter had staan kijken.

'Wat leuk,' zei ik. 'En toen ging ze weg. En jij bleef in de zandbak?'

'Kweenie.'

'Hoe zag die mevrouw eruit?'

'Ik vind 't stom,' zei Emily luid.

'Was ze groot?'

'Stó-hom.'

'Goed zo, Emily,' zei ik. 'Heel erg bedankt.' Ik gaf haar een knuffel. Ze wrong zich los en rende de deur uit, de tuin in. Ik zette de cassetterecorder uit. Ik keek naar Pam. Ze leek in droevige gedachten verzonken.

'Maar...' zei ze. 'Die man heeft het gedaan. Wat was zij...?'

Ik was van plan geweest om meteen op te staan en weg te lopen, maar dat kon ik niet tegenover haar maken.

'Ik had er al veel eerder aan moeten denken,' zei ik. 'Je kan een vrouw zonder veel gedoe op een donkere avond, op een verlaten plek ontvoeren. Op een plek waar veel mensen zijn, lukt dat ook, ook al is er dan iets meer voorzichtigheid geboden. Maar je kan een moeder niet zover krijgen dat ze haar kind alleen laat, zelfs niet in een speeltuin, nog geen minuut. Dus moest er iemand zijn om bij het kind te blijven. Dat idee kwam plotseling in me op. En het moest dan een vrouw zijn, bedacht ik. Emily heeft toch altijd gezegd dat haar moeder zou terugkomen?' Pam knikte en staarde me aan. 'Want dat is waarschijnlijk het laatste wat Philippa tegen haar heeft gezegd. Ze zal zoiets gezegd hebben als: "Wees maar niet bang, ik ben zo terug," en Emily wacht daar nog steeds op.'

Ik haalde de cassetterecorder uit het stopcontact en klemde hem tegen me aan, alsof hij elk moment van me afgepakt kon worden. 'Ik moet weg,' zei ik.

'Dus hij had een medeplichtige,' zei Pam.

Ik schudde mijn hoofd. 'Ik kende Michael Doll,' zei ik. 'Ik geloof niet dat hij ook maar met één vrouw omging.' Behalve met mij, dacht ik bij mezelf. En met een steek van pijn liet ik haar achter aan de keukentafel, haar handen gevouwen alsof ze bad.

43

Ik belde het opvanghuis met mijn mobieltje toen ik een paar minuten onderweg was. Toen de vrouw die de telefoon opnam, zei dat Will er niet was, reed ik door tot voor de deur, parkeerde daar en belde aan.

'Is Sylvia hier ook toevallig?' vroeg ik de jonge vrouw achter de balie. Ze had kortgeknipt haar, een tatoeage van een spinnenweb op haar wang, en ze leek niet veel ouder dan de bewoners.

'Nee.' Het spinnenweb rekte zich uit als ze iets zei.

'Verwacht je haar later?'

'Geen idee.'

'Weet je dan misschien waar ik haar zou kunnen vinden?'

'Geen idee.' Ze haalde een sigaret achter haar oor vandaan en stak die tussen haar lippen. 'Vertrouwelijk,' zei ze. Ze stak de sigaret aan.

'O. Natuurlijk. Mocht je haar zien, kun je dan zeggen dat Kit Quinn haar iets wil vragen? Ik schrijf mijn telefoonnummers wel even voor je op.' De jonge vrouw gaf geen antwoord, en keek me alleen wantrouwig aan. 'Ze kent me,' zei ik ook nog. Ik haalde mijn notitieblokje uit mijn tas, krabbelde de nummers op een bladzij en gaf die aan haar. Ze legde het papiertje op de balie zonder ernaar te kijken. Ik had niet de illusie dat ze erg haar best ging doen. 'Toch bedankt, en sorry voor het storen.'

Maar toen ik me al had omgedraaid en weg wilde lopen, zonder enig idee waar ik haar dan moest zoeken, hoorde ik een hoog stemmetje: 'Probeer het eens op de kermis.'

Ik draaide me weer om en zag een jongen op zijn hurken bij de voordeur zitten. Hij leek niet ouder dan tien, alleen had hij een sigaret in zijn mondhoek en speelde hij met een stiletto.

'De kermis? Die op Bibury Common?' Ik was er onderweg

langsgekomen, en had een klein golfje nostalgie voelen opkomen naar de tijd dat ik verzot was op de gierende zwaai en het weeë neerkomen bij opwindende attracties, de niksige knuffelbeesten en enorme plastic hamers die je kon winnen als je alle doelen raakte met een krom geweer.

'Ja.' Hij aarzelde even. 'Hebt u een paar peuken voor me, mevrouw?'

'Sorry, ik rook niet.'

'Geld dan?' Hij deed zijn handen tegen elkaar met een smekend gebaar vol zelfspot. Ik wierp een vluchtige blik richting het meisje achter de balie, en gaf hem toen een paar muntjes. 'Cool! Bedankt.'

De avond viel al, en de kermis kwam net op gang. Mannen in een leren jack, met vet achterovergekamd haar en viezige tanden, stonden dingen aan te spannen met moersleutels. De Big Dipper draaide trage rondjes in de schemering, ook al zat er nog niemand in de stoeltjes. Er stond een achtbaan, een draaimolen met theekopjes, nog eentje met dieren, de botsauto's waar slanke, kauwgum kauwende jongemannen met strakke spijkerbroeken op letten, een spookhuis, een nogal verlopen spiegelpaleis waarvan het laatste onderdeel net op zijn plaats werd gezet, tenten waar je ringen over een fles moest mikken om een dolfijn te winnen, tenten waar je een zak Engelse drop of een afschuwelijke vaas kon winnen als je met een dartpijltje de roos raakte, kraampjes waar vette hamburgers en dikke oranje worsten werden verkocht. En er was modder, zompige bruine modder, vloeiende modderstromen in het spoor van de kermiswagens. Overal modder.

Ik keek rond of ik Sylvia zag. Er kwamen net wat mensen het terrein op. Blikkerige muziek begon te spelen. Een heliumballon ontsnapte uit het knuistje van een blèrende peuter en zweefde naar de hemel. De geur van bakolie en sigarettenrook hing zwaar in de lucht. Misschien was ze hier helemaal niet. Ik liep voorzichtig door de modder, turend naar de kluitjes mensen, en ik wilde het al opgeven toen ik haar zag. Ze klom net in een botsauto met een jongen van rond de zestien. Ze gingen zitten en hij legde zijn arm om haar schouder, maar die duwde ze vol minachting weg. Ze had idiote knotjes in haar haar gedraaid, en ze zag er veel jonger uit dan ik me herinnerde, en gelukkig, alsof ze absoluut niets had om zich zorgen over te maken. Ik keek toe hoe ze over de botsbaan bonkte, gilde van nepangst als iemand tegen haar aanknalde, juichte als ze haar autootje de bocht omrukte en een andere raakte.

Toen ze eruit klom, liep ik op haar af. 'Hallo, Sylvia.'

'Hoi.' Ze leek totaal niet verbaasd om mij daar te zien.

'Ik was op zoek naar je.'

'O ja?'

'Ik wou je iets vragen. Maar ik wil je avondje uit niet verstoren, dus we kunnen elkaar ook later treffen, als je dat liever hebt.'

'Nee, geeft niet. Ik heb toch geen geld. Ik zie je nog wel, Robbie,' zei ze om de jongen naast haar af te poeieren, die wegdrentelde terwijl zijn lange flodderbroek door de modder sleepte.

'Wil je soms iets eten. Of drinken?'

'Ja, best wel.'

'Heb je zin in...?'

'Oké. Een hamburger met uitjes en ketchup, frietjes en een coke.'

We liepen naar een van de kraampjes, en ik bestelde het eten. 'Daar staat een bank, daar kunnen we even praten,' zei ik.

'Best,' zei ze weer, heel vriendelijk. Ze leek helemaal niet nieuwsgierig, maar honger had ze wel. Ze had het al bijna op toen we gingen zitten. Er liep een straaltje vet langs haar kin, en er zat ketchup op haar lippen. Ze haalde haar mouw langs haar gezicht, en zuchtte.

'Ik zit ergens mee, en ik dacht dat jij me zou kunnen helpen,' begon ik.

'Gaat het over Lianne?'

'Min of meer. Eigenlijk ook over Daisy. Liannes vriendin.'

'Ja, die zichzelf van kant heeft gemaakt.'

'Precies. Kende je haar goed?'

'Ik zag haar wel 's. Heb wel 's dingen met haar gedaan. Je weet wel. Zelfde groepje.'

'Weet jij of Will Pavic haar kende?'

'Denk 't wel. Ik bedoel, dat is toch logisch?' Haar blik dwaalde weg. 'Mag ik ook een suikerspin?'

'Absoluut. Zo meteen. Deze vraag is lastig, Sylvia, maar weet je, heb je enig idee of Will Pavic ooit, nou ja, een relatie had met een van de jongeren waar hij mee werkte?'

'Een relatie?' herhaalde ze, alsof het een woord was in een vreemde taal.

'Ja. Of hij met iemand van hen een seksuele verhouding had.'

'O, of hij met ze néukte, bedoel je.' Ze giechelde en gaf me een goedmoedig schouderklopje. 'Seksuele verhouding,' zei ze, en deed mijn stem na.

'Wel of niet?'

'Heb je een peuk?'

'Nee.'

'Dan niet.' Ze haalde zelf een pakje sigaretten uit de zak van haar spijkerbroek, en stak er eentje op. 'Denk 't niet.'

'Weet je dat zeker?'

'Zeker? Tuurlijk niet. Zulke dingen weet je nooit zeker, toch? Maar mij is niks opgevallen.' Ze trok haar neusje in kleine rimpeltjes, en pafte rustig door. 'Hij is anders geen frunnik.'

'Frunnik?'

'Je hebt ze erbij die hun hand op je schouder leggen, op je knie, je van die klopjes geven als ze met je praten. Getver!' Ze rilde even. 'Engerds, alsof wij niet snappen wat ze bedoelen. Will doet dat niet. Hij blijft op een afstand.'

'Goed. Hoe zit het dan met Gabriel Teale? Heeft Daisy het ooit over hem gehad?'

'Gabriel? Wat is dat voor een stomme naam voor een kerel? Nooit van gehoord.'

'Hij is de baas van The Sugarhouse.'

'O, dát. Dat ken ik natuurlijk.'

'Ging Daisy daar wel 's heen?' vroeg ik, en probeerde mijn stem niet te gretig te laten klinken.

'Ja hoor. Daar zijn zoveel van ons wel 's geweest. Ik niet. Niks voor mij. Daisy wel, zeker weten. Ze moest radslagen leren maken.' Ze glimlachte. 'Uiteindelijk was ze er supergoed in. Ze kon ze helemaal rechtop, een heleboel keer achter elkaar. Ze kwam met radslagen de kamer binnen.'

Ik voelde de opwinding langs mijn ruggengraat op en neer prikken. Ik haalde het programma van het theater uit mijn tas, en draaide het achterstevoren.

'Weet je nog, toen we elkaar voor het eerst zagen, toen zei je dat iemand dingen vroeg over Lianne. Was het die man?' Ik wees met mijn vinger naar de foto van Gabe.

Ze wierp er een vluchtige blik op. 'Absoluut niet!' giechelde ze. 'Dat was een vrouw die naar Lianne op zoek was.'

Ik had de gewaarwording dat iemand vol aan de rem trok. 'Dat heb je nog nooit gezegd,' kreeg ik er nog net uit.

'Je vroeg er ook niet naar.'

Ik haalde de foto van Bryony uit mijn tas. 'Was zij het dan?'

Ze kneep haar ogen samen in het schemerlicht. 'Nee,' zei ze.

'Zeker weten?'

'Ja. Ze lijkt er helemaal niet op. De vrouw die ik zag, was blond, om te beginnen.'

Verbijsterd trok ik nog een foto te voorschijn. 'Zoiets?'

'Ja. Ja, dat is 'r. Haar herken ik. Ze was aan het rondsnuffelen, ze vroeg van alles met dat kakaccent van d'r. Wie is dat?'

Ik keek naar het gezicht, en streek mijn vinger er zachtjes overheen. 'Ze heet Philippa Burton.'

'Philippa Burton.' Sylvia keek naar de foto, en er gleed een schaduw over haar gezicht, een soort verkilling. 'Heeft zij Lianne dus vermoord?'

'Nee,' zei ik. En toen: 'Dat weet ik niet.'

'Je ziet er typisch uit, ben je ziek?'

'Nee. Alleen maar in de war, Sylvia. Wil je nou je suikerspin?'

'Neem jij er ook eentje?'

'Nee.'

'Waarom niet? Doe 's gek, wat geeft dat nou?' Ze draaide haar pientere, fijnbesneden gezicht naar me toe, en keek me monsterend aan. 'Jij moet 's een beetje relaxen.'

Ik werd overvallen door een wonderlijk licht gevoel in mijn hoofd. 'Goed. Ik neem een roze, extra groot.'

'Cool. En daarna gaan we daarin.' Ze wees naar de Wurlitzer, die zo snel ronddraaide dat ik nog maar net de gillende gezichten van de inzittenden kon onderscheiden.

'Ik denk er nog even over na.'

'Niet denken. Kom mee.'

Ik at mijn suikerspin. Hij knisperde tegen mijn tanden, bleef in mijn haar plakken en smolt op mijn wang. Daarna klommen Sylvia en ik in een van de wagentjes van de Wurlitzer.

'Ik vind dit helemaal niet leuk.'

Sylvia moest giechelen. Het wagentje kwam in beweging, eerst langzaam, en toen steeds sneller, en bovendien tolde elk wagentje ook nog eens rond in een eigen duizelingwekkende draai. Ik wilde iets zeggen, maar mijn wangspieren waren blijkbaar totaal verslapt. De wereld was een langszoefende hutspot. Door de centrifugale kracht werd ik tegen mijn rugleuning gedrukt. Mijn maag bevond zich elders, mijn kleverige haar zwiepte tegen mijn gezicht.

'Godsamme,' stamelde ik met moeite.

'Gillen,' riep Sylvia in mijn oor. 'Gil alles er maar 's goed uit.'

Ik deed mijn hoofd achterover en mijn mond open. Ik gilde, tot ik mezelf boven alle anderen uit hoorde krijsen. Ik gilde alles eruit.

44

Ik hanneste nog wat verder met mijn cassetterecorder, en dat werd erger onder de sceptische, neusophalende, in feite afkeurende blik van inspecteur Guy Furth, en de teleurgestelde en gegeneerde van hoofdinspecteur Oban. Deze twee mannen waren met hun gedachten bij andere dingen, nieuwe zaken, en nu zaten ze tegenover een bezeten vrouwmens dat maar niet wilde opgeven. Erger nog, deze vrouw zat nu gehurkt onder een tafel in Obans werkkamer, en trachtte zonder succes een simpele stekker in het stopcontact te krijgen. Ik vloekte in stilte, en daarna hardop. Een stekker was goddomme toch gewoon een stekker?

Uiteindelijk kreeg ik het voor elkaar en zette het apparaat op Obans bureau.

'Jullie moeten goed opletten,' zei ik. 'Het is geen fantastisch goeie opname. Ik heb een oud bandje gebruikt dat ik nog achter in een la had liggen, en het heeft betere tijden gekend, geloof ik.'

De twee rechercheurs wisselden een blik van verstandhouding toen ik op 'play' drukte. Het was een beetje stom, want ik had hem niet naar het goede punt teruggedraaid, en het bandje begon met mijn stem die 'test, test' zei, en daarna het alfabet. Ik keek naar Oban. Hij beet op zijn lip, alsof hij zijn lachen zat in te houden. Het werd er niet veel beter op. Je hoorde schijnbaar eindeloos gebabbel tussen mij en Emily over haar crèche en mijn litteken. Oban begon ongeduldig op zijn stoel te schuiven.

'Hagelde het soms toen je dit gesprek opnam?' vroeg Furth met zijn lip in een krul.

'Het bandje ratelt een beetje, dat weet ik,' gaf ik toe. 'Sorry dat het zo gaat, maar ik wou jullie graag alles laten horen, want dan snap je de context,' zei ik.

Hij mompelde iets onhoorbaars.

'Zei je wat?' vroeg ik.

'Nee, niks,' zei hij.

Ik zette het bandje af en draaide een stukje terug.

'Lieve God,' riep hij, 'we moeten er toch niet nog een keer naar luisteren, hè?'

'Ik wil graag dat jullie niets missen.'

Hij kreunde. Het gesprek verschoof naar wat er in de speeltuin was gebeurd, en hij fronste geconcentreerd. Plotseling hoorde je Emily zeggen dat ze dit stom vond, er volgde een klik en gekraak, en ineens zaten we midden in 'Hotel California'. Het was een feestbandje ergens uit het midden van de jaren tachtig. De beide mannen grinnikten.

'Dit is wel een leuk stukje,' zei Furth. 'Beter opgenomen ook.'

'Dus wat vinden jullie ervan?' zei ik ongeduldig.

'Draai het nog 's,' zei Oban. 'Alleen dat laatste stukje,' voegde hij er haastig aan toe.

Met een beetje vallen en opstaan draaide ik het bandje terug, en liet nogmaals Emily's antwoorden horen over de vrouw. Voor het einde leunde hij voorover en zette het zelf af. Hij ging weer zitten met een weinig ontspannen uitdrukking.

'Nou?' zei ik.

Hij keek uit het raam alsof hij buiten zojuist iets fascinerends had opgemerkt dat zijn volledige aandacht in beslag nam. Hij keek om alsof hij verbaasd was dat ik er nog zat.

'Sorry,' zei hij. 'Ik moest alleen terugdenken aan die keer een paar weken geleden. Toen draaiden we een bandje voor jóu. Gek hoe die dingen gaan.'

'Niet echt,' zei ik.

'Wat wil je van me horen?' zei hij.

Ik had al het ongemakkelijke gevoel dat het allemaal niet lekker liep. 'Ik weet niet of ik wel iets van je wil horen,' zei ik. 'Ik dacht dat je een gat in de lucht zou springen van verrassing.'

'Waar moet ik dan zo verrast over zijn?'

Ik keek ze allebei aan. Furth trok een merkwaardig vriendelijk gezicht, waardoor ik me nog rotter ging voelen.

'Horen jullie niet wat ík hoor? Hier hadden we al ik weet niet hoe lang geleden aan moeten denken. Je sleurt niet even een moeder weg die op haar kind past terwijl er allerlei mensen in de buurt zijn. Er is een vrouw bij betrokken, een vrouw die een paar minuten bij Emily bleef terwijl Philippa Burton naar de auto werd gelokt en daar werd vermoord.'

'Dat heb ik niet gehoord,' zei Oban.

'Wat heb je dan wel gehoord?'

Hij snoof eens laatdunkend. 'Ik hoor suggestieve vragen aan een driejarig meisje, dat vage antwoorden geeft. Ik bedoel: "die lieve mevrouw", wat zou dat? Dat kan elke vrouw zijn die het afgelopen jaar een lolly voor haar heeft gekocht.'

'Dus je gelooft Emily niet.'

'Om te beginnen wordt dat bandje nooit toegelaten als bewijs, en dat weet je. Bovendien vind ik het geleuter. Sorry Kit, maar ik vind dat je doordraaft, en dat je zo langzamerhand mijn tijd loopt te verspillen.'

'Dus je wil de mogelijkheid niet eens overwegen dat er een vrouw bij betrokken was?'

'Heb je iemand op het oog?'

'Ja.'

'Wie dan?'

'Bryony Teale.'

'Wat zeg je?'

'Je mag me over vijf minuten op straat smijten, maar eerst even luisteren.'

'En heeft-ie geluisterd?' zei Julie, en nipte aan haar drankje.

We zaten in een nieuwe kroeg in Soho, de Bar Nothing. Klaarblijkelijk waren scherpe hoeken en rechte lijnen volkomen uit. Hier uitsluitend zachte banken in pastelkleuren en dikke kussens op de vloer. Wij zaten aan de bar. De bar was niet zo zacht. Die kan ook niet zacht zijn. Dan valt je glas omver. Maar ook die liep in mild glooiende bochtjes.

Ik was Julie vroeg in de avond tegen het lijf gelopen, en had geraasd en getierd en met mijn kop tegen de spreekwoordelijke muur geslagen. Dus besloot ze ferm dat er maar één oplossing was: ons optutten en samen door de stad flaneren. Zij koos en straalde in weer een andere jurk van me, een zwarte met mouwen van chiffon. Ik droeg mijn speciale roze jurk waar je figuur zo van opfleurt. Hij hoorde bij een fantasietje dat ik het onderwerp was van een bluesnummer, waarin de zanger klaagt dat hij door een duivelse vrouw van huis en haard is weggelokt. Ik hoopte een klein beetje dat er iemand naar ons toe zou komen om te melden dat we de algemene politieverordening overtraden.

Volgens mij voelde Julie zich toen onmiddellijk voor schut staan omdat ik twee marguerita's bestelde, wat waarschijnlijk tamelijk jaren negentig is, of zelfs tachtig, maar ik moest snel iets sterks hebben.

'Roze is echt jouw kleur, wist je dat?' zei Julie toen we ons eerste slokje namen. 'Het staat op de een of andere manier goed bij je grijze ogen.'

'Bij mijn litteken.'

'Dat moet je niet zeggen,' zei ze.

'Volgens mij gaat het al beter met me,' zei ik. 'Ik had het eerst toch over het spook van de opera? Het kan me nou niet meer zoveel schelen wat ze ervan vinden. Ik laat ze tegenwoordig gewoon denken dat mijn facelift mislukt is.'

Julie gaf geen antwoord. Maar ze raakte wel even mijn gezicht aan, duwde het zachtjes opzij zodat ze de zijkant vol in het licht kon zien. Ze monsterde het nauwkeurig, alsof ze een decoratief voorwerp in mijn woning op waarde schatte. Ik moest denken aan de kleine Emily, die met haar vingertje over het litteken streek. Toen de inspectie was afgelopen, glimlachte Julie. 'Zo te zien iets wat een verhaal kan vertellen.'

'Dat litteken vertelt alleen maar het verhaal van hoe weinig tijd hij had.'

Julie kromp even in elkaar en ik zei sorry. We bestelden allebei nog een drankje, en ik stuurde het gesprek meer naar haar toe. Ze vertelde over reizen die ze had gemaakt, over vreselijke mannen en een paar aardige mannen, en over haar plannen. En plotseling vroeg ze of ik met haar mee wilde, en tot mijn eigen ontzetting dacht ik: ach, waarom eigenlijk niet? Gewoon alles laten barsten en weggaan. Tegen het eind van mijn tweede drankje dacht ik: zal ik dan vanavond al maar meteen alles laten barsten en weggaan?

We vonden een tafeltje en bestelden twee salades en een fles wijn, maar ineens leek dat niet genoeg. Ik merkte dat ik hunkerde naar rood vlees. Ik had de indruk dat zelfs Julie even verbleekte toen het op tafel kwam, dunne plakken rauw rundvlees met flinters Parmezaanse kaas, besprenkeld met olijfolie en citroensap. 'Ik ben een carnivoor, zonder meer,' zei ze. 'Maar ik vind het geloof ik wel fijner als het vlees een mooi bruin kleurtje heeft.'

Ik probeerde het gesprek in de buurt te houden van Julie en haar bruisende leven, eerlijk waar, maar het lukte me niet. Ik was als een rokende vulkaan die op uitbarsten staat, en terwijl we nog in onze salades zaten te prikken, kwam de eruptie, en verschafte de vulkaan haar een levendig verslag van de laatste paar dagen.

'Ja, Oban luisterde wel,' zei ik, toen onze glazen weer vol waren. 'Ik bedoel, hij heeft gehoord wat ik zei. Zo moet je dat noemen, toch? Hij heeft me aangehoord. En daarna was de zaak domweg gesloten, wij verspillen onze tijd met jou, maak het leven niet nog ingewikkelder dan wij het al vinden, en dwing ons niet om goed werk te leveren.'

Ik hield op met praten omdat ik moest lachen. Ik betrapte me erop dat ik werkelijk met een priemende vinger naar Julie wees. Ze was een beetje opzij geschoven, om mijn dreigende vinger te ontwijken.

'Ik heb het niet gedaan,' zei ze, en lachte ook. 'Mij hoef je niet te overtuigen. Of eigenlijk wel. Ik moet bekennen dat ik niet snap waar je het over hebt. Beweer je dat die lieve fotografendame die mafkees Doll hielp om mensen te vermoorden?'

'Nee, nee, Doll had er niks mee te maken. Ze hielp haar man, Gabriel.'

Julie nam nog een slokje rode wijn.

'Ik weet het niet,' zei ze. 'Ik had dit ten minste drie glazen geleden aan je horen te vragen. Ik bedoel, het zijn aardige mensen. Hij werkt bij een theater. Waarom zouden ze die vrouwen vermoorden?'

'Plus Doll.'

'Hoe bedoel je? Dat heeft die burgerwacht toch gedaan, of niet?'

'Nee dus.'

'Maar je zei dat ze zelfs een boodschap hebben achtergelaten.'

'Ja, dat weet ik. "BLOEDORSTIGE HUFDER", met die idiote spelfouten. Dat was zo knullig gedaan, maar ik was geschokt door wat ik zag, en ik heb er niet over doorgedacht. Gaat iemand die niet eens 'hufter' kan spellen, een woord als 'bloeddorstig' gebruiken? Weet je nog wat ik dacht over de lijken van Lianne en Philippa? Het waren de wonden van iemand die doet alsof hij een psychopaat is, maar dan zonder echte overtuiging. Je zou 's moeten zien wat een echte seksuele psychopaat doet met een vrouwenlichaam.'

'Nee, laat maar,' zei Julie. 'Dus dit zijn aardige moordenaars?'

'Ze hebben het niet voor de lol gedaan. Het gebeurde omdat ze vonden dat het moest.'

'Waarom, godverdomme?'

'Ik heb geen flauw idee. Maar het maakt niks uit. Dat is het leuke ervan. Eerst kon ik niets aan elkaar knopen. En nu ineens alles. Dat arme meisje, Daisy. Zij blijkt nu contact te hebben gehad met Gabe Teale. Ik heb gisteren een vriendin van haar gesproken, en die zei dat ze in The Sugarhouse heeft gewerkt. Lianne maakte zich zorgen over Daisy, en zij wordt ook vermoord. En ik heb ontdekt dat Philippa Burton op zoek was naar Lianne.'

'Waarom?'

'Geen idee. Uit het briefje dat ik op haar kamer vond, blijkt dat ze de link had gelegd tussen Lianne en Bryony. Hoe dan ook, ze wordt vermoord. Ik heb nu bewezen dat Bryony betrokken was bij de ontvoering van Philippa.'

'Echt waar?' zei Julie vol twijfel.

'Absoluut. Dus, waar was ik gebleven?'

'Weet ik niet precies.'

'Michael Doll. Die zogenaamde moordpoging op Bryony sloeg gewoon nergens op. Door al die media-aandacht voor Michael Doll dacht vrijwel iedereen dat hij Lianne vermoord had. Maar voor Gabriel en Bryony betekende het alleen dat Doll op die plek was geweest. Misschien had hij wel iets gezien. Misschien had hij zelfs wel contact met ze gezocht, en Gabriel bedreigd. Ze deden een halfbakken poging om hem te overvallen, een dreun voor zijn kop te geven, hem in het kanaal te gooien, weet ik veel, zodat het op een actie van een burgerwacht lijkt. Maar dan duikt ineens die vent, die Terence Mack op. Bryony wordt beetgepakt, Gabe zet 't op een lopen, Doll weet bij god niet wat er allemaal gebeurt, en iedereen maakt er dan maar een moordpoging op Bryony van. Geen wonder dat ze zo getraumatiseerd rondliep.'

'Tja...'

'En dus gaan ze – of waarschijnlijk alleen Gabriel, want inmiddels wordt Bryony geacht gevaar te lopen en staat onder politiebewaking – naar het appartement van Michael Doll om het karwei af te maken. Bryony had de beker van Emily weggepakt toen ze Philippa meelokten voor een gesprekje met Gabe in hun auto. Gabe vermoordt Doll en laat de beker achter. Doll is dood, er definitief ingeluisd, de zaak is gesloten.'

Julia goot de laatste druppels wijn in onze twee glazen. 'Nog meer?' zei ze.

'Nee,' zei ik. 'Ik word weer een beetje nuchter.'

'Zo klink je niet. Wacht 's eventjes,' zei ze. 'Er was meer dan alleen die beker, toch? Er lag ook nog dat leren tasje. Denk je echt dat hij dat expres achterliet? Dat was wel een risico.'

'Daar heb ik over lopen denken,' zei ik. 'Volgens mij deed hij dat niet expres. Je had het moeten zien. De hele kamer droop van het bloed. Gabe moet onder hebben gezeten.'

'Als hij daar geweest is,' reageerde Julie.

'Hij was er. Hij zit onder het bloed, trekt alles uit om zich te wassen in de badkamer, en laat dat tasje liggen. Iemand vindt 't, maar uiteindelijk maakt het niks uit, want ze beschouwen dat ook als één van Dolls trofeeën.'

Julia zei even niets. Ze keek alsof ze uit haar hoofd een staartdeling zat op te lossen. 'Heb je dat allemaal in die vijf minuten tegen Oban gezegd?' zei ze ten slotte.

'Hij kreeg een samenvatting.'

'Geen wonder dat hij je eruit schopte.'

'Vind je het niet overtuigend?'

'Ik weet niet. Ik moet het eerst maar 's tot mijn hersens laten doordringen. Wat jij doet kan me niks schelen, maar ik neem nog een drankje.'

Ze bestelde twee cognacjes. Ze nam een slok en vertrok even haar gezicht. 'Dus wat ga je nou doen? Nog een poging richting Oban?'

Ik tikte met mijn vinger tegen het glas, en er klonk een heldere toon.

'Nee,' zei ik bedachtzaam. 'Ik denk dat ik mijn krediet bij hem wel verspeeld heb. Ik weet 't niet. Het blijft maar in mijn gedachten rondmalen. Weet je, toen Paul McCartney *Yesterday* had verzonnen, heeft hij dagenlang lopen nagaan waar hij het eerder had gehoord. Hij kon niet geloven dat hij 't echt zelf bedacht had. Ik vraag me steeds maar af of ik me patronen inbeeld die er niet echt zijn.' Ik pakte het glas en nam een brandende slok. 'Misschien moet ik met ze gaan praten,' zei ik.

'Met wie?'

'Bryony en Gabe.'

'En zeggen dat je vermoedt dat het seriemoordenaars zijn?'

'Even stangen, zorgen dat ze gaan piekeren. Misschien dat ze in actie komen.'

Julie dronk haar glas leeg. 'Dat wil zeggen, niet als ze onschuldig zijn,' zei ze. 'En ze vermoorden je, als ze het gedaan hebben.'

'Ik weet niet wat ik anders moet.'

Nu was het Julies beurt om naar mij te wijzen. Haar vinger beefde een beetje. 'Hoeveel heb jij gedronken?' zei ze.

'Twee marguerita's. Pakweg een fles wijn. En deze cognac.' Ik dronk hem leeg.

'Precies,' zei Julie. 'Ik hoop maar dat ik de drank hoor kletsen. Het zal allemaal wel drankgeklets zijn. Maar dat laatste. Ik weet honderd procent zeker dat we ons morgen geen van beide ook maar iets herinneren van vanavond. Vooral ik niet. Maar je moet me echt beloven dat je niet iets heel erg stoms gaat doen. Beloof je dat?'

'Natuurlijk beloof ik dat,' zei ik met een glimlach.

'Ik weet niet zeker of ik je wel geloof.' Ze legde haar hand op mijn schouder en schudde me heen en weer, alsof ze me wakker wilde maken. 'Luister Kit, snap je nou niet dat je volslagen krankjorum bezig bent? Ik bedoel echt *volslagen*.'

'Nee, ik...'

'Een zeker risico lopen met een goeie reden, dat is één ding – al zou ik het niet aanbevelen.' Ze stopte even voor een heftige hik, en ging weer door. 'Maar jij hebt het over risico lopen met geen enkele reden. Alsof het leven van twee dooie vrouwen op een of andere manier belangrijker is dan jouw eigen levende leven, als je begrijpt wat ik bedoel.'

'Ja. Maar zo kijk ik er niet tegenaan.'

'Natuurlijk niet, jij kijkt er achterstevoren en binnenstebuiten tegenaan. Jij wil dooie mensen redden. Dat gaat niet.'

'Weet ik wel.'

Ze bracht haar gezicht dichter bij dat van mij, en zei het nogmaals, nog harder. 'Dooie mensen kun je niet redden, Kit. Je kan een dooie niet tot leven wekken. Laat het zitten.'

45

Toen ik een tiener was, moest ik van mijn vader altijd een groot glas melk drinken voor ik uitging. Dan had ik een bodempje, zei hij. Ik had gisteravond een glas melk moeten drinken, dacht ik, toen ik de volgende morgen wakker werd. Het licht dat door mijn halfopen gordijnen binnenviel, deed al pijn aan mijn ogen voor ik ze open had, en mijn mond was kurkdroog. Ik keek door mijn oogharen naar de wekker. Het was halfzeven. Ik gaf mezelf nog vijf minuten. Vijf minuten, niet meer. Nog nooit had mijn kussen zo zacht gevoeld, waren mijn armen en benen zo zwaar geweest, en mijn oogleden zo dichtgeplakt.

Ik tuurde nog een keer wazig naar de wekker, en nu klikten de cijfers door naar 6:35. Nog een paar minuutjes. Ik moest denken aan de tijd dat ik ziek was als kind, en dat mijn tante bij ons kwam logeren zodat mijn vader toch naar zijn werk kon. Die paar dagen beeldde ik mezelf dan in dat mijn tante mijn moeder was – dat het zo dus geweest zou zijn, als ze niet zomaar was doodgegaan. Dan lag ik in mijn bed met mijn stripboeken en een glaasje citroenlimonade op het tafeltje naast me, en de gordijnen half open net als nu, terwijl het stof dwarrelde in het zonlicht. En elke keer dat ik uit mijn koortsige dromen weer in het heden terugkwam, hoorde ik haar beneden. Kastdeurtjes werden opengedaan en weer dicht, een stofzuiger bromde, de wasmachine zoemde, glazen tinkelden, schoenen klikten door de gang, murmelende stemmen bij de voordeur. Dan voelde ik me zo veilig, onder de dekens, omdat ik wist dat ze maar een paar meter verderop was. Ik wilde dat ik mezelf nu zo'n dag kon geven. Dan kon ik hier tot morgenochtend blijven liggen, in slaap glijden en weer terug, zwevend tussen vormeloze dromen en dommelend wakker zijn. En af en toe naar de keuken sloffen in mijn ochtendjas om een kop thee te zetten. Wachtend op een koele hand op mijn voorhoofd.

Uit Julies kamer drong een woest gesnurk tot me door. Ik deed één oog open. Tien over halfzeven. Opstaan, zei ik tegen mezelf, en mijn benen gleden opzij naar de vloer. Mijn hoofd bonkte toen ik het rechtop liet komen, maar kalmeerde toen tot een mild, acceptabel geklop. Uiteindelijk niet zo beroerd. Ik ging naar de badkamer en spatte koud water in mijn gezicht. Toen kleedde ik me zo snel en stilletjes aan als ik kon. Voor ik de deur uitging, dronk ik drie glazen water. Ik hunkerde naar sterke zwarte koffie, maar dat durfde ik niet, want dan kon Julie wakker worden. Als ze wist waar ik heen ging, zou ze waarschijnlijk de deur op slot doen en de sleutel het raam uitgooien. Maar ik had mijn plan helemaal klaar.

Het was een nevelige ochtend. De contouren van de huizen aan het eind van de straat waren vaag, en de auto's hadden hun lichten nog aan. Later zou het vast zonnig en warm worden, maar nu was het nog kil. Ik had een jack moeten meenemen en een trui moeten aantrekken in plaats van alleen maar een dunne katoenen blouse. Er was al aardig wat verkeer. Londen is nooit leeg, nooit donker, nooit stil. Maar toch was ik er al tegen halfacht. Dat was prima. Artistiek leiders stonden vast nooit eerder op dan acht uur.

In het huis van het echtpaar Teale waren de gordijnen allemaal dicht. Zo te zien was er nergens licht aan. Mooi. Ik probeerde het me gemakkelijk te maken in de autostoel. Ik had geen idee hoe lang ik hier zou moeten blijven zitten. Ik had onderweg ten minste een kop koffie moeten kopen. Ik had iets te lezen moeten kopen. Ik had nu alleen maar het handboek van de auto en een krant van tien dagen geleden. Ik las de krant, alle inmiddels vergeten verhalen over hier een fotomodel, daar een oorlog, hier een dode jongen en daar een internetmiljonair. Ik voelde me verkleumd, stijf, mijn lijf deed zeer. Ik borstelde mijn haar en pakte het van achteren bij elkaar. Ik tuurde naar mijn gezicht in het spiegeltje, en schrok van mijn bleke kleur na die wilde avond. Ik rommelde wat rond. In huize Teale bleven de gordijnen gesloten. Had ik toch langer kunnen slapen.

Toen het kwart voor negen was, ging er boven een licht aan. Mijn mond was droog. Achter mijn ogen hamerde de vraag: waarom ben ik hier? Waar ben ik in hemelsnaam mee bezig?

Om vijf voor negen ging het gordijn open en ik zag heel kort de gestalte van Gabriel door het raam. Ik gleed omlaag in mijn zitting, en tuurde naar het huis met mijn branderige ogen. Ik moest plassen.

Een paar minuten later werden beneden de gordijnen opengeschoven. Ik stelde me voor hoe ze koffie aan het zetten waren in hun gezellige keuken, brood roosterden, met elkaar deze dag doorpraatten, en elkaar kusten bij het vertrek. De voordeur bleef dicht. Ik zou naar huis kunnen gaan, dacht ik. Naar huis rijden en mezelf weer in bed hijsen. Julie zou nog wel liggen te slapen, behaaglijk onder de dekens met een arm over haar ogen.

Eindelijk ging de deur open en kwam Gabriel te voorschijn. Hij bleef een paar seconden op de drempel staan, klopte op zijn zakken om zeker te weten dat hij zijn sleutels bij zich had en riep iets over zijn schouder. Hij had een zwarte spijkerbroek aan en een grijs wollen jasje, en hij leek op het soort mensen waar ik mee omga. Net een van mijn vrienden.

Ik moest nog even wachten. Ik staarde naar het autoklokje. Ik keek tot tien minuten voorbij waren, en stapte toen de auto uit. Het was nog niet te laat om van gedachten te veranderen, zelfs nu nog. Het was nog niet te laat, tot het moment dat ik harder dan nodig was op de voordeur bonsde, en voetstappen hoorde.

'Ja?'

Bryony had haar ochtendjas aan. Ze hield hem van boven dicht met een gebaar dat ik van mezelf kende. Ze staarde me aan met een perplexe blik, alsof ik haar uit bed had gehaald. Ik zag dat ze nadrukkelijk slikte. 'Bryony,' zei ik vol warmte. 'Ik hoop dat ik je niet stoor. Ik reed hier langs op weg naar een cliënt. Ik zag jullie straat letterlijk ineens voor me liggen, en omdat ik toch idioot vroeg ben, wip ik even langs, zo van: je weet maar nooit.'

'Kit?' zei ze gesmoord.

'En om je de waarheid te zeggen, kan ik wel een toilet en een kop koffie gebruiken voor ik naar dat gesprek ga. Ik heb je toch niet wakker gemaakt?'

'Nee, nee, sorry.' Ze vermande zich overduidelijk. 'Ik had alleen niet verwacht – maar kom binnen, natuurlijk. Ik zet wel wat water op. De wc is aan het eind van de gang.' Ze wees met haar hand. Vers afgebeten nagels, constateerde ik. Afgebeten net als de nagels van Lianne.

'Dank je.'

Toen ik weer terugkwam, deed ze net een schepje koffiebonen in een molen.

'Je ziet er moe uit,' zei ik. Ze zag er erger dan moe uit. Het was alsof een deel van haar gewicht van haar was afgevallen, zodat haar lichaam, eerst zo sterk, nu futloos was. Haar sleutelbeenderen staken scherp uit. Haar gezicht was opgezwollen, haar magnifieke haardos vettig. Op haar linkerwang had ze een lichte rode uitslag. Toen ze de fluitketel boven het koffiefilter tilde, zag ik dat ze een armband van eczeem rond een pols had zitten. 'Gaat het wel goed?'

'Ik ben niet erg lekker geweest,' zei ze.

'Ja, dat zei Gabriel al. Heeft hij verteld dat ik laatst naar The Sugarhouse ben geweest?'

'Nee, dat niet.'

'Ben je ziek geworden van te veel piekeren?' vroeg ik.

'Wie weet,' zei ze langzaam. Ze schonk twee koppen koffie in, en zette ze neer op tafel. 'Wil je ook iets eten, of kom je anders te laat voor je afspraak?'

'Ik heb tijd zat,' antwoordde ik opgewekt. 'Maar ik hoef niks te eten. Hier heb ik zin in.' Ik nam een klein teugje van de gloeiend hete koffie. 'Ben je naar de dokter geweest?'

'Waarom?'

'Omdat je je zo voelt.'

'Dat komt wel goed. Ten slotte is alles nou in orde, toch?'

'O ja?'

'Ik bedoel, het is voorbij. Het gepieker.' Ik keek haar aan, en ze frunnikte aan haar koffiekopje. 'Dat heeft de politie gezegd.'

'Ik weet het. De politie is dol op dingen die voorbij zijn, zie je. Ze zijn dol op gesloten dossiers. Opgelost, streep eronder, afdrinken in de kroeg, volgende zaak.'

'Dat weet ik zo allemaal niet.'

'Maar voor jou en mij ligt het anders, toch?'

'Misschien moet ik me maar 's gaan aankleden.' Ze stond op, en hield opnieuw haar ochtendjas dicht. 'Het wordt al laat. Heb nog van alles te doen.'

'Jij blijft zitten met wat je hebt doorgemaakt, met wat er binnen in je hoofd zit.' Ze keek me aan vanonder zware oogleden, alsof ze alleen met een uiterste krachtinspanning wakker kon blijven. 'En voor mij blijven er vragen hangen die ik mezelf steeds maar blijf stellen. Ik weet dat het dom en zinloos is, maar ik kan het gewoon niet laten. Waarom schrijft het ene slachtoffer de naam op van het andere voor ze sterft? Hoe kan een moordenaar een vrouw op klaarlichte dag uit een park sleuren, waar haar kind bij is? Waarom dacht een betrouwbare getuige dat Michael Doll alleen maar een onschuldige passant was?'

'Ik kan je niet helpen...' Bryony's lippen waren kleurloos. 'Ik weet het niet.'

'Waarom laat een vrouw zich weghalen uit een speeltuin zonder een keel op te zetten, en waarom ging het kind niet brullen toen haar moeder verdween?' Ik dwong mezelf om te glimlachen. 'Bij de politie was hiervoor allemaal erg weinig interesse. Vooral toen Michael Doll eenmaal dood was. Ik kan me heel moeilijk van dingen losmaken. Dat zeggen mensen altijd over mij. Maar goed, in dit geval zit ik met allemaal brokjes van een verhaal, en ik probeer ze steeds maar in elkaar te passen. Vind je het vervelend als ik zo zit te praten?' Ze reageerde niet. 'Er was een meisje dat Daisy heette. Daisy Gill. Veertien jaar, maar wie weet zag ze er ouder uit. Ik heb haar nooit ontmoet. Ik heb alleen haar foto gezien en met haar vrienden gepraat. Ze was een ongelukkig kind, dat weet ik wel. Verlaten door haar ouders, door verzorgers in de steek gelaten of erger. Ze was wanhopig op zoek naar een vriend of vriendin. Ze had volwassenen nodig die ze kon vertrouwen, die de wereld voor haar ietsje veiliger konden maken. Mensen als jij en ik kunnen zich maar moeilijk voorstellen hoe haar leven geweest moet zijn. Vaak woedend, altijd eenzaam en altijd bang.'

Bryony trok met een schrapend geluid haar stoel naar zich toe en ging weer zitten. Ze leunde met haar kin in haar handen, en keek me voor het eerst lang aan met haar karamelgetinte ogen. Die kleur stak af bij haar bleke huid.

'Daisy had één vriendin. Lianne. Ik weet niet hoe Lianne echt heette, ik weet niet waar ze vandaan kwam. Maar ik weet wel dat zij ook een beschadigd kind was. Wanhopig zelfs. Maar Lianne en Daisy hadden in ieder geval elkaar. Voor de rest hadden ze vrijwel niks, maar dat wel. Misschien is dat hun reddingsboei geweest. Als ze allebei oud genoeg waren, wilden ze gaan samenwonen en een restaurant beginnen, met macaroni en kaas op het menu. Dat zeiden hun vriendinnen.'

'Waarom vertel je me dit eigenlijk?'

'Daisy heeft zelfmoord gepleegd. Zichzelf opgehangen in haar treurige kamertje, in het huis waar ze zogenaamd thuishoorde. Toen werd een paar maanden later Lianne vermoord, langs het kanaal. En toen, kort daarna, werd Philippa Burton vermoord door dezelfde dader. Philippa kende Lianne – we hebben geen flauw idee hoe en waarom. Lianne kende Daisy. En het malle is dat Daisy in The Sugarhouse werkte. Dus zo zit alles aan elkaar vast.'

'Het zit niet echt aan elkaar vast,' zei Bryony. 'Dit is een kleine wijk. En ik ben trouwens ook aangevallen.'

'Michael Doll.' In een flits herinnerde ik me de laatste keren dat ik hem zag. Michael Doll in leven. Michael Doll dood. 'Hij is gewoon het verhaal binnengestruikeld. Meer heeft het niet om het lijf gehad. Hij zat nou eenmaal langs dat kanaal, waar niemand hem kon lastigvallen, hengelde zijn miezerige visjes op en gooide ze weer terug in het water...'

'Hij heeft die vrouwen vermoord.' Ze legde haar handen voor zich op tafel, en ging rechtop zitten.

'Hij zag er afgrijselijk uit,' zei ik. 'Ik heb zijn lijk gezien, weet je.'

'Ik wou altijd fotograferen,' zei Bryony zachtjes. 'Vanaf dat ik negen was en ik van mijn oom een goedkoop instantcameraatje kreeg voor mijn verjaardag. Het is iets wonderlijks, hoe je dat ineens weet – maar ik had altijd het gevoel dat ik de wereld scherper zag als ik door een cameralens keek, alsof alles dan klopte. Zelfs lelijke dingen kunnen er prachtig uitzien door een lens. Zinloze dingen kloppen ineens.' Ze keek even op naar de foto van haar kleine zigeunermeisje. 'En ik kan het echt. Niet alleen de foto zelf nemen, maar ik weet ook waar ik naar op zoek ben. Ik kan weken rondlopen en dan gebeurt er niks, en op een dag zie ik ineens iets. Een gezicht. Ergens gebeurt wat. Het licht valt op een bepaalde manier. Alsof er iets klikt in mijn gedachten. En het gaf me het gevoel dat ik iets bijdroeg, als ooggetuige.' Ze likte haar bleke lippen. 'Voor de maatschappij of zoiets, en ook voor mezelf. Net als Gabe en zijn theater. Hij is ook goed in wat hij doet, hoor.'

'Dat weet ik,' zei ik. 'Ik heb het gezien.' Het voelde heel vredig in de keuken, alsof de wereld buiten tot stilstand was gekomen.

'Wij zijn ook het verhaal binnengesleurd,' zei ze met een diepe zucht. 'Maar het maakt allemaal toch niks uit, hè? Het is voorbij. De politie zegt dat het voorbij is, dat ik veilig ben. En dat zei jij zelf ook. Dat ik me langzaam weer beter zal gaan voelen. Maar ik ben zo moe. Ik ben zo moe dat ik wel honderd jaar kan slapen.'

Achter ons klonk een zacht klikje en er viel een stilte binnen de keuken. Elk voorwerp stak helder en scherp af: de potplant op de vensterbank, de kopjes die aan hun haakjes hingen, het fragiele spinnenwebje aan de lamp, de zon die glom in de koperen pannen en geometrische figuren maakte op de muur, mijn handen die rustig in mijn schoot gevouwen lagen. Ik hoorde niets anders dan mijzelf, mijn kalme adem, en nauwelijks hoorbaar het getik van mijn horloge. Het was acht minuten voor halfelf. Bryony zat volkomen stil.

Ten slotte draaide ik me om. Gabe stond daar, omlijst door het deurkozijn. Hij deed met een tweede klikje de deur dicht en keek naar ons. Van Bryony naar mij, en weer terug. Niemand zei iets. De zon scheen door het raam naar binnen.

Ik deed mijn mond open om iets te zeggen, en deed hem toen weer dicht. Wat had het voor zin? Ik had niets meer te zeggen. Ik stak een vinger omhoog en liet die langs mijn litteken gaan, van de haarlijn tot mijn kaak. Dat gaf me troost, op een of andere manier. Het herinnerde me aan wie ik was.

'Ik ben m'n tas vergeten,' zei Gabriel.

'Ik moest maar 's gaan,' zei ik. Maar ik stond niet op.

'Ze kwam gewoon even langs,' zei Bryony ten slotte, op de vlakke toon die ze zich recentelijk had eigen gemaakt.

Gabriel knikte.

'Ik wil naar bed,' mompelde ze, en kwam onzeker overeind. 'Ik ben ziek.'

'Het was maar even voor de gezelligheid,' zei ik. 'We hebben een paar dingen besproken, je weet wel.'

'Wat voor dingen?' Hij keek om naar zijn vrouw.

'Ze had 't over het hele verhaal,' zei Bryony. 'Ze noemde nog een meisje. Hoe heette ze ook alweer?'

'Daisy,' zei ik. 'Daisy Gill.'

'Die heeft zelfmoord gepleegd. En ze was een vriendin van Lianne. En ze werkte in The Sugarhouse.'

'Dit is zo stom,' zei Gabriel vermoeid. 'Dit had nou allemaal voorbij moeten zijn. Wat heeft de politie hierover te zeggen?'

'Er is niemand anders,' zei Bryony, bijna onhoorbaar. 'Ze is alleen.'

Hij kwam naar me toe. 'Wat kom je hier doen?' vroeg hij. Hij bukte zich en pakte mijn schouder vast, eerst zachtjes, toen greep hij mijn blouse beet en trok me overeind.

'Gabe!' riep Bryony uit.

Ik keek in zijn uitgeputte gezicht, zijn bloeddoorlopen ogen. Achter hem zag ik Bryony's fletse gezicht. En achter haar een dichte deur. Er was geen uitweg.

'Ga je iedereen op de hele wereld vermoorden?' zei ik.

Zijn handen voelden warm aan toen hij ze om mijn nek legde. Ik haalde me mijn moeders gezicht voor de geest, op de foto die ik overal mee naar toe nam, alsof zij me kon beschermen. Hoe ze lachte, en het zonlicht haar bleke huid beroerde. Mijn moeder, ze zat in het gras. Gabes gezicht was nu heel dicht bij me, als een minnaar, en ik hoorde hem fluisteren: 'Dit hadden we niet gewild.' Zijn gezicht was vertrokken in een huiveringwekkende grijns. Zijn ogen waren half dicht, alsof hij de aanblik van wat hij ging doen niet kon verdragen. Ik beukte hem uit alle macht, maar zijn lichaam was massief en onverzettelijk, als een grimmige toren. Dus liet ik mezelf verslappen, en hij begon me te wurgen. Tegen elk instinct dat ik in me had liet ik mijn knieën enigszins doorknikken. De wereld was rood en zwart en vol pijn en het geluid van iemand die huilde. En toen, met mijn lichaam zo week als ik kon opbrengen, alsof ik op het punt stond om te bezwijken, liet ik mijn rechterhand omhoog schieten, vliegensvlug en zo hard als ik kon, en ik spreidde mijn vingers tot een V en priemde in de richting van zijn ogen. Ik voelde iets dat zacht en vochtig was en ik hoorde een snerpende kreet. Zijn vingers ontspanden zich kortstondig, maar sloten zich toen weer ineen. Ik kraste mijn hand langs zijn wang, voelde hoe zijn huid opensneed onder mijn nagels, en haakte ze toen in zijn schreeuwende mond en rukte mijn hand zo hard als ik kon naar achteren. Mijn oren sloegen dicht door zijn gebrul. Pijn pompte rond in mijn hoofd, en ik zag alleen maar rood om me heen. Mijn gezichtsveld raakte vol bloed. Ik bleef telkens maar prikken met mijn vingers, tegen iets zachts aan. Ik voelde het kleverige van zijn

bloed, de nattigheid van zijn spuug, de blubber van zijn ogen.
'Bryony. Maak er een eind aan, godsallejezus! Bryony.'

Iets zwarts beschreef een boog door de rode mist vlak voor me. Ik deed uiteindelijk toch mijn ogen dicht, maar er klonk een harde krakende dreun, alsof er op een paar centimeter afstand een geweer afging, en zijn vingers vielen van mijn keel af. Ik tuimelde voorover op de grond, en voelde hoe splinters van de vloerdelen in mijn wang drongen. Weer een geluid, en ik kon net een zwarte driepoot onderscheiden, die nog een keer omlaag suisde. Toen viel Gabriel boven op me. Zijn lichaam bedekte dat van mij, en zijn bloed stroomde over mijn gezicht, en zijn stokkende adem klonk in mijn oren, net als haar gegil. Ik duwde hem van me af en ging staan, hoewel de wereld nog steeds om me heen suisde en de vloer gevaarlijk wankelde onder mijn voeten. Gabriel lag daar in zijn eigen bloed met zijn ogen dicht. In zijn hoofd zat een wrede open wond, zijn gezicht was opengehaald, en één oog was volkomen rood. Maar zijn borstkas ging nog op en neer met zijn ademhaling. Ik nam de driepoot over van Bryony, liep met haar naar een stoel en duwde haar erin, terwijl ik zelf half op haar steunde.

'Ik ben geen slecht mens,' snikte ze tegen me. 'Ik ben geen slecht mens. Ik ben lief. Lief. Ik ben een lief mens. Dit was allemaal maar een misverstand. Een afschuwelijk misverstand.'

46

De bezoekersruimte in het huis van bewaring op Salton Hill leek op een smerig cafetaria in een gore achterbuurt. Aan een kant was er zelfs een luik waar een vrouw die er zelf uitzag als een gevangene, papieren bekers volgoot met thee uit een grote metalen urn, of iets inschonk dat moest lijken op sinaasappelsap. Er stonden plastic schalen waarop koekjes lagen met een rondje jam in het midden. Er renden kinderen rond, er werd geschreeuwd, stoelpoten knarsten over de vloer, sigarettenrook, en overal de walm van armoede.

In de mannengevangenis vind je van alles: gorilla's, psychopaten, verkrachters, oplichters, beroepscriminelen, kleine drugdealers. Maar de bewoners van een vrouwengevangenis zien er voornamelijk getikt uit, treurig en hulpeloos. Je hebt geen vrouwelijke bankrovers. Er zijn daar geen aanranders. Er zijn geen boeven die een jaar in de bak beschouwen als een soort onbetaald verlof. Er zijn wanhopige, verwarde mensen die gepakt werden bij winkeldiefstal omdat ze geen geld hadden, of vrouwen die stemmen hoorden en een kussen op het hoofdje van hun baby drukten. Ze zaten hier en daar aan de tafels te roken, altijd maar te roken, en praatten tegen hun ontdane, verlegen moeders en vaders, vriendjes, of onrustige kinderen.

Van de vrouw die bij de deur mijn pasje controleerde, kreeg ik te horen dat Bryony eraan kwam, dus kocht ik twee bekers thee en een klein pakje koekjes, en nam daarbij twee kleine papieren suikerzakjes met zo'n plastic roerstaafje, alsof een plastic lepeltje te veel luxe was geweest. Ik legde alles op een kartonnen dienbladje. Niets dat als wapen gebruikt kon worden, of, aangezien dit een vrouwengevangenis was, om jezelf mee te verwonden.

Ik ging zitten aan de tafel die me was aangewezen, nummer vierentwintig, en nam een slokje van mijn thee die zo heet was dat ik mijn bovenlip verbrandde. En voor ik de tijd had om achterover te leunen en mijn gedachten te ordenen, stond ze daar. Ze had haar eigen kleren aan, uiteraard, een bruine trui met ronde hals, een marineblauwe broek, tennisschoenen zonder sokken. Ik zag haar zilveren enkelbandje, dat zat er nog. Maar haar trouwring was van haar vinger gehaald. Je zag alleen een flauwe witte streep waar hij had gezeten. Haar vlammende haren had ze strak naar achteren getrokken en samengebonden. Maar ze knapte er niet van op. Ze droeg geen make-up, waardoor ik me realiseerde hoe zorgvuldig ze vroeger altijd opgemaakt was geweest, zelfs toen ze de ochtend na de aanval op de bank lag. Rond haar ogen liepen nieuwe lijnen, en ze had een inbleke kleur waardoor het leek of ze uit een grot kwam. Ze ging zitten zonder een woord te zeggen.

'Ik heb thee voor je gehaald,' zei ik, en reikte haar een beker aan over de tafel.

'Dank je,' zei ze.

Ze leunde voorover en pakte de twee suikerzakjes. Ze scheurde er stuk voor stuk een hoekje af, en keek ernaar terwijl ze die in haar beker leegstrooide. Toen roerde ze met korte schokjes haar thee. Terwijl ze dit deed, zag ik het verband om haar polsen.

'Dat hebben ze me verteld,' zei ik.

Ze keek omlaag. 'Ik heb het niet goed gedaan,' zei ze. 'Iemand heeft 't me uitgelegd. De meesten snijden overdwars, omdat ze 't zo op tv hebben zien doen. Maar dan gaat 't te gauw weer dicht. Ik had mijn arm moeten volgen. In de lengte moeten snijden. De lengte moeten insnijden. Weet ik veel. Je komt me hier zeker bedanken.'

De plotselinge verandering van onderwerp verblufte me. 'Ik ben gekomen omdat Oban zei dat je me wou spreken. Maar ik wil je inderdaad wel bedanken, ja. Ik was bijna dood geweest. Je hebt mijn leven gered.'

'Dat zal toch wel iets uitmaken, denk je niet? Dat ik je leven heb gered.'

'Het lijkt me dat ze dat wel zullen meewegen,' zei ik.

'Ik ben heel behulpzaam geweest,' zei ze. 'Ik heb ze alles verteld. Heb je sigaretten voor me meegebracht?'

Ik stak mijn hand in de zak van mijn jasje, en haalde er vier pakjes uit. Ik schoof ze over de tafel naar haar toe, terwijl ik om me heen keek.

'Mag dit wel?' vroeg ik.

'Als het cellofaan er nog omheen zit, is het goed. Ze zijn bang dat je dingen binnensmokkelt.' Ze nam een sigaret uit een eigen pakje en stak die aan. 'Ik rookte er nog maar eentje per week. En toen ineens, hierbinnen, dacht ik: wat maakt het uit? Veel meer is er niet te doen.'

'Kan ik me voorstellen.'

Ze keek om zich heen en glimlachte. 'Wel even wat anders,' zei ze. 'Je zou me hier niet zo snel verwachten, hè?'

Ik keek naar deze vrouw, die Lianne had vermoord, en Philippa en Michael Doll. En net als zij keek ik toen naar die andere deerniswekkende vrouwen die het niet meer konden volhouden, of de rekening niet meer konden betalen, in paniek waren geraakt en waren geflipt.

'Ik heb Gabe tijdens m'n studie ontmoet. Iedereen was dol op hem. Voor hem had ik pas twee vriendjes gehad. Ik was helemaal weg van 'm. Ik vond mezelf de grootste bofkont van de hele wereld. Ironisch, vind je niet? Als ik niet het meisje was geweest dat Gabe Teale had gestrikt, zat ik hier nou niet.'

'Ja, maar dat kun je van alles wel zeggen,' zei ik. 'Daar komt het hele leven op neer, toch? Het een leidt tot het ander.'

'Dat kan ik toch moeilijk aanvaarden. Het voelt alsof ik ondanks mezelf in deze toestand terecht ben gekomen. Ik vind mezelf een goed mens. En ik hield van Gabe en was in zijn macht, en toen heb ik een stap gedaan, ik bedoel, ik kwam in een bepaalde toestand terecht, en daarna kwam ik in een volgende toestand terecht, en toen kon ik het niet meer verdragen. Op het laatst heb ik teruggevochten. Toen het om jou ging. En nou zit ik hier.'

Ze wachtte even om te horen of er een antwoord kwam, maar walging had mijn keel toegeknepen zodat ik er geen woord uit kreeg, dus ging ze maar door. 'Weet je wat nou zo gek is? Toen ik je zag... Nee, niet in het ziekenhuis, maar toen je bij ons binnenkwam, leek je me iemand die ik wel als vriendin zou willen hebben. Dan zouden we gaan lunchen en over van alles praten.'

Ik kreeg bijna geen adem meer. Ik moest nu iets zeggen. Ik moest me bedwingen om mijn stem niet te laten uitschieten. 'Had je dat gevoel niet bij Lianne?' zei ik. 'Of bij Philippa? Dat ze vriendinnen van je hadden kunnen zijn? Dat het mensen waren, net als jij, die ergens op hoopten en bang waren, net als jij? Mensen met een toekomst?'

Ze drukte haar sigaret uit in een aluminium asbakje op de tafel. Niet iets wat je kon pakken om iemand een dreun te geven. 'Ik heb naar je gevraagd omdat je de enige was die ik kon verzinnen om mee te praten. Die me niet zou veroordelen. Ik dacht dat je 't wel zou begrijpen. Hoe gaat 't trouwens met Gabe? Ben je bij hem geweest?'

'Sorry,' zei ik. 'Het is mij streng verboden om met jou over Gabe te praten. Daar zijn kennelijk juridische redenen voor. Maar 't gaat beter met hem. Lichamelijk, bedoel ik.'

'Fijn,' zei ze. 'Waar was ik gebleven? O ja, over jou. Jij hebt toch verstand van die dingen? Ik heb 't allemaal op een rijtje. Ik heb jouw leven gered. Dat is toch een verzachtende omstandigheid, of niet?'

'Dat zou kunnen,' zei ik. 'Maar misschien ben ik partijdig.'

'Het lijkt me oneerlijk als we allebei als moordenaars worden behandeld, alsof we samen even schuldig zijn aan wat er is gebeurd. Jij bent een vrouw, je bent een deskundige. Ik hoopte dat je kon beseffen dat het zijn moorden waren. Ik werd in zekere zin door hem overheerst. Ik dacht dat de mensen dat misschien zouden begrijpen. Als je er op een bepaalde manier naar kijkt, ben ik ook een slachtoffer van hem. Daar ben ik uiteindelijk tegen in verzet gekomen, toen ik jou heb gered. Toen werd ik weer mezelf, zou je kunnen zeggen. Het is net of ik mezelf niet was, tot ik jou moest redden.'

Bij die laatste woorden keek ze me voor het eerst recht in mijn ogen. Bedoelde ze dat ze iets te goed had van mij? Haar leven in ruil voor het mijne?

'Wat is er gebeurd?' zei ik. 'Met Daisy?'

'Niks,' zei ze. 'Ze pleegde zelfmoord. Dat weet je wel.'

'Ze had iets met jouw man.'

'Dat zou ik niet weten. Ik moet zeggen dat Gabe altijd jonge meisjes aan zich had klitten. Dat hoef ik echt niet goed te praten. Ik ga niet doen alsof ik het leuk vind. Zo te horen was ze nogal in de war. Ze is toch niet naar de politie gegaan of zo?'

'Nee.'

'Zie je wel. Allemaal onzin.'

'Ze was veertien, Bryony. *Veertien*.'

'Zoals ik al zei, ik weet er niks van. Maar wel dat dat andere meisje, die Lianne, bij ons over de vloer kwam en volslagen hysterisch deed. Ze had een totaal verkeerd idee over Daisy. Ze was vast ergens aan verslaafd.'

'Ik heb het verslag van de lijkschouwing gelezen,' zei ik. 'Er zijn geen sporen van drugs in haar bloed aangetroffen.'

'Ik bedoel alleen maar dat ze niet meer te hanteren was. Ze begon om zich heen te meppen. Ik kwam trouwens pas halverwege de kamer binnen, ik snapte nauwelijks wat er aan de hand was. Zo stond ze nog te krijsen tegen Gabe en mij, en wild te slaan, en het volgende moment viel ze omver, en toen moet ze hard haar hoofd hebben gestoten. Het was net een nachtmerrie. Ik begreep gewoon niet wat er gebeurde. Ik weet alleen dat ze dood was, en ik raakte in paniek. We hebben wel geprobeerd om haar weer bij te brengen, echt.'

'Je raakte in paniek,' zei ik. 'Dus hebben Gabe en jij met een mes talloze keren in haar dode lichaam gestoken. Rond haar borsten, en in haar onderbuik. En toen hebben jullie het lijk bij het kanaal neergegooid. Dat kan jouw idee zijn geweest. Je kende het daar door je lange wandelingen in die buurt.'

'Nee,' zei ze dromerig. 'Nee, dat was Gabes idee. Alles kwam van Gabe. Hij draaide helemaal door. Hij zei dat we er een ander soort moord van moesten maken, zogenaamd gepleegd door een ander soort mensen dan wij. "Wij", dat zei hij. Hij zei dat we er allebei in zaten. Hij zei dat hierdoor alles kapot had kunnen gaan, en dat we nou weer veilig waren. Hij zei dat hij me niet in de steek zou laten.'

'Maar jullie waren niet veilig, hè?'

'Nee, inderdaad niet. Die vrouw...'

'Philippa Burton. Ze had een naam, hoor.'

'Ja, die had ons adres gekregen van dat andere meisje, van Lianne. Ze kwam bij ons langs, op zoek naar Lianne. Ze wist dat ze bij ons geweest was.'

'Waarom?'

'Lianne had haar iets over Gabe verteld. Dat zei ze tenminste.'

'Nee, ik bedoel, waarom was ze op zoek naar Lianne?'

'Wat maakt dat nou uit? Gabe kreeg de zenuwen. Hij wist niet wat hij moest doen. Ik probeer je gewoon uit te leggen waarom het grote geheel er zo afschuwelijk uitziet, maar als je het in stukjes verdeelt, is er wel een... een verklaring.'

'Wou je eerst zeggen een *goeie* verklaring?'

Bryony zei even niets. Ze was nu bezig aan haar derde sigaret. 'Dat wou ik wel, maar het klinkt zo harteloos. Ik wil niet dat je zo over me denkt, Kit. Wat de meeste mensen denken kan me niet schelen, maar ik wil graag dat jij me begrijpt.'

'Dus hoe ging het dan bij Philippa?'

'Gabe had een idee, zei hij. Hij ging met haar praten, haar tot rede brengen. We maakten een afspraak met haar.'

'Op Hampstead Heath.'

'Precies. Ik wist niet wat er ging gebeuren. Hij had gezegd dat hij met haar wou praten, een verhaaltje opdissen om haar tevreden te stellen. Ik bleef zitten om op het meisje te letten. Ik had geen idee wat hij van plan was. Hijzelf denk ik ook niet. Later zei hij dat hij in paniek raakte en haar is aangevlogen.'

'En haar met een hamer op haar lichaam is gaan rammen, en dat heeft achtergelaten aan de andere kant van de Heath. Dus moet hij de hamer bij zich hebben gehad.'

'Waarschijnlijk wel,' zei Bryony. 'Dat ziet er niet best uit voor Gabe, hè?'

'Nee, inderdaad. En jij zat bij Emily te wachten tot haar moeder terugkwam?'

'Na een tijdje kreeg ik het benauwd. Er kwam maar niemand. Dus rende ik weg. Er waren een heleboel mensen in de buurt, er kon niks met haar gebeuren. Maar daar voel ik me nog het meest schuldig over, om een klein meisje zo in de steek te laten.'

'Dat kan ik me indenken,' zei ik. 'En je was vreselijk geschokt toen je terugkwam en Gabe je vertelde wat er gebeurd was.'

'Hij was er niet. Hij kwam pas een dag later thuis. Hij zei dat hij zichzelf van kant had willen maken.'

'En bovendien moest hij de auto schoonmaken.'

'Daar heb ik geen moment bij stilgestaan. Ik heb het alleen maar proberen te verdringen. Ik zat in een droomtoestand. Ik wou het van de daken schreeuwen. Ik voel me al beter nu ik het jou vertel. Ik heb zo'n behoefte gehad om de hele waarheid eruit te gooien.'

'En toen kwam ook nog Michael Doll in beeld. Hij heeft ook pech gehad, niet? Net als jij, bedoel ik. De plek die jullie kozen om van Liannes lijk af te komen, was precies waar Micky Doll de hele dag zat te vissen. Dat heb je in de krant kunnen lezen.'

'Ja, klopt.'

'Waarmee kon hij jullie dwarszitten? Had hij jullie gezien?'

'Ik dacht het niet. Geen idee. Gabe heeft het gedaan. Hij had niks gezien.'

'Had Gabe iets laten slingeren dat Doll heeft gevonden?'

'Nee.'

'Dus wat was er dan?'

'Niks.'

'Hoe bedoel je?'

'Volgens mij wist hij nergens van. Maar Gabe raakte helemaal bezeten van het idee dat die man daar geweest was, dat hij misschien wat wist. Hij zei dat we alleen maar via hem ooit gepakt konden worden.'

'Dus gingen jullie hem opzoeken daar bij het kanaal. Je kan niet ontkennen dat je er toen bij bent geweest.'

'Nee, ik was erbij. Dat geef ik toe. Tegen die tijd wou ik alles doen om Gabe te helpen, om er helemaal vanaf te zijn.'

'Wat was jullie plan? Een dreun op zijn hoofd en een duw in het water?'

Ze begon te huilen. Daar was ik op voorbereid. Ik reikte over de tafel een paar zakdoekjes aan. Ze veegde haar ogen droog en snoot haar neus.

'Ik weet 't niet,' zei ze.

'Maar jullie werden betrapt,' zei ik. 'Jij was fantastisch. Je beschrijving van de dader toen je eenmaal was bijgekomen van de schok was vooral een vondst. Die geheimzinnige crimineel die net voldoende afweek van de andere beschrijvingen, zodat ze allemaal onbetrouwbaar gingen lijken. Wat een acteerprestatie.'

'Ik acteerde niet. Ik dacht dat ik gek aan 't worden was.'

'En toen hebben jullie Doll alsnog gepakt.'

'Dat deed Gabriel. Als Doll uit de weg was, zei hij, en van alles de schuld kreeg, dan was het voorbij.'

'Wat zei jij toen?'

'Ik had geen eigen wil meer. Ik wou alleen maar dat er een einde aan kwam.'

'Toen je wegliep bij Emily, omdat je het zo benauwd kreeg, toen nam je haar beker mee. Die kwam nog mooi van pas. Jij hebt de beker daar achtergelaten, of misschien moet ik zeggen dat Gabriel dat deed. Hij heeft daar natuurlijk ook een leren tasje laten liggen. Maar dat maakte niks uit. Alweer een klein wonder. Daardoor kwam de schuld alleen nog maar meer bij die arme Micky Doll te liggen. Want welke moordenaar laat nou expres iets achter wat recht naar hem wijst? Wel een tikkie sneu voor Michael Doll, alleen.'

Ze moest haar neus weer snuiten. 'Ik weet het,' zei ze. 'Die dingen malen door m'n hoofd. Maar ik weet niet wat ik anders had moeten doen.'

'En toen was ik er nog,' zei ik.

'Ik had 't je bijna verteld,' zei ze. 'Dat wist je echt wel. Ik wou 't net gaan bekennen toen hij terugkwam. Je weet 't niet zeker. Dat zie ik in je ogen. Je weet niet zeker of je me moet geloven. Maar ik heb hem jou niet laten vermoorden. Dat weet je wel zeker.'

'Ja, dat weet ik zeker. Plotseling kwam je in verzet. Waarom?'

Ze stak nog een sigaret op terwijl ze hierover nadacht, met haar mooie gezicht in een frons. 'Ik kreeg 't gevoel dat het altijd maar door zou gaan, en dat we nooit veilig zouden zijn, niet veilig genoeg voor Gabe. Of misschien was ik 't gewoon zat.'

Ik nam een slokje thee. Die was nu heel koud en had een metalige smaak, al kan dat ook aan mijn droge mond hebben gelegen.

Bryony leunde voorover met een dwingende blik. 'Ik heb het een en ander gelezen,' zei ze. 'Ik denk dat ik geestelijk gestoord was. Daar heb ik over gelezen. Een syndroom van emotionele afhankelijkheid. Dat is een bekend patroon. Vrouwen die in de ban raken van een man en hulpeloos worden. Ik heb me jarenlang door Gabe laten gebruiken. Hij is een moeilijke man. Gewelddadig. En de situatie was niet zwart-wit. De eerste dode was zelfmoord, een tragedie. Toen kwam dat ongeluk. Tegen de tijd dat we er middenin zaten, was ik mezelf volkomen kwijtgeraakt.' Ze nam nog een trek van haar sigaret en keek me aan met toegeknepen ogen. 'Denk je dat ze dat zullen geloven?'

'Best mogelijk,' zei ik. 'Mensen geloven de wonderlijkste dingen, heb ik gemerkt. En je bent jong en knap en beschaafd, en dat helpt ook altijd.'

'Jij bent een deskundige,' zei ze. 'Jij was de sleutelfiguur bij deze zaak. De politie vertrouwt je. Wil je me helpen?'

Ik haalde diep adem en deed mijn handen in mijn zakken, misschien wel om te verbergen dat ze zo trilden. 'Volgens mij ben ik te direct bij de zaak betrokken om als getuige-deskundige op te treden,' zei ik.

Haar blik verhardde zich. 'Kit,' zei ze. 'Ik had je dood kunnen laten gaan. Ik heb je gered. Wij hadden nu thuis kunnen zitten en dan was jij dood geweest. Ik heb je gered.'

Ik stond op. 'Ik ben blij dat ik nog leef,' zei ik. 'Sorry dat ik niet zo uitbundig doe. Ik moet de hele tijd maar aan Emily denken, en aan die dode mensen. Ik kan ze niet uit m'n gedachten zetten. Ze leefden gewoon, en jullie hebben ze vermoord. Tja, dat lijk je jezelf zonder al te veel problemen te kunnen vergeven. Dat blijft me verbijsteren, het vermogen van mensen om zichzelf te rechtvaardigen en nooit enige schuld te voelen.'

'Maar heb je dan niks gehoord van wat ik gezegd heb?' zei Bryony. 'Ik ben er net zo kapot van als iedereen.'

'Ik heb je horen zeggen dat je er helemaal niks aan kon doen,' zei ik. 'Ik hoorde je zeggen dat Gabe alles deed, en niet jij. Kennelijk moet ik ook medelijden met jou hebben, net als met Daisy en Lianne en Philippa en Michael.'

'Iemand die me helpt, dat heb ik nodig.' Haar stem klonk nu jammerend. 'Want hulp heb ik nog nooit gekregen.'

Oban stond buiten op de parkeerplaats te wachten. Er woei een straffe koude herfstwind, en ik deed mijn ogen dicht en liet hem recht in mijn gezicht loeien. Ik wilde het laatste uur uit me laten wegblazen. Hij glimlachte tegen me.

'Was het zoals je zei dat het zou wezen?' vroeg hij. 'Ging ze zichzelf ook afschilderen als een van de slachtoffers van Gabriel Teale?'

'Daar kwam het op neer.'

'Denk je dat 't haar gaat lukken?'

'Niet als 't aan mij ligt,' zei ik en huiverde even. Er welden tranen op in mijn ogen.

Het begon al te schemeren tegen de tijd dat Oban me afzette aan het begin van mijn straat, maar zelfs van een afstand wist ik wie er bij me voor de deur stond. Hij had een lange jas aan. Hij had zijn handen in zijn zakken gestopt. Zijn schouders waren voorovergebogen. Hij wekte de indruk dat hij op een rotspunt stond, en een kille wind om hem heen raasde.

Ik bleef stokstijf staan en dacht er even over om weg te rennen. Of naar hem toe te rennen en mijn armen om zijn weerbarstige gestalte te slaan. Ik deed natuurlijk geen van beide. Ik liep zo nonchalant als ik kon de stoep op, en toen hij me eindelijk hoorde en zich omdraaide, wist ik een glimlach te voorschijn te toveren.

'Ik kom net van Salton Hill,' zei ik.

'O,' zei hij, en trok een vies gezicht. 'Van haar.'

'Ja.'

Hij gromde iets en duwde zijn handen diep in zijn zakken. 'Zijn we in ieder geval verlost van die rotstukken van hem,' zei hij, en duwde zijn handen nog dieper zijn zakken in.

'Ik wist niet dat je er iets van gezien had.'

'Dat was ook niet nodig.' Er viel een stilte. Will zag eruit of hij onvrijwillig op wacht was gezet voor mijn flat. Hij snoof even. 'Je zal wel denken dat ik je kom feliciteren.'

'Nou...'

'Je zal wel denken dat ik kom slijmen over dat jij gelijk had en iedereen op de hele wereld ongelijk, waaronder ikzelf. Klopt dat? Moet ik je godverdomme een medaille geven of zo?'

Toen moest ik giechelen. 'Ga je gang,' zei ik.

Ik duwde de deur open en schoof met mijn voet een berg post opzij die op de mat lag. 'Wil je binnenkomen?' Hij aarzelde. 'Glaasje wijn? Biertje? Toe nou.'

Hij liep achter me aan de trap op. In de keuken gaf ik hem een flesje bier uit de koelkast en schonk mezelf een glas rode wijn in. Ik deed de gordijnen dicht en stak toen een kaars aan die ik tussen ons in op tafel zette. Hij nam een slokje. 'Hoe gaat het met je nek?' vroeg hij. 'Of welk ander onderdeel van je dat hij...'

'Prima,' zei ik. Ik keek naar zijn gezicht met de schaduwen van het flakkerende licht erop. Ik wist dat hij nooit zou veranderen. En ik wist hoe het zou worden: ik de hele tijd op iets meer hopen, altijd maar vragen om iets wat hij niet kon geven.

'Will...' begon ik.

'Niet doen,' zei hij toen. Hij deed eventjes zijn ogen dicht. 'Niet doen.' Ik vroeg me af tegen wie hij nu smeekte. Het voelde niet langer alsof hij met mij praatte, maar met iemand in zijn hoofd.

Ik leunde over de tafel en legde een hand op zijn arm. Het was alsof je een stalen steunbalk aanraakte. Ik wilde zijn gezicht in mijn handen nemen en hem kussen tot hij me terugkuste. Ik wilde dat hij me vasthield, dicht tegen hem aan. Als hij dat deed, was ik kansloos. Maar hij kwam niet in beweging, hoewel zijn ogen weer opengingen.

'Dit is niet eerlijk van je,' zei ik ten slotte.

'Nee, dat zal wel niet.' Hij gooide het restje van zijn bier naar binnen en stond op. Zijn stoel schoof over de vloer. Hij keek om zich heen. 'Ga je hier weg of zo?'

'Waarom zou ik?'

'Weet ik niet,' zei hij. 'Slechte herinneringen. Een trauma.'

Ik schudde mijn hoofd. 'Wat voor slechte herinneringen?' zei ik. 'Ik blijf hier.'

'Goed zo,' zei hij, en herstelde zich toen snel. 'Ik bedoel, het is een interessante buurt. In sommige opzichten.'

'Dat vind ik nou ook.'

'Mooi.' Hij liet zijn hoofd zakken en gaf me een kus op mijn wang. Ik voelde zijn adem, zijn stoppels. Zo bleven we even staan, dicht bij elkaar in het kaarslicht. Toen trok hij zich terug.

'Je hebt het goed gedaan,' zei hij. 'Dat heb ik je gezegd, of niet soms?'

'Niet op die manier.'

'Ik sta er versteld van dat je er zomaar op afging, in je eentje,' zei hij. 'Je moet wat beter op jezelf passen.'

En toen ging hij de deur uit, zijn jas flapperde achter hem aan, en ik bleef staan waar ik stond en zag hem vertrekken.

47

Ik hielp Julie met inpakken. Het was een vriendschappelijk maar ook weemoedig klusje, en het zachte herfstweer buiten hielp ook niet mee. De beuken en kastanjes waren nu geel en goud en winterappelrood, en er blies een warme windvlaag door hun takken, die een kleurige stortbui van bladeren in het rond strooide. De wind liet bergjes bruine bladeren aangroeien op de binnenplaats, en af en toe stampten de kinderen er met hun laarzen knisperend doorheen, gierend van pret. De zon scheen door dunne sluierbewolking. De zomer, die nooit echt was gekomen, ging heen. Julie ging weg. Ik bleef achter.

'Hier, dit is van jou.' Ze gooide een lavendelblauw truitje naar me toe, dat ik zelden had gedragen. 'En dit ook.' Een flinterdun vestje klapwiekte de kamer door, met wapperende mouwen als bij een vreemd soort vogel. 'Jemig, ik wist niet meer hoeveel ik al die maanden van jou geleend heb. Ik ben net een ekster.' Ze moest giechelen. Haar ogen schitterden en ze straalde van energie en opwinding.

We waren al de hele ochtend bezig, een beetje ongericht, met pakweg elk halfuur een theepauze. We maakten stapeltjes van haar spullen: een stapel voor wat ze mee zou nemen, een voor wat ze wilde opslaan tot ze weer terugkwam, en een voor de vuilnisbak of de kringloopwinkel of voor mij. Die derde stapel was verreweg het hoogst – ze had een hevige aanval van het loslaten van bezit, alle bagage van je afgooien.

Ze slingerde een paar zwarte schoenen met bandjes boven op een gemeen geel jack dat ze pas een paar weken geleden had gekocht, toen ze genoeg kreeg van de regen. Ze voegde er een beige katoenen broek aan toe waar haar billen zo raar in uitkwamen, zei ze, een jack dat ze nooit echt leuk had gevonden, drie of vier sweaters, nylons met ladders, een kralentasje, een zwarte rok die ze had aangeschaft voor haar denkbeeldige kantoorbaan, die ze oppakte tussen duim en wijsvinger alsof hij vies rook, een limoengroen T-shirt en een paarse coltrui. 'Hier. Je rooie jurk,' zei ze, haalde hem van het hangertje en reikte hem aan.

'Hou maar.'

'Wat? Doe niet zo raar. Hij is van jou en hij staat je fantastisch.'

'Toch wil ik graag dat jij 'm houdt.'

'Erg praktisch is-ie niet.' Maar ze was duidelijk in verleiding gebracht en aaide hem alsof er leven in zat.

'Prop hem onder in je rugzak. Hij weegt haast niks.'

'En als-ie nou stukgaat, of ik 'm kwijtraak?'

'Je mag 'm naar hartelust stukmaken of kwijtraken. Toe nou, je gooit dingen weg alsof dit je laatste dag op aarde is. Laat mij dan ook 's.'

'Oké.' Ze leunde mijn kant op en gaf me een zoen op mijn wang. 'Elke keer dat ik 'm draag zal ik aan je denken.'

'Doe dat.' Tot mijn schrik merkte ik dat ik tranen in mijn ogen kreeg, en ik ging heel druk volkomen overbodig een stel kleren nog een keer opvouwen.

'Je bent heel lief geweest.'

'Helemaal niet. De helft van de tijd ben ik ongezellig en knorrig geweest, en de andere helft neurotisch.'

'Over knorrig gesproken, gebeurt er nog wat met Will?'

'Nee, niks.'

'Is het uit dan?'

'Geen idee. "Uit" is zo'n zwaar woord, weet je. Ik heb in m'n leven bijna nooit ergens een eind aan gemaakt, zelfs als ik het echt graag wou. Dus misschien mag hij er van mij een punt achter zetten, door niks van zich te laten horen. Of misschien laat hij wel wat van zich horen, en dan... Ik weet het niet. Ik weet niet wat ik dan doe. Maar hij is niet goed voor mij. Hij is te grof, als een stuk rots waaraan ik mezelf telkens zou openhalen.'

'Je zal wel gelijk hebben. Je komt vast heel gauw iemand anders tegen.'

'Wil je deze korte broek niet?'

'Smijt maar weg. Je blauwe plek trekt al mooi bij, trouwens. Hij is nou geelbruin, niet meer zo waanzinnig paars. Doet 't nog pijn?'

'Niet zo erg, het zeurt een beetje.' Ik raakte hem even heel licht aan.

'Rare zomer wel.'

'Dat kan je wel zeggen, ja. Het voelt nou allemaal heel onwerkelijk aan, als een verhaal dat iemand anders is overkomen.'

'Heb jij ook wel 's het gevoel dat je speelt dat je volwassen bent?'

Ik ging op mijn hurken zitten en tilde een elektrisch-blauw vestje op. 'Dit moet je wel meenemen.'

'Ik bedoel, ik voel me totaal niet volwassen. Het voelt alsof ik maar een klein stapje bij mezelf als kind vandaan ben. Maar ja, ik leef ook niet zo'n erg volwassen leventje, hè? Een beetje zwerven, nooit wortel schieten, geen carrière of plannen op langere termijn, nog altijd tienerkleren aan, zoals dat vestje,' zei ze erachteraan, pakte het blauwe dingetje op en legde het bij haar stapel 'meenemen'. 'Maar jij hebt een supergave vaste baan, en een appartement dat echt lichtjaren verwijderd is van een studentenhok. Je geeft zelfs lezingen op conferenties, godsamme. Maar voel je je ook zo vanbinnen?'

'Nee.' Ik mikte een zijden onderbroekje naar haar toe, en ze stopte dat in haar rugzak. 'Het voelt allemaal als een toneelspelletje waar ik me achter kan verschuilen. Maar zo voelen we ons allemaal. Dat de anderen stuk voor stuk anders zijn, en hun zaakjes beter op orde hebben dan wij ooit zullen bereiken. En ook al word je honderd, dan voel je je waarschijnlijk nog precies zo. Als je op je sterfbed ligt, denk je nog steeds: wanneer voel ik me nou 's volwassen?'

'Misschien wel.' Ze grinnikte tegen me. 'Maar ik bén echt zo. Daarom loop ik nou ook weer weg. Ik hou niet van het echte leven.'

'Ik zeker wel?'

Ze keek me over tafel aan, een meermin in een bonte zee van kleren. 'Dan moet je met me meegaan.'

'Daar is het te laat voor.'

'Het is nooit te laat.'

'Dat kan ik niet geloven.'

De telefoon ging.

'Ik neem 'm wel,' zei Julie, en kwam moeizaam overeind. 'Zet jij het water maar op.'

Maar het was voor mij. 'Politie,' zei ze geluidloos en gaf me de hoorn aan terwijl ze haar schouders ophaalde.

'Kit Quinn?'

'Spreekt u mee.'

'Ik moest u bellen van hoofdinspecteur Oban. Er is een mevrouw Dear, die contact met u wil opnemen.'

'Mevrouw Dear? Nooit van gehoord.'

'Het gaat over haar dochter, Philippa Burton.'

'Pam *Vere*?'

'Hoe ze ook heet, ze wil met u praten.'

'Goed, geef haar nummer maar.'

'Ze zal wel dingen willen weten over het echtpaar Teale,' zei ik, toen ik de hoorn had neergelegd. 'Hoewel Oban direct op bezoek is gegaan bij Jeremy Burton. Er valt verder niks meer te zeggen.'

'Arme vrouw.'

'Overmorgen is de begrafenis – eindelijk. Philippa was haar enige kind. Nu blijft ze achter met Emily.'

'Ga je erheen?'

'Denk van wel. Maar het zal wel vreselijk druk zijn.'

'Dan zit ik al in de lucht. Ver weg.'

'Ik wou maar dat ik snapte waarom zij moest sterven. Het voelt allemaal nog steeds onaf, vind ik. Het spookt nog door mijn hoofd, en dat moet bij hen nog honderd, duizend keer erger zijn – dat je er helemaal niets van begrijpt.'

Pam Vere was kortaf en gespannen door de telefoon. Ze zei dat ze me voor de begrafenis wilde spreken. Vandaag, als het kon. Ze had alle tijd. Ik trok een vragend gezicht naar Julie tegenover me, en zei dat ik over een halfuur bij haar huis kon zijn.

'Ik spreek liever ergens buiten de deur af.'

'Ook goed.' Ik wierp een blik naar buiten, naar de dreigende lucht. 'We kunnen op de Heath afspreken – dat is toch bij u in de buurt?'

'Ik hoopte dat we elkaar bij het kanaal konden treffen.'

'Bij het kanaal?'

'Waar dat meisje is vermoord.'

'Lianne.' Het ergerde me mateloos dat niemand de naam gebruikte die ze had gekozen. Zelfs in de krant was ze altijd 'het dakloze meisje', 'de zwerfster'. En ik ergerde me aan de adjectieven die de fantasieloze persmensen verzonnen: Philippa was tragisch, Lianne was voornamelijk triest.

'Ja. Kunnen we daar afspreken?'

Ik probeerde mijn verbazing niet te laten blijken. 'Als u dat graag wil.'

De regen kwam net op gang toen ik bij de trap stond die omlaag loopt naar het kanaal. Af en toe spetterden er dikke druppels in het water, zodat kringen zich verspreidden. Het leek een slecht voorteken, alleen was dat waar ik bang voor was nu al gebeurd, en lag het in het verleden.

Pam Vere stond te wachten, heel stil met een omslagdoek en een camel jas. Ze glimlachte niet, maar stak haar hand uit toen ik op haar afliep. Haar greep was stevig en rustig. Haar ogen waren ook rustig, in haar kalkbleke gezicht. Het viel me op dat ze zich deze ene keer wat slordig had opgemaakt – er zat een vale poedervlek aan de zijkant van haar neus, en een klein spatje mascara op een van haar gerimpelde en geloken oogleden.

'Bedankt dat u wilde komen,' zei ze vormelijk.

'Ik wou het zelf,' zei ik.

'U komt ook naar de begrafenis?'

'Natuurlijk.'

'Er was nog iets wat ik u wilde zeggen. Dat had daar niet gekund.'

Ze keek om zich heen, naar de welig tierende brandnetels, het modderige pad bezaaid met chipszakjes, het slijmerige water met kuiltjes van de regen. 'Is het hier gebeurd?'

'Bij de brug,' zei ik, en wees het aan.

'Heeft ze geleden?'

Daar was ik niet op voorbereid, en ik moest eventjes mijn gedachten op een rijtje zetten. 'Ik denk het niet. Het waren geen seriemoordenaars, mevrouw Vere, ze waren niet als Fred en Rose West. Ze haalden geen genot uit het moorden. Ze wilden het zo snel mogelijk achter de rug hebben. Voor uw dochter was misschien het ergste het besef dat ze Emily onbeschermd achterliet.'

Ze schraapte haar keel. 'Ik bedoelde dat andere meisje.'

Ik staarde haar aan. 'Wie? Lianne?'

'Ja.' Ze hield mijn blik vast. 'Zou ze veel pijn hebben gehad?'

'Nee,' zei ik. 'Ik denk dat het heel snel voorbij was.'

Mevrouw Vere knikte en zei toen met dichtgeknepen keel: 'Ik heb gehoord dat ze haar overal gestoken hebben.'

'Pas toen ze al dood was.'

'Arm meisje.' Er spatte een regendruppel op haar wang en gleed erlangs omlaag, naar haar mond. Ze veegde hem niet af.

'Ja,' zei ik, en vroeg me af waarom Pam Vere met mij in de regen bij het kanaal wilde staan.

Ze draaide haar rug naar me toe, en stond zo over het water uit te kijken. 'Philippa was een lief meisje,' zei ze. 'Misschien hebben we haar te veel onder druk gezet. Ze was enig kind, moet u weten. Als ik nu wel eens foto's van ons drietjes zie, denk ik hoe klein en op zichzelf aangewezen ze daar tussen ons staat. Twee volwassenen en één klein kind. Maar toen stierf haar vader natuurlijk toen ze net elf was, en waren zij en ik alleen over. En ze bleef een lief kind, altijd netjes, dacht altijd aan andere mensen. Altijd hulpvaardig. Te hulpvaardig, misschien. Ze was heus wel populair, maar ze had niet veel vriendinnetjes toen ze klein was. Ze speelde graag in haar eentje, met die eeuwige pop van haar. Of ze was met mij samen, cake bakken en winkelen en het huis opruimen. Ze was nooit lastig voor me. En op school was ze net zo. Ze werkte hard – dat stond altijd op haar rapport. Geen uitblinker, maar een harde werker, een plezier om les aan te geven. Maakte altijd haar huiswerk direct als ze uit school thuiskwam. Ontzettend gehoorzaam. Dan zat ze aan de keukentafel toast met boter en marmite te eten, en dan maakte ze haar huiswerk, met een blauwe pen, in haar keurige handschrift, altijd met zo'n haaltje aan de "y". Ik zie haar nog zitten, haar schooluniform was marineblauw, met haar hielen achter op de dwarslat van de stoel en haar wenkbrauwen gefronst, en na iedere regel droogde ze wat ze geschreven had met vloeipapier. Of ze kleurde haar landkaarten in voor aardrijkskunde. Dat vond ze leuk werk, dan maakte ze de kust blauw en de bossen groen, trok om bepaalde vormen extra zwarte lijnen. Ik heb een paar dagen geleden haar schoolwerk uit de kast gehaald en alles doorgebladerd, alle schriften met het onderwerp bovenaan rechts genoteerd, met een liniaal haar naam en klas onderstreept. Het voelt als gisteren. Ik herinnerde me weer hoe ze sommige dingen deed: tekeningen bijvoorbeeld die ze van zichzelf maakte toen ze nog heel klein was, met krasserig geel haar en een roze halve cirkel als mond. Kinderen tekenen zichzelf altijd lachend, nietwaar, ook al lachte Philippa helemaal niet zo vaak, hoor. En dan later doorsneden van bloemen met kleurpotlood, met hun stampers en meeldraden. Planeten. De zes vrouwen van Hendrik de Achtste. Algebra. *Je m'appelle* Philippa Vere *et j'ai onze ans.*' Pam Vere sprak haar Frans vlekkeloos uit. 'En dan nog haar opstellen. Op maandagochtend schreven ze altijd een opstel voor school – wat ik dit weekend heb gedaan, dat soort dingen, weet u wel?' Ik knikte. Ik wilde niets zeggen waardoor ze zou ophouden. 'En die heb ik ook doorgelezen. En weet u wat? Ik stond er elke keer in. Ze schreef altijd over wat ze met haar mammie had gedaan. Mammie en ik zijn wezen winkelen. Mammie en ik gingen naar de speeltuin. Mammie heeft een katje voor me gekocht en hij heet Blackie. Mammie is met me naar het museum geweest. Ineens drong het tot me door dat er bijna niemand anders in die opstellen stond dan ik en zijzelf. Ik heb niet beseft hoe alleen ze stond tot ik die stukjes las. Ze klaagde er nooit over.'

Ze draaide zich om en keek me recht aan. 'U vraagt zich natuurlijk af waarom ik u dit allemaal in vredesnaam vertel, niet?'

'U moet het aan iemand kwijt.'

'Ik ben inmiddels een oude vrouw. Ach, ik ben nog niet echt oud, dat weet ik wel. Ik ben pas in de zestig, en ik kan nog wel dertig jaar mee. Maar ik voel me oud, nu. Ik voel me nu twee keer zo oud als een jaar geleden. U hebt geen kinderen, toch?'

'Nee.'

'Hebt u uw moeder nog?'

'Nee. Mijn moeder ging dood toen ik nog heel klein was.'

'Dat verklaart het dan.'

'Wat?'

'Waarom ik per se met u wilde praten. Ze was zelfs makkelijk toen ze een tiener werd. Ze kreeg er een paar vriendinnen bij, soms ging ze uit op zaterdagavond. Dan dronk ze wel wat, maar nooit veel. Ze rookte niet. Ze gebruikte geen drugs. Ze was heel knap maar had dat niet in de gaten, en dat zorgde er denk ik voor dat anderen ook niet doorhadden hoe leuk ze eruitzag. Ze was nooit opdringerig of aanstellerig of flirterig. Ik vond haar altijd het mooiste meisje dat ik kende, maar ik was natuurlijk haar moeder, dus dan vind je dat, niet? En jongens van veertien en vijftien en zestien, die kunnen niet goed kijken, toch? Daar was ik altijd dankbaar voor – ik zei altijd: trek je niks aan van wat je vriendinnen allemaal uitspoken. Ze had nog tijd genoeg. Tijd,' glimlachte ze bitter. 'Zo veel tijd bleek ze nou ook weer niet te hebben, hè?'

Daar stokte ze plotseling.

'En toen?' vroeg ik, zachtjes.

'Toen leerde ze iemand kennen. Een jongen. Nou ja, een man eigenlijk, ouder dan zij. Ze was pas veertien toen ze hem tegenkwam. Hij keek wel goed naar haar. Ineens was ze geen jong meisje meer, ze stond op de drempel van het leven als vrouw. Ik dacht dat ze gewoon groter werd. Ik kan het nu bijna niet geloven, maar ik had geen flauw idee van wat er aan de hand was. Ik ben er pas later allemaal achter gekomen. Ze was zo naïef, mijn stille dochtertje. Ze dacht dat ze verliefd op hem was. En, nog belangrijker, dat hij ook verliefd op haar was. Als ik het toen door had gehad, had ik haar kunnen waarschuwen.'

Ze glimlachte tegen me. 'Weet u, ik vertel u dit nu allemaal niet omdat ik met iemand over Philippa wil praten. Een geheim is iets vreselijks. Je maakt het alleen maar minder vreselijk als je het doorvertelt, maar dat mag niet. Hij heeft haar natuurlijk in de steek gelaten, het duurde maar een paar weken. En haar hart was gebroken, al wist ik nog steeds niks.'

Ze draaide zich opnieuw om naar het kanaal, en zei toen: 'En ze was zwanger.'

Ik liep naar haar toe, en ging naast haar staan, starend in de diepte waar Dolls vissen zich verborgen hielden.

'Heeft ze de baby gekregen?'

'Ik kreeg pas te horen dat ze zwanger was toen ze zevenentwintig weken en vijf dagen heen was. Dus heeft ze de baby gekregen. Het is allemaal erg in het geheim gebeurd. Daar zorgde ik wel voor. Niemand wist ervan, alleen Philippa en ik.'

'Een meisje?'

'Ja. Een meisje dat een paar maanden geleden achttien geworden zou zijn.'

'Lianne?' Dan was ze ouder geweest dan ik had gedacht.

'Ik heb op school gezegd dat ze Pfeiffer had. We zijn samen naar Frankrijk gegaan om haar bevalling af te wachten. Ze was heel stil, alsof ze een shock had, maar ze deed wat ik zei. Veel keus had ze ook niet. Ze hebben de baby vrijwel direct weggehaald. Philippa wilde het kindje – haar kindje – eerst nog vasthouden. Ze huilde en snikte en smeekte. Ze werd zowat gek. Maar ik heb het niet toegelaten. Ik wilde niet dat ze zich ging hechten. Ze kon nog geen kind hebben, godallemachtig, ze was zelf nog maar een kind. Ik wilde dat ze een normaal leven kreeg, een man, alles waar ik voor haar op gehoopt had. Dus mocht ze van mij de baby niet vasthouden. Ze heeft twee dagen onafgebroken gehuild, zo veel tranen hebt u nog nooit gezien, alsof er een dam was doorgebroken. Alle tranen die ze met haar intense hulpvaardigheid haar hele leven had ingehouden. En toen leek ze zichzelf te vermannen. Haar melk droogde op, haar buik werd langzamerhand weer plat. Ze ging terug naar school en deed haar eindexamen. Ze heeft het er nooit meer over gehad.'

'Mevrouw Vere...'

'Maar ik heb de baby wel vastgehouden. Klein, rimpelig, rood gevalletje met een te ruim vel en glanzende blauwe oogjes. Ze legde haar vuistje om mijn vinger en wilde me niet loslaten, alsof ze het wist.'

'Wat wist?'

'Dat ik haar oma was. Haar familie. Haar thuis. Haar laatste kans. Ik heb haar sterke vingertjes één voor één losgewrikt, en haar aan iemand anders gegeven.'

'En toen is ze meegenomen en door iemand geadopteerd?'

'Geadopteerd, ja. Dat moet wel. Ik wilde niet dat Philippa ervan wist. Het leek me het beste als we de deur stevig achter die hele episode zouden dichttrekken. Ze had er vijf maanden geleden natuurlijk achter kunnen komen waar ze echt vandaan kwam, toen ze achttien werd.'

'Die telefoontjes.'

'Eerst wist ik het natuurlijk niet. Pas later, toen ik hoorde van die telefoontjes, de telefoontjes van Philippa en... en haar. Ik heb geen bewijs achtergehouden. U zult waarschijnlijk zeggen dat ik het niet heb willen weten. Maar achttien jaar lang is er geen week voorbij gegaan dat ik niet heb teruggedacht aan die kleine baby die mijn vinger beetpakte en me aanstaarde. En ik vraag me af of er een uur is geweest waarin Philippa er niet aan heeft gedacht. We praatten er nooit over. Zelfs niet toen Emily kwam, we hebben elkaar nooit gezegd wat we voelden.'

Eindelijk keek ze me aan. 'Daarom wilde ik met u praten. Om te weten of mijn kleindochter nog geleden heeft.'

Dus dit hele treurige verhaal ging allemaal over een dochter die haar moeder zocht, een moeder op zoek naar haar dochter.

'Ik vraag me af of ze elkaar ooit hebben teruggevonden, voor ze werden vermoord,' zei ik na een stilte.

'Ik troost mezelf soms door te fantaseren dat het hun gelukt is. Dat Philippa eindelijk haar baby mocht knuffelen en vasthouden. Maar daar zullen we nooit achter komen, hè?'

'Nee. Dat zullen we nooit weten.'

We zouden net afscheid nemen, toen Pam Vere haar hand op mijn mouw legde. 'Ik wilde nog vragen,' zei ze, 'of het mogelijk is dat mijn kleindochter in hetzelfde graf als mijn dochter komt te liggen. Denkt u dat zoiets kan?'

'Lianne is gecremeerd,' zei ik. 'En haar as is verstrooid.'

'O, ja,' zei Pam. 'Dan houdt het op.'

Ik liep terug naar huis. Weg bij het kanaal, de trap weer op, door de armoedige straatjes. Achter de ramen zag ik mensen hun eigen aparte leven leiden: een man die een viool vasthield, de strijkstok in de aanslag, een vrouw aan de telefoon, druk pratend, haar hand omhoog in de lucht, een bloot jongetje dat boven in een kamer zat en met een meewarige blik over de straat uitkeek. Ik lette op het gezicht van mensen die ik passeerde. Geen enkel gezicht is gewoon. Elk gezicht is mooi als je er op een bepaalde manier naar kijkt.

Julie stond op me te wachten. Uit de keuken kwam de geur van knoflook, en op tafel had ze een vaas met een nieuwe bos gele rozen gezet. Haar rugzak stond bij de deur, barstensvol, dichtgeritst, met het label van de luchtvaartmaatschappij aan een draagband vastgemaakt. Ik ging aan tafel zitten, haalde de foto van mijn moeder te voorschijn en legde die voor me neer. Ze glimlachte naar me, straalde me tegemoet door alle jaren heen dat ik haar gemist had. Haar heldere grijze ogen glansden vol belofte. De zon viel op haar jonge, blije gezicht. Ik voelde me vredig en erg verdrietig. In afscheid nemen ben ik nooit goed geweest.